TEMPÊTE BLANCHE

DES MÊMES AUTEURS

CHEZ LE MÊME ÉDITEUR

Descente en enfer, 2013.
C comme cadavre, 2013.
R pour revanche, 2012.
Vengeance à froid, 2012.
Les Sortilèges de la cité perdue, 2012.
Fièvre mutante, 2011.
Cauchemar génétique, 2011.
Valse macabre, 2010.
Le Piège de l'architecte, 2010.
Croisière maudite, 2009.
Le Grenier des enfers, 2009.
Le Livre des trépassés, 2008.
Relic, 2008.
Danse de mort, 2007.
Le Violon du diable, 2006.
Les Croassements de la nuit, 2005.
La Chambre des curiosités, 2003.
Ice Limit, 2002.

DE DOUGLAS PRESTON

Impact, 2011.
Credo, le dernier secret, 2009.
T-Rex, 2008.
Le Codex, 2007.

DE DOUGLAS PRESTON

& MARIO SPEZI

Le Monstre de Florence, 2010.

DOUGLAS PRESTON
& LINCOLN CHILD

TEMPÊTE BLANCHE

traduit de l'américain
par Sebastian Danchin

l'Archipel

Ce livre a été publié sous le titre
White Fire
par Grand Central Publishing, New York, 2013.

Notre catalogue est consultable à l'adresse suivante :
www.editionsarchipel.com

Éditions de l'Archipel
34, rue des Bourdonnais
75001 Paris

ISBN 978-2-8098-1469-9

Prologue

Un dîner historique

30 août 1889

Le jeune médecin fit ses adieux à son épouse sur le quai de la gare de Southsea avant de monter dans l'express de 16h15 à destination de Londres. Trois heures plus tard, il arrivait à la gare de Victoria, se frayait un chemin jusqu'à la sortie et hélait un fiacre.

— À l'hôtel Langham, je vous prie, ordonna-t-il au cocher en montant dans la voiture, rongé par l'impatience.

Il s'installa sur la banquette de cuir fatiguée tandis que le cocher poussait son cheval sur Grosvenor Place. C'était l'une de ces belles fins d'après-midi d'été, si rares à Londres, qui voient les derniers rayons du soleil inonder d'une lueur mordorée les rues encombrées et les façades noircies par la suie. Avec l'arrivée du soir s'activaient les premiers allumeurs de réverbères.

Le médecin, peu habitué à l'effervescence londonienne, observait la ville avec intérêt par la vitre de la voiture. Alors que le fiacre s'engageait sur Piccadilly, le palais St. James et la Royal Academy lui apparurent dans toute leur majesté, baignant dans la lumière crépusculaire. La foule, la rumeur, les odeurs de la ville, si différentes de celles de la campagne, dopaient son excitation. Les sabots des chevaux claquaient par centaines sur les pavés, une foule bigarrée s'agitait sur les trottoirs : employés, avoués et bourgeois jouaient des coudes avec les ramoneurs, les vendeurs ambulants et autres négociants de viande pour chat.

Une fois à Piccadilly Circus, le fiacre fila à gauche sur Regent Street, traversa le quartier de Carnaby, puis Oxford Circus avant de s'arrêter devant l'entrée du Langham. Plus ancien des grands hôtels de Londres, l'établissement restait de loin le plus majestueux de son temps. Tout en réglant la course au cocher, le médecin leva les yeux sur la somptueuse façade ornée de fenêtres arrondies et de balcons ouvragés, ses larges bow-windows surmontés de balustrades en pierre. Le jeune médecin, passionné d'architecture, identifia sans peine un mélange de styles beaux-arts et néo-renaissance allemande.

Des bribes de musique l'accueillirent dans le hall fastueux : un quatuor à cordes, dissimulé derrière un rideau de lys, égrenait une mélodie de Schubert. Il s'arrêta, subjugué par le décor solennel du lieu. Des gentlemen, installés sur des chaises à haut dossier, lisaient le *Times* en sirotant du porto ou du sherry. Des effluves de cigares flottaient dans l'air, qui se mêlaient au suc des fleurs et aux parfums féminins.

Un petit homme à la silhouette enveloppée patientait à l'entrée de la salle de restaurant. Vêtu d'un frac sombre et d'un pantalon beige, il s'approcha d'un pas alerte en apercevant le visiteur.

— Doyle, j'imagine ? s'enquit-il avec un accent américain prononcé en saisissant la main du médecin, un large sourire aux lèvres. Joe Stoddart. Quelle chance que vous ayez pu vous joindre à nous. Suivez-moi, les autres viennent d'arriver.

Le petit homme zigzagua entre les tables nappées de blanc jusqu'à un coin reculé de l'immense salle. Le restaurant, lambrissé de chêne sombre sous un plafond mouluré, était plus luxueux encore que le grand hall. Stoddart s'arrêta devant une table somptueusement dressée derrière laquelle étaient installés deux inconnus.

— M. William Gill et M. Oscar Wilde, les présenta Stoddart. Et voici le docteur Arthur Conan Doyle.

Gill, en qui Doyle avait reconnu un célèbre parlementaire irlandais du temps, se leva et s'inclina avec une solennité bienveillante en faisant tinter la lourde chaîne de montre en or qui ornait son gilet. Wilde, un verre de vin à la main, essuya ses lèvres épaisses à l'aide d'une serviette damassée et fit signe à Conan Doyle de s'installer sur la chaise voisine de la sienne.

— M. Wilde évoquait à l'instant le thé auquel il était convié cet après-midi, expliqua Stoddart en reprenant sa place.

— Chez Lady Featherstone, précisa Wilde. Elle est veuve depuis peu. La pauvre chère femme a retrouvé toute sa blondeur sous l'effet du chagrin.

— Oscar, le tança Gill en riant. Vous êtes la méchanceté incarnée. Parler d'une femme de la sorte !

Wilde balaya l'argument d'un geste.

— Elle serait la première à me remercier de l'attention que je lui porte. Mieux vaut que l'on parle de vous en mal plutôt que pas du tout.

Il s'exprimait avec célérité, d'une voix grave et maniérée.

Doyle l'observa à la dérobée. L'homme avait une physionomie peu commune. D'une stature bien supérieure à la moyenne, les traits épais, il avait des cheveux anormalement longs, séparés par une raie et rejetés en arrière. Quant à son apparence, elle dépassait l'excentricité et confinait à la folie. Les manches de sa veste de velours noir cintrée, couvertes de motifs floraux brodés, bouffaient à hauteur des épaules. Il portait autour du cou une écharpe du même tissu et arborait une culotte moulante qui s'arrêtait aux genoux. Des bas de soie noirs et des chaussons rehaussés de nœuds gros grain complétaient sa tenue. L'énorme orchidée blanche qui pendait lourdement à la boutonnière de son gilet couleur fauve donnait l'impression de vouloir perdre son nectar à tout instant. Les grosses bagues en or qui brillaient aux doigts de ses mains indolentes complétaient ce curieux tableau. En dépit de son extravagance, l'homme affichait une expression terne que trahissait la vivacité de deux yeux bruns. Tout chez lui respirait la délicatesse et la finesse. Il s'exprimait avec une précision méticuleuse, soulignant ses propos de gestes efféminés.

— C'est bien aimable à vous de nous inviter, Stoddart, déclara-t-il. Au Langham, qui plus est. Qu'aurais-je fait sans vous? Non pas que j'en sois réduit à mendier mon souper. Ceux qui paient leurs factures manquent cruellement d'argent, or je ne paye jamais les miennes.

— Je crains fort que vous trouviez mes motivations bien égoïstes, répliqua Stoddart. Autant vous avouer que je suis à Londres avec l'intention de lancer une édition anglaise de la revue *Lippincott's Monthly*.

— Dois-je en déduire que Philadelphie est devenu trop petit pour vous? l'interrogea Gill.

Stoddart émit un léger gloussement en regardant tour à tour Wilde et Doyle.

— J'ai la ferme intention, avant la fin du dîner, de commander à chacun de ces messieurs un nouveau roman.

Doyle accueillit la phrase avec soulagement. Stoddart s'était montré vague dans le télégramme qu'il lui avait adressé, mais l'homme était un éditeur connu outre-Atlantique, et c'était avec l'espoir d'une telle proposition qu'il avait accepté l'invitation. Son cabinet ne tournait pas aussi bien qu'il l'aurait voulu, ce qui lui laissait tout le loisir, entre deux consultations, d'écrire des romans. Les derniers en date ayant connu un succès d'estime, l'appui d'un homme tel que Stoddart ne pouvait que doper sa carrière naissante. En outre, Doyle trouvait son hôte agréable, et même charmant. Pour un Américain, s'entend.

Le dîner s'annonçait plaisant. Car si Gill était amusant, cet Oscar Wilde était tout simplement remarquable. Doyle était hypnotisé par ses gestes précieux, son visage langoureux qui s'animait à chaque anecdote, au détour d'un bon mot. La magie du modernisme ne laissait d'étonner le jeune médecin. En l'espace de quelques heures, il avait troqué la paisible cité balnéaire dans laquelle il vivait contre ce temple de l'élégance. Et voilà qu'il partageait la table d'un éminent éditeur, d'un membre du Parlement et du champion de l'esthétisme !

Les mets se succédaient à une cadence soutenue : rillettes de crevettes, galantine de poulet, beignets de tripes, bisque de homard. Vin rouge et vin blanc coulaient librement dans les verres depuis le début du repas, Doyle était émerveillé par tant d'opulence.

L'invitation n'aurait pu tomber à un moment mieux choisi. Doyle écrivait précisément un nouveau roman susceptible de séduire Stoddart. Son avant-dernière œuvre, *Micah Clarke*, avait été adoubée par la critique. Ce qui n'était pas le cas de la suivante, l'histoire d'un détective inspiré de son vieux professeur d'université Joseph Bell, qui avait fait l'objet de chroniques décevantes à sa parution dans le *Beeton's Christmas Annual*...

Doyle recentra son attention sur la conversation. Gill, le député irlandais, remettait en cause la maxime selon laquelle le bonheur d'un individu assombrit ses amis.

Un éclair brilla dans le regard de Wilde qui se lança dans une parabole.

— Le diable, traversant un jour le désert, se trouve en présence d'un ermite que tourmentent des démons. Constatant que l'ermite échappe à leur emprise, il s'avance afin de leur donner une leçon. « Je vous trouve bien maladroits, leur reproche-t-il. Laissez-moi agir. » Il s'approche alors de l'ermite et lui glisse à l'oreille : « Ton frère vient d'être nommé évêque d'Alexandrie. » À ces mots, un nuage de jalousie assombrit les traits de l'ermite. « Prenez-en de la graine », s'empresse de recommander le diable à ses acolytes.

Stoddart et Gill éclatèrent de rire avant de se lancer dans une discussion politique. Wilde en profita pour se tourner vers Doyle.

— Dites-moi, mon ami. Comptez-vous accepter l'offre de Stoddart ?

— Il me semble, oui. À vrai dire, je viens d'entamer l'écriture d'un nouveau roman. Je comptais l'intituler *L'Écheveau emmêlé*, ou peut-être *Le Signe des quatre*.

Wilde battit des mains.

— Excellente nouvelle, mon cher ami. J'ose espérer qu'il s'agira d'une nouvelle aventure de Holmes.

Doyle lui adressa un regard étonné.

— Vous voulez dire que vous avez lu *Étude en rouge* ?

— Si je l'ai lue, mon jeune ami ? Je l'ai dévorée, oui !

Wilde tira de la poche de sa veste un exemplaire du livre, publié par Ward Lock & Co., avec son titre typographié en caractères orientalistes, ainsi que le voulait la mode.

— Je l'ai même relue en apprenant que nous dînerions ensemble ce soir.

— C'est très aimable à vous, le remercia gauchement Conan Doyle, à la fois surpris et fier que ce modeste roman policier trouve grâce aux yeux du prince de la décadence britannique.

— Je suis convaincu que ce Holmes est un homme d'avenir, reprit Wilde. Cela dit…

— Oui ? le poussa Doyle.

— J'ai surtout été frappé par le réalisme de votre récit. Tous ces détails policiers, l'enquête de ce Holmes, j'ai trouvé cela fort édifiant. Il me reste beaucoup à apprendre de vous. Je dois bien l'avouer, je me trouve à des années-lumière du monde réel. Je suis capable de jeter la logique aux orties au nom de la musicalité d'une phrase, d'abandonner la vérité pour les beaux yeux d'une épigramme. Ce n'est pas votre cas. Il n'empêche… il me semble que vous pourriez aller bien au-delà, avec votre Holmes.

— Je vous écoute, le pressa Doyle.

Wilde porta son verre de vin à ses lèvres.

— Un grand détective, un homme hors du commun, mériterait d'être plus excentrique. Le monde n'a nul besoin d'un nouveau sergent Cuff ou d'un autre chevalier Dupin. Non, la grandeur de son art le rendra d'autant plus humain.

Il se tut, caressant d'un air songeur l'orchidée qui s'échappait de sa boutonnière.

— Dans *Étude en rouge*, vous accusez Watson d'être « fort paresseux ». À mon sens, c'est à votre héros que devraient bénéficier les mérites de l'oisiveté, et non à son faire-valoir. Vous auriez tout intérêt à teinter Holmes d'une plus grande réserve. Oubliez le « ravissement qui illumine ses traits » et autres « grands éclats de rire ».

Doyle rougit en reconnaissant les expressions malheureuses dont il s'était rendu coupable.

— Affublez-le d'un vice, poursuivit Wilde. La vertu chez les individus est d'une banalité affligeante. Personnellement, je ne puis la souffrir.

Il marqua une nouvelle pause.

— Pas seulement un vice, Doyle. Dotez-le d'une *faiblesse.* Laissez-moi réfléchir un instant. Voilà, je me souviens !

Il feuilleta rapidement son exemplaire d'*Étude en rouge*, dénicha le passage qu'il recherchait, et cita le Dr Watson :

— « J'aurais pu le soupçonner d'addiction à un narcotique quelconque si le sens de la mesure et la méticulosité qu'il manifestait au quotidien n'avaient pas exclu une telle hypothèse. »

L'ouvrage disparut dans la poche de son gilet.

— Vous teniez la faiblesse idéale, elle vous a échappé. Réparez cette erreur. Jetez votre Holmes dans les griffes d'une addiction quelconque. L'opium, par exemple. Non ! L'opium est si commun de nos jours, il a même envahi les classes inférieures.

Wilde claqua brusquement des doigts.

— Je sais ! Le chlorhydrate de cocaïne ! Voilà le vice élégant et inédit dont vous avez besoin !

— La cocaïne, répéta timidement Doyle.

En sa qualité de médecin, il lui était arrivé d'en prescrire une solution fortement diluée à des patients souffrant d'épuisement ou de dépression ; l'idée d'en rendre Holmes esclave était absurde. Bien qu'ayant lui-même sollicité l'opinion de Wilde, Doyle était choqué d'essuyer les critiques de son interlocuteur. De l'autre côté de la table, Stoddart et Gill débattaient ardemment

L'esthète avala une gorgée de vin et rejeta ses cheveux en arrière d'un mouvement de tête.

— Et vous-même? déclara Doyle. Comptez-vous écrire un roman à l'intention de Stoddart?

— Absolument. Je vais même m'inspirer de votre exemple. Ou, plutôt, de celui de Holmes. Je reste persuadé qu'il n'existe pas d'ouvrage moral ou immoral. Un livre est bien écrit, ou mal écrit. Rien de plus. Néanmoins, je voudrais traiter cette fois d'art *et* de morale. Je tiens déjà le titre: *Le Portrait de Dorian Gray*. Il s'agira d'une histoire effrayante. Non pas une histoire de fantôme, mais une histoire dont le protagoniste connaîtra une fin terrible. Le genre de roman qu'il est préférable de lire en plein jour, plutôt qu'à la chandelle.

— Vous comptez donc vous éloigner de votre champ d'écriture coutumier?

Wilde posa sur Doyle un regard dans lequel brillait une lueur amusée.

— Vraiment? Vous pensez donc qu'un homme tel que moi, prêt à se sacrifier sur l'autel de l'esthétisme, est aveugle à l'horreur qui nous entoure? Laissez-moi vous dire ceci: le frisson de peur n'est pas moins sensuel que le frisson de plaisir. Il l'est peut-être même davantage.

Il souligna son propos d'un geste de la main.

— En outre, on m'a conté un jour une histoire si effroyable, si déroutante dans ses détails et ses aspects diaboliques que plus rien, désormais, ne saurait m'effrayer.

— Voilà qui est intéressant, répondit Doyle machinalement, encore préoccupé par les critiques de son interlocuteur.

Un fin sourire se forma sur les traits épais et pâles de Wilde.

— Aimeriez-vous que je vous la raconte? Je vous préviens, mon récit est déconseillé aux âmes sensibles.

La proposition ressemblait trop à un défi pour que Doyle pût s'y soustraire.

— On me l'a narrée il y a quelques années, alors que je me trouvais en tournée de conférences en Amérique. Je gagnais San Francisco lorsque je fis une halte à Roaring Fork, un campement de mineurs à la fois sordide et pittoresque. J'ai donné ma conférence au fond de la mine, et elle fut étrangement bien reçue par les dignes habitants de ce campement. À la fin de mon intervention, l'un des mineurs est venu me trouver. Un vieil homme usé, ou peut-être éclairé, par l'abus d'alcool. Me prenant à part, il m'a avoué avoir apprécié mon histoire, au point de souhaiter m'en raconter une à son tour.

Wilde marqua un temps d'arrêt afin d'humecter ses lèvres carmin d'une délicate gorgée de vin.

— Tenez, approchez-vous. Fort bien. Je vais vous raconter cette histoire telle que cet homme me l'a lui-même rapportée…

Dix minutes plus tard, quiconque aurait prêté attention aux convives du prestigieux restaurant, dans le murmure des conversations feutrées que rythmait le cliquetis des fourchettes, eût été surpris de voir un jeune médecin de province se lever de table précipitamment.

Une main posée sur son front moite, Doyle fit tomber sa chaise et traversa la salle d'une démarche mal assurée en direction des toilettes, manquant renverser au passage un chariot à desserts. Sur son visage livide se lisait une expression d'horreur et de dégoût indescriptible.

1

Aujourd'hui

Corrie Swanson se rendit pour la troisième fois aux toilettes, histoire de se regarder dans le miroir. Son existence avait radicalement changé depuis son entrée à l'Institut John Jay de justice criminelle, après une année d'université. L'ambiance à John Jay était plutôt guindée. Elle avait commencé par résister avant de comprendre qu'il était temps de grandir et de se fondre dans le moule, au lieu d'afficher éternellement une posture d'adolescente rebelle. Elle avait ainsi renoncé aux cheveux violets, aux piercings, à sa veste en cuir noir, aux yeux charbonneux et autres accessoires gothiques. Le tatouage Möbius qui lui ornait la nuque étant indélébile, elle se contentait de le cacher en ramenant ses cheveux en arrière et en privilégiant les cols montants. Il lui faudrait néanmoins s'en débarrasser un jour.

Quitte à jouer le jeu, autant le jouer jusqu'au bout. Son changement de look était cependant intervenu trop tard pour que son tuteur, un ancien flic du NYPD devenu prof, s'en aperçoive. Il l'avait prise pour une délinquante le jour de leur première rencontre, et rien n'avait pu modifier son opinion depuis. Affirmer qu'il ne débordait pas d'affection à son endroit tenait de l'euphémisme. Il l'avait montré en refusant son premier sujet de thèse, l'étude d'un charnier de paysans communistes assassinés dans les années 1970 sous le régime de Pinochet. Trop cher, trop loin et trop daté, avait-il décidé. Lorsque Corrie lui avait fait remarquer que c'était précisément l'intérêt du projet, dans la mesure où l'examen de ces restes humains nécessitait des techniques de police scientifique bien spécifiques, il lui avait répondu qu'elle n'avait pas à se mêler de politique, encore moins dans un ancien pays communiste.

À force de chercher, il était venu à Corrie une idée meilleure encore, à laquelle elle n'entendait pas renoncer cette fois.

Elle considéra son reflet dans le miroir, redressa quelques mèches, retoucha le rouge de ses lèvres, rectifia sa veste de laine peignée grise, déposa une touche de poudre sur son nez. C'est tout juste si elle se reconnaissait. Avec un look pareil, elle n'avait plus qu'à prendre sa carte au parti des Jeunes Républicains. Parfait. Elle sortit des toilettes et remonta le couloir d'un pas décidé en faisant claquer les talons de ses chaussures de jeune fille sage. Trouvant la porte de son tuteur fermée, comme toujours, elle frappa d'une main assurée.

— Entrez, répondit une voix.

Elle poussa le battant. La pièce était impeccablement rangée, livres et périodiques scrupuleusement alignés sur leurs étagères. Des fauteuils en cuir conféraient à l'ensemble une touche confortable et virile. Le Pr Carbone l'attendait derrière son immense bureau d'acajou exempt de tout dossier, papier, photo de famille et autre babiole.

— Bonjour, Corrie, l'accueillit Greg Carbone en se levant tout en reboutonnant la veste de son costume de serge bleue. Asseyez-vous, je vous en prie.

— Merci, professeur.

Elle savait à quel point il tenait à son titre. Malheur à celui qui lui aurait donné du « monsieur » ou, pire, se serait hasardé à prononcer son prénom.

Il se rassit en la voyant prendre place sur le siège qui lui faisait face. Carbone, bel homme avec ses cheveux poivre et sel, ses dents éclatantes, sa silhouette musclée et ses tenues élégantes, était le type même de la personne intelligente et calme à qui tout réussit. En clair, un vrai trou du cul.

— Eh bien, Corrie, déclara-t-il. Heureux de vous voir aussi apprêtée.

— Je vous remercie, professeur.

— Je suis impatient d'entendre votre nouvelle idée de thèse.

— Merci.

Corrie ouvrit son attaché-case, de rigueur à John Jay où les sacs à dos relevaient de la faute de goût. Elle en tira un classeur qu'elle posa sur ses genoux.

— Vous avez certainement entendu parler des fouilles archéologiques qui se déroulent actuellement au City Hall Park. Près de la vieille prison de New York, celle que l'on appelle les Tombes.

— Je vous écoute.

— Ce lieu servait autrefois de sépulture aux condamnés exécutés. La direction des Espaces verts s'apprête à en reprendre possession afin d'autoriser le creusement d'une nouvelle bouche de métro.

— Ah oui, j'ai lu ça quelque part, approuva Carbone.

— Ce cimetière a été utilisé de 1858 à 1865. Par la suite, on a enterré les exécutés sur l'île de Hart, dont l'accès reste interdit au public à ce jour.

Carbone hocha la tête en signe d'encouragement. Corrie poursuivit :

— Il me semble que ce serait une excellente occasion de réaliser une étude ostéologique des squelettes concernés. Cela permettrait notamment de voir si les prisonniers ont souffert de malnutrition pendant leur enfance, de façon à déterminer si cela peut avoir influencé leur comportement criminel ultérieur.

Carbone acquiesça à nouveau.

— J'ai tout résumé ici, enchaîna-t-elle en posant un document sur le bureau. Hypothèses, méthodologie, groupe témoin, observations, analyse, tout y est.

L'universitaire attira le dossier à lui en le faisant glisser sur le plateau de la table, puis il en entama la lecture.

— C'est une occasion unique à plusieurs égards, continua Corrie. En premier lieu, la Ville possède des archives assez complètes sur la plupart de ces condamnés. On connaît leur identité, la nature de leurs délits, le détail de leur condamnation. Concernant ceux qui ont grandi dans l'orphelinat du quartier de Five Points, on dispose également des dossiers établis par les services de l'enfance. Tous ont été exécutés de façon identique, c'est-à-dire par pendaison, de sorte que la cause du décès est la même. En outre, le cimetière n'a servi que pendant sept ans, si bien que les dépouilles sont toutes à peu près contemporaines.

Elle se tut en constatant que Carbone tournait lentement les pages du document, pris par sa lecture. Rien sur son visage ne trahissait sa pensée.

— Il semble que la direction des Espaces verts soit toute disposée à laisser un élève de John Jay étudier les restes des condamnés.

Le dossier se figea dans la main de Carbone.

— Vous les avez déjà contactés?

— Oui, je voulais tâter le terrain...

— Tâter le terrain... Vous voulez dire que vous avez contacté un service municipal sans autorisation préalable?

Vacherie.

— Je n'aurais pas voulu vous soumettre un projet susceptible d'être tué dans l'œuf. J'ai commis une erreur?

Un long silence lui répondit.

— N'avez-vous pas lu le manuel de l'étudiant?

Corrie fut prise d'un mauvais pressentiment. Elle l'avait effectivement lu, à son entrée à John Jay. C'est-à-dire plus d'un an auparavant.

— Pas récemment, avoua-t-elle.

— Le manuel est clair sur ce point. Il est strictement interdit aux étudiants de contacter tout service municipal en dehors des voies officielles. Tout simplement parce que cet établissement est un institut universitaire municipal, rattaché à l'université de la Ville de New York.

L'universitaire s'était exprimé d'une voix douce, presque amicale.

Corrie avala sa salive. Elle sentit monter en elle une bouffée de panique, à laquelle se mêlait un sentiment de colère. C'était quoi, cette putain de connerie, encore? Elle s'obligea à conserver son calme.

— Je… Eh bien, je suis désolée, je ne me souvenais pas de ce point. Cela dit, j'ai uniquement passé quelques coups de fil, rien d'officiel.

Carbone la gratifia d'un léger mouvement de tête.

— Je suis convaincu que vous n'avez pas violé le règlement de façon *délibérée*, laissa-t-il tomber en reprenant la lecture du dossier, tournant les pages l'une après l'autre avec lenteur sans poser les yeux sur son étudiante. Quoi qu'il en soit, j'ai d'autres réserves au sujet de cette proposition de thèse.

Le cœur de Corrie se serra.

— Lesquelles?

— La notion que la malnutrition puisse conduire au crime… L'idée n'est pas nouvelle… ni très convaincante.

— J'ai pensé que l'hypothèse méritait d'être vérifiée.

— À l'époque, tout le monde ou presque souffrait de malnutrition, sans sombrer dans la criminalité pour autant. Ce concept trahit… comment dirais-je? Il trahit la philosophie selon laquelle le crime en général est lié aux circonstances d'une enfance malheureuse.

— On sait pourtant que la malnutrition – je parle de malnutrition aiguë, bien évidemment – provoque parfois des troubles neurologiques. Il ne s'agit pas d'un principe philosophique, mais d'une théorie scientifique avérée.

Carbone brandit le dossier.

— Je peux déjà vous dire quel sera le résultat de votre recherche. Vous découvrirez que ces condamnés ont *effectivement* souffert de malnutrition au moment de l'enfance. La *véritable* question est de savoir pourquoi seule une fraction des enfants touchés par la faim commet des crimes de sang. Et ce n'est pas la question à laquelle vous souhaitez répondre. Je suis désolé, mais votre sujet n'est pas à la hauteur de l'enjeu. De loin.

Il ponctua son verdict en écartant lentement les doigts, et le document retomba sur le bureau.

2

Le célèbre – tristement célèbre, diront certains – musée Rouge de l'Institut John Jay de justice criminelle réunissait essentiellement de vieux rapports d'enquête, des pièces à conviction recueillies sur des scènes de crime, quelques effets personnels ayant appartenu à des délinquants et une poignée de souvenirs du même acabit lorsqu'il avait vu le jour, près d'un siècle auparavant, dans la vitrine de l'un des couloirs de l'école de police. Il s'était agrandi depuis, jusqu'à devenir l'une des plus riches collections d'objets criminels du pays. Les pièces maîtresses du musée étaient réunies dans une salle aménagée au cœur du bâtiment Skidmore, Owings & Merrill de l'Institut, sur la 10e Avenue. Quant au reste des collections, il moisissait dans le sinistre sous-sol de l'ancienne école de police de la 20e Rue Est.

Corrie avait découvert ce trésor peu après son arrivée à John Jay. S'étant liée d'amitié avec l'archiviste, elle connaissait tous les secrets des tiroirs mal rangés et des étagères surchargées peuplant cet endroit magique. Elle venait régulièrement puiser dans cette mine, en quête de sujets d'étude ou de projets de recherche. Encore tout récemment, c'est là qu'elle était allée chercher l'inspiration pour sa thèse. Elle avait passé des heures à fouiller parmi les vieilles affaires classées. Des enquêtes si anciennes que leurs protagonistes étaient tous morts, y compris les coupables.

Le lendemain de son entrevue avec le Pr Carbone, elle monta dans le vieil ascenseur branlant qui conduisait au sous-sol, bien décidée à trouver un sujet susceptible d'obtenir l'agrément de son tuteur, avant la date limite de dépôt des projets de thèse auprès de la Fondation Rosewell. On était déjà à la mi-novembre, Corrie comptait mettre à profit les vacances d'hiver pour effectuer les recherches nécessaires et rédiger son mémoire. Bénéficiaire d'une modeste bourse d'étude que complétait l'inspecteur Pendergast, elle mettait un point d'honneur à ne pas coûter un centime inutile à son protecteur. Le prix Rosewell, d'un montant de vingt mille dollars, aurait avantageusement résolu le problème.

La porte de l'ascenseur s'ouvrit et elle fut assaillie par une odeur familière. Un mélange de poussière et de vieux papiers, souligné par de légers effluves d'urine de rongeur. Elle se dirigea vers la double porte métallique sur laquelle figurait la mention *Archives du musée Rouge* et enfonça la sonnette. Un borborygme inintelligible s'échappa d'un haut-parleur antédiluvien. Elle prononça son nom et la porte s'ouvrit avec un grésillement.

— Corrie Swanson ! Quel plaisir de vous voir ! fit la voix râpeuse de l'archiviste, Willard Bloom.

Il se leva du petit bureau, baignant dans un cône de lumière, qui montait la garde à l'entrée d'un espace caverneux et obscur. Maigre comme un fil et doté d'un teint cadavérique, Bloom avait l'allure débonnaire d'un grand-père avec ses cheveux gris légèrement longs. Elle lui pardonnait volontiers les regards baladeurs qu'il posait sur son anatomie, persuadé qu'elle ne remarquait pas son manège.

Le vieil homme s'approcha en tendant dans sa direction une main veineuse qu'elle fut étonnée de trouver si chaude.

— Venez donc vous asseoir. Laissez-moi vous proposer du thé.

Quelques chaises étaient disposées autour du bureau, à côté d'une table basse et d'un vieux meuble de rangement sur lequel reposaient des plaques électriques, une bouilloire et une théière. L'ensemble dessinait une oasis dans ce désert de poussière plongé dans la pénombre.

Corrie se laissa tomber sur un siège en posant bruyamment son attaché-case à côté d'elle.

— Hou ! soupira-t-elle.

Bloom haussa deux sourcils interrogatifs.

— C'est Carbone. Il a refusé mon nouveau sujet de thèse. Je suis obligée de tout recommencer de zéro.

— Carbone est un âne bâté, commenta Bloom de sa voix aigre.

— Vous le connaissez ? s'étonna Corrie.

— Je connais tous ceux qui viennent ici. Carbone passe son temps à se plaindre de la poussière qui s'accumule sur ses tenues Ralph Lauren. Et il me prend pour son larbin. Résultat des courses, je ne trouve jamais ce dont il a besoin, le pauvre chéri... J'imagine que vous avez deviné la raison pour laquelle il refuse toutes les propositions de thèse que vous lui faites, non ?

— Parce que je suis étudiante en premier cycle ?

Bloom opina du chef, un doigt posé sur son nez.

— Exactement. Carbone appartient à la vieille école, c'est le roi du règlement.

Le vieil homme confirmait les craintes de Corrie. Le prix Rosewell, accordé à la meilleure thèse de l'année, était extrêmement prisé à John Jay. La plupart de ses titulaires étaient des majors de promotion du second cycle. À la connaissance de Corrie, jamais aucun étudiant de premier cycle n'avait obtenu ce prix. Il leur était même déconseillé de se lancer dans un travail de thèse trop tôt. Mais comme rien ne l'interdisait dans le règlement, la jeune fille avait décidé de bousculer les habitudes.

Bloom souleva la théière en montrant un sourire jaune.

— Du thé ?

La théière, crasseuse, donnait l'impression de n'avoir pas été lavée depuis un siècle.

— Ne me dites pas que vous faites du thé là-dedans ! Je croyais qu'il s'agissait d'une arme de crime remplie d'arsenic.

— Je constate que vous n'avez pas perdu votre sens de la repartie. Vous devriez pourtant savoir que le poison est une arme essentiellement féminine. Si j'étais pris d'instincts meurtriers, je voudrais voir couler le sang de ma victime.

Il se remplit une tasse.

— Alors, comme ça, Carbone a refusé votre sujet de thèse. Surprise, surprise. Quel est votre plan B?

— *C'était* mon plan B. Je comptais sur vous pour me souffler de nouvelles idées.

Bloom s'enfonça dans son fauteuil et sirota bruyamment son thé.

— Voyons voir. Si mes souvenirs sont bons, vous avez opté pour l'ostéologie criminelle. Que recherchez-vous, précisément?

— J'aimerais travailler sur des squelettes présentant des lésions *perimortem*, ou *post mortem.* Vous auriez un truc du genre à me proposer?

— Hmmm…

Le vieil homme fronça les sourcils en signe de concentration.

— Les restes humains ne sont pas facilement accessibles. En dehors des ossements préhistoriques, bien sûr. Mais vous courez le risque de vous attirer les foudres des Amérindiens. Il faudrait en outre des restes sur lesquels nous possédons des informations complètes. Des restes *historiques.*

Bloom aspira une longue gorgée de thé d'un air songeur.

— Des ossements. Avec des lésions *peri* ou *post mortem.* Un cas historique. Et accessible. Accompagné d'un dossier complet…

Il ferma les yeux, dévoilant des paupières si marbrées de veines qu'on aurait pu les croire tuméfiées. Corrie attendit patiemment, bercée par le ronronnement du système d'aération.

Les yeux de l'archiviste s'ouvrirent brusquement.

— J'ai une idée. Avez-vous déjà entendu parler des Irréguliers de Baker Street?

— Jamais.

— Il s'agit d'un club très fermé de fans de Sherlock Holmes. Ils se réunissent une fois par an lors d'un grand dîner et publient toutes sortes d'études savantes consacrées à leur héros, tout en feignant de croire qu'il a vraiment existé. Figurez-vous que l'un d'eux a trouvé la mort il y a quelques années. Sa veuve, faute d'inspiration, nous a fait parvenir sa collection de souvenirs holmésiens. Sans doute ignorait-elle que Holmes était un personnage de *fiction*, alors que nous sommes spécialisés dans les crimes *réels*. Quoi qu'il en soit, il m'arrive régulièrement de consulter ce fonds. Rien de passionnant, à l'exception d'un exemplaire du journal de Doyle. Une simple photocopie, malheureusement, qui n'en a pas moins apporté un peu d'air frais à un vieil archiviste condamné à une tâche ingrate dans un sous-sol poussiéreux.

— Qu'y avez-vous découvert, exactement?

— Il y est fait mention d'un ours mangeur d'hommes.

Un pli barra le front de Corrie.

— Un ours mangeur d'hommes? Je ne vois pas bien…

— Suivez-moi.

Bloom s'approcha d'une rangée d'interrupteurs qu'il enclencha simultanément avec la paume de la main. Une nuée de néons s'anima en papillotant au-dessus des travées. Corrie frissonna, persuadée que les couinements et les frottements provoqués par l'arrivée inopinée de la lumière trahissaient la course affolée d'une armée de rats.

Elle emboîta le pas à l'archiviste entre les étagères couvertes d'un épais manteau gris et les meubles de rangement identifiés par des étiquettes manuscrites jaunies par le temps. Au fond de l'immense salle s'alignaient plusieurs tables de bibliothèque chargées de boîtes en carton. Les trois plus grosses reposaient à l'écart. Bloom ouvrit la première. Il en tira un épais dossier à soufflet dont il chassa la poussière en soufflant dessus, puis il entama le tri de son contenu.

— Nous y sommes, déclara-t-il en extirpant du lot un paquet de photocopies. Le journal de Doyle. Je sais qu'on devrait dire Conan Doyle, mais c'est un peu fastidieux, vous ne trouvez pas?

Il feuilleta le document dans la mauvaise lumière des néons avant d'en entamer la lecture à voix haute.

— ... *Je m'étais rendu à Londres pour un rendez-vous littéraire. Stoddart, l'éditeur américain, se révéla un compagnon fort agréable, mais nous n'étions pas seuls. Il avait également invité à dîner deux autres convives : Gill, un député irlandais fort amusant, ainsi qu'Oscar Wilde...*

Bloom marmonna la suite de façon indistincte, lisant le texte en diagonale, à la recherche du passage qui l'intéressait.

— ... *le clou de la soirée, bien que le terme soit impropre, aura été le compte rendu que m'a fait Wilde de sa tournée aux États-Unis. Aussi étrange que cela puisse paraître, le champion de l'esthétisme a rencontré un vif succès en Amérique, notamment dans l'Ouest où un groupe de mineurs mal dégrossis lui a réservé une véritable ovation...*

Corrie commençait à s'impatienter, sachant que le temps lui était compté. Elle s'éclaircit la gorge.

— Je ne suis pas certaine de trouver ce dont j'ai besoin chez Oscar Wilde et Sherlock Holmes, remarqua-t-elle poliment.

Imperturbable, Bloom poursuivit son récit en levant un doigt afin de réclamer son attention :

— *En fin de soirée, Wilde, qui avait consommé sans modération l'excellent vin commandé par Stoddart, m'a conté à mi-voix une histoire si horrifique, dans sa barbarie grotesque, que je me suis vu contraint de quitter la table. Quelques années plus tôt, onze prospecteurs avaient été tués et dévorés dans un campement baptisé Roaring Fork par un « ours grisé » de taille monstrueuse. Les détails sont si répugnants que je suis incapable de les retracer ici. Ils n'en ont pas moins laissé sur moi une impression terrible qui me suivra jusqu'à la tombe.*

Le vieil homme marqua une pause afin de reprendre sa respiration.

— Voilà. Onze cadavres de prospecteurs, dévorés par un ours grizzli. À Roaring Fork, qui plus est.

— Roaring Fork ? La station de ski huppée du Colorado ?

— Absolument. Roaring Fork a été créé par les mineurs venus exploiter les filons argentifères de la région.

— À quelle époque ?

— Wilde y a fait halte en 1881. On peut estimer que cette histoire d'ours anthropophage s'est déroulée au cours de la décennie précédente.

Corrie secoua la tête.

— Comment pourrais-je transformer cette histoire en sujet de thèse ?

— Mais enfin, Corrie ! On parle d'une dizaine de squelettes d'individus dévorés par un ours ! J'imagine que vous découvririez des traces passionnantes ! Les malheureux auront été griffés, mordus, mastiqués, croqués, broyés ! s'enthousiasma Bloom.

— Peut-être, mais je suis spécialiste de police scientifique, pas de police ursidée.

— Ce n'est pas moi qui vous apprendrai que de nombreuses victimes de meurtre présentent des blessures animales. Je pourrais vous montrer des centaines de dossiers. Il est parfois extrêmement difficile d'établir une différence entre des lésions animales et des blessures provoquées par l'homme. À ma connaissance, personne n'a jamais consacré d'étude poussée à la question. Un tel travail ferait indubitablement avancer la recherche en matière de police scientifique.

Il a raison, pensa Corrie que la clairvoyance de son interlocuteur ne laissait pas d'étonner. *À bien y réfléchir, c'est même un sujet de thèse formidable, et très original.*

— Il est probable que certaines des victimes du grizzli, sinon toutes, ont été enterrées dans le vieux cimetière de Roaring Fork, poursuivit Bloom.

— C'est bien le problème. Je me vois mal creuser toutes les tombes datant de cette époque à la recherche de squelettes mutilés par un ours.

Un sourire jaune illumina le visage du vieil homme.

— Ma chère Corrie, la véritable raison qui m'a poussé à évoquer cette histoire tient à un article passionnant publié dans le *Times* ce matin même ! Vous ne l'avez pas lu ?

— Non.

— Les cercueils du cimetière historique de Roaring Fork ont récemment été transférés dans un hangar en attendant d'être inhumés ailleurs, la nécropole originelle ayant été déclarée terrain constructible.

Il ponctua sa phrase d'un clin d'œil accompagné d'un large sourire.

3

Un homme amaigri en costume noir, accoudé à un balcon de pierre baigné de lumière au milieu des bougainvillées, scrutait les eaux de la Méditerranée depuis les hauteurs du Cap-Ferrat, au cœur de la Côte d'Azur. L'air était d'une douceur inaccoutumée pour la saison, les rayons du soleil caressaient les citronniers plantés en pente raide jusqu'à la plage de sable blanc, en contrebas. La forêt des yachts ancrés dans la baie s'étendait jusqu'à la pointe rocheuse du cap que surmontait un vieux château dont la silhouette se découpait dans le ciel limpide.

L'homme s'allongea dans une méridienne de soie damassée et laissa retomber à demi ses paupières sur deux yeux argentés. Près de lui, sur une table basse, on devinait un plateau sur lequel reposaient un exemplaire du *Faerie Queene* de Spenser, un petit verre de pastis, une carafe d'eau, ainsi qu'une enveloppe intacte. Le domestique qui avait apporté le plateau deux heures plus tôt attendait les ordres de son employeur, à l'abri d'un portique. L'homme recevait peu de courrier depuis son installation dans cette villa de location. Certaines de ces rares missives portaient les coordonnées de leur expéditrice : une certaine Mlle Constance Greene, de New York ; quant aux autres, elles émanaient d'une pension suisse huppée.

Inquiet de voir s'écouler les heures, le domestique en arrivait à se demander si l'étrange convalescent qui l'avait engagé à prix d'or n'avait pas été victime d'une attaque cardiaque tant il était immobile. Il se rassura en le voyant lever la main d'un geste languissant et saisir la carafe d'eau. Il en versa quelques gouttes dans le verre de pastis qui se troubla en perdant sa belle couleur ambrée. L'homme porta le pastis à ses lèvres, but une longue gorgée, reposa le verre et reprit sa veille immobile tandis que s'allongeaient les ombres de l'après-midi.

De longues minutes s'égrenèrent, puis la main s'anima à nouveau avec une extrême lenteur. L'homme leva le verre de cristal taillé et avala une nouvelle gorgée du liquide translucide avant de s'emparer du recueil de poésie. Il entama une lecture silencieuse et patiente, tournant les pages à intervalles éloignés. Les derniers rayons du soleil embrasèrent la façade de la villa. La rumeur de la presqu'île filtrait jusqu'au jardin : des éclats de voix signalant une dispute, le ronronnement d'un yacht traversant la baie, le pépiement des oiseaux dans les branches, les bribes de piano d'un artiste en herbe s'exerçant à la méthode Hanon.

L'homme en noir referma son ouvrage, le reposa sur le plateau et posa les yeux sur l'enveloppe intacte. Comme au ralenti, il la prit entre ses doigts aux ongles longs et manucurés, l'ouvrit et déplia la lettre qu'elle contenait.

27 novembre

Cher Aloysius,

Je vous envoie ce courrier aux bons soins de Proctor, en espérant qu'il vous le transmette. Je sais que vous êtes toujours à l'étranger, et vous avez probablement envie qu'on vous laisse tranquille, mais ça fait près d'un an que vous êtes parti et je me disais que vous ne tarderiez sans doute pas à rentrer. J'imagine que vous brûlez de mettre un terme à votre congé sans solde du FBI afin de vous lancer dans de nouvelles enquêtes. Quoi qu'il en soit, je voulais vous parler de mon projet de thèse. Figurez-vous que je m'envole prochainement pour Roaring Fork, dans le Colorado !

J'ai trouvé une idée formidable pour ma thèse. Connaissant votre impatience, je vais essayer d'être concise, mais il me faut remonter dans le temps si vous voulez comprendre.

En 1873, on découvrait du minerai d'argent en pleine montagne dans la région de Leadville, dans le Colorado. Un village minier baptisé Roaring Fork émergeait aussitôt dans la vallée où coule la rivière du même nom, et des concessions minières fleurissaient tout autour. Au mois de mai 1876, un ours grizzli particulièrement agressif tuait et dévorait un premier prospecteur, avant de terroriser la population locale tout au long de l'été. Les habitants de Roaring Fork ont envoyé plusieurs équipes de chasseurs à sa poursuite dans l'espoir de l'exterminer, sans résultat, ce qui n'est pas surprenant dans une région aussi escarpée et isolée. Lorsque la série noire a pris fin, onze prospecteurs avaient trouvé la mort, tous mutilés et dévorés de façon terrifiante. Les journaux locaux en ont beaucoup parlé à l'époque (ce qui m'a permis de réunir tous ces détails), en plus des rapports établis par le shérif. Du fait de l'éloignement de Roaring Fork, cette histoire s'est rapidement perdue une fois l'incident clos.

Les prospecteurs concernés ont été inhumés dans le cimetière de Roaring Fork et tout le monde les a oubliés. Les mines ont fermé les unes après les autres, Roaring Fork a progressivement perdu ses habitants jusqu'à devenir une ville fantôme. L'histoire reprend en 1946, lorsque des investisseurs ont décidé de transformer le lieu en station de sports d'hiver. Je ne vous apprendrai rien en vous disant qu'il s'agit de l'une des stations les plus réputées au monde. Le prix moyen d'un chalet y dépasse les quatre millions de dollars!

Voilà pour l'histoire. Cet automne, on a déterré les morts de l'ancien cimetière afin de laisser place à de nouveaux chalets. Les cercueils sont actuellement stockés dans un entrepôt proche d'une piste de ski en attendant que tout le monde se mette d'accord sur leur sort. Cent trente cercueils en tout, dont ceux de huit des victimes de l'ours (personne ne se souvient de ce qu'il est advenu du corps des trois autres prospecteurs).

J'en arrive à ma thèse, que j'ai intitulée «Étude détaillée des traumatismes perimortem *observés sur les squelettes de huit prospecteurs tués par un ours grizzli, tels qu'ils ont été retrouvés dans un ancien cimetière du Colorado».*

Figurez-vous qu'il n'existe à ce jour aucun travail d'ampleur consacré aux traumatismes perimortem *infligés à des humains par un carnivore de grande taille. C'est une première! Il faut bien reconnaître que les accidents de ce genre ne sont pas courants.*

Mon directeur de thèse, le Pr Greg Carbone, a refusé mes deux propositions précédentes. Ce salaud m'a rendu un fieffé service, si vous me passez l'expression. Il était bien décidé à refuser de me donner son feu vert cette fois-ci encore, pour des raisons dont je ne vous embarrasserai pas. Alors j'ai décidé de suivre votre exemple. Je me suis procurée à grand-peine son dossier personnel. Je me doutais bien que ce type-là était trop beau pour être honnête. Il y a quelques années, Carbone s'est tapé l'une de ses étudiantes de premier cycle; cet imbécile a eu la mauvaise idée de la recaler en fin d'année quand elle a voulu rompre avec lui. Elle a porté plainte, non seulement à cause de leur histoire, mais surtout pour l'avoir saquée. Leur relation n'avait rien d'illégal, la fille avait vingt ans, mais cette ordure lui a mis un F quand elle méritait un A. La direction de l'Institut a étouffé l'affaire, on a accordé un A à la fille en plus du «remboursement» de ses frais d'inscription de l'année. Une façon comme une autre d'acheter son silence.

Grâce à Internet, rien de plus facile que de retrouver quelqu'un. J'ai donc réussi à dénicher la fille et je lui ai passé un coup de téléphone. Elle s'appelle Molly Denton, elle est désormais flic à Worcester, dans le Massachusetts. Elle travaille au sein de la Criminelle locale, elle a même été décorée. Elle s'est empressée de tout me balancer sur mon cher patron de thèse, de sorte que j'avais quelques bombes atomiques en poche quand je suis retournée le voir.

J'aurais aimé que vous soyez là. C'était trop beau. Avant même de lui exposer mon nouveau projet de thèse, j'ai négligemment glissé dans la conversation que nous avions une amie commune, Molly Denton. Le tout avec un grand sourire, histoire qu'il reçoive le message cinq sur cinq. Il a blêmi. Je ne l'ai jamais vu aussi pressé de revenir à ma thèse. Il m'a écoutée avec la plus grande attention avant de m'accorder sa bénédiction en ajoutant que c'était le sujet le plus extraordinaire qu'on lui ait proposé depuis des années, qu'il se chargeait lui-même de le valider auprès du comité consultatif. Je vous réserve le meilleur pour la fin: il m'a conseillé de m'envoler pour Roaring Fork «le plus vite possible». Aussi doux qu'un agneau...

Les congés d'hiver viennent de commencer, je pars pour le Colorado dans deux jours. Souhaitez-moi bonne chance, et n'hésitez pas à m'écrire par l'intermédiaire de votre copain Proctor à qui je communiquerai ma nouvelle adresse dès que possible.

Affectueusement,
Corrie

P.S.: J'oubliais de vous fournir le détail le plus sensationnel au sujet de ma thèse. Vous n'allez sans doute pas me croire, mais j'ai pris connaissance de ce fait divers en consultant le journal intime d'Arthur Conan Doyle! Il tenait l'histoire d'Oscar Wilde, croisé lors d'un dîner à Londres en 1889. Wilde était apparemment grand amateur d'histoires d'horreur, et il avait recueilli celle-là à l'occasion d'une tournée de conférences dans l'Ouest américain.

Le domestique, debout dans l'ombre, vit son étrange employeur achever la lecture de la lettre. L'enveloppe s'échappa de ses doigts interminables et retomba sur la table basse, abandonnée aux caprices de la brise du soir. Tandis que la main pâle s'emparait du verre de pastis, les feuillets franchirent la rambarde, s'envolèrent au-dessus des citronniers et tourbillonnèrent dans l'azur avant de disparaître sans que l'homme en noir, allongé sur la méridienne face à la mer, parût s'en inquiéter.

4

La police de Roaring Fork avait élu domicile dans un immeuble de style victorien, tel qu'on en trouve couramment dans les petites villes de l'Ouest. Le pittoresque bâtiment dressait sa silhouette de brique rouge au milieu d'un parc, dans le décor majestueux des pics enneigés. Face à l'entrée s'élevait une statue de la Justice. Enveloppée d'un manteau floconneux, elle n'était pas aveuglée par un bandeau, contrairement à l'usage.

Pour avoir dévoré de nombreux ouvrages consacrés à Roaring Fork, Corrie Swanson savait tout ou presque de cette bâtisse abritant également le palais de justice. Plusieurs condamnés célèbres en avaient franchi les portes, du journaliste Arthur S. Thompson au tueur en série Ted Bundy. Station de ski huppée, Roaring Fork possédait l'un des parcs hôteliers les plus onéreux du pays, ce qui avait contraint la jeune fille à se rabattre sur un vieux motel de la petite ville de Basalt, distante d'une trentaine de kilomètres par une étroite route en lacet. Le Cloud Nine Motel, en dépit de ses cloisons en carton-pâte et de ses lits inconfortables, coûtait la bagatelle de cent neuf dollars la nuit, preuve que la saison des sports d'hiver battait son plein.

Entre les petits boulots qu'elle effectuait en marge de ses études et le reliquat de la somme donnée par l'inspecteur Pendergast un an plus tôt, lorsqu'il l'avait envoyée vivre chez son père afin d'assurer sa protection[1], Corrie disposait

1. Lire *Descente en enfer* (L'Archipel, 2013).

de presque quatre mille dollars. À raison de cent neuf dollars par jour, plus les repas et les trente-neuf dollars quotidiens que lui coûtait sa vieille bagnole de location, ses économies allaient fondre comme neige au soleil.

En clair, elle n'avait pas de temps à perdre.

Dans sa précipitation à obtenir le feu vert des autorités universitaires, elle s'était rendue coupable d'un petit mensonge. Peut-être pas si petit, après tout. Elle s'était targuée auprès de Carbone et des autres membres du comité consultatif d'avoir obtenu la permission d'examiner les dépouilles des prospecteurs.

La réalité était moins prometteuse.

Les divers courriels expédiés au chef de la police de Roaring Fork, seul capable de lui accorder la carte blanche dont elle avait besoin, étaient tous restés sans réponse et personne n'avait pris la peine de la rappeler chaque fois qu'elle avait téléphoné en laissant un message. Aucun de ceux qu'elle avait eus au bout du fil ne s'était montré désagréable, mais sa requête n'était manifestement pas une priorité.

Dès son arrivée la veille, Corrie s'était donc rendue au commissariat où elle avait enfin décroché un rendez-vous avec Stanley Morris, le chef de la police.

Elle poussa la porte du bâtiment et se dirigea vers l'accueil. À sa grande surprise, le fonctionnaire qui se trouvait derrière le comptoir n'était pas un gros flic musclé, mais une toute jeune fille. Plutôt jolie, elle avait un teint laiteux, de grands yeux sombres, et des cheveux blonds qui lui tombaient sur les épaules.

Elle décrocha un sourire en voyant Corrie s'approcher.

— Vous êtes… euh, vous faites partie de la police? s'enquit la visiteuse.

La jeune fille éclata de rire en secouant la tête en signe de dénégation.

— Pas encore.

— Alors… vous êtes hôtesse d'accueil?

— Non. Je fais un stage au commissariat pendant les vacances de Noël. Je suis préposée à l'accueil aujourd'hui.

Cela dit, ajouta-t-elle après une pause, j'aimerais bien entrer dans la police un jour.

— Dans ce cas, nous sommes deux. Je suis étudiante à l'Institut John Jay.

La fille ouvrit des yeux ronds.

— Pas possible !

Corrie lui tendit la main.

— Corrie Swanson.

— Jenny Baker, répondit son interlocutrice.

— J'ai rendez-vous avec M. Morris.

— Ah oui ! répondit Jenny en jetant un coup d'œil à l'agenda posé devant elle. Il vous attend. Allez-y.

— Merci.

En dépit de cette entrée en matière encourageante, Corrie s'efforça de dissimuler sa nervosité, évitant de penser au sort qui l'attendait si d'aventure on refusait sa requête. Le succès de ses études en dépendait, sans même parler de la fortune dépensée pour venir jusqu'ici.

La porte du bureau qu'on lui avait indiqué était ouverte. Le chef de la police, installé derrière sa table de travail, se leva, la main tendue, en la voyant franchir le seuil. Corrie ne s'était pas attendue à tomber sur un homme aussi avenant. Petit, rondouillard et chauve, vêtu d'un uniforme fripé, il était tout sourire. La pièce, meublée de confortables fauteuils en cuir patiné, comme le bureau en pagaille sur lequel s'étalaient paperasses, livres et photos de famille, trahissaient la bonhomie naturelle de son occupant.

Stanley Morris l'invita à s'asseoir tandis qu'une secrétaire âgée leur apportait des gobelets de café, du sucre et du lait sur un plateau. Corrie, encore perturbée par les effets du décalage horaire, fut trop heureuse de se servir. Elle évita néanmoins de mettre dans son café les quatre cuillerées de sucre habituelles avant de s'apercevoir que son hôte en versait cinq dans son propre gobelet sans le moindre complexe.

— Alors, commença Morris en se calant dans son fauteuil. J'ai cru comprendre que vous vous lanciez dans un projet palpitant.

— Je vous remercie. Merci surtout de me recevoir aussi vite.

— Je me suis toujours passionné pour l'histoire de Roaring Fork. Les crimes du grizzli font partie de la légende locale. Aux yeux de ceux qui s'intéressent au passé, tout du moins. Nous sommes malheureusement de moins en moins nombreux dans ce cas.

— Ce projet de recherche constitue une opportunité rare, se lança Corrie en récapitulant les arguments qu'elle avait soigneusement préparés dans sa tête. Tout d'abord, il nous offre une chance réelle de faire progresser la science criminelle.

Emportée par son enthousiasme en voyant avec quelle attention l'écoutait son interlocuteur, le menton posé sur sa main potelée, Corrie lui détailla les atouts d'un travail qui valoriserait la police de Roaring Fork en attirant l'attention de la presse nationale et en suscitant la gratitude de John Jay, premier institut de formation policière du pays. Elle promit à Morris de travailler en étroite collaboration avec son service, conformément aux instructions qu'il voudrait bien lui donner. Elle dressa d'elle-même un portrait gentiment mensonger, expliquant avoir toujours rêvé de devenir flic, au point de travailler dur à seule fin d'obtenir une bourse d'études dans un établissement aussi prestigieux. Elle conclut sa présentation en célébrant la chance qu'avait son interlocuteur de disposer d'un poste aussi intéressant dans une ville aussi belle et s'excusa en riant de s'être montrée si bavarde.

Elle avait pu constater, aux hochements de tête, aux sourires et aux signes d'approbation que lui adressait Morris, à quel point son laïus avait fait mouche.

Le chef de la police but une gorgée de café, se racla la gorge, loua les efforts et l'esprit d'entreprise de la jeune fille en jugeant le projet très intéressant. Il allait devoir y réfléchir, bien sûr. Consulter le médecin légiste, sonder la société d'histoire locale ainsi que les autres institutions concernées, sans doute aussi en référer aux services juridiques de la municipalité…

Corrie, affolée en le voyant prêt à mettre un terme à leur entretien, prit sa respiration.

— Puis-je me montrer franche avec vous, monsieur Morris ?

Il se laissa retomber sur son siège.

— Mais... bien sûr.

— Voilà. Il m'a fallu énormément de temps pour arriver à réunir la somme nécessaire à la réalisation de ce projet. J'avais deux petits boulots en plus de mes études. Roaring Fork est l'une des stations de ski les plus chères d'Amérique, chaque jour qui s'écoule me coûte une petite fortune. Bref, j'ai le temps de me ruiner mille fois si je dois attendre toutes ces autorisations.

Elle se remplit à nouveau les poumons.

— Franchement, monsieur Morris, nous n'en avons pas fini si vous décidez de consulter tout le monde. Des jours et des jours, voire des semaines. Chacun voudra mettre son grain de sel et, quelle que soit la décision finale, il y aura toujours quelqu'un pour estimer qu'on aurait dû le consulter. D'autant que cette histoire pourrait bien provoquer une controverse.

— Une controverse ? répéta Morris d'une voix qui trahissait son inquiétude.

— Puis-je me permettre de vous suggérer une autre solution ?

Le fonctionnaire ne masqua pas sa surprise.

— Je vous en prie.

— Si je ne m'abuse, vous disposez des pouvoirs nécessaires à l'octroi d'une telle autorisation. De sorte que...

Elle fut prise d'une ultime hésitation, avant de se lancer sans fard :

— Je vous serais infiniment reconnaissante si vous acceptiez de me donner votre feu vert aujourd'hui même, de façon que je puisse entamer mes recherches. J'ai besoin de deux ou trois jours tout au plus pour examiner les dépouilles des victimes, avec la possibilité d'emporter quelques ossements aux fins d'analyses ultérieures. C'est tout. Plus vite nous irons, mieux ce sera pour tout le monde. Les gens se fichent de ces cercueils, j'en aurai terminé avant même que quiconque s'en préoccupe. Je vous en supplie, monsieur Morris. C'est *si* important pour moi !

Elle s'était exprimée sur un ton plus larmoyant qu'elle ne l'aurait voulu, mais sa plaidoirie semblait produire l'effet escompté.

— Bon, bon, marmonna Morris en se raclant la gorge à plusieurs reprises. Je comprends votre point de vue. Hmmm. D'autant que j'aimerais éviter toute controverse.

Il se pencha en arrière, tendant le cou en direction de la porte.

— Shirley? Du café !

La secrétaire réapparut munie de deux gobelets. Morris renouvela son manège en versant dans le sien une quantité impressionnante de sucre, ajouta du lait et remua interminablement le tout, le front barré d'un pli. Il reposa enfin sa petite cuillère en plastique et avala une longue gorgée du liquide brûlant.

— Je pencherais volontiers en faveur de votre proposition, déclara-t-il. Volontiers. Procédons de cette façon-là. Il est à peine midi. Laissez-moi vous conduire là-bas et vous montrer les cercueils. Sans qu'il soit question de toucher aux squelettes pour l'instant, au moins aurez-vous une idée de la situation, en attendant ma réponse définitive demain matin. Qu'en dites-vous?

— Ce serait formidable ! Merci infiniment !

Morris lui adressa un sourire lumineux.

— De vous à moi, précisa-t-il, vous pouvez compter sur une issue positive.

Corrie dut se retenir de ne pas le serrer dans ses bras.

5

Corrie se glissa sur le siège passager de la voiture de police. Stanley Morris, visiblement habitué à se passer des services d'un chauffeur, conduisait lui-même la jeep Cherokee pour laquelle il avait opté, en lieu et place de la Crown Vic traditionnelle. Le 4 x 4 arborait sur ses portes l'écusson de la ville : une feuille de tremble entourée d'une étoile de shérif à six branches.

La jeune fille loua intérieurement le ciel de lui avoir envoyé un homme aussi accommodant, à la fois raisonnable et intelligent, à défaut d'être courageux.

— C'est la première fois que vous venez à Roaring Fork ? l'interrogea Morris en actionnant le démarreur.

— Absolument. Je n'ai jamais skié de ma vie.

— Pas possible ! Vous devriez en profiter pour prendre des cours. Nous sommes en pleine saison, vous ne pouviez pas mieux tomber.

La jeep remonta lentement East Main Street. Tout en conduisant, Morris désignait à sa passagère les lieux les plus intéressants : l'hôtel de ville, le majestueux hôtel Sebastian, les belles demeures victoriennes. Des guirlandes lumineuses et des branches de sapin ornaient toutes les façades. Un épais manteau de neige alourdissait les arbres et recouvrait les toits des bâtiments aux fenêtres étoilées de givre. On se serait crus dans le décor d'une gravure de Currier Ives.

L'auto s'engagea sur une rue commerçante qui comptait autant de boutiques de luxe que la 5e Avenue. Les trottoirs débordaient de passantes en manteau de fourrure et de promeneurs en tenue de ski, tous chargés de paquets et de sacs de courses. La circulation était si dense que la jeep avançait à un train d'escargot au milieu des Hummer, des 4 x 4 Mercedes, des Range Rover, des Porsche Cayenne et des scooters des neiges.

— Désolé de tous ces embouteillages, s'excusa Morris.

— Vous plaisantez? C'est extraordinaire, s'extasia Corrie en voyant défiler, à l'infini, les vitrines des boutiques Ralph Lauren, Tiffany, Dior, Louis Vuitton, Prada, Gucci, Rolex, Fendi, Bulgari, Burberry, Brioni...

— L'argent coule à flots dans cette ville, lui expliqua le policier. D'un point de vue professionnel, ce n'est pas forcément l'idéal. Beaucoup de ces gens se croient au-dessus des lois. Ils ont tort, car je puis vous dire qu'à Roaring Fork tout le monde a droit au même traitement. Et quand je dis tout le monde, c'est tout le monde, sans exception.

— Vous avez bien raison.

— C'est la seule politique possible dans une ville qui compte autant de stars et de milliardaires. Quand ils ne sont pas les deux à la fois, précisa-t-il sur un ton pompeux.

— J'imagine qu'une telle opulence doit attirer les voleurs, remarqua Corrie, hypnotisée par les vitrines.

— Pas le moins du monde. Le taux de criminalité est proche de zéro. Nous avons la chance d'être très enclavés. La seule route d'accès à Roaring Fork est la 82, qui est souvent bloquée par la neige. Nous avons bien un aérodrome, mais il accueille uniquement des jets privés. En outre, la vie ici est très chère. Bien trop pour les petits voleurs. Les cambrioleurs n'ont tout simplement pas les moyens!

Il conclut sa phrase d'un rire franc.

À qui le dis-tu, pensa Corrie.

Le 4 x 4 pénétra dans un décor de western: des bars équipés de portes de saloon, des bureaux de contrôle miniers, des épiceries à l'ancienne, et même quelques bordels aux fenêtres pimpantes. Le tout dans un état impeccable, depuis les crachoirs en cuivre jusqu'aux trottoirs en bois, en passant par les fausses façades des maisons.

— C'est quoi, ce cirque? s'étonna Corrie en désignant les membres d'une même famille posant devant l'Ideal Saloon.

— Old Town, répliqua Morris. Ce sont les restes de la partie historique de Roaring Fork. Ces bâtiments, restés à l'abandon, ont pourri sur place pendant des années. Quand la ville s'est reconvertie en station de sports d'hiver, on a hésité un temps à tout démolir. Jusqu'au jour où quelqu'un a eu l'idée de transformer cette ancienne ville fantôme en musée à ciel ouvert.

Le ski à l'heure de Mickey, sourit intérieurement Corrie, frappée par la cohabitation anachronique entre ces vestiges du passé et l'étalage de luxe insolent du centre-ville.

Une meute de scooters des neiges dépassa la jeep, laissant dans son sillage un nuage de poudreuse.

— Que se passe-t-il? demanda Corrie.

— Rien. Roaring Fork est le paradis des scooters des neiges. La ville n'est pas seulement connue pour son domaine skiable, mais aussi pour ses pistes de scooters. Elles s'étendent sur des kilomètres. La plupart sont d'anciens chemins de prospecteurs sillonnant la montagne, au-dessus de la ville.

En quittant les quartiers les plus animés, Morris passa devant un petit parc dans lequel on devinait d'énormes rochers sous la neige.

— Centennial State Park, annonça le policier. Ces rochers ont été érigés en hommage à John Denver.

— John Denver, le chanteur? s'enquit Corrie d'un air dégoûté.

— Ses fans se réunissent ici chaque année à la date anniversaire de sa mort. C'est très émouvant. Ce type était un véritable génie. Quelle perte!

— C'est vrai, se hâta de réagir Corrie. J'adore ses disques. « Rocky Mountain High » est ma chanson préférée.

— Vous aussi? Les larmes me montent aux yeux chaque fois que je l'entends.

Laissant la ville derrière eux, ils s'enfoncèrent au milieu des sapins géants recouverts de neige.

— Pour quelle raison a-t-on exhumé ces cercueils? demanda Corrie.

— On a décidé d'agrandir les Heights, un domaine privé qui réunit des chalets à dix millions de dollars sur des terrains immenses, avec route d'accès et club privés. Il s'agit du projet le plus prestigieux de Roaring Fork. Lorsque l'idée a germé dans les années 1970, les promoteurs des Heights ont obtenu la permission d'acquérir l'ancien cimetière à la condition d'assurer le transfert des sépultures. À l'époque, les transactions de ce genre étaient encore autorisées. Quoi qu'il en soit, ils ont récemment décidé d'exercer ce droit afin de construire un centre thermal et un clubhouse. Les gens ont poussé les hauts cris, comme vous pouvez vous en douter. La municipalité leur a même intenté un procès, mais les promoteurs disposaient d'excellents avocats. Ils se sont empressés d'exhiber l'accord signé en 1978 qui leur accordait le droit d'exploitation des terrains. Les gérants des Heights ont remporté la partie et les cercueils ont été exhumés. Voilà où nous en sommes. Pour l'heure, les restes des défunts sont entreposés dans un hangar. Il ne reste quasiment plus rien des morts, sinon des boutons de vêtements, des bottes et des squelettes.

— Où seront-ils enterrés par la suite?

— Les promoteurs des Heights ont prévu de les inhumer tout près d'ici au printemps.

— Les gens sont d'accord?

Le policier balaya la question d'un geste.

— Les critiques se sont tues une fois les corps exhumés. Il ne s'agissait pas tant des morts que de la préservation du cimetière historique. Une fois la décision actée, les gens se sont désintéressés de cette histoire.

La petite route de forêt déboucha soudain sur une large vallée dessinant un paysage magnifique dans le soleil de midi. Une pancarte en bois de dimensions modestes, taillée à la main, annonçait simplement:

LES HEIGHTS
Propriété privée
Prière de vous arrêter au pavillon de garde

À hauteur d'un mur de pierres roulées s'ouvrait une grille de fer forgé derrière laquelle se dressait une maisonnette de conte de fées. Bardée de bois, elle était surmontée d'un toit pointu. On devinait, au-delà du pavillon de garde, d'immenses propriétés dissimulées au milieu des arbres. Des rubans de fumée s'échappaient des cheminées que l'on distinguait au-dessus des sapins. Sur une crête se dessinaient les silhouettes d'autres chalets sous le ciel lumineux des Rocheuses, dans lequel couraient paresseusement quelques nuages.

— On va devoir entrer? s'enquit Corrie, intimidée.

— L'entrepôt se trouve sur l'un des contreforts du domaine.

Le garde fit signe à Morris de passer et la jeep s'engagea sur un ruban d'asphalte entièrement dégagé. Étrangement, la chaussée paraissait sèche, et aucun tas de neige ne s'élevait sur le bas-côté.

— La route est chauffée? s'étonna Corrie alors que la jeep dépassait ce qui devait être l'ancien clubhouse.

— C'est courant, par ici. Les flocons de neige s'évaporent en touchant le sol.

La route s'élançait vers les montagnes et traversait un pont au-dessus des eaux gelées de la Silver Queen Creek. Le 4 x 4 franchit la barrière d'un chemin de service et se dirigea vers une suite de bâtiments préfabriqués qu'un haut grillage séparait du domaine skiable. D'immenses stalactites, étincelantes de lumière, pendaient des toitures.

Le policier se gara sur l'espace déneigé, face au plus grand des hangars, puis il descendit du véhicule, imité par Corrie. La température, inférieure à zéro, restait supportable du fait de l'absence de vent. Morris décadenassa une petite porte et Corrie le suivit à l'intérieur d'un espace caverneux et sombre. La jeune fille fut instantanément assaillie par une forte odeur d'humus relativement plaisante.

Morris bascula une série de commutateurs et les lampes à vapeur de sodium du plafond s'allumèrent, baignant l'intérieur du bâtiment d'une lumière jaune. Le froid était plus intense que dehors et Corrie serra son manteau contre elle en frissonnant. Tout près de la porte s'alignaient six scooters des neiges quasiment identiques. Plusieurs engins de déneigement, pour certains très anciens avec leurs énormes chenilles et leurs cabines arrondies, empêchaient de distinguer le fond de l'entrepôt. Les deux visiteurs les contournèrent et découvrirent le cimetière improvisé : plusieurs rangées de cercueils de plastique bleu ciel, semblables à ceux dont se servent les équipes de médecine légale sur une scène de crime.

Ils s'approchèrent des bières et Corrie se pencha sur la première. Une fiche de grande taille était scotchée sur le couvercle. Elle posa un genou à terre afin d'en découvrir le contenu. On y précisait l'emplacement précis de la sépulture originale dans le vieux cimetière, avec une photo prise avant exhumation. Un cadre permettait le relevé des indications éventuelles portées sur la pierre tombale, accompagné de l'espace nécessaire pour une photo de la stèle. Chaque détail était soigneusement numéroté, catalogué, consigné. Corrie constata avec soulagement qu'elle disposerait de tous les éléments dont elle avait besoin.

— Vous trouverez ici quelque cent trente corps, précisa le chef de la police, et près d'une centaine de pierres tombales. Les autres défunts sont anonymes. Il est possible que des plaques en bois aient orné les tombes à l'origine, ou alors certaines stèles auront été détruites ou volées.

— Certaines permettaient-elles d'identifier les victimes de l'ours ?

— Non, aucune. Ce sont des stèles ordinaires. Un nom, des dates, parfois une épitaphe traditionnelle ou bien une citation biblique. La cause du décès figure rarement sur les pierres tombales. Être dévoré par un ours n'est pas le genre d'indication qu'on souhaite léguer aux générations futures.

Corrie acquiesça. Le détail était de peu d'importance, puisqu'elle possédait une liste complète des victimes, établie grâce aux journaux de l'époque.

— Serait-il possible de soulever le couvercle de l'un des cercueils? demanda-t-elle.

— Pourquoi pas?

Morris saisit la poignée de la bière la plus proche.

— Attendez, l'arrêta Corrie. Laissez-moi consulter ma liste.

Elle fouilla dans son attaché-case, à la recherche de son dossier.

— Autant s'intéresser à l'une des victimes.

— Comme vous voulez.

Ils avancèrent au milieu des rangées de cercueils, jusqu'à ce que Corrie identifie celui de l'un des noms figurant sur sa liste. Un certain Emmett Bowdree.

— Celui-ci, s'il vous plaît.

Morris souleva le couvercle et découvrit un squelette. Les miettes du cercueil d'origine étaient éparpillées tout autour des ossements. Corrie posa sur ces vestiges un regard brillant d'intérêt. Les os des bras et des jambes étaient alignés sur le côté. La boîte crânienne avait été écrasée, la cage thoracique écartée, les deux fémurs brisés et rongés par de puissantes mâchoires, dans le but évident de les vider de leur moelle. Dans le cadre de ses études à John Jay, Corrie avait eu l'occasion d'examiner de nombreux squelettes mutilés, mais aucun ne présentait de lésions comparables à celles-ci. Aucun.

— Seigneur! murmura Morris. On dirait que l'ours s'est bien amusé avec ce paroissien.

— À qui le dites-vous.

En observant les ossements de plus près, Corrie remarqua la présence de petites marques au niveau de la cage thoracique. Elle plissa les paupières dans l'espoir de comprendre. Elle aurait eu besoin d'une loupe. À force de scruter les os mutilés, elle nota la présence d'une griffure similaire au niveau du fémur brisé. Elle tendit la main.

— Holà ! la stoppa Morris. Ne touchez à rien !

— Je voudrais examiner cet os de plus près.

— Non. D'ailleurs, nous en avons assez vu.

— Accordez-moi quelques secondes, l'implora Corrie.

— Désolé, répondit Morris en rabattant le couvercle de la boîte bleue. Vous en aurez tout le loisir plus tard.

Corrie se releva, perplexe. Elle s'expliquait mal ces griffures, indépendantes des causes de la mort. Après tout, le prospecteur pouvait très bien avoir survécu à une blessure à l'arme blanche. Roaring Fork n'était pas un lieu de tout repos à l'époque.

— Il est temps de retourner en ville, lui enjoignit Morris.

Émergeant du hangar mal éclairé, ils furent aveuglés par le reflet du soleil sur la neige. Corrie avait beau se raisonner, elle ne parvenait pas à chasser l'étrange sentiment de malaise qui l'étreignait.

6

Corrie travaillait à l'une des tables de la bibliothèque de Roaring Fork lorsqu'elle reçut l'appel téléphonique. Une bibliothèque magnifique, confortablement installée dans une maison victorienne réhabilitée. L'intérieur était tout simplement somptueux, avec ses hectares de chêne ciré, ses fenêtres en arrondi, son épaisse moquette et le système d'éclairage indirect qui baignait la salle de lecture d'une lumière chaude.

La section consacrée à l'histoire locale était remarquable. Ted Roman, l'employé qui en avait la charge, s'était efforcé d'aider au mieux sa visiteuse. Dans les vingt-cinq ans, bien bâti et plutôt joli garçon, il s'accordait quelques années au sortir de l'université pour sacrifier à sa passion du ski. Corrie lui avait expliqué les raisons de sa présence dans le Colorado et relaté sa rencontre avec Stanley Morris. Ted l'avait écoutée attentivement avant de lui poser quelques questions intelligentes, puis il l'avait initiée au fonctionnement des archives. Il en avait profité pour l'inviter à boire une bière avec lui le soir même, une proposition que Corrie s'était empressée d'accepter.

Les collections de vieux journaux et d'annonces officielles datant de l'époque de la ruée minière, toutes numérisées, étaient aisément consultables en format PDF. En l'espace de quelques heures, la jeune fille avait ainsi récupéré plusieurs dizaines d'articles consacrés à l'histoire de Roaring Fork, et plus particulièrement aux ravages provoqués par l'ours.

Elle disposait désormais de notices nécrologiques et d'éléments fiables qui complétaient admirablement les informations déjà réunies à New York.

L'histoire de la ville était fascinante à bien des égards. Au cours de l'été 1873, quelques prospecteurs téméraires venus de Leadville avaient décidé de braver la menace des Indiens Utes en s'aventurant sur des territoires vierges. Ces pionniers, comme ceux qui avaient imité leur exemple, avaient alors découvert l'un des filons de minerai d'argent les plus riches de l'histoire des États-Unis. Des hordes de prospecteurs avaient envahi les monts bordant la vallée au cours de la ruée qui avait suivi. Une ville avait très vite vu le jour autour des broyeurs de minerai et de la fonderie érigés en toute hâte. Les concessions s'étaient très vite comptées par centaines au milieu des montagnes, tandis que la ville s'étoffait avec l'arrivée massive d'ingénieurs, d'étalonneurs, de fondeurs, d'employés de scierie, de forgerons, de patrons de saloon, de commerçants, de charretiers, de prostituées, d'ouvriers, de pianistes, de joueurs professionnels, de petits escrocs et de voleurs en tous genres.

L'ours avait fait sa première victime au printemps 1876, lorsqu'il avait tué et dévoré un prospecteur isolé dans sa concession du mont des Contrebandiers. Le corps du malheureux avait été découvert tardivement, personne n'ayant remarqué sa disparition pendant de longues semaines. Le froid qui régnait en altitude avait toutefois contribué à la conservation du cadavre, de sorte qu'il avait été facile de reconstituer le drame : le prospecteur avait été éventré par un ours qui l'avait ensuite éviscéré avant de lui arracher les membres. L'animal était retourné à plusieurs reprises sur le lieu de son méfait au cours des jours suivants afin de poursuivre son festin. Il avait nettoyé les os de leur chair, mangé la langue et le foie de sa victime dont il avait ensuite dispersé les organes après y avoir goûté. L'ours inaugurait ainsi un mode opératoire qu'il avait répété à dix reprises jusqu'à la fin de l'été.

Roaring Fork, à l'image du vaste territoire du Colorado, était de longue date la proie de grizzlis agressifs, chassés des vallées par l'arrivée des pionniers. Les comptes rendus publiés dans la presse ne manquaient pas de préciser, avec délectation, que le grizzli était l'une des rares espèces animales connues pour leur instinct anthropophage.

Un total de onze mineurs et prospecteurs, travaillant tous dans des concessions éloignées, avaient fait les frais de cet ours particulièrement brutal au cours de cet été meurtrier. Pour le malheur des victimes, le territoire de chasse de l'animal s'étendait sur une grande partie des gisements miniers de la région. Cette succession de drames avait fait souffler un vent de panique dans la région, mais rares étaient les prospecteurs qui avaient accepté de quitter leur mine, la législation fédérale leur faisant obligation « d'exploiter leurs concessions », sous peine d'en perdre la jouissance.

Plusieurs détachements de chasseurs s'étaient mis en quête du grizzli. Il s'était révélé très difficile de suivre sa trace sur ce terrain rocailleux, en l'absence de neige. À la lecture des archives, Corrie avait cru comprendre que les chasseurs n'avaient pas fait preuve d'un grand excès de zèle, préférant de loin se perdre en palabres interminables dans les saloons de la ville au lieu de s'aventurer en haute montagne.

Le massacre avait pris fin à l'automne 1876, peu avant l'arrivée de la première neige. Les populations locales avaient pensé que l'ours avait migré, ou bien qu'il était mort, à moins d'être entré en hibernation. Toute la population avait tendu le dos au printemps suivant, avant de se rassurer en constatant que le grizzli ne faisait plus parler de lui…

Corrie sentit son téléphone vibrer. Elle le sortit de son sac et reconnut sur l'écran le numéro du commissariat. Un coup d'œil circulaire lui confirma que la salle était déserte, à l'exception du jeune bibliothécaire amateur de ski, plongé dans la lecture de Jack Kerouac derrière son bureau. Elle s'autorisa à décrocher.

Il ne s'agissait pas de Stanley Morris, mais de sa secrétaire. Avant même que Corrie ait pu la gratifier des banalités d'usage, son interlocutrice lui débitait son message à toute vitesse, sans reprendre haleine :

— Le chef de la police est désolé, tout à fait désolé, mais il ne sera pas en mesure de vous accorder l'autorisation d'examiner les dépouilles des défunts.

Corrie sentit sa gorge se nouer.

— Quoi? s'écria-t-elle. Attendez une minute…

— Il m'a demandé de vous appeler parce qu'il a des réunions toute la journée. De sorte que…

— Il m'avait pourtant dit…

— Ce ne sera malheureusement pas possible. Il est infiniment désolé de ne pas pouvoir vous aider.

— Mais *pourquoi*? parvint à bredouiller Corrie.

— Je ne suis pas au courant des détails, désolée…

— Pourrais-je lui parler?

— Il est en réunion toute la journée et même… euh, toute la semaine.

— Toute la *semaine*? Il me disait encore hier que…

— Je suis désolée, je vous l'ai déjà dit, je ne suis pas au courant des détails.

— Écoutez, reprit Corrie en essayant de masquer sa colère, sans grand succès. Hier, il me dit que ça ne devrait poser aucun problème, qu'il est tout disposé à m'accorder son autorisation. Aujourd'hui, il change d'avis, refuse de m'expliquer pourquoi, et vous charge de m'envoyer promener! C'est tout de même pas normal!

— J'aimerais pouvoir vous aider, mais sa décision est irrévocable, conclut la secrétaire sur un ton glacial avant de mettre fin à la conversation.

Corrie tapa du poing sur la table.

— Putain de putain de putain!

Elle releva aussitôt la tête, gênée, et constata que Ted l'observait en écarquillant les yeux.

— Mon Dieu! balbutia-t-elle en se couvrant la bouche. Voilà que je dérange tout le monde…

Le jeune bibliothécaire, un sourire aux lèvres, la rassura d'un geste.

— Vous avez bien vu, il n'y a personne.

Il hésita un instant, contourna son bureau et s'approcha.

— Je crois comprendre ce qui vous arrive, glissa-t-il dans un chuchotement.

— Dans ce cas, je serais curieuse d'entendre vos explications.

Le jeune homme baissa encore davantage la voix.

— Mme Kermode.

— Qui?

— Mme Betty Brown Kermode est intervenue auprès du chef de la police municipale.

— C'est qui, cette Betty Brown Kermode?

Il leva les yeux au ciel en jetant autour de lui un regard inquiet.

— Par où commencer? D'abord, sachez qu'elle est propriétaire de la principale agence immobilière locale, Town & Mount. Ensuite, en tant que présidente de l'Association des propriétaires des Heights, c'est elle qui a fait déplacer l'ancien cimetière. Elle appartient à la race de ces gens pétris de suffisance qui dirigent tout sans souffrir la plus petite contradiction. La vraie patronne de la ville, c'est elle.

— Vous voulez dire qu'elle a l'oreille du chef de la police?

Ted éclata de rire.

— Vous avez rencontré Morris, non? C'est un gentil garçon qui obéit au doigt et à l'œil. Et d'abord à elle. Cette femme est un monstre. Je crois même qu'elle est pire que son beau-frère, Henry Montebello. Je suis persuadé que Morris avait l'intention de vous accorder cette autorisation. Jusqu'à ce qu'il téléphone à Kermode.

— Quel intérêt a-t-elle à me mettre des bâtons dans les roues? En quoi puis-je la gêner?

— C'est la question que vous allez devoir résoudre, laissa tomber Ted.

7

À 9 heures le lendemain matin, Corrie arrêtait sa vieille voiture de location à l'entrée des Heights. Le gardien, nettement moins avenant que lors de sa visite précédente en compagnie de Stanley Morris, examina ses papiers avec une insistance proche de la grossièreté. Il s'assura d'un coup de téléphone qu'elle avait bien rendez-vous tout en contemplant sa voiture avec dédain.

Corrie veilla soigneusement à ne pas s'en offusquer. Après une attente interminable, elle redémarra et prit la direction du clubhouse et des bureaux. Un ensemble de bâtiments aménagés au creux d'un vallon lui apparut au détour du chemin : des maisons surmontées de cheminées en pierre, charmantes sous leur habit de neige et leur parure de stalactites. Sur le flanc opposé de la montagne s'ouvrait une large saignée de terre annonçant de nouvelles constructions. Corrie observa de loin le ballet des pelleteuses et des camions en se demandant pourquoi les propriétaires souhaitaient ériger un nouveau clubhouse, quand ils bénéficiaient déjà d'un centre aussi magnifique que celui vers lequel elle se dirigeait.

Elle se gara sur le parking réservé aux visiteurs et poussa la porte du clubhouse, où une secrétaire lui désigna les bureaux de Town & Mount.

L'accueil de l'agence immobilière, entièrement habillé de pierre et de bois, était somptueux. Des tapis navajo habillaient les murs et un lustre fabriqué en bois de cerf dominait l'ensemble. Des sièges en bois et cuir de style western meublaient la pièce, face à une cheminée de pierre dans laquelle se consumait une bûche. Corrie s'assit dans l'un des fauteuils et prit son mal en patience.

Une heure s'écoula avant que Mme Kermode daigne la recevoir. Corrie avait choisi sa tenue la plus sérieuse pour l'occasion : tailleur-pantalon gris, chemisier blanc et chaussures plates. Bien décidée à ne pas perdre son sang-froid, elle espérait s'attirer les faveurs de Mme Kermode par la flatterie, le charme et la conviction.

Elle avait passé l'après-midi de la veille à tenter de découvrir le défaut dans la cuirasse de son interlocutrice, fidèle à la philosophie pendergastienne selon laquelle il est toujours souhaitable de disposer de munitions quand on souhaite opérer un troc avec l'adversaire. Mme Kermode donnait malheureusement l'impression d'être au-dessus de tout soupçon. Pilier de l'église presbytérienne locale, donatrice généreuse, bénévole de la soupe populaire locale (même si Corrie émettait des doutes sur la réalité d'une soupe populaire à Roaring Fork), elle avait la réputation d'une femme d'affaires intègre. Sans être aimée, du moins était-elle respectée.

Corrie eut du mal à dissimuler sa surprise en découvrant une sexagénaire mince avec beaucoup d'allure, à peine maquillée sous un casque élégant de cheveux blond platine. Betty Brown Kermode portait une tenue western constituée d'un gilet indien à perles, d'une chemise blanche, d'un jean cintré et de bottes de cow-boy que complétait un superbe collier navajo. Les murs de la pièce étaient couverts de photos d'elle à cheval, sur des sentiers de montagne comme dans des arènes de rodéo. Une fontaine à eau était posée dans un coin, en regard d'une ravissante selle de cuir richement travaillée, tout habillée d'argent.

Mme Kermode avança d'un mouvement spontané, serra amicalement la main de sa visiteuse qu'elle invita à s'asseoir. Corrie, que sa longue attente avait agacée, sentit fondre ses réticences en voyant l'accueil chaleureux qu'elle lui réservait.

— Ma chère Corrie, se lança Kermode avec un fort accent texan, merci de vous être déplacée. Votre visite me donnera l'occasion de vous expliquer en personne les raisons pour lesquelles Stanley Morris et moi-même ne sommes pas en mesure de donner une suite favorable à votre requête.

— À vrai dire, j'aurais aimé vous expliquer...

Kermode, pressée, ne laissa pas à Corrie le loisir de développer ses arguments.

— Je serai franche avec vous, Corrie. L'examen de ces dépouilles dans le cadre d'un travail... universitaire ne nous paraît pas respectueux vis-à-vis des défunts.

Corrie ne s'attendait pas à un tel argument.

— De quelle façon?

Kermode la gratifia d'un petit rire acide.

— Chère mademoiselle Swanson, comment pouvez-vous me poser une question pareille? Aimeriez-vous voir un étudiant quelconque manipuler les restes de votre grand-père?

— Personnellement, ça ne me dérangerait pas.

— Allons, allons! Bien sûr que cela vous dérangerait. Dans le milieu dont je suis issue, nous avons l'habitude de traiter nos morts avec respect. Ces dépouilles sont *sacrées.*

Corrie tenta de ramener la conversation sur son propre terrain.

— Il s'agit pourtant d'une occasion unique de contribuer aux progrès de la science. Mes recherches aideront la justice...

— Une simple thèse universitaire? Contribuer aux progrès de la police scientifique? Ne croyez-vous pas que vous exagérez un tantinet l'importance de ce projet, mademoiselle Swanson?

Corrie prit sa respiration.

— Pas du tout. Il s'agit d'une étude de première importance, qui permettrait de recueillir des informations cruciales sur les traumatismes *perimortem* infligés à des proies humaines par un grand carnivore. Chaque fois que l'on retrouve le squelette d'une victime de meurtre, il est essentiel de distinguer les traces de morsures animales et autres lésions des traces laissées par le coupable. Il s'agit d'un sujet extrêmement sérieux que cette étude…

— Je n'y comprends rien, vous pourriez tout aussi bien me parler en chinois, l'interrompit Mme Kermode avec un petit rire en balayant les arguments du revers de la main.

Corrie comprit qu'il était temps de changer de tactique.

— Ce travail est important pour moi, madame Kermode, mais il pourrait aussi se révéler important pour Roaring Fork. Il permettrait d'utiliser ces squelettes de façon constructive, avec toutes les implications positives que cela ne manquerait pas d'avoir sur cette ville et ses…

— C'est manquer de respect à ces défunts, la coupa Kermode d'une voix ferme. Ce n'est pas un comportement chrétien. De nombreux habitants de cette ville trouveraient un tel travail choquant. C'est nous qui sommes les gardiens de ces dépouilles, et nous prenons cette responsabilité avec le plus grand sérieux. Je ne saurais, en aucun cas, autoriser ces recherches.

Corrie sentit la moutarde lui monter au nez.

— Mais enfin… c'est tout de même vous qui avez ordonné leur exhumation.

Un grand silence accueillit la remarque. C'est d'une voix douce que finit par répondre Kermode :

— Cette décision a été prise il y a fort longtemps. En 1978, très exactement. La municipalité de l'époque avait donné son accord. La gérance des Heights a lancé l'idée d'un centre thermal et d'un nouveau clubhouse il y a bientôt dix ans.

— Pour quelle raison, quand vous avez déjà un clubhouse magnifique?

— Il est indispensable de disposer d'un espace plus grand en prévision de la phase trois, qui prévoit la construction d'un certain nombre de nouvelles propriétés. Je vous le répète, c'est une opération de longue haleine lancée il y a des années. Nous avons des responsabilités vis-à-vis de nos propriétaires comme de nos investisseurs.

Nos propriétaires. Nos investisseurs.

— Je demande seulement l'autorisation d'examiner ces ossements, avec tout le respect qui leur est dû, dans un but scientifique établi. Je ne vois pas en quoi un tel projet serait sacrilège.

Mme Kermode se leva, un sourire forcé aux lèvres.

— Mademoiselle Swanson, notre décision est prise, elle est irrévocable, et je suis une personne très occupée. Je vous prie de partir.

Corrie se leva à son tour. Un démon qu'elle ne connaissait que trop bien était en train de prendre possession d'elle.

— Vous déterrez les morts d'un cimetière afin de gagner de l'argent sur un projet immobilier, vous fourrez les corps dans de vulgaires boîtes en plastique que vous entreposez dans un hangar, et c'est *moi* qui manque de respect aux défunts en voulant étudier leurs ossements? Vous n'êtes qu'une hypocrite!

Kermode blêmit. Une veine se mit à battre au niveau de son cou soigneusement poudré.

— Espèce de petite salope, éructa-t-elle d'une voix grave, presque masculine. Je vous accorde cinq minutes pour vider les lieux. Si jamais vous avez l'audace de remettre les pieds ici, je vous ferai arrêter pour intrusion illégale dans une propriété privée. Maintenant, disparaissez!

Un calme étrange s'empara soudain de Corrie. C'était terminé, elle avait perdu la partie, mais elle ne laisserait à personne le droit de la traiter de salope. Elle fixa son interlocutrice avec des yeux mi-clos.

— Vous vous prétendez bonne chrétienne, mais c'est faux. C'est de la pure imposture. Vous n'êtes qu'une menteuse malhonnête et intéressée.

La neige se mit à tomber alors qu'elle regagnait Basalt. Une idée lui vint tandis qu'elle se traînait à moins de vingt kilomètres-heure en tentant de distinguer la route à travers le pare-brise. Elle en avait le pressentiment, ces curieuses griffures aperçues sur certains ossements allaient lui offrir une porte de sortie.

8

Allongée sur son lit du Cloud Nine Motel à Basalt, Corrie prit une décision. Si les traces aperçues sur le squelette du prospecteur correspondaient effectivement à ce qu'elle croyait, le problème se résolvait de lui-même. Les autorités n'auraient pas d'autre choix que de procéder à l'examen des squelettes. Même Kermode ne pourrait pas s'y opposer. Corrie avait donc en main un atout majeur, encore lui fallait-il apporter la preuve de ce qu'elle avançait.

Le seul moyen d'y parvenir consistait à examiner ces ossements une nouvelle fois. Cinq petites minutes lui suffiraient, le temps de photographier les traces en question à l'aide du puissant objectif macro de son appareil photo.

Oui, mais comment s'y prendre?

La réponse lui apparut instantanément: il lui fallait pénétrer dans le hangar par effraction.

Les arguments ne manquaient pas pour la dissuader de se lancer dans un tel projet. Non seulement elle commettait un délit en s'introduisant dans l'entrepôt, mais elle violait les règles déontologiques les plus élémentaires de sa profession. Si jamais elle se faisait prendre, son avenir dans la police serait définitivement compromis. D'un autre côté, l'entreprise ne présentait pas un grand risque. Sa visite de l'avant-veille en compagnie de Morris lui avait montré que le lieu n'était protégé par aucun système d'alarme ou de sécurité. Le chef de la police municipale s'était contenté d'entrer en déverrouillant un vulgaire cadenas.

Le hangar se trouvait à l'écart des propriétés des Heights, protégé de la vue par une palissade en bois et un rideau d'arbres. L'endroit donnait sur un domaine skiable que personne n'empruntait la nuit. Les cartes de la région montraient qu'une route de service permettait d'y accéder des pistes de ski sans qu'on ait besoin de passer devant le pavillon de garde.

À l'heure de peser le pour et le contre, elle se demanda comment Pendergast agirait à sa place. L'inspecteur n'était pas du style à s'embarrasser de scrupules lorsqu'il s'agissait de faire triompher la vérité ou la justice. Il n'aurait pas hésité un instant à pénétrer illégalement dans ce lieu afin de recueillir les informations dont il avait besoin. S'il était trop tard pour obtenir justice au nom d'Emmett Bowdree, elle avait encore la possibilité de rétablir la vérité.

La neige avait cessé de tomber aux alentours de minuit, cédant la place à un ciel nocturne parfaitement dégagé qu'éclairait une lune aux trois quarts pleine. Le froid, en revanche, était intense : à en croire l'application WeatherBug de son iPad, la température frisait les quinze degrés en dessous de zéro, mais le ressenti à l'extérieur était plus glacial encore. La route de service était une piste damée réservée aux engins à chenilles, que sa surface de neige gelée rendait parfaitement praticable à pied.

Corrie abandonna sa voiture à l'entrée du chemin en pente, sous un bosquet d'arbres qui la rendait presque invisible, puis elle entama la montée, ralentie par le sac dans lequel elle avait emporté le matériel dont elle avait besoin : son appareil photo Canon équipé d'un pied, un éclairage alimenté par des batteries, plusieurs loupes, une torche, une pince coupe-boulon, des sachets en plastique à fermeture hermétique, ainsi que son iPad dans la mémoire duquel se trouvaient divers manuels et autres monographies consacrés à l'analyse des traumatismes ostéologiques.

Elle haletait presque à cause de l'air raréfié, laissant échapper des nuages de buée qui s'épanouissaient au clair de lune à mesure qu'elle progressait sur le sentier en faisant crisser les semelles de ses chaussures sur la neige dure. Les lumières de Roaring Fork dessinaient un tapis scintillant au fond de la vallée. Plus haut, Corrie apercevait à travers les sapins la silhouette du hangar que des réverbères éclairaient d'une lueur jaune. Il était 2 heures du matin et la nuit était silencieuse. Seuls les phares des engins chargés de damer les pistes, plus haut dans la montagne, signalaient une activité humaine. Corrie avait passé et repassé dans sa tête le déroulement de l'opération, de façon à rester dans l'entrepôt le moins longtemps possible. Cinq minutes, dix tout au plus, et le tour serait joué.

Elle s'assura qu'elle était bien seule à l'approche du hangar, puis jeta un regard au-dessus de la palissade. La petite porte empruntée deux jours plus tôt en compagnie de Morris s'ouvrait sur sa gauche. Baignée de lumière, elle était précédée d'un carré de neige abondamment piétiné. Un solide cadenas la bloquait. Corrie avait pensé à emporter le kit qui ne la quittait jamais depuis ses années de lycée. À l'époque, elle avait quasiment appris par cœur le *Guide MIT du crochetage de serrure*. Elle était particulièrement fière de ses dons de cambrioleuse. Le cadenas qui l'attendait à l'entrée du hangar était un modèle bon marché tel qu'on en trouve dans tous les magasins de bricolage. Pas de quoi l'inquiéter. Il lui faudrait toutefois traverser un espace éclairé pour atteindre son but, avant de rester figée en pleine lumière le temps de crocheter le cadenas. Elle y voyait le premier point noir incontournable de son équipée.

La jeune fille tendit l'oreille. Aucun bruit ne filtrait dans la nuit. Les engins de damage s'activaient beaucoup plus haut, ils n'étaient pas près de parvenir à sa hauteur.

Elle prit une longue respiration, franchit la palissade d'un bond et traversa la zone éclairée en quelques enjambées, son kit de crochetage à la main. Le cadenas était gelé et ses doigts ne tardèrent pas à s'engourdir à son contact. Pourtant, en vingt secondes, l'anneau métallique cédait. Elle entrebâilla la porte, se glissa à l'intérieur du bâtiment et referma le battant derrière elle.

Il régnait un froid glacial à l'intérieur du bâtiment. Elle sortit de son sac à dos une petite lampe LED qu'elle alluma, le temps de franchir la double barrière des scooters des neiges et des antiques engins à chenilles afin d'accéder aux cercueils. Les boîtes bleues, sagement alignées, luisaient faiblement dans le faisceau de sa torche. Quelques secondes lui suffirent à identifier la bière d'Emmett Bowdree. Elle en souleva le couvercle avec précaution en veillant à ne pas troubler le silence, puis s'agenouilla en faisant courir le rayon de la LED sur les ossements. Son cœur battait fort dans sa poitrine et ses mains tremblaient. Une petite voix intérieure l'avertit qu'elle se lançait une fois de plus dans une entreprise stupide, à laquelle répondit une voix plus décidée, arguant du fait qu'elle n'avait pas le choix.

Reprends-toi, murmura-t-elle intérieurement. *Concentre-toi.*

Fidèle à un scénario longuement préparé, elle retira ses gants, posa son sac à dos sur le sol et tira la fermeture Éclair. Elle s'équipa d'une loupe oculaire, remit ses gants, saisit le fémur brisé qu'elle avait longuement examiné lors de sa première visite, et l'observa à la lumière. Plusieurs éraflures parallèles striaient l'os au niveau du périoste. Elle chercha longuement des signes de cicatrisation, sans en découvrir aucun. Les griffures longitudinales étaient nettes, elles ne montraient aucun signe de réaction osseuse. En clair, cela signifiait que ces marques avaient été effectuées *perimortem*, c'est-à-dire au moment du décès.

Aucun ours n'aurait pu laisser de telles traces. Ces dernières avaient été laissées par un outil rudimentaire, peut-être une lame de couteau émoussée, afin de détacher la chair de l'os.

Corrie manquait trop d'expérience pratique pour être en mesure de l'affirmer de façon indiscutable. Elle retira de nouveau ses gants, alluma son iPad et cliqua sur l'un de ses manuels, *L'Analyse des traumatismes*. Les illustrations de lésions *ante mortem*, *perimortem* et *post mortem* ressemblaient pour certaines à celles qu'elle venait de découvrir.

Le fémur à la main, elle compara les traces avec celles du manuel et fut confirmée dans ses impressions. Elle voulut réchauffer ses doigts gourds en soufflant dessus, sans y parvenir. Elle remit alors ses gants et battit des mains le plus silencieusement possible afin de retrouver un semblant de sensations.

Il était temps de photographier le fémur abîmé, ce qui l'obligea à retirer de nouveau ses gants. Elle tira du sac à dos l'éclairage portatif, la batterie et le pied, puis elle sortit son appareil photo équipé de l'énorme objectif macro qui lui avait coûté une fortune. Elle vissa l'appareil sur son pied, l'installa en position, posa le fémur sur le sol du mieux qu'elle le pouvait dans la pénombre, et alluma la lumière.

C'était le second point noir de son aventure, car elle savait que le projecteur se verrait de l'extérieur. Il lui était pourtant impossible de s'en passer. Elle avait tout réglé d'avance de façon à opérer au plus vite, sans avoir à éteindre et rallumer l'éclairage au risque d'attirer l'attention, avant de ranger son matériel et de vider les lieux.

Dieu que ce projecteur était puissant… Elle positionna l'appareil photo au mieux et fit le point, prit une dizaine de clichés en déplaçant légèrement le fémur entre chaque prise tout en veillant à ce que la lumière rasante mette en relief les striures. Ce faisant, elle nota la présence de marques de dents. Elle prit le temps de les examiner à l'aide de la loupe oculaire : il s'agissait bien de traces de morsures, mais pas celles qu'aurait pu laisser un grizzli. Elles étaient trop petites, trop rapprochées, trop plates. Elle les photographia sous plusieurs angles.

Elle reposa le fémur à l'intérieur du cercueil et s'intéressa au crâne mutilé sur lequel elle avait remarqué une trace curieuse lors de sa première visite. Les os du visage avaient été littéralement broyés. Le coup le plus violent, apparemment assené dès le début de l'attaque, avait fait voler en éclats l'os pariétal droit qui s'était ouvert le long de ses sutures. Aucun doute possible, il s'agissait d'une lésion *perimortem* ayant entraîné la mort. Personne n'aurait pu survivre à un tel coup. En outre, la nature des fractures confirmait qu'elles étaient intervenues alors que la matière osseuse était encore vivante.

L'anomalie remarquée par Corrie se trouvait à l'endroit même du choc, à la pointe de la fracture. Un ours était parfaitement capable de broyer un crâne humain d'un coup de patte, ou bien à l'aide de ses mâchoires. À ceci près que cette marque n'était pas celle d'une griffe ou d'une dent. Elle présentait une forme trop irrégulière.

L'examen à la loupe confirma les soupçons de Corrie. Le coup avait été porté à l'aide d'un objet lourd et rugueux. Un caillou, probablement.

Pressée par le temps, elle photographia le fragment de crâne à plusieurs reprises. Elle détenait suffisamment de preuves. Oui, mais si jamais… Prise d'une dernière hésitation, elle récupéra dans son sac deux sacs hermétiques dans lesquels elle enferma respectivement le fragment de fémur et celui du crâne. Désormais, elle était parée à toute éventualité.

Fini!

Elle éteignit le projecteur. Elle possédait désormais la preuve irréfutable qu'Emmett Bowdree n'avait pas été tué et dévoré par un ours, mais par un être humain. Peut-être même plusieurs, à en juger par la diversité des lésions. Les agresseurs du prospecteur avaient commencé par l'assommer d'un coup à la tête, puis ils lui avaient broyé les os du crâne avant de l'éventrer à mains nues. Ils n'avaient plus qu'à détacher la chair des os à l'aide d'un méchant couteau ou d'un morceau de métal avant de la dévorer crue, ainsi qu'en attestaient les morsures et l'absence de signes de cuisson.

C'était atroce. Inimaginable.

Corrie venait de mettre au jour un crime vieux de près d'un siècle et demi. Alors se posait la question suivante : *les dix autres prospecteurs avaient-ils péri de la même façon, assassinés par leurs semblables ?*

Elle regarda sa montre. Onze minutes. Elle frissonna de peur. Il était temps de repartir.

Elle rangeait ses affaires à la hâte dans son sac à dos, prête à opérer une sortie discrète, lorsqu'un bruit la fit sursauter. Elle éteignit la lampe LED et tendit l'oreille. Rien. Soudain, le même bruit se fit entendre. Le crissement d'une semelle dans la neige, derrière la porte.

Putain de merde, quelqu'un! Paralysée par la peur, le cœur battant, elle écouta de plus belle. Le doute n'était plus permis, on marchait dehors. Au même instant, le faisceau d'une torche perça brièvement l'obscurité, au niveau des fenêtres hautes de l'entrepôt. Le silence reprit ses droits. Brusquement, un murmure de voix troua la nuit, suivi par le grésillement caractéristique d'une radio.

Il y avait quelqu'un à l'extérieur du bâtiment. Quelqu'un équipé d'une radio.

Des agents de sécurité des Heights? Des flics?

Corrie remonta la fermeture Éclair de son sac avec mille précautions. Le couvercle du cercueil était resté ouvert. Elle s'apprêtait à le refermer lorsqu'elle constata qu'il grinçait. Elle ne pouvait pas le laisser soulevé, aussi préféra-t-elle le rabattre d'un mouvement rapide.

Des murmures et des bruits de pas dans la neige lui parvenaient toujours du dehors. Plusieurs personnes.

Elle passa la bretelle du sac par-dessus son épaule et s'éloigna des cercueils. Le hangar avait-il une issue de secours? Elle n'en avait pas gardé le souvenir et il faisait trop noir pour s'en assurer. Le mieux était de trouver une cachette et de laisser passer l'orage.

Elle traversa le vaste hangar sur la pointe des pieds et découvrit tout au fond les reliques d'un vieux remonte-pente : pylônes, sièges, poulies… Elle parcourut en courant les quelques mètres qui la séparaient de cet abri providentiel en entendant la porte s'ouvrir dans son dos. Des chuchotements s'élevèrent sous la voûte, suivis par le grésillement d'une radio.

Corrie se glissa à quatre pattes au milieu du bric-à-brac et s'enfonça le plus profondément possible entre les énormes pièces d'acier.

Un claquement sec traversa le silence, et les néons s'allumèrent en clignotant, baignant le hangar d'une lumière crue. Corrie se réfugia plus loin encore, roulée en boule derrière un gros rouleau de filin d'acier, le sac à dos serré contre son ventre. Elle osait à peine respirer. Peut-être allaient-ils croire qu'on avait oublié de refermer le cadenas. Peut-être n'avaient-ils pas remarqué sa voiture. Peut-être ne découvriraient-ils jamais sa cachette...

Un bruit de pas sur le sol de béton, suivi de murmures animés. Les intrus se trouvaient suffisamment près pour que Corrie distingue clairement certains mots. Elle entendit avec horreur son nom, prononcé sur un ton agressif. Elle reconnut l'accent texan de Kermode.

Elle s'enfouit la tête entre ses mains gantées, en plein cauchemar. Il lui semblait que son cœur allait éclater d'angoisse. Pourquoi s'était-elle lancée dans une entreprise pareille? *Pourquoi?*

La voix dure de Kermode s'éleva sous la voûte:

— Corrie Swanson?

L'écho de son nom résonna de façon inquiétante entre les murs du hangar.

— Corrie Swanson, nous savons que vous êtes là. Nous le *savons.* Vos ennuis ne font que commencer. Je vous conseille de sortir de votre cachette et de vous montrer. Vous n'avez pas envie que ces messieurs de la police vous sortent de force de votre trou. C'est compris?

Corrie, la gorge nouée par la peur, était au bord de l'asphyxie. Un bruit de pas lui signala l'arrivée de renforts. Pétrifiée sur place, elle était incapable du moindre mouvement.

— Bon, réagit Morris, le responsable de la police, sur un ton gêné. Joe, va voir dans le fond. Fred, garde la porte. Et toi, Sterling, fouille-moi les engins de déneigement.

Corrie avait beau savoir que son sort était scellé, elle restait comme paralysée. Elle aurait été mieux inspirée de se montrer, mais elle se raccrochait à l'espoir insensé que personne ne la découvre au fond de son trou.

Elle attendit, la tête enfouie sous ses bras, tel un enfant dissimulé sous ses couvertures. Des pas s'approchèrent, suivis de raclements métalliques mêlés au grésillement des radios. On déplaçait de lourds objets. Quelques minutes s'écoulèrent, puis une voix inconnue poussa un cri, juste au-dessus de sa tête.

— Elle est là ! Police, enchaîna la voix, cette fois à son intention. Levez-vous lentement, les mains bien en vue.

Corrie, transformée en statue de sel, était dans l'incapacité totale de bouger.

— Allez ! Levez-vous lentement, mains en l'air. Vite !

Elle trouva la force de relever la tête et découvrit, à quelques mètres à peine, un policier en uniforme qui la tenait en joue avec son arme de service. Deux de ses collègues le rejoignirent.

Corrie se dressa d'un mouvement raide, les bras tendus loin du corps. Le flic s'approcha, lui agrippa le poignet, l'obligea à se retourner, lui passa les bras dans le dos et la menotta.

Dans un brouillard, elle l'entendit prononcer la formule traditionnelle :

— Vous avez le droit de garder le silence. Dans le cas contraire, tout ce que vous direz pourra être utilisé contre vous devant un tribunal…

Corrie n'arrivait pas à croire qu'elle en soit arrivée là.

— … Vous avez le droit de consulter un avocat, et que cet avocat soit présent lors de votre interrogatoire. Si vous n'en avez pas les moyens, un avocat vous sera désigné d'office, sans frais pour vous. Vous comprenez ?

Pas un son ne sortit de la bouche de Corrie.

— Vous comprenez ? Répondez-moi, ou bien alors hochez la tête.

Elle parvint difficilement à acquiescer.

Le policier la prit par le coude et la tira de sa retraite. Elle battit des paupières, aveuglée par les néons. Un autre flic ouvrit son sac afin d'en dresser l'inventaire. Il exhiba les deux sachets en plastique contenant les ossements.

Stanley Morris observait la scène, de plus en plus maussade. À côté de lui se tenait Mme Kermode, entourée de plusieurs agents de sécurité des Heights. Vêtue d'une combinaison d'hiver zébrée à la capuche doublée de fourrure, elle affichait un air triomphant.

— Tiens, tiens, persifla-t-elle en recrachant un nuage de buée, tel un dragon. Notre petite étudiante modèle était donc une délinquante. Je l'ai su à l'instant où je vous ai vue. J'étais certaine que vous vous lanceriez dans une aventure de ce genre. Je ne m'étais pas trompée. Intrusion, vandalisme, vol et rébellion.

Elle arracha des mains du flic l'un des sachets qu'elle brandit sous le nez de Corrie.

— Et profanation de sépulture !

— Ça suffit, l'arrêta Morris. Je vous prie de bien vouloir rendre ce sachet à mon agent. Il s'agit d'une pièce à conviction. Il est temps d'y aller.

Il saisit Corrie gentiment par le bras.

— Quant à vous, jeune fille, je suis au regret de vous mettre en état d'arrestation.

9

Cinq longues journées plus tard, Corrie se trouvait toujours derrière les barreaux de la prison du comté de Roaring Fork. Un juge avait fixé sa caution à cinquante mille dollars, une somme dont elle n'avait pas le premier sou. Elle ne disposait pas davantage des cinq mille dollars exigés en garantie par le prêteur. De toute façon, ce dernier avait refusé de la prendre comme cliente au prétexte qu'elle n'était pas originaire du Colorado. La honte de Corrie l'empêchait d'appeler son père. Sans compter qu'il n'avait pas un sou. Elle ne pouvait s'adresser à personne, sinon à Pendergast. Quand bien même elle aurait eu un moyen de le joindre rapidement, elle aurait préféré mourir plutôt que de lui quémander de l'argent. Surtout l'argent d'une caution.

Elle ne l'avait pas moins averti de la situation par courrier, sans savoir où il se trouvait ni ce qu'il fabriquait. Elle n'avait reçu aucune nouvelle de lui depuis près d'un an. La lettre expédiée à la veille de son départ pour le Colorado était restée sans réponse. L'inspecteur devait pourtant continuer de gérer ses affaires puisqu'il avait réglé ses frais d'inscription à John Jay. Corrie avait compris qu'elle lui devait une explication en constatant, le lendemain de son arrestation, que sa triste histoire s'étalait à la une du *Roaring Fork Times.* Par égard pour lui, elle ne pouvait le laisser apprendre sa mésaventure par la bande.

Elle lui avait donc adressé un courrier aux bons soins de Proctor, à son appartement du Dakota à New York. Elle évoquait son histoire en détail, sans fard, négligeant toutefois de mentionner le montant de la caution. Elle avait mesuré l'ineptie et l'inconscience suicidaire de son attitude en énumérant les faits dans sa lettre. En conclusion, elle précisait n'attendre aucune réponse de sa part, faute de mériter qu'il continue de se soucier d'elle. Elle comptait bien s'en tirer seule, avec la promesse de lui rembourser un jour, dès qu'elle le pourrait, tout l'argent qu'il avait investi dans son avenir en l'envoyant à John Jay.

La rédaction de ce courrier représentait l'heure la plus sombre de son existence. Pendergast lui avait sauvé la vie en lui permettant de s'échapper du trou paumé du Kansas dans lequel elle vivait, en la tirant des griffes d'une mère abusive et alcoolique, en l'envoyant dans une école privée avant de financer ses études à John Jay.

Tout ça pour rien.

Elle avait tout fichu en l'air.

Le confort de sa prison la rendait encore plus malheureuse. Sa cellule au sol recouvert de moquette, joliment meublée, bénéficiait de larges fenêtres ensoleillées donnant sur les montagnes. De 8 heures du matin à l'heure du couvre-feu, 22 h 30, elle avait toute latitude de lire, de regarder la télévision ou de bavarder avec les autres détenus dans la pièce commune qui leur était réservée. Elle avait également accès à une salle de gym équipée d'un tapis roulant, d'un banc de musculation et d'un vélo elliptique.

Corrie, prostrée dans la salle de détente, fixa pour la millième fois les motifs à damier noir et blanc de la moquette. Son spleen ne l'avait pas quittée depuis son arrivée à la prison, cinq jours plus tôt. Elle était incapable de lire, de manger, ou même de dormir. Elle passait ses journées à regarder dans le vide avant de retrouver chaque soir sa cellule où elle traversait des nuits d'insomnie, allongée sur sa couchette, les yeux grands ouverts dans le noir.

— Corrie Swanson?

Elle releva la tête, interrompue dans le cours de ses pensées noires. Un gardien muni d'un bloc à pince se tenait sur le seuil de la pièce.

— C'est moi, répondit-elle.

— Votre avocat est là.

Elle avait complètement oublié. Elle se leva pesamment et suivit le gardien jusqu'à l'une des petites pièces réservées aux visites. Elle avait le sentiment d'avancer lourdement au milieu d'une atmosphère épaisse. Ses yeux pleuraient constamment, sans qu'il s'agisse de vraies larmes. Une réaction physiologique quelconque.

L'avocat commis d'office l'attendait, son attaché-case ouvert, plusieurs dossiers disposés en éventail sur la table. Il s'appelait George Smith et Corrie le connaissait pour l'avoir rencontré au début de sa détention. Un petit blond fluet avec un début de calvitie, qui avait l'air de s'excuser en permanence. Il était plutôt gentil et faisait de son mieux, mais ce n'était pas Perry Mason.

— Bonjour, Corrie, l'accueillit-il.

Elle se laissa tomber sur un siège sans répondre.

— J'ai parlé avec le procureur, commença Smith. J'ai pu faire quelques progrès.

Corrie hocha la tête d'un air morne.

— Voilà où nous en sommes. Si vous reconnaissez l'effraction, l'intrusion et la profanation, le procureur oubliera l'accusation de vol. Vous pouvez vous en tirer avec une peine de dix ans.

— Dix ans?

— Je sais. J'espérais mieux, mais le procureur fait l'objet de pressions extérieures. J'ai du mal à comprendre pourquoi. J'imagine que c'est à cause de la mauvaise publicité que vous avez provoquée autour de la délocalisation du cimetière. On veut faire de vous un exemple.

— Dix *ans*? répéta Corrie.

— La peine peut se réduire à huit, pour bonne conduite.

— Ce n'est pas mieux de tenter un procès?

Le visage de l'avocat s'assombrit.

— Il existe trop de preuves contre vous. Vous êtes passible de nombreux chefs d'inculpation. Rien que la profanation pourrait vous valoir une peine de trente ans.

— Trente ans? Vous plaisantez!

— Pas du tout. Le Colorado ne plaisante pas avec ce genre de comportement, nous avons une longue histoire de pilleurs de tombes derrière nous.

Il marqua une pause.

— Écoutez, Corrie. Si vous refusez sa proposition, vous pouvez être certaine que le procureur sera furieux. Il est capable de demander le maximum. Il me l'a clairement fait comprendre.

Corrie, tête baissée, regardait fixement le plateau rayé de la table.

— Vous n'avez pas le choix, Corrie. Il faut accepter.

— Mais... je n'arrive pas à y croire. Dix ans pour un truc pareil? Certains meurtriers s'en tirent mieux que ça.

Un long silence accueillit sa remarque.

— Je peux essayer de retourner voir le procureur. Le problème, c'est que vous n'avez rien à lui offrir en échange de sa clémence.

— Mais je n'ai jamais profané le moindre corps.

— Aux yeux de la loi, si. Vous avez ouvert le cercueil, manipulé les ossements pour les photographier, et emporté deux échantillons. C'est ce qu'ils affirmeront, et je vois mal comment je pourrais les contredire. Refuser est bien trop risqué. Les jurés ne sont pas seulement originaires de Roaring Fork, mais de toute la région. Ce sont pour beaucoup des ruraux conservateurs, très religieux, qui verront l'affaire d'un mauvais œil.

— J'ai uniquement voulu apporter la preuve que les traces trouvées sur les ossements...

L'avocat ne la laissa pas achever sa phrase.

— Je ne peux rien d'autre pour vous, déclara-t-il en écartant les mains, une expression chagrinée sur son visage en lame de couteau.

— Dans combien de temps dois-je donner ma réponse?

— Le plus vite possible. Le procureur peut revenir sur sa proposition à tout instant. Le mieux serait de vous décider tout de suite.

— J'ai *besoin* d'y réfléchir.

— Vous connaissez mon numéro.

Corrie se leva, serra la main molle et moite de l'avocat et quitta la pièce. Le gardien, resté dans le couloir, la reconduisit jusqu'à la pièce commune. Elle reprit machinalement sa place et fixa de plus belle la moquette en damier en se demandant à quoi ressemblerait sa vie dix ans plus tard, lorsqu'elle retrouverait la liberté. Elle avait de nouveau les yeux humides. Elle voulut les sécher d'un mouvement furieux, en vain.

10

Jenny Baker tenait à deux mains l'un des attachés-cases de Stanley Morris lorsqu'elle pénétra dans l'hôtel de ville à sa suite. Le chef de la police portait l'autre. Il ne se déplaçait jamais sans munition lorsqu'il partait en rendez-vous, de façon à pouvoir répondre à toutes les questions qu'on lui poserait. Jenny avait bien essayé de le convaincre d'acheter une tablette, mais son chef était réfractaire au progrès et refusait même de se servir d'un ordinateur au bureau.

Ce trait de caractère n'était pas pour déplaire à Jenny, malgré le poids de ces satanés attachés-cases. Morris était un patron agréable et peu exigeant. Depuis quinze jours qu'elle avait entamé son stage au commissariat, elle ne l'avait jamais vu en colère, même s'il lui arrivait d'être inquiet. Il lui parlait d'ailleurs de la pluie et du beau temps lorsqu'il poussa la porte de la salle de réunion. Les assemblées les plus importantes se tenaient généralement dans les locaux de l'opéra, mais un 13 décembre comme aujourd'hui, à moins de quinze jours de Noël, il n'y aurait pas grand monde.

Jenny prit place derrière Morris sur l'estrade. Ils étaient en avance, comme toujours avec le chef. Le maire ne tarda pas à les rejoindre, suivi par les membres de la commission d'urbanisme, le responsable du service juridique municipal, et plusieurs autres dont elle ne connaissait pas les noms. Un contingent de représentants des Heights, piloté par une Mme Kermode au casque platine impeccable, arriva sur leurs talons. Son beau-frère, Henry Montebello, et plusieurs messieurs en costume l'accompagnaient.

Le point principal de l'ordre du jour, tel qu'il apparaissait dans le journal, concernait le transfert des défunts du vieux cimetière de Boot Hill dans la sépulture proposée par les dirigeants des Heights. Tandis que la réunion débutait par les déclarations d'usage, Jenny repensa au sort de Corrie. Elle n'en revenait pas. La jeune fille lui avait pourtant fait bonne impression lors de sa visite au commissariat. Qui l'eût crue capable de pénétrer dans un hangar par effraction, de profaner un cercueil et de voler des ossements ? Comme quoi il ne fallait jamais se fier aux apparences. Une étudiante de John Jay, par-dessus le marché ! Jamais les Heights n'avaient connu un tel scandale, les gens ne parlaient que de ça. À l'image de ses parents, qui abordaient le sujet tous les matins au petit-déjeuner depuis dix jours.

Jenny releva la tête et fut surprise de découvrir une assistance aussi nombreuse. Comme les bancs réservés au public étaient déjà pleins, les nouveaux arrivants se voyaient contraints de rester debout au fond de la salle. Si ça se trouve, cette histoire de cimetière allait encore provoquer un scandale. Pourvu que la réunion ne s'éternise pas, Jenny avait un rencard ce soir-là.

Les préliminaires achevés, l'avocat des Heights entra dans le vif du sujet en détaillant la proposition de ses clients d'une voix nasillarde. Les Heights se proposaient d'enterrer les dépouilles des morts de Boot Hill dans un champ acheté spécialement à cet effet au cœur des collines, à moins de dix kilomètres de la ville. Jenny fronça les sourcils, étonnée que le terrain ne se trouve pas sur le territoire de la commune. Voilà qui expliquait la présence d'une assistance aussi nombreuse.

L'avocat s'éternisa sur les détails juridiques de l'opération. Selon lui, le transfert était à la fois légal, raisonnable, digne, justifiable, et somme toute inévitable, conformément à des arguties qui passaient largement au-dessus de la tête de Jenny. L'explication de l'homme de loi fut accueillie par des bruits agacés, des murmures, et même quelques sifflets. Elle balaya le public des yeux. De toute évidence, la proposition des Heights ne faisait pas l'unanimité.

Elle allait reporter son regard sur les édiles lorsqu'elle vit apparaître un homme en costume noir au fond de la salle. Intriguée, elle scruta l'étrange inconnu. Son visage, d'une blancheur irréelle, semblait sculpté dans un bloc d'albâtre. Il avait des cheveux d'un blond tirant sur le blanc et ses yeux bleu argenté lui donnaient des allures d'extraterrestre. Jenny se demanda un instant s'il s'agissait d'une star.

Le paysagiste qui prit la suite de l'avocat agrémenta sa présentation d'un diaporama. Il commença par projeter sur l'écran un plan des lieux, suivi d'un croquis en 3D du nouveau cimetière. Ceint d'un mur de pierre, on y accédait par un charmant portail en fer forgé donnant sur plusieurs allées de galets sillonnant entre les tombes. Les photos suivantes avaient été prises sur place. On y découvrait un pré sur les contreforts de la montagne. Le lieu était ravissant, mais il ne se trouvait pas à Roaring Fork.

À mesure que s'exprimait le paysagiste, les murmures de désapprobation et d'impatience prenaient de l'ampleur. Sur le visage du journaliste du *Roaring Fork Times*, assis au premier rang, se lisait la délectation de celui qui attend impatiemment l'arrivée d'un feu d'artifice.

Enfin, Betty Brown Kermode se leva et le silence se fit instantanément dans la salle. Tout le monde la craignait en ville, jusqu'au père de Jenny qui semblait intimidé par la gérante des Heights. Les murmures de mécontentement se turent comme par enchantement.

Kermode commença par rappeler les circonstances malheureuses de l'incident survenu dix jours auparavant. La profanation scandaleuse d'un corps constituait la preuve même qu'il était impératif de procéder à l'inhumation des corps dans les plus brefs délais. Elle insista en passant sur la gravité du délit, une gravité telle que la coupable avait accepté la proposition du procureur et la peine de dix ans d'incarcération qui l'accompagnait.

À l'entendre, les autorités des Heights avaient pris le plus grand soin des dépouilles, conscientes du respect sacré dû à la mémoire des défunts. Ces pionniers de Roaring Fork méritaient de reposer dans un lieu digne de leur esprit de sacrifice et d'initiative, de leur contribution à la formidable aventure du Grand Ouest. Les Heights avaient découvert le lieu idéal, en pleine montagne, au milieu d'un cadre spectaculaire. Les Heights avaient en outre acheté quarante hectares de terrain autour du futur cimetière, de façon à préserver la nature sauvage du site. Ces pionniers du Colorado ne méritaient pas de se retrouver sur un terrain anonyme en pleine ville, parmi les voitures et les passants.

Mme Kermode avait su se montrer convaincante. Jenny elle-même se ralliait à ses arguments, et aucun murmure n'accueillit la fin de sa présentation.

Henry Montebello se leva à son tour. Parent par alliance de Kermode, il bénéficiait de l'aura de respectabilité et de pouvoir de cette dernière. Plus âgé qu'elle, les traits tirés et burinés, de tempérament taciturne, il effrayait Jenny qui ne l'appréciait guère. Il s'exprimait avec un accent de la côte Est qui habillait tous ses propos d'une apparence de cynisme. Principal architecte des Heights à leur création, il n'y résidait pas, contrairement à Kermode, et vivait de l'autre côté de la ville dans une vaste propriété où se trouvaient également ses bureaux.

Il s'éclaircit la gorge et entreprit d'expliquer à toute l'assistance que la construction des Heights répondait à des critères de confort élevés, tout en se conformant aux normes esthétiques de Roaring Fork comme aux impératifs écologiques et environnementaux. Il l'affirmait d'autant plus fort qu'il avait personnellement dirigé les travaux, conçu les maisons, dessiné le nouveau clubhouse et, plus généralement, supervisé la construction du site. À ce titre, il s'engageait à ériger le nouveau cimetière en faisant preuve de la même attention scrupuleuse. Montebello donnait l'impression de rendre un service insigne aux anciens occupants de Boot Hill en prenant leur devenir sous sa responsabilité. Tout en s'exprimant calmement et d'une voix aristocratique, le vieil homme donnait en filigrane l'impression de mettre quiconque au défi de contredire ses paroles. Il reprit d'ailleurs son siège sans qu'aucune remarque ne s'élève des bancs des spectateurs.

Son tour venu, le maire se leva. Il commença par remercier Mme Kermode et M. Montebello avant de solliciter les réactions du public. Plusieurs mains se levèrent et le maire désigna une spectatrice. Celle-ci ouvrait la bouche lorsque l'inconnu en noir, qui avait réussi à se glisser jusqu'au premier rang, réclama le silence d'un geste.

— Vous attendrez votre tour, monsieur, le tança le maire d'une voix acerbe en ponctuant sa phrase d'un coup de maillet.

— Cela reste à voir, répliqua l'inconnu d'une voix melliflue teintée d'un accent sudiste dont Jenny aurait été bien en peine de déterminer l'origine exacte.

Il s'exprimait avec un tel aplomb que le maire, désarçonné, le laissa poursuivre.

— Madame Kermode, continua l'homme en noir en posant son regard sur la gérante des Heights. Vous n'êtes pas sans savoir qu'il est nécessaire d'obtenir l'autorisation d'au moins un descendant qualifié avant de pouvoir procéder à l'exhumation d'un mort. En ce qui concerne les sépultures de type historique, la législation du Colorado comme la loi fédérale stipulent qu'un « effort de bonne foi » doit être entrepris pour retrouver les descendants en question. J'imagine que les Heights ont effectué cet effort?

Le maire donna un coup de maillet agacé.

— Ce n'est pas votre tour, monsieur!

— Je serai ravie de répondre à la question, intervint Mme Kermode sur un ton conciliant. Nous avons en effet entrepris des recherches en vue de retrouver des descendants. Malheureusement, les défunts concernés étaient des pionniers sans famille. Ils sont morts il y a près d'un siècle et demi sans laisser d'héritiers. Tous ces éléments sont réunis dans le dossier officiel.

— Parfait, approuva le maire. Monsieur, je vous remercie. D'autres personnes souhaitent s'exprimer. Monsieur Jackson?

Mais l'étrange intervenant n'avait pas l'intention de se laisser ravir la parole.

— C'est curieux, réagit-il, car il m'a suffi d'un quart d'heure de recherches sur Internet pour retrouver un descendant direct de l'un des défunts.

Un grand silence suivit l'affirmation de l'inconnu, que le maire finit par rompre :

— Qui êtes-vous donc, monsieur?

— J'y viendrai dans un instant, répondit l'homme en brandissant une feuille de papier. J'ai ici une lettre de Mme Stacy Bowdree, capitaine dans l'US Air Force, de retour de mission en Afghanistan. Lorsque la capitaine Bowdree a su que vous aviez exhumé son arrière-arrière-grand-père Emmett Bowdree, que vous aviez jeté sa dépouille dans une boîte avant de l'entreposer dans un hangar crasseux, elle n'a pas dissimulé son mécontentement. J'ai cru comprendre qu'elle avait l'intention de porter plainte.

L'inconnu profita du silence stupéfait qui accompagnait sa déclaration pour sortir un autre document.

— Le Colorado condamne avec la plus grande fermeté les profanations de cimetières et de restes humains. Permettez-moi de vous lire l'article 97 du Code pénal du Colorado, intitulé « Profanation de cimetière ».

Il entama sa lecture d'une voix sonore :

— « Paragraphe 2, alinéa petit a. Toute personne ayant sciemment et volontairement exhumé ou donné l'ordre à un tiers d'exhumer tout ou partie d'un corps humain sans l'autorisation d'un descendant avéré se rendra coupable d'un délit de classe A et sera passible d'une peine de prison d'un maximum de trente années ou d'une amende d'un montant maximal de cinquante mille dollars ou les deux, à la discrétion de la cour. »

Le maire bondit de son siège, hors de lui, en multipliant les coups de maillet.

— Nous ne sommes pas dans un tribunal !

Bing !

— Je ne laisserai personne polluer les débats ! Si vous avez des interrogations d'ordre juridique, monsieur, adressez-vous aux services municipaux compétents au lieu de nous importuner !

L'homme en noir ne paraissait nullement disposé à se taire.

— Puis-je attirer votre attention sur les termes de cet article de loi, monsieur le maire ? *Toute personne ayant sciemment et volontairement exhumé ou donné l'ordre à un tiers d'exhumer tout ou partie d'un corps humain.* Cette disposition vous concerne directement, monsieur le maire, ainsi que Mme Kermode et le chef de la police municipale. Vous avez conjointement *donné l'ordre à un tiers* de procéder à l'exhumation illégale des restes d'Emmett Bowdree. Je me trompe ?

— Assez ! Évacuez-moi immédiatement cet homme !

L'inconnu, voyant deux flics se frayer un chemin jusqu'à lui, reprit d'une voix tranchante :

— Comment osez-vous faire condamner à une peine de dix ans de prison quelqu'un qui a violé une loi que vous-mêmes avez violée de façon aussi flagrante ?

Les premières voix se firent entendre dans le public, entre partisans et détracteurs du mystérieux intervenant. Les « C'est vrai ! » et autres « Nous avons le droit de savoir ! » fusaient en même temps que les « Sortez-le ! » et « C'est qui, ce type ? ».

Les deux flics, jouant des coudes au milieu de la foule qui s'était levée, atteignirent enfin l'intrus. L'un d'eux lui saisit le coude.

— N'opposez pas de résistance, monsieur.

L'inconnu se dégagea d'un mouvement du bras.

— Je ne vous conseille pas de me toucher.

— Arrêtez-le pour trouble à l'ordre public ! glapit le maire.

— Laissez-le s'exprimer ! cria une voix.

— Monsieur, reprit le même policier. Si vous refusez de coopérer, nous serons dans l'obligation de vous arrêter.

La repartie de l'homme en noir fut noyée dans le brouhaha ambiant. Le maire voulut rétablir l'ordre à coups de maillet.

— Vous êtes en état d'arrestation, reprit le flic. Veuillez mettre vos mains dans le dos.

Au lieu d'obéir, l'homme sortit son portefeuille d'un geste fluide et l'ouvrit. Les deux policiers se figèrent en découvrant un badge doré.

Le tumulte s'éteignit lentement.

— Pour répondre à votre question de tout à l'heure, annonça l'homme de sa voix doucereuse en s'adressant au maire, je suis l'inspecteur Pendergast du FBI.

La salle plongea instantanément dans un silence de mort. Jenny n'avait jamais vu une telle expression de rage sur le visage de Mme Kermode. De son côté, Henry Montebello restait imperturbable. Quant à Stanley Morris, il était pétrifié. Défait, plus exactement. Il aurait disparu dans un trou de souris s'il avait pu le faire. Le maire, enfin, était sous le choc.

— Emmett Bowdree, reprit le dénommé Pendergast, n'est que l'un des cent trente défunts dont les restes ont été profanés sur ordre de Mme Kermode, du maire, de M. Montebello et du chef de la police, si l'on en croit la législation du Colorado. Les responsabilités pénale et civile des quatre personnes concernées sont tout simplement étourdissantes.

Kermode retrouva son calme la première.

— Je m'étonne de cette façon de procéder. Les agents du FBI ont-ils l'habitude d'interrompre des réunions publiques en proférant des menaces ? Appartenez-vous réellement à cette institution, monsieur ? Veuillez montrer vos papiers à M. le maire, comme il se doit.

— Avec plaisir.

Pendergast franchit la barrière séparant l'estrade de l'espace réservé au public et s'approcha avec une nonchalance qui frisait l'insolence. Il déposa son badge devant le maire. Ce dernier l'examina d'un air consterné.

D'un mouvement leste, l'inspecteur s'empara du micro du maire. Jenny comprit, en observant la manœuvre, que l'inviter à la tribune n'était pas la meilleure façon de le museler. Le journaliste du *Roaring Fork Times* prenait force notes sur son carnet, le visage rouge d'excitation.

— J'aimerais savoir si vous êtes ici en mission officielle, inspecteur, s'enquit le maire, obligé d'élever la voix faute de micro.

— Pas encore, rétorqua Pendergast.

— Dans ce cas, je clos la séance pour que les services juridiques de la mairie et ceux des Heights puissent régler la question avec vous en privé.

Il venait de ponctuer sa phrase d'un coup de maillet lorsque l'inspecteur lui retira l'instrument des mains.

— Cessez donc de vous agiter de la sorte, déclara Pendergast, provoquant l'hilarité dans la salle. Je n'en ai pas terminé, enchaîna-t-il dont la voix amplifiée sortait des haut-parleurs. Dans sa lettre, tout en regrettant l'exhumation des restes de son aïeul et l'insulte faite à sa mémoire, la capitaine Bowdree demande qu'il soit au moins procédé à l'étude des causes exactes de la mort de son arrière-arrière-grand-père à des fins historiques. Elle autorise donc une certaine Corrie Swanson à procéder à cet examen avant l'inhumation du corps. Dans son cimetière d'origine, évidemment.

— Comment? s'exclama Kermode en se levant comme une furie. C'est cette fille qui vous envoie? C'est donc elle qui se cache derrière cette mascarade?

— Elle n'est même pas au courant de ma venue ici, répliqua Pendergast d'une voix posée. Cela dit, il semble que les charges qui pèsent contre elle s'écroulent d'elles-mêmes, pour retomber sur vos épaules et celles de vos trois acolytes. C'est *vous* qui êtes aujourd'hui passibles de trente ans de prison. Non pas dans un seul dossier, mais dans les cent trente concernés. Faites le calcul vous-mêmes si les peines devaient s'ajouter les unes aux autres.

— Cette accusation est scandaleuse! s'écria le maire. Je mets un terme aux débats de ce soir et réclame l'évacuation immédiate de la salle!

Cette décision provoqua un tollé général, et c'est en récriminant que l'assistance quitta les lieux. Pendergast, qui n'avait rien fait pour s'y opposer, se retrouva bientôt seul avec les élus, les avocats des Heights, Kermode, Montebello, Stanley Morris et une poignée d'officiels. Assise derrière son chef, Jenny ne perdait rien de la scène. Pour la première fois de sa vie, Mme Kermode paraissait défaite, sa coiffure blond platine en bataille. Le maire était livide et le chef de la police, inondé de sueur, n'en menait pas large.

— Je vois déjà les gros titres du *Roaring Fork Times* de demain, railla Pendergast.

Le maire, en s'épongeant le front, donna le sentiment général à ce sujet.

— J'aimerais pouvoir lire un autre article dans les colonnes du journal, suggéra l'inspecteur.

Sa remarque provoqua un grand silence.

— À quel sujet? finit par s'enquérir Montebello.

— Un article annonçant la libération de Corrie Swanson, et l'abandon des charges pesant contre elle, répondit-il en se tournant vers Stanley Morris. Je le disais tout à l'heure, l'accusation la plus grave n'a plus lieu d'être puisque Mlle Swanson détient désormais l'autorisation d'examiner les restes d'Emmett Bowdree. Quant aux autres charges, celles d'effraction et d'intrusion, elles sont infiniment moins sérieuses. Je ne doute pas qu'elles puissent être abandonnées assez facilement. Il suffit de placer ce malheureux incident sur le compte d'une mauvaise communication entre M. Morris, ici présent, et Mlle Swanson.

— C'est du chantage, intervint Kermode.

Pendergast posa son regard sur elle.

— Vous me permettrez de souligner qu'il ne s'agit pas d'un problème de communication. J'ai cru comprendre que M. Morris avait donné son accord verbal à Mlle Swanson. Il est revenu sur sa parole, après votre intervention personnelle et abusive. Je me contente de rectifier une injustice.

Il laissa le temps aux autres de digérer l'information.

— Que nous offrez-vous en échange? s'enquit Kermode. Si jamais le chef de la police décidait de relâcher votre jeune amie, bien entendu.

— Je saurai persuader la capitaine Bowdree de ne pas porter plainte *officiellement* auprès du FBI, répondit calmement Pendergast.

— Je vois, réagit Kermode. Tout dépend de cette fameuse capitaine Bowdree. Si elle existe réellement.

— Il est regrettable pour vous que le patronyme Bowdree soit peu courant. Cela a simplifié grandement mes recherches. Un simple coup de téléphone m'a permis de voir qu'elle était pleinement consciente de ses origines dans le Colorado. Elle en est même très fière. Madame Kermode, vous prétendez que les Heights ont entrepris un effort de bonne foi pour retrouver les descendants des défunts. C'est manifestement faux. Le FBI aurait toutes les raisons de s'intéresser à la question de plus près.

Jenny, qui continuait de regarder la scène, remarqua que Mme Kermode semblait très pâle sous son maquillage.

— Soyons clairs. Cette Swanson, c'est votre petite amie? Une parente?

L'inspecteur plissa les paupières et posa sur son interlocutrice un regard dérangeant.

— Elle n'est ni l'une ni l'autre. Ce qui ne m'empêchera pas de passer les fêtes de fin d'année à Roaring Fork afin de m'assurer que vous ne cherchiez plus à entraver ses recherches.

Pendergast se tourna vers le chef de la police.

— Je vous conseille vivement d'appeler le journal sans tarder, avant que la une ne soit imprimée. J'ai pris la liberté de louer une chambre pour Mlle Swanson à l'hôtel Sebastian. Il serait préférable qu'elle ne passe pas une nuit de plus en prison. Préférable pour vous, j'entends.

11

Peu après minuit, une Porsche 911 Turbo S cabriolet gris métallisé ralentit devant l'entrée du 3, Quaking Aspen Drive. Au lieu de s'arrêter, son conducteur poursuivit sa route et s'enfonça dans l'obscurité jusqu'à l'immense garage d'une propriété huppée.

Le jeune homme coupa le contact.

— Tu es chez toi, dit-il. Comme tu le voulais.

Il se pencha au-dessus du levier de vitesse afin d'embrasser sa passagère.

— Arrête, le repoussa-t-elle.

Le conducteur prit un air faussement choqué.

— Je croyais qu'on était copains.

— C'est le cas.

— Alors autant que ça serve.

Et il tenta à nouveau de l'embrasser.

— Quel ringard, l'arrêta la fille en ouvrant sa portière avec un petit rire. Merci pour le dîner.

— *Et* le film.

— Et le film.

Jenny Baker descendit, claqua la portière, et regarda le cabriolet redescendre l'allée qui serpentait à travers la propriété jusqu'à la route principale des Heights, à près d'un kilomètre du pavillon de garde. La plupart de ses copines du lycée Hollywood High rêvaient de perdre leur virginité le plus vite possible. Ce n'était pas l'intention de Jenny. Pas la première fois qu'elle sortirait avec un garçon, en tout cas. Surtout s'il s'agissait de cet abruti de Kevin Traherne. À l'image de la plupart des jeunes mâles de Roaring Fork, Kevin était persuadé que le fric de son père l'autorisait à mettre dans son lit toutes les filles dont il croisait la route.

Elle composa un code sur le boîtier du garage et attendit que le volet roulant soit suffisamment relevé pour pénétrer dans le vaste espace occupé par une rangée de voitures rutilantes. Elle enfonça le bouton de fermeture du volet et poussa la porte de communication avec la maison sans se soucier du système d'alarme. Celui-ci n'était jamais enclenché. Il fallait bien reconnaître que les cambriolages, déjà rares à Roaring Fork, avaient épargné les Heights jusque-là. Si l'on exceptait l'expédition de Corrie Swanson dans le vieux hangar, bien sûr. Jenny repensa à la réunion, à l'intervention de cet étrange inspecteur du FBI tout en noir qui leur était tombé du ciel comme un ange vengeur. Jenny était ennuyée pour son chef. Stanley Morris n'était pas un méchant bougre, même s'il avait la mauvaise habitude de se laisser marcher sur les pieds par les autres. À commencer par cette teigne de Kermode. Jenny n'en était pas moins heureuse que ce Pendergast ait réussi à sortir Corrie de prison. Avec un peu de chance, elle la croiserait un de ces jours. Elle en profiterait pour l'interroger au sujet de John Jay.

Jenny traversa le vestiaire, puis l'arrière-cuisine, avant d'arriver dans l'immense cuisine du chalet de ses parents. L'arbre de Noël clignotait dans toute la majesté de ses guirlandes de l'autre côté des portes-fenêtres de la salle à manger. Ses parents et sa plus jeune sœur, Sarah, dormaient déjà à l'étage.

Elle alluma la lumière, révélant le long plan de travail en granit, le four dernier cri et le double frigo. Elle s'étonna de ne pas entendre le cliquetis familier de griffes sur le carrelage, de ne pas voir le chien de la famille l'accueillir en agitant la queue.

— Rex ? appela-t-elle.

Rien.

Elle sortit un verre du placard avec un haussement d'épaules, se dirigea vers le réfrigérateur que Sarah avait décoré de ridicules photos de la rappeuse Nicki Minaj, se versa un verre de lait et s'installa sur la banquette de coin de la table du petit-déjeuner. En repoussant la pile de livres et de magazines posée sur le coussin de la banquette, elle constata que Sarah avait suivi ses conseils et entamé la lecture des *Garennes de Watership Down.* Elle s'emparait de l'ouvrage qu'elle était elle-même en train de lire, *La Justice criminelle aujourd'hui* de Schmalleger, lorsqu'elle vit du coin de l'œil que l'une des chaises de la cuisine était renversée.

Ils auraient pu la ramasser.

Elle retrouva sa page et commença à lire entre deux gorgées de lait. Son père, un avocat en vue de Los Angeles, était dingue à l'idée qu'elle veuille entrer dans la police. Il avait toujours posé un regard condescendant sur les flics et les procureurs. C'était pourtant à lui qu'elle devait sa vocation, à force d'assister aux premières des polars produits ou réalisés par ses clients. La décision de Jenny était prise, elle entrerait en première année à l'université Northeastern à l'automne.

Elle finit son lait, referma son livre, posa le verre dans l'évier, sortit de la cuisine et se dirigea vers l'escalier. Son père avait le bras suffisamment long pour ne pas la voir travailler au sein de la police californienne pendant l'été, mais il n'avait pu l'empêcher de participer à ce stage de Noël à Roaring Fork. Ça le mettait hors de lui, à la grande satisfaction de Jenny.

L'immense chalet était plongé dans le silence. Elle gravit les marches de l'escalier en colimaçon. Au-dessus d'elle, le palier du premier étage était plongé dans l'obscurité. Elle revit le visage de cet inspecteur du FBI. *Le FBI…*, pensa-t-elle. *Je devrais peut-être essayer de dégoter un stage à Quantico l'été prochain…*

Elle s'immobilisa sur la dernière marche, surprise de voir qu'une faible lueur filtrait à travers la porte grande ouverte de Sarah. À seize ans, sa sœur se trouvait à un âge où l'on veille jalousement sur son espace privé. Sa porte était toujours fermée. Jenny renifla, sans reconnaître d'odeur d'herbe. Elle sourit. Sarah avait dû s'endormir en lisant un magazine quelconque. Elle n'avait qu'à en profiter pour s'introduire dans la pièce et déplacer les affaires de sa sœur, histoire de l'énerver.

Elle s'approcha sur la pointe des pieds, posa une main sur le chambranle et passa lentement la tête.

Elle ne comprit pas immédiatement le sens du tableau qui l'attendait. Sarah, allongée sur son lit, était ligotée à l'aide de fil de fer, une boule de billard enveloppée d'un chiffon sale dans la bouche. Dans la pénombre, Jenny s'aperçut que les genoux de sa sœur saignaient abondamment, laissant de larges auréoles sombres sur les couvertures. Sous le choc, elle poussa un hoquet d'horreur en croisant les yeux écarquillés, implorants et terrifiés de sa sœur.

Jenny distingua un mouvement du coin de l'œil. Elle tourna la tête et se trouva nez à nez avec une silhouette en jean noir et blouson de cuir foncé. L'inconnu la considérait silencieusement, ses mains gantées crispées autour d'une batte de base-ball. Le plus effrayant était encore son masque: un masque de clown tout blanc, avec d'énormes lèvres dessinant un rictus horrible et des pommettes rouges. Jenny tituba en arrière en sentant ses jambes ployer sous elle. Deux yeux sombres la fixaient derrière leurs fentes, de chaque côté d'un long nez pointu. Un regard d'autant plus inquiétant qu'il était dénué de toute expression, contrairement à l'horrible masque.

Jenny voulut crier, mais l'inconnu la fit taire en lui couvrant le nez et la bouche d'un chiffon nauséabond. Son monde vira au noir et elle s'écroula sur le sol de la chambre. Avant de perdre connaissance, elle entendit le cri étouffé qui s'échappait du bâillon de Sarah.

***

Jenny reprit connaissance avec une lenteur infinie. Le décor de la pièce était flou et vague. Il lui fallut un moment avant de comprendre où elle se trouvait : elle était enfermée dans une boîte lisse et dure dont elle finit par deviner, à force de percer l'obscurité, qu'il s'agissait de la baignoire de sa salle de bains. Que faisait-elle là ? Elle crut avoir dormi pendant de longues heures, jusqu'à ce que son regard se pose sur la pendule accrochée au-dessus du lavabo. Elle n'était donc restée évanouie que quelques minutes. En voulant bouger, elle s'aperçut qu'elle avait les pieds et les mains entravés.

Le souvenir de son malheur la frappa avec une force terrible.

Son cœur se mit à battre furieusement dans sa poitrine. Elle tenta de recracher le chiffon enfoncé dans sa bouche, sans y parvenir. La corde lui sciait la peau des chevilles et des poignets. Toutes les photos de scènes de crime qu'elle avait pu voir défilèrent dans sa tête. *Il va me violer*, pensa-t-elle avec un frisson en revoyant le masque ricanant du clown. Cependant, s'il avait voulu la violer, il ne l'aurait pas ligotée ainsi. Elle avait donc débarqué en plein cambriolage.

Il doit chercher de l'argent. Ou alors des bijoux. Il prendra tout ce qu'il pourra trouver avant de repartir…

Jenny avait beau essayer de se rassurer, l'agression était trop bien calculée. D'abord Sarah, puis elle…

Et maman ? Et papa ?

Une vague de panique la submergea.

Elle se contorsionna dans tous les sens en tentant de se débarrasser du chiffon par des mouvements désordonnés de la langue et des mâchoires. En voulant se redresser, une douleur insoutenable lui vrilla les jambes et elle faillit s'évanouir. L'agresseur lui avait fracassé les rotules, comme à sa sœur, au point que des débris d'os sanguinolents apparaissaient sous la peau déchirée. Elle se souvint de la batte de base-ball que tenait le clown dans l'une de ses mains gantées. Elle laissa échapper un gémissement horrifié en s'agitant au fond de la baignoire, malgré la douleur.

Un tumulte s'éleva à l'autre extrémité du couloir. Pétrifiée d'horreur, Jenny entendit son père crier, sa mère hurler de peur. Un bruit de meubles que l'on renverse, un tintement de verre brisé. Sa mère hurla de plus belle. Un coup sourd. La colère de son père céda brusquement la place à des cris de douleur. Jenny crut reconnaître un craquement d'os sous une matraque en bois, et le silence reprit ses droits, que seuls troublaient ses propres geignements.

Des sanglots se firent entendre, un bruit de course dans le couloir. Sa mère tentait de s'enfuir. La malheureuse se précipita dans la chambre de Sarah et poussa un hurlement. Des pas plus lourds remontèrent le couloir, qui n'étaient pas ceux de son père.

La mère de Jenny cria de terreur en se ruant dans l'escalier. *Elle va s'en sortir*, pensa Jenny, pleine d'espoir. *Elle n'a plus qu'à déclencher l'alarme, se réfugier dans le jardin, appeler les voisins, les flics...*

Au bruit de ses pas, l'inconnu descendait les marches quatre à quatre. Le cœur au bord des lèvres, Jenny entendit la suite avec une clarté terrifiante. Sa mère qui courait vers la cuisine et le boîtier de l'alarme. Le fracas d'une chaise renversée, l'écho de la vaisselle qui se brise en mille morceaux sur le carrelage. Les pas de sa mère traversant le bureau, le salon, la bibliothèque. Un court silence, puis le chuintement discret de la porte coulissante donnant sur la piscine intérieure.

Elle sort par-derrière, de façon à rejoindre la maison des MacArthur...

Soudain, un grand fracas. Sa mère laissa échapper un cri aigu, un seul. Et puis, plus rien.

Pas tout à fait. En tendant l'oreille, épouvantée, les tempes bourdonnantes, Jenny entendit à nouveau un bruit de pas. Des pas lents, délibérés, qui se rapprochaient. Ils traversèrent l'entrée, remontèrent l'escalier en faisant grincer la marche que son père s'était toujours promis de réparer.

Plus près, toujours plus près. Les pas longèrent le couloir, traversèrent sa chambre. Une silhouette sombre s'encadra sur le seuil de la salle de bains, essoufflée. Le masque de clown tourna vers elle son rictus infernal. À la place de la batte de base-ball, l'inconnu tenait à la main un flacon en plastique contenant un liquide légèrement ambré.

Il s'avança. Jenny se recroquevilla sur elle-même, malgré la douleur qui lui irradiait les genoux. Son agresseur se pencha sur elle. La main qui tenait le flacon en plastique se leva et déversa sur elle de longs jets d'un liquide dégageant une forte odeur : de l'essence.

Jenny se débattit de toutes ses forces.

Le clown l'aspergea consciencieusement de liquide sans épargner le moindre centimètre carré de vêtements, de cheveux, de baignoire, puis il posa le flacon et recula d'un pas. Il sortit de la poche de son blouson une allumette qu'il frotta lentement sur le mur de la salle de bains. L'extrémité de l'allumette s'enflamma et dansa quelques instants interminables au-dessus de la tête de Jenny qui tentait désespérément de se libérer.

Les doigts du clown s'écartèrent soudain et le monde de Jenny s'éteignit au milieu des flammes.

12

Corrie Swanson entra dans la salle du restaurant de l'hôtel Sebastian, aussitôt frappée par l'élégance du lieu. Un joyau de la Belle Époque tout en laiton et cristaux, plafond à caissons et murs tapissés de papier floqué rouge, meublé de tables et de chaises en acajou dans le plus pur style victorien. Les baies vitrées courant tout le long de la pièce, illuminées par les décorations de Noël de Main Street, offraient une vue spectaculaire sur les collines boisées, les pistes de ski et les montagnes.

Il était près de minuit, mais la salle était bondée. La rumeur des conversations se mêlait au cliquetis des couverts, au milieu du ballet des serveurs. Corrie ne retrouva pas instantanément la silhouette solitaire de Pendergast, du fait de l'éclairage tamisé. L'inspecteur avait choisi une table discrète, près d'une fenêtre.

Elle écarta d'un geste le maître d'hôtel qui s'inquiétait de savoir en quoi il pouvait être utile à une visiteuse aussi débraillée et se fraya un chemin jusqu'à la table de Pendergast. Ce dernier se leva, la main tendue. Corrie s'étonna de le trouver plus pâle et mince que jamais. Le mot « purifié » lui vint spontanément à l'esprit.

— Ravie de vous retrouver, Corrie, déclara-t-il en prenant la main de la jeune fille entre ses doigts glacés avant de lui signifier de s'installer face à lui.

Elle oublia instantanément les phrases longuement répétées dans sa tête en prévision de ce moment.

— J'arrive pas à croire que je suis libre. Je pourrai jamais assez vous remercier. J'étais cuite, je veux dire, dans une merde noire, figurez-vous qu'ils avaient réussi à me convaincre d'accepter une peine de dix ans, je croyais ma vie définitivement foutue, merci, merci pour *tout*, pour m'avoir sauvé la mise, m'avoir tirée du pétrin indescriptible dans lequel je m'étais fourrée comme une conne, si vous saviez à quel point je suis désolée.

Il arrêta le flot de paroles d'un geste.

— Puis-je vous proposer un verre? Un peu de vin, par exemple?

— C'est-à-dire… je n'ai pas encore vingt et un ans.

— Bien sûr, j'oubliais. Vous m'autoriserez à commander une bouteille pour moi.

Il s'empara d'une carte des vins si lourde qu'elle aurait aisément pu satisfaire les besoins d'un meurtrier.

— Cet endroit est tout de même mieux que la prison, remarqua Corrie en savourant l'atmosphère du lieu, le nez retroussé afin de mieux saisir les effluves délicieux qui s'échappaient des cuisines.

Comment croire qu'elle était enfermée derrière des barreaux quelques heures plus tôt, avec une longue peine pour unique perspective? Une fois de plus, l'inspecteur Pendergast avait joué les anges gardiens en changeant radicalement la donne.

— Ils n'ont pas rempli tous les papiers aussi rapidement que je l'aurais souhaité, remarqua Pendergast en consultant la carte. Il est heureux que le restaurant du Sebastian reste ouvert tard. Ce château pichon-longueville 2000 devrait convenir à merveille, vous ne croyez pas?

— Désolée, mais je m'y connais pas vraiment en vin.

— Vous devriez combler cette lacune. Le vin est l'un des véritables plaisirs éternels qui rendent l'existence humaine tolérable.

— Euh… je me doute que c'est pas le moment, mais il faut que je vous pose la question…

Corrie hésita, rougissante, avant de se lancer:

— Pourquoi m'avez-vous sauvée? Pourquoi vous être donné autant de mal? Vous m'avez déjà tirée de mon trou de Medicine Creek, vous avez financé mes études avant de m'envoyer à John Jay, et j'aimerais comprendre pourquoi. Pourquoi vous intéresser à une ratée dans mon genre?

Il posa sur elle un regard indéfinissable.

— Les côtes d'agneau du Colorado pour deux personnes iraient fort bien avec le vin. On m'en a dit le plus grand bien.

Corrie consulta la carte. Elle avait une faim de loup.

— Parfait pour moi.

Pendergast adressa un signe au serveur et passa la commande.

— Pour en revenir à ce que je disais... J'aimerais comprendre, une bonne fois pour toutes, la raison pour laquelle vous m'aidez depuis toutes ces années. Surtout après avoir vu que je continuais à me foutre dans le miel.

— Le miel? répéta-t-il, toujours aussi impénétrable. Je constate que votre langage reste délicieusement imagé.

— Vous savez très bien ce que je veux dire.

Après avoir scruté le visage de son interlocutrice pendant une éternité, Pendergast se décida enfin à répondre :

— Parce que vous ferez un jour, peut-être, une bonne enquêtrice ou bien une bonne spécialiste de la police scientifique. C'est l'unique raison.

Corrie piqua un nouveau fard. Elle n'était pas certaine d'apprécier la réponse et regrettait d'avoir posé cette question.

Pendergast se plongea dans la carte des vins.

— Il est étonnant de constater le nombre de grands crus et d'excellents millésimes qui ont atterri dans cette petite ville perdue au milieu des montagnes. Souhaitons qu'ils soient consommés dans les meilleurs délais. L'altitude ne vaut rien au bordeaux.

Il reposa la carte.

— À présent, Corrie, expliquez-moi en détail ce que vous avez découvert en examinant les ossements de M. Emmett Bowdree.

Elle avala sa salive. Comment pouvait-on se montrer aussi *coincé* ?

— Je n'avais que quelques minutes, mais je suis certaine que ce type n'a pas été tué par un grizzli.

— De quelles preuves disposez-vous?

— J'avais pris des photos, mais ils ont confisqué la carte mémoire de mon appareil. En tout cas, je peux vous raconter ce que j'ai vu. Ou *cru* voir.

— Fort bien.

— Tout d'abord, la boîte crânienne a probablement été écrasée à l'aide d'un bloc de pierre. Quant au fémur droit, il présente des griffures causées par un instrument émoussé. Rien n'indique une réaction osseuse ou infectieuse.

Pendergast hocha lentement la tête.

Corrie poursuivit avec une assurance croissante :

— J'ai cru discerner de très légères traces de dents humaines sur certains os spongieux. De petites dents, beaucoup moins acérées que celles d'un ours. Je suis persuadée que le corps a été cannibalisé.

Emportée par son enthousiasme, elle avait élevé la voix et sa conclusion n'avait pas échappé aux dîneurs les plus proches, qui la considéraient avec des yeux ronds.

— Oups, balbutia-t-elle en regardant fixement ses couverts.

— Avez-vous parlé de ceci à quiconque? lui demanda Pendergast.

— Pas encore.

— Fort bien. N'en soufflez mot à personne. Cela ne ferait que créer des problèmes.

— Mais j'ai besoin d'avoir accès à ces ossements.

— Je m'y emploie. Sur le nombre de prospecteurs concernés, nous devrions être en mesure de retrouver plusieurs descendants. Il faudra ensuite obtenir leur autorisation, évidemment.

— Je vous remercie, mais je peux très bien me débrouiller toute seule, vous savez.

Elle hésita avant de poursuivre :

— Euh… combien de temps comptez-vous rester ? Quelques jours ?

— Une petite ville aussi charmante, aussi paisible, aussi *opulente* ! Je ne crois pas en avoir jamais visitée de pareille. Surtout en période de Noël.

— Vous avez décidé de rester… longtemps ?

— Ah ! Voici le vin.

Le serveur posa devant eux la bouteille, accompagnée de deux verres. Pendergast se lança dans le rituel consacré en faisant tourner le liquide dans son verre avant d'en respirer les arômes et de le goûter. Il y trempa à nouveau les lèvres.

— Il est bouchonné, remarqua-t-il à l'intention du serveur. Apportez-m'en une autre bouteille. Un 2001, si l'on veut limiter les risques.

Le serveur se confondit en excuses et remporta précipitamment la bouteille.

— Bouchonné ? demanda Corrie. C'est quoi ?

— Il arrive que le bouchon contamine le vin et lui donne un goût proche d'une odeur de chien mouillé, pour reprendre une comparaison courante.

Le serveur revint avec une autre bouteille qu'il fit goûter à Pendergast. Cette fois, le verdict fut positif. Le serveur remplit son verre, puis il approcha celui de Corrie. Elle haussa les épaules et l'employé la servit à son tour.

Corrie avala quelques gouttes du bordeaux, auquel elle trouva un goût de vin, sans plus.

— Il est presque aussi bon que le mateus qu'on buvait avec mes potes à Medicine Creek.

— Je constate que vous aimez toujours autant me provoquer.

Elle but une nouvelle gorgée. Elle n'aurait jamais cru que le souvenir de la prison puisse se dissiper aussi vite.

— Pour en revenir à ma libération, comment vous y êtes-vous pris ?

— Il se trouve que je rentrais à New York lorsque votre seconde missive m'est parvenue.

— Vous en aviez assez de parcourir le monde ?

— C'est votre première lettre qui a, pour partie, précipité mon retour.

— Ah bon? Comment ça?

Au lieu de répondre, Pendergast se plongea dans la contemplation du liquide rubis qui luisait dans son verre.

— J'ai eu de la chance de localiser la capitaine Bowdree aussi facilement. Je me suis ouvert à elle de cette affaire en toute franchise, lui expliquant comment la dépouille de son aïeul avait été exhumée afin que le cimetière historique laisse place à un centre thermal. J'ai évoqué votre parcours, la façon dont le chef de la police locale vous avait promis un libre accès aux ossements avant de se rétracter. Je lui ai raconté votre folle entreprise, votre arrestation, précisant que vous risquiez une peine de dix ans d'incarcération.

Il trempa les lèvres dans son verre.

— La capitaine a immédiatement pris la mesure de la situation. Elle refusait que vous soyez *baisée* par le système, pour reprendre son expression. Elle a répété la phrase à plusieurs reprises. J'ai cru pouvoir en déduire qu'elle avait traversé des épreuves similaires au cours de son existence, peut-être au sein des forces armées. Quoi qu'il en soit, nous avons rédigé de concert une lettre bien tournée dans laquelle elle menaçait simultanément de saisir le FBI tout en vous autorisant à étudier les restes de son aïeul.

— Cette lettre a donc suffi à ma libération? s'étonna Corrie.

— J'ai eu l'occasion d'évoquer les termes de ce courrier lors d'une réunion municipale quelque peu tumultueuse, avoua Pendergast avec l'ombre d'un sourire. Ma présentation a produit son petit effet. Vous pourrez en lire les détails demain dans la presse.

— Vous m'avez sauvé la mise, oui. Je ne sais pas comment vous remercier. Et soyez gentil de transmettre toute ma gratitude à la capitaine Bowdree.

— Je n'y manquerai pas.

Un murmure parcourut la salle du restaurant. Les regards de plusieurs convives s'étaient tournés vers les baies vitrées.

Quelques-uns se levaient et montraient du doigt la montagne. Corrie, qui les observait, distingua une lueur orangée dans le lointain. La lumière augmenta rapidement en intensité. Les clients se levaient les uns après les autres, certains s'approchaient des fenêtres à mesure que la rumeur enflait.

— Seigneur ! Un incendie ! s'exclama Corrie en se dressant à son tour.

— On dirait bien.

Le feu grossissait à vue d'œil. Des flammes d'une violence terrifiante embrasaient un grand chalet, lâchant dans le ciel des torrents de fumée et d'étincelles. Une sirène retentit dans la ville, suivie d'une autre. La salle entière était debout, tous les regards rivés sur la montagne.

Une voix rompit soudain le silence horrifié :

— C'est la maison des Baker, tout en haut des Heights !

13

Larry Chivers croyait avoir tout vu dans sa carrière d'expert en incendie, jusqu'à ce qu'il découvre les décombres du chalet. La maison était gigantesque, plus de quatre mille mètres carrés de bois massif, des murs en rondins jusqu'aux poutres, en passant par le toit en cèdre. Le feu avait tout dévoré avec une férocité rare, au point que les vitres avaient fondu et que les poutres maîtresses en acier s'étaient déformées sous l'effet de la chaleur. La neige avait purement et simplement disparu dans un périmètre de cinq cents mètres et des jets de vapeur brûlants continuaient de s'échapper des ruines.

Chivers, propriétaire d'un cabinet d'expertise à Grand Junction, avait été averti par téléphone à 7 heures ce matin-là. Il œuvrait essentiellement pour le compte de compagnies d'assurances désireuses de s'épargner de coûteux remboursements en traquant les incendies criminels. Il lui arrivait épisodiquement de travailler pour la police, lorsque celle-ci soupçonnait un meurtre camouflé en accident. C'était le cas ce matin-là.

Le trajet depuis Grand Junction durait normalement deux heures, mais Chivers n'avait mis que quatre-vingt-dix minutes au volant de son pick-up Dodge, le pied au plancher. Gyrophare allumé et sirène à fond, il prenait toujours le même plaisir à dépasser la masse des pauvres abrutis obligés de respecter les limites de vitesse. Outre la perspective d'une expertise passionnante, les flics de Roaring

Fork n'étaient pas regardants à la dépense, contrairement à la plupart des services de police pour lesquels il lui arrivait d'intervenir.

L'horreur de la scène qu'il découvrait venait toutefois tempérer son enthousiasme. Même Morris, le chef de la police, en bégayait d'effroi, incapable de donner le moindre ordre cohérent à ses hommes. Chivers s'efforça de se ressaisir, en pensant qu'il avait affaire à des nababs d'Hollywood utilisant quelques semaines par an leurs résidences secondaires. Tu parles d'une résidence secondaire ! Difficile de s'apitoyer sur des gens pareils. Le propriétaire du chalet avait sans doute les moyens de s'acheter cinq autres maisons du même tonneau sans écorner ses économies. À propos de propriétaire, le dénommé Jordan Baker ne s'était pas manifesté et personne n'avait réussi à le joindre. Encore un qui se pavanait au soleil avec sa famille dans une station balnéaire quelconque. Ou alors il possédait une résidence *tertiaire*. À ce stade, rien n'étonnait plus Chivers.

Il était temps de se mettre au boulot. Il sortit son matériel, le vérifia, testa son dictaphone numérique et enfila des gants de caoutchouc. Malgré l'état dans lequel il se trouvait, Morris avait eu la bonne idée d'interdire l'accès du chalet à ses équipes en attendant l'arrivée de Chivers, qui devait déjà affronter les dégâts dus aux pompiers : portes et murs enfoncés, gravats évacués à la pelle, sans parler de l'eau qui avait tout ravagé sur son passage. Les soldats du feu avaient pris le temps de vérifier la solidité des ruines avant de fermer les secteurs les plus précaires avec du ruban de signalisation.

— Je suis prêt, annonça Chivers à Morris en mettant son sac en bandoulière.

— Bien, répondit distraitement le chef de la police. Rudy se charge de vous conduire.

Le pompier en question souleva le ruban de plastique et remonta l'allée de brique avant de franchir le seuil de ce qui avait été la porte d'entrée du chalet. Une forte odeur de plastique, de bois et de polyuréthane brûlés flottait dans l'air. Le froid intense n'avait pas suffi à refroidir totalement les ruines. Des filets de vapeur s'élevaient encore, à certains endroits, vers le ciel d'un bleu glacé. S'il était coiffé d'un casque de chantier par obligation, Chivers ne portait pas de respirateur. Il travaillait à l'ancienne, se fiant davantage à son intuition qu'aux techniques modernes. Il laissait ce genre de truc aux rats de laboratoire. L'odeur ne lui faisait pas peur, et il avait besoin de son nez pour détecter des traces éventuelles d'accélérant.

Il s'immobilisa dans le hall d'entrée dévasté. Le premier étage s'était écroulé, la cage d'escalier restait à ciel ouvert. Des flaques de verre et de métal fondus étaient figées çà et là, au milieu de débris de porcelaine.

Il pénétra dans ce qui avait été la cuisine en observant les traces laissées par les flammes. La première question était de savoir s'il s'agissait d'un incendie criminel. Chivers en avait déjà la conviction. Un chalet ne prend pas feu aussi vite sans accélérant. La visite de la cuisine le confirma dans son impression : le carrelage portait encore les traces du liquide déversé sur les pavés. Il s'agenouilla, tira de son sac un petit détecteur d'hydrocarbures à l'aide duquel il préleva des échantillons. Rien de décisif.

Toujours à genoux, il glissa la lame d'un couteau entre les dalles en miettes et retira divers débris qu'il enferma dans des sacs en plastique. La cuisine était dans un état indescriptible, rien n'avait résisté à l'incendie. L'une des salles de bains de l'étage s'était effondrée au milieu de la pièce, on distinguait encore les restes d'une baignoire à pattes de lion, d'un lavabo, d'une cuvette de WC et de carrelage, parmi les débris de cloisons.

Au contact des gravats, le détecteur afficha un résultat positif. Chivers avança à quatre pattes, à la recherche de l'origine des traces d'hydrocarbures. L'appareil s'affola en arrivant à hauteur de la baignoire. Chivers se releva pour en examiner le contenu. Il crut distinguer une épaisse bouillie noire à travers une masse de débris informes.

Il plongea un doigt ganté au milieu de la boue noire afin de la remuer et le détecteur s'affola. Chivers se figea brusquement en découvrant des fragments d'os et des dents au fond de l'épais liquide. Des dents humaines.

Avec mille précautions, il poursuivit ses explorations et découvrit un morceau de boîte crânienne, un bout de mâchoire, une arcade sourcilière.

Chivers approcha le détecteur. L'aiguille s'enfonça dans la zone rouge.

Il enclencha d'un doigt son dictaphone, le porta à sa bouche et murmura quelques phrases.

Le chalet n'était donc pas inoccupé. Quelqu'un avait déposé un corps dans la baignoire et l'avait aspergé d'accélérant. Chivers rangea dans sa poche son enregistreur et fourra dans un sachet en plastique plusieurs échantillons de la bouillie noire, ainsi que des fragments de squelette. Il vit briller un objet dans la masse informe qu'il remuait. De l'or, sans doute les restes d'un bijou. Sans y toucher, il préleva de nouveaux échantillons, dont une phalange calcinée, et se releva en ahanant, pris de nausée.

C'était un peu trop pour Chivers, qui se redonna du courage en se disant qu'il venait de mettre le doigt dans une enquête de première importance. *Pense à ça, et à rien d'autre*, se dit-il intérieurement en reprenant sa respiration.

Chivers adressa un signe de tête à Rudy et parcourut avec ce dernier les ruines du chalet, le détecteur à la main, en prélevant des échantillons et en enregistrant ses observations à l'aide du dictaphone. Le cadavre calciné d'un chien était resté sur le seuil de pierre d'une porte donnant sur l'arrière. Près de lui gisaient deux tas de cendres, allongés côte à côte. Chivers n'eut aucun mal à identifier les restes de nouvelles victimes. Des adultes à en juger par la taille des cendres et quelques traces d'or et d'argent fondus. Seigneur. Il alluma le détecteur sans rien découvrir de significatif cette fois. Personne ne lui avait parlé de la présence de victimes, bon sang ! Tout simplement parce que personne n'était au courant.

Chivers se vida les poumons à plusieurs reprises et poursuivit ses recherches. Il était dans les ruines du salon lorsqu'il fit une nouvelle découverte. Au milieu des gravats détrempés du premier étage écroulé se trouvaient des ressorts de matelas partiellement fondus. En s'approchant, il remarqua la présence de morceaux de fil de fer, donnant l'impression qu'un objet avait été attaché sur le lit. Quatre boucles, plus exactement, à l'emplacement des pieds et des mains. L'une des boucles retenait encore un fragment de tibia enfantin.

Nom de Dieu... Chivers approcha le détecteur dont l'aiguille s'affola à nouveau. Tout lui semblait clair à présent. Quelqu'un avait attaché un gamin sur ce lit avec du fil de fer, l'avait arrosé d'accélérant, et l'avait brûlé vif.

— Vite, de l'air, bredouilla-t-il en s'éloignant d'un pas mal assuré. De l'air.

Le pompier lui prit le bras.

— Je vais vous aider.

Chivers redescendait l'allée de brique du chalet lorsqu'il vit du coin de l'œil la silhouette noire d'un individu d'une grande pâleur, au milieu de la foule des enquêteurs. L'homme, sans doute le croque-mort envoyé par le bureau du médecin légiste, le regardait avec des yeux de braise. Chivers fit l'effort de se reprendre.

— C'est bon, merci, dit-il d'un air gêné au pompier en écartant son bras.

Il aperçut Morris un peu plus loin, entouré des spécialistes de l'identité judiciaire qui se préparaient dans leur PC improvisé.

Calme-toi, s'admonesta l'expert sans y parvenir. Il avait toutes les peines du monde à marcher droit sur ses jambes en caoutchouc.

Il rejoignit le chef de la police. Celui-ci transpirait abondamment, malgré le froid.

— Qu'avez-vous découvert?

— Il s'agit de meurtres, répliqua Chivers en s'efforçant de contrôler le tremblement de sa voix. J'ai découvert quatre victimes. Au moins.

— Quatre, vous dites? Seigneur Dieu! Alors, ils étaient chez eux. Toute la famille...

Chivers avala sa salive.

— L'un des corps est celui d'une… d'une adolescente. Elle était… attachée sur son lit. On l'a aspergée d'accélérant avant… avant d'y mettre le feu. Une autre victime a été brûlée dans… dans…

Le visage de Morris se liquéfia sans que Chivers puisse s'en apercevoir : il s'était effondré, évanoui, avant d'avoir achevé sa phrase.

14

Corrie s'était levée à l'aube, avait rassemblé son matériel et était retournée à Roaring Fork. À la mi-journée, enfermée dans le hangar des Heights, elle travaillait d'arrache-pied. Elle avait soigneusement disposé les restes d'Emmett Bowdree sur une table pliante en plastique achetée chez Walmart, puis elle avait installé de puissants projecteurs tout autour. Sur son ordinateur portable s'affichait l'écran du microscope électronique à zoom relié à l'appareil. Quant à son Canon, il reposait sur son pied. Corrie était aux anges à l'idée de pouvoir travailler dans de telles conditions, en prenant son temps, sans avoir la crainte d'être surprise à tout moment.

Seul bémol, le froid d'enfer qui régnait dans l'entrepôt. La température frisait les moins quinze ce matin-là lorsqu'elle avait effectué le trajet depuis Basalt où elle était retournée dormir, refusant la chambre offerte par Pendergast à l'hôtel Sebastian.

Outre le froid, elle était tenaillée par la faim, pour avoir sauté le petit-déjeuner par souci d'économie. Le mauvais chauffage électrique branché à ses pieds s'époumonait en vain, l'air chaud s'évaporait dans l'atmosphère glacée, à peine franchie la grille de protection. C'est tout juste s'il lui réchauffait les tibias.

Pourtant, ni le froid ni la faim n'auraient pu tempérer son enthousiasme au vu des découvertes qu'elle venait de réaliser. Presque tous les os portaient des traces de griffures, de coupures, de striures. En revanche, rien n'indiquait la moindre réaction osseuse ou inflammatoire, preuve que les marques avaient été laissées au moment du décès. Les os spongieux faisaient apparaître des traces de dents. Il ne s'agissait pas de morsures d'ours, mais de morsures humaines, ce que confirmaient leur largeur et les profils dentaires. Corrie n'avait d'ailleurs détecté aucune trace de lésion provoquée par un ours.

À l'intérieur du fémur comme dans la boîte crânienne, des striures indiquaient que la moelle et la cervelle avaient été récupérées à l'aide d'un instrument. Au microscope, ces marques se présentaient sous la forme de lignes parallèles très rapprochées, à peine visibles. L'outil utilisé avait laissé derrière lui de légers dépôts d'oxyde de fer, preuve qu'il était en métal. Une lime usée, probablement.

Le coup au crâne avait été porté à l'aide d'une pierre. Corrie en avait retrouvé de minuscules fragments que le microscope lui avait permis de déterminer comme étant du quartz. La cage thoracique avait été ouverte en deux, également à l'aide d'une pierre, puis on l'avait écartée, apparemment pour arracher le cœur. Les ossements n'indiquaient aucune lésion provoquée par la lame acérée d'une hache ou d'un couteau, pas plus qu'ils ne portaient la trace d'une blessure par balle. Une découverte étonnante, sachant que la plupart des prospecteurs de l'époque étaient armés d'un couteau ou d'un revolver.

Le compte rendu publié dans la presse à l'époque des faits précisait que les restes d'Emmett Bowdree avaient été retrouvés éparpillés sur une centaine de mètres à l'extérieur de sa cabane. Le malheureux avait été « dévoré presque entièrement » par le prétendu grizzli. Le journaliste, sans doute par délicatesse, ne fournissait pas le détail des organes mangés et des os désarticulés, sinon pour dire que « des morceaux du cœur et de divers viscères ont été découverts assez loin du corps, en partie rongés ». L'article ne mentionnait ni feu ni cuisson, ce que confirmait l'examen de Corrie.

Emmett Bowdree avait été mangé tout cru.

Tout en travaillant, Corrie commençait à reconstituer l'enchaînement des faits. Bowdree avait forcément été attaqué par plusieurs individus, car jamais une seule personne n'aurait pu le démembrer avec une telle violence. Les agresseurs du prospecteur l'avaient frappé à la nuque à l'aide d'une pierre, provoquant une grave fracture. Si la mort n'avait pas forcément été instantanée, du moins le coup avait-il assommé Bowdree. Celui-ci avait été battu sauvagement par ses meurtriers qui lui avaient cassé de nombreux os avant de s'acharner sur lui au niveau des articulations. On notait la présence de coups désordonnés, donnés avec des pierres, puis on l'avait démembré. Les jambes avaient ensuite été séparées au niveau du genou. Les agresseurs avaient alors ouvert la boîte crânienne et retiré la cervelle, détaché la chair du corps, brisé les os les plus importants afin d'en prélever la moelle, et retiré la plupart des organes. Ils s'étaient aidés d'un seul outil, une vieille lime, tout en faisant usage de morceaux de quartz, mais aussi de leurs mains et de leurs dents.

Corrie en déduisit que ce meurtre, sans doute provoqué par la colère, avait tourné à la fête cannibale. Elle recula de quelques pas, plongée dans ses réflexions. Qui avait bien pu commettre un tel acte? Et pour quelle raison? Il lui semblait curieux qu'une bande d'assassins ait pu écumer ces montagnes au milieu des années 1870 sans revolvers ni couteaux. Et pourquoi n'avoir pas cuit la viande? On aurait pu se croire en présence d'une tribu de sauvages impitoyables, tout droit sortis de l'âge de pierre.

Des sauvages impitoyables. Tout en se frottant les mains près du radiateur pour se réchauffer, Corrie pensa au terrible incendie de la veille qui avait emporté Jenny Baker. L'idée que toute une famille avait péri ainsi l'horrifiait. Un employé du domaine skiable, passé dans le hangar une heure plus tôt, lui avait annoncé la nouvelle. Elle ne s'étonnait plus d'avoir franchi le poste de sécurité des Heights aussi aisément à 10 heures ce matin-là. C'est tout juste si le gardien posté dans le pavillon avait jeté un coup d'œil dans sa direction. L'horreur du drame, comme le visage plein d'innocence de Jenny Baker, la hantaient. *Allez, concentre-toi plutôt sur ton boulot*, se dit-elle en déposant un autre ossement sur la platine du microscope. L'idéal à ses yeux serait d'avoir accès aux dépouilles des autres mineurs afin d'établir des comparaisons. Pendergast avait promis de l'aider à retrouver des descendants. Corrie tenta de s'expliquer pourquoi cette assistance la dérangeait. L'inspecteur avait une force de caractère qui le poussait à vouloir s'imposer chaque fois qu'il s'impliquait dans une affaire. Or ce projet était celui de Corrie et elle tenait à le mener à bien seule. Pas question que les gens de John Jay, son tuteur en particulier, refusent son travail au prétexte qu'elle avait été aidée, même modestement, par une tête du FBI. Corrie chassa cette pensée de son esprit. Après tout, Pendergast venait de sauver sa carrière, peut-être même sa vie. Elle n'avait pas le droit de se montrer aussi péremptoire, d'autant que l'inspecteur ne tirait jamais la couverture à lui.

Elle retira ses gants, le temps de positionner un tibia sur la platine de façon qu'il soit éclairé sous le bon angle. Des traces similaires apparaissaient sur l'os, les marques de dents étaient plus flagrantes encore. Les types qui avaient fait ça étaient de véritables monstres. Ou bien ils en voulaient terriblement à leur victime.

Corrie avait les mains gelées, mais elle s'obligea à prendre toute une série de clichés avant d'être obligée de se réchauffer près du radiateur. Elle en profita pour rassembler ses pensées. Il pouvait s'agir d'un cas isolé, bien sûr. Les autres victimes avaient très bien pu être tuées par un grizzli. Les articles de presse citaient des témoins qui avaient aperçu l'animal. On l'avait vu en train de dévorer l'un des prospecteurs. Plus exactement, le grizzli rongeait ses os. Corrie résista à l'envie d'examiner l'un des autres cercueils. Plus question de s'autoriser la moindre fantaisie, elle avait désormais la ferme intention de se conformer à la règle.

Elle se releva, les mains désengourdies. Si jamais les autres prospecteurs avaient été victimes d'un gang de tueurs, elle allait devoir modifier son sujet de thèse. Elle serait alors en présence de meurtres en série vieux de près de cent cinquante ans, ce qui serait particulièrement cool. Sa toute jeune carrière s'en trouverait stimulée. À condition de résoudre le mystère, évidemment.

15

De retour à son pick-up, Larry Chivers achevait de sceller les sachets d'échantillons prélevés dans les ruines du chalet après avoir rédigé ses notes. Il avait honte de s'être évanoui. Jamais un truc pareil ne lui était arrivé de sa vie. Il se voyait déjà la cible de tous les regards, de toutes les rumeurs. Il ferma le dernier sachet en faisant la grimace. Il avait veillé à enregistrer ses dernières observations sur le dictaphone de façon à ne rien oublier. Car il n'avait pas le droit à l'erreur, surtout dans une affaire aussi grave, susceptible d'attirer l'attention des médias.

Il se retourna en entendant un bruit de pas derrière lui. Stanley Morris, le chef de la police, était littéralement défait.

— Désolé de ce qui m'est arrivé tout à l'heure, grommela Chivers.

— Je connaissais bien la famille Baker, répondit le chef de la police. Leur fille aînée travaillait comme stagiaire chez moi.

Chivers secoua la tête.

— Je suis désolé.

— J'aimerais recueillir votre avis au sujet de cet incendie.

— Je peux déjà vous communiquer mes impressions initiales. Les résultats des analyses en laboratoire peuvent prendre quelques jours.

— Je vous écoute.

Chivers prit sa respiration.

— À mon avis, l'incendie a démarré à l'étage, dans la salle de bains ou bien dans la chambre située au-dessus du salon. Les deux pièces ont été abondamment aspergées d'accélérant, obligeant l'incendiaire à quitter le chalet très rapidement. J'ai retrouvé des restes humains dans les deux endroits.

— Vous voulez dire que les Baker ont été brûlés à l'aide d'accélérant?

— C'est le cas de deux des victimes.

— Elles ont été brûlées vives?

Bonne question.

— Il faudra attendre les conclusions du médecin légiste, mais j'en doute.

— Dieu soit loué.

— J'ai découvert deux autres victimes près de la porte donnant sur l'arrière de la maison. Probablement celle par laquelle est entré le meurtrier. Il y avait également un chien.

— Rex, murmura Morris en s'essuyant le front d'une main tremblante.

Chivers fronça les sourcils en constatant que l'homme tout en noir aperçu un peu plus tôt les observait. Pourquoi avait-on laissé le croque-mort pénétrer sur le lieu du drame?

— Le mobile? demanda le chef de la police.

— Simple supputation, fruit de trente ans d'expérience, répondit Chivers, mais tout indique que nous sommes en présence d'un cambriolage, peut-être doublé d'un viol. Le fait que tous les membres de la famille ont été maîtrisés me fait dire qu'il y avait probablement plus d'un agresseur.

— Il ne s'agit nullement d'un cambriolage, l'interrompit une voix légèrement traînante.

Chivers tourna vivement la tête. L'homme en noir s'était approché silencieusement et se tenait derrière lui. Un pli barra le front de l'expert.

— Si ça ne vous dérange pas, je suis en train de m'entretenir avec le chef de la police.

— Cela ne me dérange nullement, mais j'aimerais apporter quelques observations à l'enquête. Jamais un simple cambrioleur n'aurait pris la peine de ligoter ses victimes avant de les brûler vives.

— *Vives?* s'écria Morris. Qu'en savez-vous?

— Le sadisme enragé avec lequel ce crime a été commis transpire à travers de nombreux détails. Le sadique aime voir souffrir ses victimes, il en retire un véritable plaisir. À quoi servirait de ligoter une personne dans son lit, de l'arroser d'essence et d'y mettre le feu si la victime était déjà morte?

Le visage de Morris, de gris, devint terreux. Il remua les lèvres sans qu'aucun son ne sorte de sa bouche.

— Un tissu de conneries, persifla Chivers. Il s'agit d'un cambriolage. J'en ai vu suffisamment au cours de ma carrière. Le coupable s'introduit dans la maison par effraction, découvre de jolies filles, abuse d'elles, rafle les bijoux et met le feu en croyant effacer les traces de son passage. Notamment l'ADN qu'il a pu laisser sur les filles.

— À ceci près que les bijoux n'ont pas été volés, ainsi que vous le notiez en enregistrant vos observations il y a quelques minutes. Vous disiez avoir découvert des restes d'or.

— Attendez une petite minute! Vous m'avez espionné? Qui êtes-vous, d'abord? s'énerva Chivers avant de se tourner vers le chef de la police. Ce type travaille sur l'enquête?

Morris s'épongea le front avec un mouchoir trempé de sueur. Il affichait une mine perplexe et craintive.

— Je vous en prie. Assez.

L'homme en noir le regarda longuement de ses yeux argentés, puis haussa les épaules d'un air nonchalant.

— Je n'occupe aucune position officielle. Je suis un simple spectateur soucieux de partager ses impressions. Je vous laisse à votre enquête.

Sur ces mots, il tourna les talons et s'éloigna.

— Une dernière précision, toutefois, dit-il par-dessus son épaule. Il est fort possible qu'il y en ait… *d'autres.*

L'instant suivant, il se glissait sous le ruban de signalisation et disparaissait au milieu des badauds.

16

Horace P. Fine, troisième du nom, pivota sur lui-même et examina Corrie de la tête aux pieds, comme pris d'une idée soudaine.

— Vous avez déjà gardé des maisons, au moins? s'enquit-il.

— Oui, bien sûr, répondit aussitôt Corrie.

Ce n'était pas tout à fait un mensonge. Elle avait souvent gardé le mobile home dans lequel elle avait grandi quand sa mère disparaissait des nuits entières. Elle avait également passé plusieurs jours seule dans le logement de son père, six mois plus tôt, lorsqu'il était parti à Pittsburgh chercher du travail.

— Mais jamais de maison aussi grande, ajouta-t-elle en regardant autour d'elle.

Fine posa sur elle des yeux soupçonneux. Mais peut-être affichait-il en permanence cette mine méfiante. Depuis le début de la conversation, il avait réagi avec la même moue à tout ce qu'elle avait dit.

— Je n'ai pas le temps de vérifier vos références, reprit-il. La personne qui devait veiller sur la maison s'est désistée à la dernière minute et je dois retourner à New York au plus vite.

Il plissa légèrement les paupières.

— Mais je garde un œil sur vous. Allons, je vais vous montrer votre chambre.

Corrie suivit Horace P. Fine dans un long couloir sonore en se demandant comment il comptait s'y prendre pour garder un œil sur elle à trois mille kilomètres de distance.

Ce boulot de gardiennage lui était tombé miraculeusement du ciel. Elle en avait entendu parler par hasard, en écoutant une conversation dans un café. Quelques coups de téléphone lui avaient permis de joindre le propriétaire. La maison se trouvait à Roaring Fork. Une véritable aubaine, qui lui évitait les trente kilomètres de trajet entre la ville et sa chambre de motel minable qu'elle devait effectuer matin et soir. Elle allait pouvoir déménager le jour même. Et au lieu de dépenser de l'argent, elle en gagnerait, dans le luxe.

Sa rencontre avec Fine avait quelque peu tempéré son enthousiasme. Tout d'abord, si la propriété était bien à Roaring Fork, elle se trouvait au milieu des collines dans un endroit totalement isolé, à l'extrémité d'un chemin privé long de plus d'un kilomètre. Le chalet était immense, c'est vrai, mais il s'agissait d'une horrible construction postmoderne en verre, acier et ardoise qui évoquait davantage un cabinet de dentiste pour riches qu'une maison de vacances.

Contrairement aux autres propriétés qu'elle avait vues, perchées dans la montagne et bénéficiant de panoramas à couper le souffle, celle de Fine se lovait dans un repli de terrain. La maison était entourée sur trois côtés d'immenses sapins dont l'ombre la plongeait dans une pénombre perpétuelle. La seule façade dégagée donnait sur un profond ravin au fond duquel on apercevait d'énormes rochers couverts de neige. Curieusement, la plupart des baies vitrées de la maison donnaient sur ce paysage sinistre. La décoration, ultra contemporaine avec ses chromes, ses parois de verre et de marbre, était aussi austère que celle d'une prison. À l'exception des portes, les lignes droites semblaient proscrites et les murs étaient couverts de masques grimaçants, de tapisseries de gros fil et d'objets d'art africains à donner la chair de poule. Sans même parler du froid qui régnait dans les pièces. Un froid presque aussi intense que dans le hangar où elle travaillait. Corrie préféra garder son manteau pendant la visite.

— C'est par là qu'on accède au second sous-sol, lui expliqua Fine en s'arrêtant devant une porte fermée. La vieille chaudière qui chauffe la maison se trouve en bas.

Qui chauffe… tu parles!

— Le second sous-sol? demanda Corrie.

— La seule partie de l'ancien bâtiment qui a survécu. Quand le chalet d'origine a été démoli, le constructeur a conservé ce sous-sol pour que la nouvelle maison en bénéficie.

— Il y avait déjà un chalet ici?

Fine poussa un petit ricanement.

— Le chalet du Ravens Ravine Road. Une vieille cabane en rondins qui servait de camp de base à un photographe spécialisé dans les clichés de montagne. Un certain Adams. Un type assez connu, d'après ce que j'ai cru comprendre.

Adams. Ansel Adams? Corrie imaginait sans peine un chalet rustique et confortable, perdu au milieu des sapins. Quelle honte d'avoir construit cette monstruosité à la place. Pas étonnant que Fine n'ait jamais entendu parler d'Adams. Qui d'autre qu'un béotien, ou sa future ex-femme, aurait pu acheter toutes les atrocités accrochées aux murs?

Horace P. Fine, aussi froid que sa maison, dirigeait un fonds d'investissement à Manhattan. Ou alors la filiale américaine d'une banque d'investissement, Corrie ne savait plus exactement, pour l'avoir écouté d'une oreille distraite lorsqu'il le lui avait expliqué. Aucune importance. Par chance, il n'avait jamais entendu parler d'elle, encore moins de ses démêlés avec la justice. Il lui avait expliqué tout de go qu'il détestait Roaring Fork, cette maison, et la femme qui l'avait obligé à l'acheter avant d'en entraver la vente aujourd'hui. Depuis vingt minutes que Corrie était là, il n'avait jamais qualifié sa femme autrement que de «virago». Il n'avait pas fait mystère de son impatience de rentrer à New York.

Il poursuivit la visite. La maison était aussi biscornue que laide, constituée d'une longue suite de couloirs décrivant des courbes afin de s'adapter à la topographie du terrain. Les pièces de réception donnaient toutes sur le ravin. Salles de bains, placards et cuisine se trouvaient de l'autre côté, comme autant de furoncles sur un bras malade. Pour ce que Corrie pouvait en deviner, l'étage était disposé de la même façon.

— Qu'y a-t-il ici? demanda-t-elle en voyant une porte entrouverte sur sa droite.

Dans la pièce, plongée dans la pénombre, brillaient plusieurs dizaines de diodes vertes, rouges et jaunes.

— Il s'agit du PC sécurité. Autant vous le montrer.

Fine ouvrit grand la porte et alluma le plafonnier, dévoilant un nombre impressionnant de tableaux, d'écrans et d'appareils compliqués.

— Comme vous pouvez vous en douter, cette maison est «intelligente», expliqua-t-il. Toutes les fonctions sont automatisées et programmables depuis cette pièce. Qu'il s'agisse de l'électricité, du système d'alarme ou des caméras de surveillance. Ce système m'a coûté une fortune, mais je m'y retrouve au niveau des primes d'assurance. Tout est accessible par Internet, j'ai la possibilité de piloter l'ensemble depuis New York.

Je comprends mieux comment il va pouvoir me garder à l'œil, pensa Corrie.

— Comment fonctionne le système de surveillance?

Fine lui désigna un grand pupitre plat équipé d'un petit ordinateur intégré et d'un appareil ressemblant à un gros lecteur de DVD.

— Je dispose de vingt-quatre caméras au total.

Il enfonça un bouton et le salon apparut sur l'écran. Dans le coin supérieur gauche de l'image s'étalait un chiffre, tandis que la date et l'heure s'affichaient en contrebas.

— À chacun de ces vingt-quatre boutons correspond une caméra différente.

Il enfonça la touche marquée «allée» et le chemin d'accès sur lequel était garée la vieille voiture de location de Corrie prit la place du salon sur l'écran.

— Est-il possible d'agir sur les caméras? s'enquit-elle.

— Non. En revanche, tout mouvement détecté par les cellules met en route la caméra concernée, dont les images sont automatiquement enregistrées sur le disque dur. Tenez, regardez...

Fine pointa du doigt l'écran sur lequel on voyait un chevreuil traverser l'allée. Il se trouva instantanément cerné par un cadre de pixels noirs qui suivait le moindre de ses mouvements. Une grosse lettre M rouge entourée d'un cercle apparut sur le moniteur.

— M pour «mouvement», expliqua Fine.

La lettre rouge continuait de s'afficher sur l'écran, alors que l'animal avait disparu dans les bois.

— Comment se fait-il que le M soit toujours là? s'étonna Corrie.

— Chaque fois qu'une caméra détecte un incident, le disque dur enregistre les images en remontant dans la mémoire une minute avant l'apparition du mouvement. L'enregistrement s'arrête une minute après le retour à la normale. Le M disparaît seulement à ce moment-là.

— Et vous pouvez tout surveiller à distance sur Internet? s'inquiéta-t-elle, pas très heureuse de servir de cobaye à un voyeur à distance.

— Non, cette partie du réseau n'a jamais été connectée à Internet, pour la bonne raison que nous avons arrêté les travaux quand nous avons décidé de vendre la maison. Le nouveau propriétaire aura tout le loisir de payer la facture. Pour l'instant, le système fonctionne très bien de cette pièce.

Fina désigna un autre bouton.

— Vous avez la possibilité de diviser l'écran en plusieurs images en appuyant à plusieurs reprises sur ce poussoir.

C'était la première fois que Corrie remarquait chez lui une lueur d'enthousiasme depuis le début de leur entretien. Il enfonça la touche et l'image se scinda en deux: on reconnaissait l'allée à la gauche de l'écran, tandis qu'une vue du ravin s'affichait à droite. Il répéta l'opération et l'image se divisa en quatre, puis en huit et en seize. Les vues, de plus en plus petites, relayaient les enregistrements des différentes caméras.

La curiosité de Corrie commençait à s'émousser.

— Comment dois-je m'y prendre pour enclencher l'alarme?

— Elle n'a jamais été installée. C'est bien pour cette raison que j'ai besoin de quelqu'un ici.

Fine éteignit la lumière, quitta la pièce avec Corrie, et remonta le couloir jusqu'à son extrémité. Une fois franchie une petite porte, le décor changeait du tout au tout. Au lieu des œuvres d'art coûteuses, des meubles ultramodernes et des gadgets dernier cri, Corrie découvrit un petit palier, traversé par deux portes de chaque côté, donnant sur une minuscule salle de bains chichement équipée. Le sol était recouvert de linoléum, les maigres cloisons dépourvues de tableaux, le tout peint d'un blanc terne.

— La partie de la maison réservée aux domestiques, annonça fièrement Fine. Vous vivrez là.

Corrie s'avança et passa une tête à travers les portes ouvertes. Les deux pièces de gauche étaient de petites chambres d'un ascétisme presque monacal. À droite se trouvait la cuisine, équipée d'un réfrigérateur de collectivité et d'une gazinière bon marché. La dernière porte donnait sur un bureau miniature. Le cadre était à peine plus reluisant que celui de son motel de Basalt.

— Je vous l'ai dit tout à l'heure, je m'en vais dans quelques minutes, annonça Fine. Veuillez m'accompagner dans mon bureau afin que je vous laisse les clés. Des questions?

— Où se trouve le thermostat? demanda Corrie en serrant ses bras contre elle de façon à ne pas frissonner.

— Ici, je vais vous montrer.

Il rebroussa chemin et retourna dans la partie noble de la maison. Le thermostat, installé dans le salon, se trouvait sous clé dans un coffret en plastique transparent.

— Dix degrés, annonça Fine.

Corrie ouvrit de grands yeux.

— Je vous demande pardon?

— La température programmée est de dix degrés, et il n'est pas question de l'augmenter. Je n'ai pas l'intention de dépenser un sou de plus pour cette fichue baraque. La virago n'a qu'à payer la facture de gaz si ça l'amuse. Dernier détail, je vous prie d'utiliser le moins d'électricité possible. Pas plus d'une ou deux lumières à la fois. À ce propos, le thermostat et le compteur électrique sont reliés au système informatique. Je les contrôlerai depuis mon iPhone.

Corrie sentit son cœur se serrer en voyant le thermostat dans sa cage.

Super. Je vais devoir me peler les fesses le jour et la nuit.

Elle commençait à comprendre ce qui avait poussé la candidate initiale à changer d'avis à la dernière minute.

Fine lui fit comprendre d'un regard que l'entretien était terminé. Il ne restait plus à Corrie qu'à poser une dernière question.

— Quel salaire avez-vous prévu pour le gardiennage de la maison?

Il écarquilla les yeux.

— Un salaire? Quand vous avez la chance de vivre gratuitement dans un luxueux chalet à Roaring Fork? Vous avez de la chance que je n'exige pas de loyer.

17

Arnaz Johnson, coiffeur des stars, avait croisé beaucoup de gens bizarres depuis le temps qu'il traînait au célèbre Big Pine Lodge, tout en haut du mont Roaring Fork. Des starlettes hollywoodiennes habillées comme si elles assistaient à la cérémonie des oscars, des milliardaires exhibant fièrement des petites amies en manteau de vison ou de zibeline, de prétendus Indiens en tenue de daim à franges achetée dix mille dollars, des cow-boys de carnaval coiffés d'un Stetson et chaussés de bottes à éperons. Arnaz avait donné un nom à ce défilé bariolé : la Parade des narcissiques. Il achetait un passe pour la saison et montait au Lodge en téléphérique une ou deux fois par semaine pour se repaître du spectacle. Également pour profiter de l'atmosphère du refuge de montagne le plus connu de tout l'Ouest américain, avec ses murs en rondins couverts de tapis navajo anciens, ses imposants lustres de fer forgé, son immense cheminée dans laquelle aurait pu rôtir un bœuf entier. Sans parler des baies vitrées qui offraient une vue à trois cent soixante degrés sur les montagnes, plongées ce jour-là dans la grisaille d'un ciel plombé.

Arnaz avait beau se croire blasé, il n'avait jamais vu un hurluberlu de la trempe du type solitaire assis à une petite table, au bord de la fenêtre. Une flasque en argent d'un breuvage anonyme devant lui, l'inconnu considérait le cirque des Contrebandiers, au centre duquel se dressaient les ruines d'un complexe minier abandonné de longue date.

Quelques masures entouraient l'antique bâtiment de bois abritant la célèbre pompe Ireland. Ce modèle d'ingénierie du XIXe siècle, un temps la plus grosse pompe au monde, n'était plus désormais qu'une vieille carcasse rouillée.

Arnaz, fasciné par l'étrange individu depuis plus d'une demi-heure, ne l'avait pas vu bouger le petit doigt. En amateur de mode éclairé, il avait eu tout le loisir de détailler la tenue de l'inconnu. Ce dernier portait un manteau de vigogne noir de première qualité, superbement coupé, mais d'une marque qu'Arnaz ne connaissait pas. Le manteau, déboutonné, révélait un costume noir réalisé sur mesure par un tailleur anglais, une cravate Zegna, ainsi qu'un ravissant foulard de soie crème noué lâchement autour du cou. Pour couronner le tout, au sens premier du terme, l'homme était curieusement coiffé d'un feutre noir datant des années 1960 qui accentuait la pâleur de ses traits décharnés. En dépit de la chaleur qui régnait dans la grande salle du Lodge, l'homme paraissait de glace.

Il ne s'agissait pas d'un acteur. Arnaz avait regardé suffisamment de films pour savoir qu'il ne l'avait jamais vu au cinéma, même dans un petit rôle. Il ne s'agissait pas d'un banquier, d'un gérant de fonds d'investissement, d'un PDG, d'un avocat ou de tout autre magnat de l'industrie ou de la finance. Sa tenue aurait juré dans un monde aussi médiocre. Ce n'était pas davantage un poseur, car il portait ses vêtements avec trop de nonchalance et de naturel. Et il était trop élégant pour être un milliardaire du Net. Qui pouvait donc bien être cet olibrius ?

Un gangster !

Voilà la réponse. Un criminel de haut vol. Un Russe, peut-être, ce que semblaient confirmer son physique inhabituel, ces yeux très clairs et ces pommettes saillantes. Un oligarque russe. Non, ça ne collait pas, car il n'était pas accompagné. Les milliardaires russes, et ils étaient nombreux à Roaring Fork, ne se déplaçaient jamais sans un harem de pouffiasses à gros seins en robes pailletées.

Décidément, Arnaz donnait sa langue au chat.

Pendergast se retourna lentement en entendant son nom et vit Stanley Morris traverser la salle dans sa direction.

— Vous permettez ?

Pendergast ouvrit la main dans un geste d'accueil.

— Je vous remercie. On m'a dit que vous étiez ici.

— Qui donc ?

— C'est-à-dire que… que vous ne passez pas précisément inaperçu, inspecteur.

Pendergast ne répondit pas. Il laissa s'écouler un court silence, tira un gobelet d'argent de la poche de son manteau et le posa sur la table.

— Du sherry ? C'est un amontillado sans grand relief, mais néanmoins agréable.

— Euh… non merci.

Le chef de la police, mal à l'aise, s'agitait sur son siège.

— Écoutez, j'ai bien conscience de ne pas avoir brillé avec votre, euh… protégée, Mlle Swanson. J'en suis désolé. J'ai eu ce que je méritais lors de cette réunion. Mais ce n'est pas une sinécure de diriger la police d'une ville pareille, où vous êtes constamment tiraillé de tous les côtés à la fois.

— Ne m'en veuillez pas de ma franchise, mais je crains que vos préoccupations microscopiques ne me concernent pas.

Pendergast se versa quelques gouttes de sherry et vida son verre d'un geste presque sauvage.

— Écoutez, répéta le chef de la police en se tortillant de plus belle. Je suis venu vous demander votre aide. Nous avons affaire à un quadruple meurtre particulièrement horrible, sur une scène de crime de quatre mille mètres carrés d'une incroyable complexité. Mes spécialistes se prennent de bec entre eux et avec l'expert en incendie, ils n'ont jamais rien vu de semblable… La fille aînée, Jenny, était stagiaire chez moi. C'était une *bonne* gamine…

La voix de Morris se brisa. Il trouva néanmoins la force de se reprendre.

— J'ai besoin d'aide. Officieusement. Je vous demande des conseils, rien de plus. Rien d'officiel. J'ai regardé votre parcours, je l'ai trouvé très impressionnant.

La main cadavérique sortit de son immobilisme et Pendergast se versa une autre rasade de sherry qu'il but d'un trait, comme la précédente. Enfin, il se décida à rompre le silence.

— Je suis venu ici avec l'intention de sauver ma protégée, ainsi que vous la baptisez, en lui évitant de payer la note de votre incompétence. Mon but, mon *seul* but, est de voir Mlle Swanson achever son travail sans que Mme Kermode ou quiconque ne l'ennuie. Ce but atteint, je quitterai cette ville perverse et rentrerai à New York avec le plus grand plaisir.

— Pourtant, je vous ai vu sur le lieu de l'incendie ce matin. Vous avez même exhibé votre badge pour franchir les barrages.

Pendergast balaya l'argument d'un geste désinvolte.

— Pourquoi être venu ? insista Morris.

— En voyant l'incendie, j'avoue avoir été vaguement intrigué.

— Vous nous en avez annoncé d'autres. Pourquoi avoir dit ça ?

L'inspecteur fit un nouveau geste de la main.

— Bon sang ! *Pourquoi avoir dit ça ?*

Pas de réponse.

Le chef de la police se leva.

— Vous avez parlé de nouveaux meurtres. En m'informant sur votre compte, j'ai compris que si quelqu'un pouvait avoir un avis éclairé sur la question, c'était bien vous. Je vous préviens. S'il y a de nouveaux meurtres et que vous refusez de nous aider, vous aurez ces victimes sur la conscience. Je le jure devant Dieu.

Pendergast lui répondit par un haussement d'épaules.

— Ne haussez pas les épaules, espèce de salopard ! hurla Morris, perdant définitivement son calme. Vous avez pourtant vu ce qu'ils ont fait à ces gens. Comment pouvez-vous rester là, à boire tranquillement votre sherry ?

Il s'appuya sur le rebord de la table.

— Je n'irai pas par quatre chemins, Pendergast : allez vous faire foutre, et merci pour votre aide précieuse !

L'ombre d'un sourire étira les lèvres minces de l'inspecteur.

— À la bonne heure. Je constate que vous faites des progrès.

— Des progrès ? rugit Morris.

— Un vieil ami du NYPD use d'une expression parfaitement adaptée à la situation. Que dit-il, déjà ?

Pendergast leva la tête en direction de son interlocuteur.

— J'accepte de vous aider, mais à la condition *de vous en faire pousser une paire*, ainsi que l'exprime mon ami.

18

Stanley Morris regardait les ruines du chalet d'un air maussade. La chaleur de l'incendie avait fini par se dissiper et une fine couche de neige poudreuse était retombée la nuit précédente, recouvrant ce décor sinistre d'un voile blanc. Des bâches en plastique avaient été installées aux endroits les plus utiles à l'enquête afin de les protéger. Ses hommes les retiraient délicatement en se débarrassant soigneusement de la neige, en prévision de la visite prévue ce matin-là. Il était 8 heures du matin, il faisait dix degrés en dessous de zéro et un beau soleil brillait dans le ciel. Fort heureusement, le vent était tombé.

Morris n'avait jamais été confronté à un crime aussi horrible. Il n'avait quasiment pas fermé l'œil de la nuit, et lorsqu'il avait fini par s'endormir, un cauchemar terrible l'avait aussitôt tiré de son sommeil. Il se sentait toujours aussi mal, incapable d'accepter l'horreur de ce crime.

Il se remplit les poumons en jetant un regard autour de lui. À sa gauche se tenait Chivers, l'expert en incendie. À sa droite, Pendergast dans son manteau de vigogne, passé de façon incongrue sur un blouson en duvet bleu électrique. De gros gants et un atroce bonnet de laine complétaient le tableau. Son visage était si pâle, on aurait pu le croire victime d'hypothermie si ses yeux, d'une vivacité stupéfiante, n'enregistraient pas jusqu'au plus petit détail.

Morris se racla la gorge, soucieux de donner l'impression qu'il était à la manœuvre.

— Vous êtes prêts, messieurs?

— Et comment, répondit Chivers sans chercher à dissimuler son manque d'enthousiasme.

L'expert ne faisait pas mystère de son hostilité à la présence d'un inspecteur du FBI. *Le pauvre chéri*, pensa Morris qui commençait à en avoir assez des querelles de chapelles et des luttes de pouvoir provoquées par l'affaire.

Pendergast acquiesça d'un hochement de tête.

Morris se faufila sous le ruban de signalisation, imité par ses deux compagnons. Les emplacements des bâches dessinaient des carrés sombres au milieu d'un paysage uniformément blanc. Le médecin légiste n'avait pas encore procédé à l'enlèvement des corps. Les petits drapeaux de couleur des équipes de police scientifique, éparpillés au milieu des ruines, donnaient à la scène un air de fête déplacé. Une odeur âcre de fumée, de caoutchouc brûlé, de plastique et de câbles électriques fondus restait suspendue dans l'air.

Pendergast prit la tête du petit groupe, progressant d'un pas leste en dépit de ses vêtements épais. Il s'agenouilla et dégagea un peu de neige à l'aide d'une petite brosse afin d'examiner le sol en ardoise. Il répéta l'opération à différents endroits, apparemment au hasard, à mesure qu'il progressait au milieu des ruines. Il tira une éprouvette en verre des replis de son manteau, dans laquelle il glissa des échantillons microscopiques prélevés à l'aide d'une pince à épiler.

Chivers se tenait en retrait sans rien dire, affichant une moue mécontente sur ses traits épais.

Ils parvinrent enfin à la terrible baignoire. Morris dut se forcer pour ne pas détourner le regard, à l'inverse de Pendergast qui s'agenouilla et se pencha sur la porcelaine, tel un moine en prière. Il retira un gant, fouilla les débris de ses longs doigts crémeux munis d'une pince à épiler avec laquelle il préleva de nouveaux échantillons. Il se releva après de longues minutes et le trio poursuivit son chemin à travers le chalet dévasté.

Arrivé au niveau du matelas calciné, avec ses liens en fil de fer et ses restes d'ossements, Pendergast fit une nouvelle halte. Il observa la scène pendant une éternité. Morris frissonna en se sentant envahi par le froid et l'humidité. L'inspecteur sortit d'une poche un document qu'il déplia : un plan de la maison. Où diable avait-il réussi à se le procurer ? Il le consulta en détail, puis il examina avec une loupe les restes calcinés du squelette attaché au matelas, essentiellement des fragments ainsi que des traces indescriptibles. Morris sentit le froid s'immiscer sous ses vêtements. Chivers, pris d'une impatience croissante, faisait les cent pas en frappant ses mains gantées l'une contre l'autre dans l'espoir de se réchauffer. Tout dans son attitude trahissait l'impatience et l'agacement.

Pendergast se releva enfin.

— Je vous propose de continuer.

— Super idée, bougonna Chivers.

La visite se poursuivit dans ce paysage de désolation parsemé de poutres couvertes de givre, de tas de cendres congelées, de flaques de verre et de métal au milieu des murs ravagés par les flammes. Le cadavre du chien apparut, allongé sur le flanc à côté des deux silhouettes, réduites en poussière, des parents de Jenny Baker.

Le spectacle était insoutenable pour Morris, qui détourna la tête.

Pendergast mit un genou à terre et examina les restes avec la plus grande attention en continuant de prélever des échantillons en silence. Il s'intéressait tout particulièrement aux cendres du chien, qu'il fouilla prudemment à l'aide de sa longue pince à épiler et d'un outil évoquant un instrument dentaire. Puis ils gagnèrent les ruines du garage où les attendaient les carcasses de trois voitures. C'est tout juste si l'inspecteur leur accorda un regard.

Son exploration achevée, Pendergast sortit du périmètre protégé par le ruban plastique et se tourna vers ses compagnons. Ses yeux brillaient d'un tel éclat sous le froid soleil d'hiver que Morris en fut impressionné.

— C'est bien ce que je craignais, laissa tomber l'inspecteur.

Morris, qui attendait la suite, ne récolta qu'un long silence.

— Eh bien, Stanley. Voilà qui confirme ce que je vous disais hier, déclara Chivers. Tout indique qu'il s'agit bien d'un cambriolage raté perpétré par deux hommes, peut-être davantage. Avec peut-être une composante sexuelle.

— Inspecteur? demanda le chef de la police en se tournant vers Pendergast.

— Je suis au regret de dire qu'il sera probablement impossible de reconstituer le déroulement des meurtres dans toute son exactitude. Le feu a emporté avec lui trop d'éléments. Cela dit, je suis en mesure de vous donner quelques détails essentiels, si vous êtes disposés à les entendre.

— Bien sûr. Je vous en prie.

— Nous avons affaire à un homme seul. Il est entré dans la maison par la porte de derrière, qui n'était pas verrouillée. Trois membres de la famille Baker se trouvaient au premier étage, probablement endormis. Le coupable a commencé par tuer le chien qui venait à sa rencontre. Ensuite, il (ou elle) est monté à l'étage par l'escalier principal. Il a surpris la jeune adolescente dans sa chambre et l'a immobilisée et bâillonnée avant qu'elle puisse donner l'alerte. Il l'a ensuite attachée sur son lit à l'aide de fil de fer, vivante. Il se rendait peut-être dans la chambre des parents lorsque la seconde jeune fille est arrivée.

Il se tourna vers Morris.

— Il s'agissait de votre stagiaire, Jenny. Elle a pénétré dans la maison en passant par le garage avant de monter à l'étage. Le meurtrier, qui l'attendait en embuscade, l'a immobilisée, bâillonnée et déposée dans la baignoire. Il a fait preuve d'une efficacité redoutable, pourtant il semble que le bruit de cette deuxième agression ait réveillé les parents. Il y a eu une courte lutte, tout d'abord en haut, puis en bas. Je soupçonne le meurtrier d'avoir tué l'un des parents à l'endroit où se trouve son corps, et d'avoir traîné le corps de l'autre jusque-là. Il est possible qu'ils aient subi des brutalités.

— Comment pouvez-vous savoir tout ça? réagit Chivers. Ce sont de simples spéculations!

Pendergast, sans se soucier de l'interruption, poursuivit son récit :

— Le meurtrier est retourné à l'étage où il a arrosé d'essence les deux jeunes filles avant d'y mettre le feu. Il a ensuite été contraint de quitter les lieux précipitamment en traînant le corps du second parent dans l'escalier tout en continuant d'asperger les lieux d'accélérant. Il est reparti à pied, et non en voiture. Il est très regrettable que les bois des environs aient été abondamment piétinés par les voisins et les pompiers.

— Impossible, objecta Chivers en secouant la tête. Je ne vois pas comment vous pouvez tirer tant de conclusions du peu d'informations dont on dispose. Sans compter que, sauf votre respect, la plupart de ces conclusions sont erronées.

— J'avoue partager le... euh, le scepticisme de M. Chivers, ajouta Morris. Comment une simple promenade sur le lieu de l'incendie aurait-elle pu vous en apprendre autant?

Pendergast lui répondit sur le ton condescendant d'un adulte s'adressant à un enfant:

— Mon explication est la seule qui coïncide avec les faits. Or les faits sont les suivants: lorsque Jenny Baker est arrivée chez elle, le meurtrier se trouvait déjà à l'intérieur de la maison. Elle a traversé le garage, ainsi que l'a confirmé son petit ami. Si ses parents avaient déjà été morts, elle aurait aperçu leurs corps près de la porte de derrière. En revanche, elle n'a pas vu le corps du chien, qui était caché derrière le meuble que l'on aperçoit ici, expliqua-t-il en désignant un point sur le plan qu'il venait de sortir de sa poche.

— D'accord, mais comment pouvez-vous savoir que le meurtrier était à l'étage au moment où est rentrée Jenny?

— Tout simplement parce que c'est là qu'il lui a tendu une embuscade.

— Il aurait pu l'attaquer dans le garage et la contraindre à monter avec lui.

— Si elle avait été la première victime, dès son arrivée dans le garage, le chien aurait été encore en vie et il aurait aboyé, ce qui aurait réveillé les parents. Non, la première victime a bien été le chien. Le meurtrier l'a tué en entrant par la porte de derrière, sans doute avec une batte de base-ball.

— Une *batte* ? répéta Chivers sur un ton incrédule. Pourquoi pas un couteau ? Ou un revolver ?

— Les voisins n'ont pas entendu de coups de feu. Quant à l'hypothèse du couteau, avez-vous déjà essayé de tuer un berger allemand à l'arme blanche ? En outre, la boîte crânienne calcinée de l'animal présente des traces de fracture. Pas besoin d'être Sherlock Holmes pour procéder à l'analyse de détails tout simples tels que ceux-ci, monsieur Chivers.

L'expert se mura dans le silence.

— Le meurtrier se trouvait donc à l'étage lorsque Jenny est arrivée. Il avait déjà neutralisé la jeune sœur, jamais il n'aurait pu s'attaquer simultanément aux deux adolescentes.

— Sauf s'il y avait deux meurtriers, suggéra Chivers.

— Poursuivez, enjoignit Morris à Pendergast.

— Il a aussitôt neutralisé Jenny, à l'aide d'une batte ou d'un autre objet.

— C'est bien pour ça qu'il y avait forcément deux coupables ! s'écria Chivers. C'est un cambriolage qui a mal fini. Ils sont entrés par effraction dans la maison et l'opération a mal tourné avant qu'ils puissent fouiller le chalet. Ce genre de truc arrive tout le temps.

— Non. Tout s'est déroulé selon un plan préétabli, le meurtrier a maîtrisé la situation de bout en bout. Les caractéristiques psychologiques du meurtre, sa sauvagerie même, désignent un individu solitaire dont la motivation n'est pas le vol.

Chivers leva les yeux au ciel.

— Concernant votre théorie d'un cambriolage qui aurait mal tourné, le meurtrier savait parfaitement qu'au moins trois personnes étaient présentes à l'intérieur de la maison. Un cambrioleur organisé ne s'introduit pas dans une maison occupée.

— Sauf s'il sait y trouver deux filles avec qui il pourrait...

Chivers n'acheva pas sa phrase, gêné, en observant Morris en coin.

— Les jeunes filles n'ont pas été victimes d'agressions sexuelles. S'il avait eu l'intention de les violer, il aurait commencé par tuer les parents afin d'avoir les mains libres. De plus, l'hypothèse d'un viol ne correspond ni aux délais, ni à la méthode. Vous remarquerez qu'il s'est écoulé très peu de temps entre le moment où le petit ami de Jenny l'a déposée chez elle et le début de l'incendie.

— Comment pouvez-vous savoir que l'un des parents a été tué en bas, et que l'autre a été traîné jusque-là du premier étage?

— Simple supposition, je le reconnais. Cela dit, c'est la seule qui explique les éléments en notre possession. Nous sommes en présence d'un tueur solitaire, je le vois mal s'attaquer simultanément aux deux parents, au rez-de-chaussée. La façon dont il a disposé les corps l'un à côté de l'autre est un élément de mise en scène. Un détail affreux censé provoquer la peur et le trouble.

Chivers secoua la tête d'un air dégoûté.

Morris se décida enfin à poser la question qui l'obsédait :

— Qu'est-ce qui vous fait croire que nous pourrions assister à d'autres meurtres de ce genre?

— Le fait que ce meurtre haineux, sadique et brutal a été commis par un individu probablement dérangé, mais en pleine possession de ses facultés. Le feu est l'arme de prédilection des fous.

— Le meurtrier aurait-il pu agir par vengeance?

— J'en doute. La famille Baker était peu connue à Roaring Fork. Vous avez précisé vous-même que les Baker n'avaient pas d'ennemis dans cette ville, où ils ne passaient que deux ou trois semaines par an. S'il ne s'agit pas de vengeance, quel peut être le mobile? Difficile à dire, sinon que le meurtrier a très bien pu vouloir s'en prendre non pas à cette famille en particulier, *mais à ce qu'elle représente.*

La phrase fut accueillie par un silence.

— Et que représente cette famille ? finit par demander Morris.

— Ce que représente toute la ville.

— C'est-à-dire ?

Pendergast marqua une pause avant de répondre :

— L'argent.

19

Corrie entra dans la salle de la bibliothèque de Roaring Fork consacrée aux ouvrages historiques. Comme d'habitude, Ted Roman était seul dans la pièce lambrissée. Il leva le nez de son livre en voyant Corrie. Son visage s'éclaira.

— Tiens, tiens ! s'écria-t-il en se levant de son bureau. La fille maudite de Roaring Fork est de retour !

— Waouh. Tu parles d'un accueil.

— Non, je suis sincère. Avec ce type du FBI, vous avez vraiment coincé Kermode. Je peux vous dire que je buvais du petit-lait.

— Vous étiez à la réunion publique avec le maire ?

— Et comment ! Il était temps que quelqu'un rabatte le caquet de cette… euh, désolé si je vous écorche les oreilles, j'allais dire de cette *salope.*

— Il n'y a pas de mal.

— Ce type en noir ne s'est pas contenté de scier les pattes de Kermode, il s'est également chargé du charmant triumvirat qu'elle forme avec le chef de la police et le maire. Ils faisaient tous dans leur froc, Montebello le premier !

Roman gloussa de plaisir. Son rire était si communicatif que Corrie ne put s'empêcher de l'imiter.

— J'avoue que je n'étais pas fâchée quand on m'a raconté la scène, avoua-t-elle. Surtout après avoir passé dix jours en taule à cause d'eux.

— Quand j'ai vu qu'on vous avait arrêtée, j'ai tout de suite su que c'était une embrouille.

Le jeune bibliothécaire aplatit d'une main l'épi qui se dressait sur sa tête.

— Alors? Sur quoi travaillez-vous aujourd'hui?

— Je suis à la recherche de tout ce qu'on sait de la vie d'Emmett Bowdree. Et de sa mort.

— Le prospecteur dont vous avez voulu étudier les restes? Je vais voir ce que je peux trouver.

— C'est normal que la bibliothèque soit toujours aussi déserte? s'étonna Corrie en suivant son guide jusqu'à son ordinateur.

— Ouais. C'est dingue, non? On a la plus belle bibliothèque de l'Ouest, et ça n'intéresse personne. Les gens d'ici n'ont pas le temps. Ils sont trop occupés à exhiber leurs visons et leurs diamants en ville.

Son imitation d'une vedette de cinéma paradant à un défilé de mode provoqua l'hilarité de Corrie. Ce Ted était un petit marrant.

Il s'installa devant son écran et se lança dans une série de recherches dont il expliqua le détail à sa visiteuse, penchée au-dessus de son épaule.

— OK. J'ai quelques touches intéressantes sur votre M. Bowdree, annonça-t-il en lançant l'imprimante située derrière lui. Je vous laisse consulter le listing et me dire ce qui vous intéresse.

Il lui tendit les feuilles qu'elle parcourut rapidement, à la fois heureuse et surprise de découvrir autant de références. Le nom de Bowdree apparaissait dans des articles de journaux, des contrats d'embauche, des concessions minières et autres documents officiels.

— Dites-moi…

Ted laissa sa phrase en suspens.

— Quoi?

— Euh… comme vous m'avez posé un lapin l'autre fois quand je vous ai invitée à prendre une bière…

— Désolée, j'étais occupée chez les flics.

La remarque le fit rire.

— N'empêche, vous me devez un gage. Ce soir?

Corrie posa les yeux sur lui en rougissant, le cœur battant.

— Avec plaisir, s'entendit-elle répondre.

20

Le chef de la police n'en était pas à sa première conférence de presse, il avait l'habitude de passer la voiture balai chaque fois qu'une célébrité se mettait dans le pétrin. C'était différent cette fois. Et pire. Il sentit monter son appréhension en regardant l'assistance depuis les coulisses. Les gens étaient inquiets, ils attendaient des réponses. Faute de place au commissariat, il avait dû se replier sur la salle de réunion de l'hôtel de ville où il avait récemment subi l'une des pires humiliations de sa carrière. Un souvenir qu'il aurait préféré oublier.

Il était pourtant content d'avoir Pendergast à ses côtés. Morris devait bien l'admettre, son ancien ennemi était devenu sa béquille. Chivers ne décolérait pas, la moitié de ses troupes étaient entrées en rébellion, mais il n'en avait cure. Ce type était brillant, malgré sa bizarrerie, et Morris lui était reconnaissant d'avoir rallié son camp. En attendant, son aide ne lui servirait à rien lors de la conférence de presse. Morris allait devoir se débrouiller seul. Il devait montrer qu'il maîtrisait la situation.

Il jeta un coup d'œil à sa montre. 13 h 55. La rumeur qui montait du public tenait davantage du grondement que du murmure. *À la condition de vous en faire pousser une paire.* Morris ferait de son mieux pour suivre le conseil de Pendergast.

Il révisa ses notes une dernière fois, monta sur l'estrade et se dirigea d'un pas vif vers le pupitre. Il prit le temps d'observer les visages en attendant que les conversations s'interrompent. La salle était bondée, tout comme les bancs réservés à la presse. Les gens étaient debout, tous n'avaient pas pu entrer. Morris repéra le costume noir de Pendergast, installé au premier rang. Le maire, le chef des pompiers, les principaux cadres de la police municipale, le médecin légiste, Chivers et le responsable des services juridiques de la mairie avaient pris place dans la section réservée aux officiels. Quant à Mme Kermode, elle brillait par son absence. Dieu soit loué. Il tapota d'un doigt le micro.

— Mesdames et messieurs.

Le silence se fit dans la salle.

— Pour ceux qui ne me connaîtraient pas, se lança-t-il, je suis Stanley Morris, le chef de la police de Roaring Fork. Je commencerai par vous lire une déclaration, après quoi je répondrai aux questions de la presse et du public.

Il rassembla ses notes dont il entama la lecture d'une voix grave et neutre. La déclaration se limitait à l'énoncé des faits : l'heure de l'incendie, le nombre de victimes et leur identité, la certitude qu'il s'agissait de meurtres, l'état d'avancement de l'enquête. Aucune supputation.

Il conclut sa présentation en lançant un appel à témoins, soulignant l'utilité de toutes les informations, même les plus infimes.

— Des questions ? conclut-il en relevant la tête.

La tribune réservée à la presse entra en éruption. Morris savait déjà à qui il donnerait la parole, et dans quel ordre. Il désigna son journaliste préféré, un vieux copain du *Roaring Fork Times*.

— Merci de votre déclaration, monsieur Morris. Avez-vous des suspects à l'heure qu'il est ?

— Nous suivons plusieurs pistes prometteuses, répondit Morris. Je ne suis pas en mesure de vous en dire plus aujourd'hui.

Parce qu'on a que dalle, grimaça-t-il intérieurement.

— Le coupable est-il originaire de la région ?

— Nous n'en savons rien. Nous avons pu établir la liste des clients des hôtels et des locations, nous avons le détail des ventes de tickets de remonte-pente. Nous avons également fait appel au Centre national d'analyse des crimes violents qui fouille actuellement ses bases de données à la recherche de criminels incendiaires potentiels.

— A-t-on idée du mobile?

— Rien de concret. Nous étudions plusieurs possibilités.

— Lesquelles?

— Cambriolage, vengeance, perversion sexuelle.

— Est-il exact que l'une des victimes travaillait dans vos services?

Putain… Et lui qui espérait éviter de s'aventurer sur ce terrain.

— Jenny Baker effectuait un stage dans mon service pendant ses vacances d'hiver.

Il avala sa salive, dans l'espoir de chasser le chat qu'il avait dans la gorge.

— C'était une jeune fille formidable qui rêvait de faire carrière dans la police. C'est… c'est une perte terrible.

— Il se dit que l'une des victimes a été attachée à son lit avant d'être aspergée d'essence, s'interposa un autre journaliste.

Saloperie. Qui a pu laisser fuiter ça? Ce crétin de Chivers?

— C'est le cas, répondit le chef de la police après un bref instant d'hésitation.

Un murmure parcourut la salle.

— On dit aussi qu'une autre victime a été brûlée dans sa baignoire.

— En effet, acquiesça Morris sans fournir de détails.

Le murmure se transforma en remous. Morris se raidit.

— Les deux jeunes filles ont-elles été victimes d'agressions sexuelles?

Comme toujours, la presse ne faisait pas dans la dentelle.

— Le médecin légiste n'a pas encore remis son rapport. Il n'est pas certain qu'on puisse le savoir avec certitude, étant donné l'état des corps.

— La maison a-t-elle été cambriolée?

— Nous n'en savons rien.

— Les victimes sont-elles mortes brûlées vives?

La colère était désormais palpable.

— Nous ne recevrons pas les résultats des différentes analyses avant une semaine au moins. Je remercie les représentants de la presse, il est temps de répondre aux questions de la salle.

Morris pria le ciel que le public se montre plus clément, mais rien n'était moins sûr. Les gens jaillissaient de leurs sièges, des mains s'agitaient de tous côtés. Il désigna une femme âgée d'allure paisible qu'il ne connaissait pas, mais la femme qui se tenait devant elle s'appropria la parole. À son grand effroi, il reconnut Sonja Marie Dutoit, une actrice plus ou moins retirée des plateaux de tournage, tristement connue à Roaring Fork pour son comportement détestable dans les boutiques et les restaurants. Son visage était tellement lifté et botoxé qu'elle arborait un sourire perpétuel.

— Merci de m'avoir donné la parole, déclara-t-elle d'une voix rauque de fumeuse. Je crois exprimer l'opinion générale en disant à quel point j'ai été horrifiée par ces meurtres.

— C'est compréhensible, approuva Morris. Quelle est votre question?

— Cet horrible et tragique incendie s'est déroulé il y a trente-six heures. Nous en avons tous été les témoins. À en juger par ce que vous venez de nous dire, l'enquête n'a fait aucun progrès.

Morris veilla à conserver son calme.

— Quelle est votre question, madame Dutoit?

— Elle est simple: comment se fait-il que vous n'ayez pas encore arrêté le coupable? Nous ne sommes pas à New York, tout de même. Cette ville compte à peine deux mille habitants, et elle n'est accessible que par une seule route. Quel est le problème?

— Je vous l'ai dit, nous avons mis tous les atouts de notre côté, en faisant appel à des spécialistes de Grand Junction et au Centre national d'analyse des crimes violents, le CNACV. Mais d'autres personnes souhaitent sûrement intervenir…

— Je n'ai pas fini, le coupa Dutoit. Quand le prochain incendie aura-t-il lieu?

La question provoqua des chuchotements. Certains levaient les yeux au ciel, tandis que d'autres masquaient difficilement leur appréhension.

— À ce stade, rien ne permet d'affirmer que nous sommes confrontés à un incendiaire en série, répondit Morris, fermement décidé à couper court à ce genre de spéculation.

Dutoit n'en avait toutefois pas terminé.

— Qui d'entre nous se réveillera cette nuit au milieu des flammes? *Et qu'attendez-vous pour agir, au nom du ciel?*

21

Avec son sol couvert de sciure, ses vieux outils rouillés accrochés au mur de pierre, son odeur de bière et de barbecue texan, sa clientèle populaire et son mauvais chanteur qui braillait des compositions personnelles en grimaçant d'un air tragique, le Puits de mine ne ressemblait à aucun des autres bars de la ville.

La première ravie de découvrir un tel décor à Roaring Fork fut Corrie, que ce genre d'endroit séduisait infiniment plus que le restaurant guindé de l'hôtel Sebastian. Ted l'attendait comme prévu à sa table attitrée, tout au fond de la salle, une grande pinte posée devant lui. Bon point pour lui, il se leva en la voyant s'approcher et l'aida à s'installer avant de se rasseoir.

— Vous buvez quoi?

— Et vous?

— Une Maroon Bells Stout, une bière locale. Je vous la conseille.

Elle commanda une pinte en espérant que le serveur ne lui demanderait pas de pièce d'identité, ce qui aurait été gênant. Heureusement, il n'en fut rien.

— Je n'aurais jamais cru qu'il puisse y avoir un troquet pareil à Roaring Fork, remarqua-t-elle.

— Il ne faut pas croire. Il reste encore pas mal de gens normaux dans cette ville. Le personnel des remonte-pentes, les serveurs, les types qui font la plonge, les hommes à tout faire… et les bibliothécaires, ajouta-t-il avec un clin d'œil. Il faut bien qu'on ait un lieu à nous pour s'amuser.

Le serveur déposa une pinte devant Corrie et les deux jeunes gens trinquèrent. Corrie goûta sa bière.

— Waouh ! Super.

— Elle est meilleure que la Guinness. Et beaucoup moins chère.

— Qui est le chanteur ? s'enquit-elle en veillant à poser la question d'une voix neutre, au cas où il aurait fait partie des amis de Ted.

Le jeune bibliothécaire émit un ricanement.

— Aucune idée. C'est le jour réservé aux amateurs. Le pauvre, j'espère qu'il a pas démissionné de son boulot.

Il prit le menu.

— Un petit creux ?

Corrie hésita, pas certaine d'en avoir les moyens. D'un autre côté, les plats étaient bon marché. Si elle ne mangeait pas un morceau, elle risquait de picoler et de déconner. Elle hocha la tête en souriant.

— Alors, reprit Ted. Comment ça se passe dans votre charnier en pleine montagne ?

— Bien.

Elle faillit partager avec lui ses découvertes mais se ravisa. Elle ne le connaissait pas assez pour prendre un tel risque.

— Les restes d'Emmett Bowdree se sont révélés très bavards. J'espère avoir l'autorisation de travailler prochainement sur d'autres squelettes.

— Je suis content que ça se passe bien pour vous. Kermode doit faire un caca nerveux chaque fois qu'elle vous imagine dans ce hangar.

— Je ne sais pas. Elle a sans doute d'autres soucis en tête, avec cet incendie.

— Vous avez vu ça ? Quelle horreur !

Il hésita avant de poursuivre :

— J'ai grandi là-bas, vous savez. Dans les Heights.

— Vraiment ? s'étonna Corrie. Je ne l'aurais jamais cru.

— Merci, je prends ça pour un compliment. Mon père était producteur de télé. Il faisait des sitcoms, ce genre de truc. Il était copain avec le Tout-Hollywood. Ma mère a couché avec la plupart d'entre eux.

Il secoua la tête et avala une gorgée de bière.

— J'ai connu une enfance plutôt déjantée.

— Je suis désolée, répondit Corrie, qui n'était nullement disposée à évoquer sa propre jeunesse avec son interlocuteur.

— Pas de souci. Mes parents ont divorcé et j'ai été élevé par mon père. Il n'avait plus besoin de travailler, grâce aux droits d'auteur qu'il touchait sur ses séries télé. En sortant de l'université, j'ai quitté les Heights et je me suis trouvé un appartement en ville, sur East Cowper. C'est tout petit, mais j'ai l'impression de respirer.

— Votre père vit toujours dans les Heights ?

— Noooon ! Il a vendu la maison il y a quelques années. Il est mort d'un cancer l'an dernier. Il n'avait que soixante ans.

— Je suis vraiment désolée.

Il répondit par un geste désinvolte.

— Je sais. D'un autre côté, j'étais content de couper les ponts avec les Heights. Cette histoire de Boot Hill me débecte. Quand je pense qu'on déplace l'un des plus vieux cimetières du Colorado pour construire un centre thermal à l'intention de vieux cons pleins aux as !

— Ouais, c'est pas terrible.

Ted laissa échapper un petit rire, ponctué d'un haussement d'épaules.

— C'est la vie, je suppose. Je me dis que si je détestais cet endroit autant que ça, je n'y vivrais pas.

Corrie approuva.

— Quel diplôme avez-vous passé à l'université d'Utah ?

— Un master en développement durable. Je n'étais pas vraiment un étudiant modèle. Je passais mon temps sur les pistes de ski et de scooter des neiges. J'adore les deux. Sans oublier l'alpinisme.

— Vous faites de l'alpinisme ?

— Oui, j'ai conquis quarante et un des Quatre Mille.

— Les Quatre Mille ?

Ted pouffa.

— On voit bien que vous êtes une fille de l'Est. Le Colorado compte cinquante-cinq sommets de plus de quatre mille mètres d'altitude. On les a baptisés les Quatre Mille. Les gravir tous est le graal de n'importe quel alpiniste américain qui se respecte.

— Je suis impressionnée.

Le serveur leur apporta le dîner : Corrie avait commandé une tourte à la viande, Ted un hamburger. La jeune fille refusa la pinte qu'il lui proposait, pensant à la petite route en zigzag qui l'attendait avant de retrouver son cabinet dentaire en pleine montagne.

— Et vous ? l'interrogea Ted. Je serais curieux de savoir comment vous avez rencontré l'homme en noir.

— Pendergast ? C'est mon…

Seigneur, quel terme employer ?

— C'est mon tuteur, en quelque sorte.

— Une sorte de parrain ?

— À peu près. Je l'ai assisté sur une enquête il y a quelques années, et il m'aide depuis.

— C'est un type vraiment cool, en tout cas. Je ne plaisante pas. Il appartient vraiment au FBI ?

— C'est l'un de leurs meilleurs agents.

Un nouveau chanteur succéda au précédent, heureusement plus talentueux. Les deux jeunes gens l'écoutèrent tout en continuant de manger et de bavarder. Corrie se tenait prête, et lorsque Ted voulut payer, elle insista pour partager l'addition.

Au moment de partir, Ted lui glissa à voix basse :

— Tu veux visiter mon tout petit appartement ?

Corrie hésita. Elle était tentée. Et même très tentée. Ted, tout en muscles, était beau mec. Surtout, il était charmant et gentiment excentrique, avec de ravissants yeux bruns. Mais coucher avec un type la première fois n'avait jamais réussi à Corrie par le passé.

— Pas ce soir, merci. Je dois retourner dormir, répondit-elle en soulignant son refus d'un sourire, histoire de lui signifier qu'elle n'était pas insensible à son charme.

— Aucun souci. On n'aura qu'à recommencer un de ces jours.

— Avec plaisir.

Lorsqu'elle quitta la ville au volant de sa voiture quelques minutes tard, Corrie regretta presque son refus de «visiter» le tout petit appartement de Ted en repensant à la chambre glacée qui l'attendait.

22

Confortablement installé dans sa suite du dernier étage de l'hôtel Sebastian, l'inspecteur Pendergast reposa le livre qu'il lisait, vida la petite tasse d'expresso posée sur la table basse, puis il se leva et s'approcha de la baie vitrée. La suite était plongée dans un silence parfait. Pendergast, qui détestait la présence bruyante de voisins inconnus, avait réservé les chambres situées de part et d'autre de sa suite afin d'avoir la paix. Immobile, il contempla le fin rideau de neige qui s'abattait sur East Main Street en cette fin d'après-midi, enveloppant d'un voile irréel les millions de lumières de Noël qui trouaient la nuit. Il observa le ballet des passants pendant dix minutes, puis s'approcha du bureau où l'attendait une pochette FedEx intacte, expédiée à son intention depuis New York par son homme de main, Proctor.

Pendergast prit la pochette, l'ouvrit d'un geste souple et vida son contenu sur le bureau. Plusieurs enveloppes de tailles diverses s'en échappèrent, ainsi qu'un faire-part orné de motifs en relief et une note de la main de Proctor. Celui-ci se contentait de préciser que la pupille de Pendergast, Constance Greene, avait quitté New York à destination de Dharamsala, en Inde, où elle entendait passer quinze jours avec le dix-neuvième rinpoché. Quant au faire-part, il s'agissait d'une invitation au mariage du lieutenant Vincent d'Agosta et de la capitaine Laura Hayward, prévu le 29 mai suivant.

Pendergast posa son regard sur les autres enveloppes et les examina brièvement sans y toucher. Enfin, il prit une enveloppe par avion qu'il retourna lentement entre ses doigts. Abandonnant le reste du courrier, il alla se rasseoir dans son fauteuil et ouvrit la lettre. Elle contenait une simple feuille de papier, écrite d'une main enfantine en écriture sütterlin. Il en entama la lecture.

6 décembre
Saint-Moritz, Suisse

Cher Père,

Le temps me paraît long depuis votre dernière visite. Je compte les jours, cent douze se sont écoulés. J'espère bientôt vous revoir.

Je suis bien traité. La nourriture est excellente. Le samedi soir, nous avons de la Linzer Torte au dessert. Avez-vous déjà mangé de la Linzer Torte? C'est très bon.

De nombreux enseignants ici parlent l'allemand, mais je m'efforce de me servir de l'anglais. On me dit que je fais des progrès. Les enseignants sont très gentils, à l'exception de Mme Montaine, qui sent l'eau de rose. J'aime l'histoire et les sciences, mais pas les mathématiques. Je ne suis pas bon en mathématiques.

Pendant l'automne, j'adorais me promener dans les montagnes après la classe, mais il y a trop de neige à présent. Il paraît qu'on m'apprendra à skier pendant les vacances de Noël. Je crois que j'aimerai cela.

Merci de votre lettre. J'attends la prochaine. J'espère vous revoir bientôt.

Affectueusement,
Votre fils,
Tristram

Pendergast lut la lettre une seconde fois, puis il la replia avec lenteur et la glissa dans son enveloppe. Il éteignit la lumière et resta assis dans le noir, absorbé dans ses pensées.

De longues minutes s'écoulèrent. Il s'anima enfin, sortit un téléphone portable de la poche de sa veste et composa un numéro précédé de l'indicatif de l'État de Virginie.

— Contrôle central, répondit une voix sèche, dépourvue de tout accent.

— Inspecteur Pendergast à l'appareil. Merci de me transférer au centre opérationnel d'Amérique du Sud, Bureau 14-C.

— Très bien.

Un court silence, un déclic, et une autre voix prit le relais.

— Agent Wilkins.

— Pendergast.

— Oui, inspecteur, réagit la voix avec raideur.

— Qu'en est-il de Wildfire ?

— Rien de neuf. Aucune trace.

— En dépit de toutes vos tentatives ?

— Toutes nos stations d'écoute sont en alerte. Nous écumons les rapports de police au niveau national comme au niveau local, nous surveillons les médias vingt-quatre heures sur vingt-quatre, et nous filtrons électroniquement les programmes de la NSA. Sans compter les agents de terrain de la CIA au Brésil et dans les pays voisins. Ils sont prêts à nous alerter en cas d'activité… anormale.

— Vous avez mes coordonnées actuelles ?

— Dans le Colorado ? Bien sûr.

— Très bien, Wilkins. Prévenez-moi immédiatement si vous avez des nouvelles de Wildfire.

— Sans faute, inspecteur.

Pendergast mit un terme à la communication. Il décrocha le téléphone de la chambre et commanda un autre expresso au service d'étage, puis il saisit de nouveau son portable. Cette fois, le numéro était celui d'un habitant de River Pointe, une banlieue de Cleveland.

Son correspondant décrocha à la deuxième sonnerie, sans un mot.

— Mime ? demanda Pendergast.

Un court silence lui répondit, auquel succéda une voix aiguë :

— Serait-ce mon cher ami agent secret?

— J'écoute votre rapport, Mime.

— Tout est calme sur le front de l'ouest.

— Rien?

— Rien de rien.

— Un instant...

Pendergast ouvrit la porte de sa suite à l'employé d'étage qui lui apportait son expresso, lui glissa un pourboire et attendit d'être à nouveau seul avant de poursuivre.

— Vous êtes convaincu que les mailles de votre filet sont suffisamment serrées, au cas où la cible ferait surface?

— Mon cher agent secret, j'ai mis au point une série d'algorithmes et de systèmes de recherche heuristiques sur Internet qui pourraient bien vous bousculer dans vos certitudes de fonctionnaire. Je surveille l'ensemble du trafic Internet dans la zone sensible et même au-delà, ainsi qu'une bonne partie du trafic officiel. Si vous saviez à quel point je ratisse large, cher ami. Il m'a fallu siphonner les serveurs d'une bonne demi-douzaine...

— Je n'ai aucune envie de le savoir.

— Quoi qu'il en soit, notre cible est totalement invisible. Aucune touche sur Facebook. S'il est blessé comme vous le pensez, il serait temps qu'il fasse surface... oh, désolé. J'oublie qu'Alban est votre fils.

— Merci de continuer votre surveillance, Mime. Avertissez-moi dès qu'il donnera le moindre signe de vie.

— Pas de problème.

Mime raccrocha, et Pendergast resta longtemps dans le noir, immobile.

23

Corrie gara sa vieille Ford Focus de location dans la large allée de son refuge de rêve. Il était presque minuit et une lune jaune toute ronde, plantée bas dans le ciel, teintait les sapins d'une lueur bleutée dans leur décor de neige et d'ombres. Comme un voile de fins flocons tourbillonnait dans le vallon encaissé au creux duquel se dressait la maison, Corrie aurait pu se croire dans une boule à neige. La rangée des six portes de garage l'observait, tel un sourire gris dans la nuit. Fine lui ayant, pour une raison obscure, interdit d'utiliser les box, elle coupa le moteur et descendit de voiture. Elle gagna la porte de garage la plus proche, retira son gant et entra le code. Le volet remontait lentement lorsqu'elle sursauta.

Une silhouette la regardait dans l'ombre du bâtiment. À la lueur ténue de la diode du mécanisme de la porte, elle constata qu'il s'agissait d'un petit chien, tout tremblant de froid.

Corrie s'agenouilla près de l'animal.

— Alors, mon vieux? Qu'est-ce que tu fabriques ici?

Le chien lui lécha la main en poussant un petit geignement. On aurait dit un croisement entre un chien de chasse et un épagneul, avec de longues oreilles tombantes, de grands yeux bruns larmoyants et un pelage brun tacheté de blanc. Il ne portait pas de collier.

— Tu ne peux pas rester dehors, reprit Corrie. Entre avec moi.

Il la suivit avec reconnaissance à l'intérieur du garage et elle appuya sur le bouton de fermeture de la porte roulante. Le vaste garage était ridiculement vide. Dehors, le vent gémissait dans les arbres. Pourquoi diable lui avait-on interdit de garer sa voiture à l'intérieur?

Le chien la considérait d'un air plein d'espoir en remuant la queue. Rien à foutre de ce con de Fine, elle gardait le chien.

Elle attendit que le volet soit entièrement baissé avant de déverrouiller la porte conduisant dans la maison. Il faisait presque aussi froid dedans que dehors. Elle traversa une buanderie peuplée de machines assez grandes pour un régiment, une arrière-cuisine plus vaste que l'appartement de son père, et s'enfonça dans le couloir interminable, le chien sur les talons. Le couloir dessinait un coude, puis un autre en suivant le contour du ravin, longeant les pièces en hall de gare avec leur mobilier d'avant-garde. Corrie avançait au milieu des statues d'art africain, avec leurs gros ventres, leurs têtes allongées et leurs yeux sculptés qui épiaient chacun de ses mouvements. Les baies vitrées étaient dépourvues de rideaux et la lune projetait des ombres inquiétantes sur les murs pâles.

La veille, alors qu'elle passait sa première nuit dans la maison, elle avait pris le temps de visiter le sous-sol et l'étage, histoire de se familiariser avec son nouveau refuge. Elle avait découvert au premier la grande chambre des propriétaires, équipée d'une salle de bains double et de plusieurs dressings, ainsi que six chambres d'amis dépourvues de tout mobilier. Le sous-sol accueillait une salle de sport, deux pistes de bowling, un bassin de nage à contre-courant vide, un local technique, ainsi que des espaces de rangement. L'idée qu'on puisse avoir une maison aussi grande et aussi vide paraissait obscène aux yeux de Corrie.

Elle atteignit enfin le bout du couloir et la porte menant à ses propres quartiers. Elle referma le battant derrière elle et alluma le petit chauffage électrique de la pièce dans laquelle elle dormait, puis elle sortit deux bols du placard de la cuisine. Elle remplit le premier d'eau et improvisa dans le second un dîner pour le chien avec des crackers et des céréales. Il serait temps de lui acheter des croquettes le lendemain, si elle n'avait pas retrouvé son maître d'ici là.

La petite boule de poils se rua sur la nourriture. Le malheureux animal était affamé. Ce n'était pas un chien de race, mais il était attachant avec ses mèches rebelles qui lui tombaient sur les yeux. Un peu comme Jack Corbett, un gamin avec qui elle était en classe de cinquième à Medicine Creek.

— Tu t'appelleras Jack, décida-t-elle en s'adressant au chien qui remua la queue en levant les yeux sur elle.

Elle hésita à se préparer une tisane avant d'y renoncer, trop fatiguée. Elle fit un brin de toilette, enfila un pyjama à la hâte et se glissa entre ses draps glacés. Elle renonça à lire, préférant utiliser l'électricité pour se chauffer. Elle verrait bien ce que dirait Fine en voyant tourner le compteur. La chaleur de son corps, alliée au chauffage d'appoint réglé au maximum, finit par dissiper le froid. Un cliquetis de griffes sur le sol lui signala que le chien s'était couché au pied du lit.

Elle repensa à la soirée passée avec Ted. Elle l'avait trouvé direct, gentil et drôle. Un peu loufoque aussi, comme tous les fondus de ski. Un beau gosse loufoque et insouciant. Ce n'était pas un crétin pour autant. Il avait des principes. Elle aimait son côté idéaliste, la façon courageuse dont il avait affirmé son indépendance en quittant la grande maison de ses parents pour s'installer en ville dans un petit appartement.

Elle se retourna dans son lit, à moitié endormie. Ted était bien foutu et sympa, mais elle préférait apprendre à le connaître un peu mieux avant de…

Un bruit sourd résonna au-dessus de sa tête, dans les profondeurs de la maison.

Corrie se dressa dans son lit, les yeux grands ouverts.

C'est quoi, ce truc?

Elle tendit l'oreille. Seule brillait dans le noir la lueur orangée des résistances du radiateur d'appoint. Elle distingua faiblement le gémissement du vent entre les parois du ravin.

Ce n'était rien. Sans doute une branche cassée, projetée par une rafale sur le toit.

Elle se remit lentement en position allongée, désormais attentive au faible murmure du vent. Elle sentit progressivement ses paupières s'alourdir. Ses pensées glissèrent vers son planning du lendemain. L'analyse des ossements d'Emmett Bowdree touchant à sa fin, elle devait impérativement obtenir l'autorisation d'examiner d'autres squelettes si elle entendait confirmer sa théorie. Pendergast lui avait proposé de contacter les descendants, et connaissant sa façon de se mêler des histoires d'autrui, elle ne doutait pas qu'il…

Se mêler des histoires d'autrui… Pourquoi diable avait-elle utilisé une telle expression?

Et pourquoi le simple fait d'évoquer Pendergast en pensée la dérangeait-il? C'était la première fois, depuis le temps qu'elle le connaissait. Ne lui avait-il pas évité dix années de prison? N'avait-il pas sauvé sa carrière? Financé ses études? Remis son existence sur les rails?

Si elle se montrait honnête avec elle-même, il lui fallait reconnaître que le problème ne tenait pas à Pendergast, mais à elle. Comme ce projet autour des squelettes des prospecteurs était une idée en or, elle tremblait que l'on puisse lui ravir la vedette. Or Pendergast en était capable, involontairement. Si jamais on savait qu'il l'avait aidée, les gens penseraient que le mérite de ces découvertes lui revenait entièrement et Corrie serait mise sur la touche. Sa mère lui avait assez répété qu'elle était nulle. Ses copains de classe de Medicine Creek la prenaient tous pour une fille bizarre, une scorie inutile. Pour la première fois de sa vie, elle comprenait à quel point il était essentiel pour elle de mener à bien un projet d'ampleur…

Un nouveau bruit.

Il ne s'agissait plus cette fois d'un choc sur le toit, mais d'un frottement sourd, pas très loin de sa chambre. Un bruissement furtif.

Corrie tendit l'oreille. Peut-être une branche frottant contre le mur extérieur de la maison, à cause du vent? Non, le grattement était trop régulier.

Elle repoussa ses couvertures, sauta à bas du lit et attendit dans le noir, les sens aux aguets, insensible au froid.

Crunch. Crunch. Crunch. Crunch. Crunch.

À ses pieds, Jack laissa échapper un grognement.

Elle se glissa sur le palier et alluma la lumière, ouvrit la porte séparant le quartier réservé aux domestiques de la maison et écouta. Le bruit s'était arrêté. Non! Elle reconnut le même frottement. À l'intérieur de la maison, côté ravin. Dans le salon.

Elle remonta d'un pas décidé le long couloir plongé dans la pénombre et pénétra dans le PC de sécurité. Les appareils ronronnaient doucement, mais l'écran central était éteint. Elle l'alluma et l'allée menant à la maison, déserte à cette heure, apparut sur le moniteur, filmée par la caméra 1.

Elle enfonça à plusieurs reprises la touche permettant de projeter le damier des images des différentes caméras. Deux, quatre, huit, seize… et là, sur le carré de la caméra 9 s'affichait en rouge la lettre M.

M pour «mouvement».

Elle appuya d'un doigt nerveux sur la touche 9 et l'image de la porte de derrière, permettant d'accéder à la grande terrasse surplombant le ravin, remplit le cadre du moniteur. La lettre M s'étalait en gros sur l'écran, mais Corrie eut beau écarquiller les yeux, rien ne bougeait.

Que lui avait expliqué Fine? Dès qu'une caméra détectait un mouvement suspect, elle gravait sur le disque dur les images de la minute précédente et l'enregistrement s'arrêtait automatiquement une minute après le retour à la normale.

Qu'est-ce qui avait bien pu déclencher la caméra 9?

Sûrement pas le vent dans les branches, il n'y avait pas de sapin à proximité de la terrasse. Le M s'effaça soudain de l'écran, au bas duquel s'affichaient uniquement la date et l'heure.

Elle rappela le damier et fouilla le pupitre des yeux, dans l'espoir de trouver le moyen de projeter les images enregistrées. Mais lorsqu'elle déplaça la souris, une fenêtre apparut, lui demandant un mot de passe.

Merde. Elle se maudit intérieurement de n'avoir pas posé davantage de questions à Fine.

Un éclair rouge traversa son champ de vision. Elle reporta instantanément son attention sur l'écran. Là, au niveau de la caméra 8 : une silhouette sombre en train de se faufiler le long du mur de la maison. Un rectangle noir se fixa autour de l'intrus dont il suivait la progression, tandis qu'un M rouge clignotait sur le moniteur.

Elle hésita à appeler police secours, mais elle avait laissé son portable dans la voiture et ce salopard de radin de Fine avait débranché tous les téléphones, évidemment. Elle se pencha sur l'écran, le cœur battant. La maison cachait la lune, de sorte que la terrasse de derrière était plongée dans la nuit. Difficile de dire à quoi correspondait la silhouette. Un animal sauvage ? Un coyote, peut-être ? Non, l'ombre était trop imposante. Elle fut parcourue d'un frisson de peur en remarquant la façon furtive et résolue dont l'ombre se déplaçait.

La silhouette disparut de l'écran sans qu'aucun message d'alerte n'apparaisse sur les images relayées par les autres caméras. Corrie n'était pas rassurée pour autant. Elle avait clairement vu une ombre se déplacer le long de la maison. Tout près de l'endroit où se trouvait sa chambre.

Elle fit volte-face en entendant un bruit. Un cri de souris, ou bien alors le grincement d'une fenêtre dont on teste la résistance ?

La gorge nouée, elle quitta précipitamment le PC de sécurité et remonta le couloir au pas de course jusqu'au bureau dont les grandes baies vitrées s'ouvraient sur la nuit.

— Foutez le camp d'ici ! hurla-t-elle. J'ai un flingue, et n'imaginez pas que j'hésiterai à m'en servir ! Un pas de plus, et j'appelle les flics !

Un silence absolu lui répondit.

Elle attendit dans le noir, le souffle court. Toujours rien.

Elle finit par retourner au PC sécurité. Les caméras n'avaient rien enregistré de suspect.

Elle resta un bon quart d'heure scotchée devant le moniteur, les yeux rivés sur l'écran. Puis elle fouilla l'une après l'autre les pièces de la maison, le chien sur les talons, s'assurant que portes et fenêtres étaient bien verrouillées. Et lorsqu'elle retourna enfin dans sa chambre, blottie dans ses couvertures, jamais elle ne parvint à trouver le sommeil.

24

Il faisait plus froid encore le lendemain matin, mais c'est à peine si Corrie s'en aperçut à force de fouiller les alentours du local à skis. Après avoir voulu se convaincre, en avalant son petit-déjeuner, qu'elle avait rêvé la nuit précédente, elle était sortie en prenant la précaution de s'emmitoufler. Contre toute attente, elle avait découvert des empreintes de pas humains dans la neige, tout autour de la maison. Quelqu'un avait visiblement traîné dans le coin pendant longtemps, peut-être des heures. La découverte était d'autant moins rassurante que les traces, à force de se mélanger, l'empêchaient de savoir d'où venait l'intrus.

Elle monta dans sa voiture, vérifia son portable sur lequel l'attendait un message de Pendergast. Il l'informait qu'il avait obtenu les autorisations dont elle avait besoin pour examiner les squelettes enfermés dans trois autres cercueils. Lorsqu'elle arriva à l'hôtel Sebastian afin de récupérer les documents nécessaires et remercier Pendergast, on l'informa à l'accueil qu'il s'était absenté, prenant la précaution de laisser les papiers à son intention.

Le temps de se rendre au hangar, elle ne pensait même plus au froid en cherchant les restes du premier défunt, un certain Asa Cobb, parmi les cercueils. Elle retira les ossements un à un et les déposa sur la table où l'attendaient ses instruments. Elle prit sa respiration et entama l'analyse méthodique de sa nouvelle moisson.

Elle ne fut pas surprise par le résultat. Les os présentaient des lésions provoquées par un outil, ainsi que des empreintes de dents humaines. Rien qui puisse impliquer un ours. Cette fois encore, l'absence de signes de cuisson ou de brûlure confirmait que la victime avait été dévorée crue. Elle ne trouva pas davantage de traces de blessures à l'arme blanche, ou de plaies provoquées par balle. Le décès était le résultat d'un coup à la tête assené à l'aide d'une pierre. Le malheureux avait ensuite été battu avant d'être démembré. Comme ceux de Bowdree, les restes brunis de Cobb trahissaient le destin funeste d'un homme attaqué, taillé en pièces, et cannibalisé.

Corrie se redressa. Le doute n'était plus permis. Les prospecteurs avaient tous été victimes d'une bande de tueurs en série.

— Le résultat est-il conforme à vos attentes? s'éleva une voix traînante derrière elle.

Corrie fit volte-face, le cœur battant, et vit Pendergast dans son grand manteau noir, une écharpe en soie autour du cou. Ses cheveux et son visage étaient presque aussi blancs que la neige restée collée à ses chaussures. Cet ostrogoth avait le don de vous ficher la trouille en arrivant sans bruit.

— Heureux que vous ayez reçu mon message, poursuivit Pendergast. J'ai tenté de vous joindre hier soir, mais vous ne répondiez pas.

— Désolée, répondit Corrie en se sentant rougir. J'avais un rencard.

Il haussa un sourcil.

— Allons bon. Puis-je m'informer de l'identité de la personne concernée?

— Ted Roman. Il travaille à la bibliothèque de Roaring Fork. Il a grandi dans le coin. Un type sympa, accro au ski et au scooter des neiges. Il m'a donné un coup de main dans mes recherches.

Pendergast hocha la tête et se tourna délibérément vers la table de travail de son interlocutrice.

— J'ai tout juste eu le temps d'examiner le premier squelette, expliqua Corrie, mais il présente les mêmes symptômes que celui de Bowdree.

— À votre avis, nous serions donc en présence d'un… comment dirais-je ? Un *groupe* d'individus coupables de crimes en série ?

— Exactement. Je dirais au moins trois ou quatre personnes, peut-être davantage.

— Intéressant.

Pendergast s'empara de l'un des ossements qu'il retourna distraitement entre ses doigts.

— Les tandems de meurtriers sont peu courants, mais pas exceptionnels. Trois meurtriers ou plus agissant de concert, nous sommes effectivement en présence d'un *rara avis.*

Il reposa l'os sur la table.

— Techniquement, il faut compter trois meurtres distincts pour être en mesure de parler de tueurs en série.

— Onze mineurs sont morts en tout. Ça ne vous suffit pas ?

— Certainement. J'attends avec intérêt les rapports complets que vous aurez rédigés à partir des dépouilles des deux autres prospecteurs.

Corrie hocha la tête en signe d'acquiescement.

Les mains dans les poches, Pendergast examina le vieux hangar avant de reporter son attention sur la jeune fille.

— Quand avez-vous lu *Le Chien des Baskerville* pour la dernière fois ?

Elle s'attendait si peu à une telle question qu'elle crut avoir mal entendu.

— Quoi ?

— *Le Chien des Baskerville*? Quand l'avez-vous lu pour la dernière fois ?

— Le roman avec Sherlock Holmes ? Je ne sais pas. Je devais être en quatrième ou en troisième. Pourquoi ?

— Vous souvenez-vous de la lettre dans laquelle vous évoquiez votre thèse ? En post-scriptum, vous faisiez référence à une rencontre entre Arthur Conan Doyle et Oscar

Wilde. Lors de cette rencontre, Wilde aurait raconté à Doyle une histoire terrifiante dont on lui avait parlé lors de sa tournée de conférences aux États-Unis.

— Je me souviens, répondit-elle en jetant un coup d'œil sur les ossements, pressée de reprendre ses travaux.

— Cela vous intéresserait-il de savoir que lors de cette tournée, Oscar Wilde a fait étape ici même, à Roaring Fork?

— Oui, je sais. Doyle le mentionne dans son journal. Wilde tenait l'histoire du grizzli anthropophage d'un prospecteur de Roaring Fork, il l'a ensuite racontée à Doyle. C'est ce qui m'a donné l'idée de réaliser ce travail de thèse.

— Formidable. Je vous poserai donc la question: croyez-vous que l'histoire de Wilde ait pu inspirer l'écriture du *Chien des Baskerville* à Conan Doyle?

Corrie se dandina d'un pied sur l'autre.

— C'est possible. Je dirais même que c'est probable. Mais je ne vois pas le rapport.

— Le voici: la relecture du *Chien des Baskerville* pourrait bien vous fournir des indices sur ce qui s'est réellement passé.

— Ce qui s'est réellement passé? Mais… Wilde aura certainement entendu l'histoire officielle, et l'aura transmise à Doyle telle quelle. Ni l'un ni l'autre ne pouvaient connaître les faits réels, à savoir que les prospecteurs n'ont pas été victimes d'un ours.

— En êtes-vous si sûre?

— Doyle parle d'un «ours grisé» dans son journal. Jamais il n'est fait mention d'un gang cannibale.

— Réfléchissez un instant: Et si Wilde avait été au courant de la *véritable* histoire et l'avait transmise à Doyle? Et si Doyle avait trouvé ce récit si dramatique qu'il l'avait édulcoré dans son journal? Et s'il avait préféré en dissimuler des traces dans *Le Chien des Baskerville*?

Corrie se retint de rire. Pendergast était-il vraiment sérieux?

— Je trouve votre hypothèse un peu tirée par les cheveux. Vous êtes en train de me dire que cette aventure de Sherlock Holmes pourrait éclairer mes recherches?

Il se contenta de la regarder droit dans les yeux, raide comme la justice dans son long manteau noir.

Elle frissonna.

— Sans vouloir vous embêter, je voudrais reprendre mon boulot.

Pendergast, impassible, continuait de l'observer de ses yeux argentés. Elle eut le sentiment très net qu'elle venait de baisser d'un cran dans son estime, mais que lui dire d'autre ? La solution se trouvait dans l'examen de ces ossements, et non dans un roman d'aventures.

Après un long silence, Pendergast lui adressa une légère courbette.

— Bien sûr, mademoiselle Swanson.

Sur ces mots, prononcés sur un ton glacial, il lui tourna le dos et quitta l'entrepôt aussi silencieusement qu'il y était entré.

Corrie le suivit des yeux, attendit qu'un léger claquement de porte lui confirme le départ de l'inspecteur, et reprit son examen des restes d'Asa Cobb.

25

Stanley Morris s'était barricadé dans son bureau en précisant à sa secrétaire qu'elle ne devait le déranger sous aucun prétexte, le temps de mettre à jour le tableau de liège sur lequel il détaillait le déroulement de l'enquête. Morris avait toujours procédé de la sorte. Chaque fois qu'il avait une affaire difficile à résoudre, il reportait sur une fiche de couleur chacun des éléments dont il disposait : indice, photo, témoin... Il les punaisait ensuite chronologiquement sur le tableau et les reliait entre eux à l'aide de ficelles, à l'affût de liens, de ressemblances, de modèles. Ce système lui avait bien rendu service jusque-là, mais à la vue des fiches de toutes les couleurs et des ficelles qui s'échappaient dans tous les sens, il en arrivait à se demander si sa bonne vieille méthode ne montrait pas ses limites cette fois. Le sentiment de frustration qu'il éprouvait augmentait de minute en minute.

Le téléphone posé sur son bureau grésilla et il décrocha le combiné.

— Pour l'amour du ciel, Shirley, j'ai demandé qu'on me laisse en paix !

— Désolée, chef, répondit la voix de la secrétaire, mais j'ai pensé que vous voudriez voir la personne qui...

— Je me fiche que ce soit le pape en personne. Je suis occupé !

— Il s'agit de la capitaine Stacy Bowdree.

Il fallut quelques instants à Morris pour que le nom fasse tilt. Il se pétrifia sur place.

J'avais bien besoin de ça…

— Seigneur ! C'est bon, faites-la entrer.

La porte s'ouvrit aussitôt et une séduisante jeune femme pénétra dans la pièce. Stacy Bowdree avait des cheveux bruns tirant sur le roux, un beau visage et deux yeux marron perçants. La trentaine, elle dépassait le mètre quatre-vingts.

Le chef de la police se leva, la main tendue.

— Stanley Morris. Vous me voyez surpris de votre visite.

— Stacy Bowdree, répondit sa visiteuse en lui accordant une poignée de main décidée.

Vêtue de façon anonyme d'un jean, d'une chemise blanche et d'un gilet en cuir, tout trahissait ses origines militaires. Elle s'assit en voyant Morris lui désigner un siège.

— Tout d'abord, commença le policier, je tiens à m'excuser de la façon dont a été exhumé votre… euh, votre aïeul. Je comprends votre émoi. En tant que responsable de la police de Roaring Fork, j'étais convaincu que les promoteurs immobiliers concernés avaient procédé aux recherches d'usage. J'avoue avoir été stupéfait, *totalement* stupéfait, quand on m'a montré la lettre dans laquelle…

Bowdree balaya l'argument d'un geste, un grand sourire aux lèvres.

— Ne vous inquiétez pas. Ça n'a aucune importance. Vraiment.

— Je ne peux que me féliciter de votre compréhension. Je m'engage… nous veillerons à nous rattraper, je vous le promets.

Morris se tut, gêné de constater qu'il bredouillait stupidement.

— Aucun souci. Voici les raisons de ma visite. Je souhaiterais repartir avec les restes de mon ancêtre, de façon à les enterrer dans notre concession de famille du Kentucky, une fois terminées les recherches pratiquées sur les ossements. Étant donné les circonstances, je n'ai plus aucune raison de vouloir inhumer Emmett dans son ancienne sépulture, contrairement à ce que j'avais initialement demandé.

— Je vous mentirais en affirmant que ce n'est pas un soulagement pour nous. Votre décision simplifie le problème.

— Dites-moi… Je me trompe, ou bien je sens une odeur de café ?

— Une tasse vous ferait-elle plaisir ?

— Volontiers. Un café noir, sans sucre.

Morris transmit la requête à Shirley sur son interphone, commandant également une tasse pour lui.

— Alors…, se lança-t-il en rompant le silence gêné qui s'était installé. Vous êtes en ville depuis longtemps ?

— Quelques jours à peine. Je voulais respirer les lieux, en quelque sorte, avant de signaler ma présence. J'ai cru comprendre que mon courrier avait provoqué des remous, je ne voulais pas affoler les gens en me présentant en justicière. Vous êtes d'ailleurs la première personne avec qui je prends contact.

— Laissez-moi vous souhaiter la bienvenue à Roaring Fork, répondit Morris d'une voix chaleureuse, trop heureux de constater dans quelle disposition se présentait sa visiteuse. Nous sommes ravis de vous accueillir ici. Où êtes-vous descendue ?

— J'ai pris une chambre à Woody Creek. Je voudrais me rapprocher, mais ce n'est pas très facile de trouver un hôtel dans mes moyens.

— Nous sommes malheureusement en pleine saison. J'aimerais pouvoir vous aider, mais j'ai bien peur que les locations soient très courues.

Il grimaça intérieurement en repensant à la conférence de presse. Pourvu que la situation finisse par se calmer.

Shirley les rejoignit avec les cafés. La capitaine Bowdree accepta la tasse qu'on lui tendait avec reconnaissance et y trempa les lèvres.

— Je ne m'attendais pas à trouver un café aussi bon dans un commissariat.

— Je suis amateur de café, se rengorgea Morris. J'achète celui-ci en ville, chez un torréfacteur qui propose un excellent café français.

Elle avala une nouvelle gorgée, puis une autre.

— Je ne veux pas vous déranger plus longtemps. Je vois que vous êtes occupé. Je souhaitais uniquement me présenter et vous annoncer mes intentions au sujet du squelette.

Elle reposa sa tasse.

— Je me demandais également si vous ne seriez pas en mesure de m'aider. J'aimerais savoir où se trouvaient les restes de mon ancêtre, et comment rencontrer la jeune fille chargée d'effectuer les recherches.

Morris lui dessina un petit plan des Heights.

— Je vais prévenir la sécurité, histoire de les avertir de votre venue, suggéra-t-il.

— C'est très aimable à vous. Je vous remercie de votre aide, répondit Bowdree en se levant.

Morris ne put s'empêcher de remarquer à quel point elle était grande. Une sacrée belle femme, très bien bâtie. Il se leva à son tour en tendant la main.

— N'hésitez pas si je puis vous être utile de quelque façon que ce soit.

Il la regarda s'éloigner. Décidément, la semaine s'achevait mieux qu'elle n'avait débuté. Ses yeux s'arrêtèrent sur le tableau de liège et son angoisse se trouva ravivée. Morris n'était pas au bout de ses peines.

26

Corrie entendit s'ouvrir la porte du hangar. Elle se demanda un instant si Pendergast avait décidé de revenir, avant de découvrir une femme de grande taille. L'inconnue, vêtue d'une tenue en polaire, était coiffée d'un bonnet de grosse laine à pompons.

— Corrie Swanson? s'enquit-elle en s'approchant d'un pas décidé.

— C'est moi.

— Je suis Stacy Bowdree. Ce n'est pas très poli de ma part, mais j'ai les mains pleines.

Elle offrit à Corrie l'un des deux grands gobelets Starbucks qu'elle avait apportés.

— Je vous ai pris un latte sucré à la vanille, sans connaître vos goûts. J'espère que ça vous conviendra.

— Génial. Vous êtes tombée pile poil, répondit Corrie, ravie. Quelle surprise! Je ne savais pas que vous aviez l'intention de venir à Roaring Fork.

— Eh bien, vous voyez.

— Je vous dois une fière chandelle, Stacy... Si vous me permettez de vous appeler par votre prénom. Votre lettre m'a sauvé la mise. Jamais je ne pourrai vous remercier assez, j'étais sur le point d'écoper de dix ans de prison et...

— Arrêtez, vous allez me gêner! plaisanta Bowdree en retirant le couvercle de son gobelet avant d'en boire une gorgée généreuse. C'est votre ami Pendergast qu'il faut remercier. Quand il m'a expliqué ce qui vous arrivait, j'étais trop heureuse de vous aider.

Elle considéra le décor qui l'entourait.

— Tous ces cercueils ! Lequel est celui de mon arrière-arrière-grand-père ?

— Là-bas.

Corrie conduisit sa visiteuse jusqu'aux ossements étalés sur une table voisine. Si elle avait su que Bowdree passerait, elle aurait veillé à mettre un minimum d'ordre. Restait à espérer que la descendante du prospecteur se montre compréhensive.

La capitaine se pencha et prit un fragment de boîte crânienne avec délicatesse. Corrie, qui l'observait, trompa sa nervosité en trempant les lèvres dans son gobelet.

— Seigneur ! Cet ours n'a pas été tendre avec lui.

Corrie ouvrit la bouche et la referma aussitôt. Pendergast lui avait conseillé de ne rien dire à quiconque de ses découvertes tant que ses travaux seraient en cours.

— Vous faites un travail extraordinaire, s'enthousiasma Bowdree en reposant le morceau d'os. Vous avez vraiment l'intention de devenir flic ?

Corrie éclata de rire. Cette Bowdree lui plaisait décidément bien.

— En fait, je crois que j'aimerais travailler pour le FBI. Je compte me spécialiser en anthropologie criminelle. Je n'ai pas envie de rester enfermée dans un labo à longueur de journée. Je préfère le boulot de terrain, mais dans ma spécialité.

— C'est formidable. J'hésite aussi à entrer dans la police. C'est assez logique, en sortant de l'armée.

— Vous n'êtes plus capitaine au sein de l'Air Force ?

Bowdree afficha un sourire amusé.

— Je conserve mon grade, mais j'ai quitté l'armée. Je ne vais pas vous déranger plus longtemps, poursuivit-elle. Je dois encore me trouver un point de chute à un prix raisonnable si je ne veux pas me ruiner en chambre d'hôtel.

— À qui le dites-vous !

— Je tenais à vous rencontrer pour vous dire à quel point j'admire votre travail.

Bowdree allait s'éloigner mais Corrie l'arrêta.

— Une minute.

La jeune femme se retourna.

— On pourrait prendre un café ensemble en fin de journée, déclara Corrie en brandissant son gobelet. Ça me ferait plaisir de vous rendre la politesse, mais pas trop tôt. J'ai encore pas mal de boulot, à condition de ne pas finir congelée avant.

Le visage de Bowdree s'éclaira.

— Avec plaisir. Vers 21 heures?

— C'est parfait.

27

Betty Brown Kermode, une tasse d'Earl Grey à la main, contemplait distraitement le paysage de la Silver Queen Valley par la baie vitrée de son salon. Sa propriété, la plus belle des Heights, jouissait d'une vue spectaculaire sur le mont Elbert et le mont Massive. Les deux plus hauts sommets du Colorado étaient plongés dans la nuit à cette heure tardive. Contre toute attente, la maison elle-même était de dimensions assez modestes. Kermode n'avait aucun penchant pour l'ostentation, ce qui l'avait poussée à la construction d'un chalet traditionnel, loin des folies ultra-contemporaines de la majorité de ses voisins.

On devinait, en contrebas, la silhouette du hangar aux cercueils. Une position dominante qui avait permis à Kermode de voir s'éclairer les fenêtres de l'entrepôt lors de la folle équipée de Corrie, moins de quinze jours plus tôt, la poussant à appeler la sécurité.

La tasse tinta sur sa soucoupe de porcelaine et Kermode la remplit à nouveau en grimaçant. Elle n'avait jamais pu obtenir un thé de qualité dans cet endroit, sachant que l'eau bout prématurément à quatre-vingt-onze degrés à deux mille six cents mètres d'altitude. Quels que soient la qualité de l'eau, le nombre de sachets qu'elle plongeait dans la théière, ou le temps d'infusion, le thé avait une saveur insipide à laquelle elle ne s'était jamais habituée. Elle pinça les lèvres en ajoutant au breuvage du lait, agrémenté de quelques gouttes de miel. Elle remua le tout et goûta. Elle n'avait jamais touché une goutte d'alcool de sa vie. Moins par conviction religieuse qu'à cause de son père, alcoolique violent. La boisson symbolisait à ses yeux la brutalité et, pire encore, le manque de sang-froid. Or, Mme Kermode avait construit son existence sur la maîtrise de soi.

Elle bouillait d'une colère froide au souvenir de la façon dont cette fille et son protecteur du FBI avaient osé bousculer son assurance. Jamais elle n'avait connu une telle humiliation, un affront qu'elle n'était pas près d'oublier, encore moins de pardonner.

Elle avala une nouvelle gorgée de thé. La communauté privée des Heights était l'enclave la plus convoitée de Roaring Fork. Une oasis d'élégance dans un désert de nouveaux riches. Un îlot de bon goût et de stabilité, pimenté d'une pointe de supériorité de classe. Elle avait soigneusement veillé, avec ses associés, à ce que les Heights ne sombrent jamais dans la vulgarité, contrairement à la plupart des complexes de sports d'hiver créés dans les années 1970. Le clubhouse et le centre thermal constituaient des atouts cruciaux pour la mise en chantier de la phase trois. Trente-cinq parcelles de huit mille mètres carrés, toutes évaluées à plus de sept millions de dollars, qui promettaient de rapporter une véritable fortune aux investisseurs à l'origine du projet. Il ne restait plus à Kermode qu'à régler cette histoire de cimetière. L'article du *New York Times* n'était rien à côté des simagrées de cette Corrie Swanson, qui avait débarqué aux Heights comme un éléphant dans un magasin de porcelaine.

Tout était de la faute de cette petite idiote. Kermode était fermement décidée à lui faire payer son audace.

Elle vida sa tasse et saisit le téléphone. Il était tard à New York, mais Daniel Stafford n'était pas un couche-tôt et elle était sûre de le joindre à cette heure.

Il décrocha à la deuxième sonnerie.

— Bonsoir, Betty, résonna une voix aristocratique dans l'appareil. Comment va le ski?

Elle sentit monter en elle une vague d'irritation. Daniel savait très bien qu'elle ne skiait pas.

— Très bien, à ce qu'il paraît, rétorqua-t-elle. Mais trêve de civilités.

— Quel dommage.

— Nous avons un problème.

— Si vous voulez parler de l'incendie, c'est uniquement un problème si le coupable leur échappe, ce dont je doute. Croyez-moi, il sera dans le couloir de la mort depuis belle lurette lorsque nous entamerons la commercialisation de la phase trois.

— Je ne vous parle pas de l'incendie. C'est au sujet de cette fille et de ce trouble-fête du FBI. J'ai entendu dire qu'il avait retrouvé les héritiers de trois autres prospecteurs. Ils lui ont accordé l'autorisation d'examiner les ossements de leurs ancêtres.

— Je ne vois pas où est le problème.

— Comment, vous ne voyez pas où est le problème! C'est déjà bien assez de voir débarquer cette capitaine Bowdree. Au moins a-t-elle eu la bonne idée de vouloir enterrer les restes de son arrière-grand-père ailleurs. Daniel, que se passera-t-il si les autres descendants exigent que leurs chers disparus réintègrent l'ancien cimetière? Les travaux nous ont déjà coûté cinq millions!

— Allons, allons, Betty. Du calme, je vous en prie. Quand bien même les descendants en question en appelleraient au tribunal, ce qui n'est pas le cas, nos avocats n'en feraient qu'une bouchée. Nous avons l'argent et la puissance de feu juridique pour que le dossier s'embourbe indéfiniment.

— Ce n'est pas uniquement ça. Je me demande où cette histoire pourrait bien les mener. Si vous voyez ce que je veux dire.

— Cette fille se contente d'examiner de vieux ossements. Elle aura bientôt terminé ses recherches et tout rentrera dans l'ordre. Elle ne risque pas de découvrir ce que vous savez. Comment le pourrait-elle? Et si d'aventure c'était le cas, nous nous chargerions d'elle. Vous êtes comme votre mère, Betty. Vous vous inquiétez pour un rien. Vous adorez ça. Servez-vous un martini bien sec et n'y pensez plus.

— Vous me dégoûtez.

— Je vous remercie, ricana Stafford. Si ça peut vous rassurer, je demanderai à mes gens d'aller fouiner dans le passé de la fille et de cet inspecteur du FBI. Quelqu'un d'autre, tant que nous y sommes ?

— La capitaine Bowdree. Au cas où.

— Très bien. De toute façon, il est peu probable que nous ayons besoin de nous en servir.

— Merci, Daniel.

— Je n'ai jamais rien su vous refuser, ma chère cousine.

28

Le Starbucks dans lequel s'étaient réfugiées Corrie Swanson et Stacy Bowdree était désert. La jeune femme réchauffait ses doigts glacés en tenant son gobelet à deux mains ; la capitaine lui faisait face, les yeux perdus dans son café. Son humeur expansive du matin semblait l'avoir abandonnée.

— Pourquoi avez-vous quitté l'Air Force ? s'étonna Corrie.

— J'ai voulu devenir militaire de carrière au lendemain du 11 Septembre. Je terminais mes études, mes parents étaient tous les deux morts et je ne savais pas comment donner un sens à ma vie, alors je me suis engagée. J'étais tout feu tout flamme, pétrie d'idéaux grandioses. Deux missions en Irak et deux autres en Afghanistan m'ont guérie de mes illusions. J'ai compris que je n'étais pas faite pour ça. L'armée est un univers de mecs, quoi qu'on en dise, en particulier dans l'Air Force.

— Quatre missions là-bas ? Waouh !

Bowdree haussa les épaules.

— C'est assez courant. Ils ont besoin de personnel sur le terrain.

— Que faisiez-vous exactement ?

— La dernière fois, je commandais l'unité de neutralisation des explosifs du 382e corps expéditionnaire. On était cantonnés à Gardez, dans la province de Paktiyâ.

— Vous désamorciez des bombes, c'est ça ?

— En partie. La plupart du temps, on nettoyait des secteurs dangereux avant de détruire les explosifs sur le champ de tir. On nous demandait essentiellement de nettoyer le terrain avant de donner le moindre coup de pioche. Il nous arrivait aussi de nous aventurer sur le terrain et d'enlever les engins explosifs improvisés.

— Vous voulez dire, avec des combinaisons spéciales ?

— Oui, comme dans le film *Démineurs*. Sauf qu'on se servait de robots la plupart du temps. De toute façon, c'est de l'histoire ancienne. J'ai obtenu mon congé il y a quelques mois. Je me demandais ce que j'allais bien pouvoir faire de ma vie quand Pendergast m'a contactée.

— Alors vous avez décidé de venir à Roaring Fork.

— Oui, et vous devez vous interroger sur mes motivations.

— J'avoue m'être posé la question, répondit Corrie avec un petit rire nerveux.

— Vos recherches achevées, j'ai décidé de remporter le squelette de mon arrière-arrière-grand-père dans le Kentucky et de l'enterrer dans le cimetière de famille.

Corrie hocha la tête.

— C'est super.

— Je m'intéresse depuis peu à l'histoire de mes ancêtres. La lignée Bowdree remonte très loin. On y trouve des pionniers de l'Ouest comme Emmett, mais aussi des officiers à l'époque de la révolution américaine, ou encore mon préféré : le capitaine Thomas Bowdree Hicks, qui s'est battu dans le Sud au sein de l'armée de Virginie du Nord. Un héros de guerre et capitaine, comme moi, prononça-t-elle avec fierté.

— C'est vraiment génial.

— C'est gentil de le dire. En tout cas, sachez que je ne suis pas venue ici avec l'intention de vous bousculer. Je ne suis pas pressée. J'ai décidé de renouer avec mon passé et mes racines. Une sorte de parcours personnel, qui me pousse à vouloir inhumer les restes de mon ancêtre dans son Kentucky natal. D'ici là, je saurai peut-être ce que je veux.

Corrie acquiesça.

Bowdree vida son gobelet avant de poursuivre :

— Curieux destin, tout de même, de finir mangé par un ours.

Corrie hésita. Elle avait pesé le pour et le contre tout l'après-midi, avant de décider qu'elle n'avait pas le droit de dissimuler la vérité à la jeune femme.

— Euh… à ce propos…

Bowdree posa sur elle un regard interrogateur.

— Je vous demande de n'en parler à personne. Tant que je n'aurai pas terminé mes travaux, tout du moins.

— Promis.

— Emmett Bowdree n'a pas été tué et dévoré par un grizzli.

— Non?

— Pas plus que les autres. Ceux dont j'ai examiné les ossements, en tout cas.

Elle prit sa respiration avant d'enchaîner :

— Ils sont morts assassinés. Apparemment par des tueurs en série. Assassinés et…

Elle ne put achever sa phrase.

— Assassinés et…?

— Et mangés.

— C'est une plaisanterie?

Corrie secoua la tête en signe de dénégation.

— Personne n'est au courant?

— À part Pendergast.

— Quelle suite comptez-vous donner à cette découverte?

Corrie s'accorda un instant de réflexion avant de répondre :

— À vrai dire, j'aimerais rester ici dans l'espoir de résoudre cette énigme.

Bowdree émit un sifflement.

— Assassiné et mangé! Vous savez par qui? Et pourquoi?

— Pas encore.

Un long silence suivit l'aveu de Corrie.

— Vous avez besoin d'aide?

— Non. Enfin, peut-être. Il y a des tonnes de journaux à passer au crible, votre aide pourrait m'être utile. En revanche, c'est à moi qu'il appartient de rédiger le rapport scientifique. Il s'agit d'un travail de thèse que j'entends réaliser seule. Pendergast pense que je suis cinglée, il me conseille de terminer l'examen des squelettes et de rentrer à New York avec la matière dont je dispose, mais j'estime qu'il est trop tôt.

Un grand sourire illumina le visage de Bowdree.

— Je comprends parfaitement. Nous sommes pareilles, toutes les deux. Je suis de nature indépendante.

Corrie but une gorgée de café.

— Vous avez fini par trouver un point de chute ?

— Nada. Je n'ai jamais vu une ville de bourges pareille.

— Pourquoi ne pas vous installer chez moi ? Je garde une propriété inoccupée de Ravens Ravine Road. Je suis seule avec un chien abandonné que j'ai recueilli. Pour être honnête avec vous, cette baraque me fout les jetons. Je serais ravie d'avoir quelqu'un avec moi.

Surtout une ancienne de l'Air Force. Les empreintes de pas l'avaient hantée toute la journée, la présence d'une colocataire ne pourrait que la soulager.

— Il vous suffira d'éviter les caméras de surveillance, le proprio est un peu intrusif. À part ça, je serais ravie de vous accueillir.

— C'est vrai ? Vous êtes sérieuse ? sourit Bowdree. Ce serait génial ! Merci infiniment.

Corrie vida son gobelet et se leva.

— Si vous êtes prête, je vous propose d'y aller tout de suite.

— J'ai passé ma vie à être prête.

Sur ces mots, Bowdree ramassa ses affaires et suivit Corrie dans la nuit glaciale.

29

Au même instant, à Londres où la nuit était déjà bien avancée, Roger Kleefish contemplait d'un air satisfait le vaste salon de sa maison de Marylebone High Street. Chaque meuble, chaque objet était à sa place : les deux fauteuils recouverts de velours de part et d'autre de l'âtre, la peau d'ours sur le sol, les ouvrages de référence soigneusement alignés sur le manteau de la cheminée, la lettre clouée dans le linteau de bois à l'aide d'un canif, les relevés scientifiques accrochés au mur, le plan de travail encombré de produits chimiques, les lettres VR tatouées d'impacts de balles sur l'un des murs de la pièce. De faux impacts de balles, naturellement. Jusqu'au violon fatigué qui traînait dans un coin, dont Kleefish s'évertuait parfois à tirer des sons sans se soucier de justesse. Un grand sourire illumina son visage. La copie était parfaite, fidèle en tout point aux descriptions qu'en donnaient les romans et les nouvelles. Kleefish n'avait omis qu'un seul détail : la seringue et son mélange de chlorhydrate de cocaïne.

Il poussa un bouton et les lampes s'allumèrent. Des becs de gaz, comme de juste, installés à grands frais. Il s'approcha d'un air songeur de la haute bibliothèque d'acajou dont il inspecta le contenu à travers les portes vitrées. Les ouvrages traitaient tous d'un seul et même sujet : celui de sa passion.

Les trois étagères du haut étaient réservées aux exemplaires du « Canon ». Ses émoluments d'avocat ne lui auraient jamais permis de se procurer les éditions originales, ce qui ne l'empêchait pas de posséder quelques petits bijoux. À commencer par l'édition George Bell 1917 de *Son dernier coup d'archet*, avec sa jaquette intacte, ou encore l'édition de 1894 des *Mémoires de Sherlock Holmes* publiée par George Newnes, dans un état quasi parfait. Les étagères inférieures accueillaient de nombreuses études consacrées à Holmes, ainsi que de vieux exemplaires du *Baker Street Journal*, la revue des spécialistes et autres exégètes holmésiens, les Irréguliers de Baker Street. Kleefish s'enorgueillissait d'avoir publié plusieurs articles dans les colonnes du *Journal*. L'un de ceux-ci, une étude minutieuse des connaissances de Sherlock Holmes en matière de poisons, lui avait valu d'être intronisé au sein de l'association et de recevoir le traditionnel *Shilling* des Irréguliers. Ne devenait pas membre de cette éminente société qui le voulait : encore fallait-il être coopté, et cette investiture restait l'une des plus grandes fiertés de Kleefish.

Il ouvrit les portes vitrées, à la recherche d'une revue qu'il souhaitait relire, puis il referma les battants de la bibliothèque et s'installa avec un soupir d'aise dans le fauteuil le plus proche. Les becs de gaz éclairaient la pièce d'une lueur chaude et douce. Kleefish ne vivait pas dans le quartier de Lisson Grove par hasard : il avait choisi cette maison du fait de sa proximité avec Baker Street. Sans la rumeur des rares voitures qui passaient sous son bow-window, il aurait pu se croire dans le Londres des années 1880.

Le téléphone, un vieux modèle Coffin en bois de 1879, équipé d'un écouteur en forme de poire, grelotta. Intrigué, Kleefish consulta sa montre et décrocha.

— Allô ?

— Roger Kleefish ? demanda une voix teintée d'un accent du sud des États-Unis.

— Lui-même.

— Pendergast à l'appareil. Aloysius Pendergast.

— Pendergast, répéta lentement Kleefish.

— Vous ne vous souvenez pas de moi ?

— Pendergast ! Mais si, bien sûr !

Les deux hommes s'étaient connus à Oxford, à l'époque où Kleefish faisait son droit, tandis que Pendergast travaillait sur une thèse de philosophie au Balliol College. Un type assez étrange, réservé et fermé à l'excès. Cela n'avait pas empêché Kleefish d'entretenir avec lui une amitié intellectuelle dont il conservait un souvenir ému. Pendergast, croyait-il se rappeler, traversait une période difficile sur le plan émotionnel. En dépit des efforts qu'il avait déployés avec le tact de rigueur, jamais Kleefish n'avait pu lui soutirer la plus petite information à ce sujet.

— Excusez-moi de vous appeler à une heure aussi indue, mais j'ai cru me souvenir que vous entreteniez des horaires peu courants. J'ai tenté ma chance, dans l'espoir que vos habitudes n'aient pas changé.

La phrase provoqua chez Kleefish une réaction amusée.

— C'est vrai, je me couche rarement avant 5 heures du matin. À moins de plaider, je préfère dormir à l'heure où s'agite la populace. Que me vaut le plaisir de cet appel?

— J'ai cru comprendre que vous étiez membre des Irréguliers de Baker Street.

— J'avoue avoir cet honneur.

— Dans ce cas, peut-être serez-vous en mesure de m'aider.

Kleefish se cala confortablement dans son fauteuil.

— Pourquoi donc? Consacreriez-vous un travail universitaire à Sherlock Holmes?

— Non. Je travaille au FBI, et j'enquête actuellement sur une série de meurtres.

Kleefish ravala sa surprise.

— Je vois mal en quoi je pourrais vous être utile.

— Laissez-moi vous résumer la situation. J'ai affaire à un incendiaire, coupable d'avoir assassiné plusieurs membres d'une même famille en mettant le feu à leur chalet de Roaring Fork, dans le Colorado. J'imagine que vous avez déjà entendu parler de Roaring Fork?

Kleefish répondit par l'affirmative.

— À la fin du XIXe siècle, Roaring Fork était une ville de mineurs. Vous serez intéressé d'apprendre qu'Oscar Wilde y a fait une halte lors de sa tournée de conférences aux États-Unis. À l'occasion de ce séjour, un prospecteur du cru lui a raconté une histoire pour le moins haute en couleur, impliquant un ours grizzli mangeur d'homme.

— Continuez, murmura Kleefish qui ne voyait pas où voulait en venir son ancien condisciple.

— Wilde a raconté cette histoire à son tour à Conan Doyle, à l'occasion du dîner qu'ils ont partagé en 1889 à l'hôtel Langham. Ce récit semble avoir bouleversé Conan Doyle, au point de lui laisser une impression durable.

Kleefish laissa poursuivre son interlocuteur. À l'instar de tout holmésien, l'existence de ce dîner lui était connue. Il se promit de vérifier ce qu'avait écrit Conan Doyle à ce sujet dans son journal intime.

— J'ai la conviction que cet incident a poussé Conan Doyle à intégrer ce récit dans son œuvre de façon cathartique, en l'adaptant, bien sûr. Je fais notamment référence au *Chien des Baskerville.*

— Intéressant, commenta Kleefish.

La théorie était novatrice. À condition d'être fondée, elle pouvait donner lieu à une monographie susceptible de séduire les Irréguliers. Une monographie rédigée par Kleefish, bien entendu. L'information tombait à pic, car cela faisait quelque temps déjà que l'avocat cherchait un sujet de recherche inédit.

— Cela dit, ajouta-t-il, je vois mal en quoi je pourrais vous aider. Surtout, je ne vois pas le rapport avec votre incendiaire.

— Je préfère me montrer discret sur ce dernier point. Quant à votre aide, votre parfaite connaissance du sujet pourrait m'être précieuse. Je suis intimement persuadé que Conan Doyle a laissé d'autres traces de ce récit tragique dans son œuvre.

— Vous voulez dire, en dehors des allusions figurant dans *Le Chien des Baskerville*?

— Précisément.

Kleefish se redressa, électrisé par les implications d'une telle découverte.

— Mais encore? insista-t-il sur un ton enflammé.

— Je me demandais si Conan Doyle n'avait pas pu se montrer plus explicite dans d'autres textes. Des lettres ou des œuvres inédites, par exemple. D'où la raison de cet appel.

— Vous pourriez bien avoir raison, Pendergast.

— Expliquez-vous.

— On prétend que Conan Doyle aurait écrit une ultime aventure de Sherlock Holmes vers la fin de sa vie. Personne n'en connaît la trame, ni même le titre. La rumeur voudrait que Conan Doyle ait soumis ce texte à son éditeur qui l'aurait refusé, au prétexte que le sujet risquait de heurter le grand public. Personne ne sait ce qu'est devenu ce manuscrit. Beaucoup pensent qu'il a été détruit. Cette aventure perdue de Sherlock Holmes, élevée au rang de mythe, a fait couler beaucoup d'encre parmi les Irréguliers.

L'explication fut suivie d'un profond silence.

— À dire vrai, Pendergast, j'ai toujours pensé qu'il s'agissait d'une légende holmésienne de plus. Comme vous pouvez vous en douter, elles sont légion. À moins qu'il ne s'agisse d'une histoire sans queue ni tête à mettre sur le compte d'Ellery Queen. Au regard de ce que vous venez de m'apprendre, j'en arrive à me demander si cette fameuse histoire n'existerait pas bel et bien. Si c'est le cas…

Il laissa sa phrase en suspens.

— Si c'est le cas, il pourrait s'agir du terrible récit qui hantait Conan Doyle, acheva Pendergast à sa place.

— Exactement.

— Comment pourrais-je en apprendre davantage sur cette aventure inédite?

— En ma qualité de membre des Irréguliers, j'ai accès à de nombreuses sources. J'avoue que ce serait un sujet de recherche extraordinaire.

Kleefish réfléchissait à la vitesse de la lumière. Découvrir un inédit de Sherlock Holmes, après tant d'années…

— Puis-je m'enquérir de votre adresse londonienne? l'interrogea Pendergast.

— 572, Marylebone High Street.

— J'espère ne pas vous importuner en vous rendant prochainement visite ?

— Qu'appelez-vous prochainement ?

— Disons, deux jours. Le temps d'échapper à mon enquête. Je descendrai à l'hôtel Connaught.

— Au contraire, je serai ravi de vous revoir. En attendant, je poserai quelques questions et nous serons en mesure de…

— Oui, l'interrompit Pendergast d'une voix brusquement tendue. Oui, je vous remercie. Je m'efforce de rejoindre Londres au plus vite. Je vais devoir vous laisser, Kleefish. Une urgence, ne m'en veuillez pas.

— Un problème ?

— Un nouvel incendie, répondit Pendergast en raccrochant de façon abrupte.

30

Malgré sa sirène et les appels passés sur le mégaphone fixé au toit de sa voiture, Stanley Morris se trouvait bloqué par la foule et les camionnettes des médias à une centaine de mètres du commissariat. Il n'était pourtant pas encore 8 heures du matin. Le nouvel incendie avait définitivement attiré l'attention de la presse nationale, impressionnée par le nombre de victimes. Tous les grands spécialistes des faits divers se trouvaient là, ainsi que les correspondants des principales chaînes de télé, les équipes de CNN, et tous les autres.

Morris regretta d'avoir pris lui-même le volant. Il ne lui restait plus qu'à abandonner sa voiture et à jouer des coudes à travers la foule de tous ces idiots qui brandissaient micros et caméras. L'incendie s'était déclaré à 20 heures et il avait passé la nuit sur place. Crasseux, les poumons irrités par la fumée dont l'odeur âcre imprégnait ses vêtements, il frôlait l'épuisement et n'avait pas les idées bien en place. Pas l'idéal pour répondre aux questions de la télévision.

Les journalistes agitèrent sa voiture de plus belle. Chacun criait sa question en tentant de repousser le voisin. Morris comprit qu'il n'échapperait pas à la meute.

Il rassembla ses pensées et ouvrit sa portière, provoquant instantanément une vague au milieu de la masse. Les caméras et les perches des micros tanguèrent, l'un des reporters lui arracha même sa casquette par mégarde. Il la ramassa, l'épousseta, se recoiffa et demanda le silence en levant les bras.

— C'est bon ! C'est bon ! S'il vous plaît ! Laissez-moi au moins respirer si vous voulez que je puisse vous parler. *S'il vous plaît !*

La foule recula de quelques centimètres. Morris balaya les reporters du regard, anxieux à l'idée de se retrouver à la une de tous les journaux télévisés du pays.

— Je me contenterai d'une simple déclaration, sans répondre à aucune question.

Il prit longuement sa respiration.

— Je reviens de la scène du crime. Je puis vous assurer que nous mettons tout en œuvre pour arrêter les responsables de ces crimes atroces. Nous avons fait appel aux meilleurs enquêteurs et aux meilleurs spécialistes de la police scientifique du Colorado. Toutes les équipes disponibles sont mobilisées autour de cette enquête. En outre, nous avons sollicité l'appui de l'un des plus éminents spécialistes du FBI en matière de crimes en série. Il semble en effet que nous soyons en présence d'un incendiaire en série.

Il se racla la gorge avant de poursuivre :

— En ce qui concerne l'incendie lui-même. Ainsi que vous pouvez vous en douter, l'analyse de la scène du crime est en cours. Deux corps ont été retrouvés. Sous réserve de confirmation, il s'agit de ceux de l'actrice Sonja Dutoit et de sa fille. À cette heure, nous pensons aux victimes, à leur famille, et plus généralement à tous ceux qui sont directement touchés par ce drame. Personnellement, les mots me manquent pour décrire l'horreur et le chagrin…

Il s'arrêta, la gorge nouée, avant de se reprendre.

— Nous vous communiquerons d'autres éléments plus tard dans la journée, lors d'une conférence de presse. C'est tout ce que je suis en mesure de vous dire pour l'heure. Je vous remercie.

Il fendit la foule, sourd aux questions qui fusaient de toutes parts, et pénétra dans le commissariat. Pendergast l'attendait dans son bureau, impeccablement mis, un thé à la main, face au poste de télévision. Il se leva en voyant arriver Morris.

— Permettez-moi de vous féliciter de cette intervention efficace.

— Quoi? s'étonna Morris en se tournant vers sa secrétaire. Ils ont déjà diffusé mon interview?

— Elle était en direct, chef, répondit Shirley. Vous vous êtes drôlement bien débrouillé. Votre détermination, et ces traces de suie sur votre visage, vous aviez tout d'un héros.

— De la suie? Sur mon visage?

Bon sang, il n'avait même pas pris le temps de se nettoyer la figure.

— Un spécialiste hollywoodien du maquillage n'aurait pas mieux fait, insista Pendergast. Votre uniforme en bataille, votre chevelure hirsute et votre émotion palpable, vous avez fait forte impression.

Morris se laissa tomber sur son siège.

— Je me fiche bien de ce que pensent les gens. Je n'ai jamais vu ça. Si vous m'avez vu à la télévision, inspecteur, vous savez que je vous ai élevé au rang de consultant officiel.

Pendergast inclina la tête.

— J'ai plus que jamais besoin de votre aide, poursuivit Morris. Alors, vous acceptez?

Pendergast tira une enveloppe de la poche de sa veste et l'agita devant son interlocuteur.

— J'ai bien peur de vous avoir coiffé au poteau. Je n'agis plus en simple consultant. Cette fois, je suis officiellement chargé de l'enquête.

31

Corrie comprit qu'un seuil avait été franchi en découvrant la bibliothèque déserte. Peut-être était-ce une conséquence de l'angoisse palpable qui régnait en ville? Ou, plus simplement, un effet des nuages lourds de neige qui s'amassaient au-dessus des montagnes?

Derrière elle, Stacy Bowdree émit un sifflement en entrant dans la salle réservée aux ouvrages historiques.

— On ne peut pas dire que cette ville manque d'argent.

— Ouais, sauf que personne ne vient jamais ici.

— Ils sont probablement trop occupés à courir les boutiques.

Ted, particulièrement séduisant dans un T-shirt moulant, se leva de son bureau afin d'accueillir les visiteuses. Le cœur de Corrie fit un bond dans sa poitrine. Elle présenta Stacy au jeune bibliothécaire.

— Qu'y a-t-il au programme aujourd'hui, mesdames? demanda Ted en examinant la capitaine de la tête aux pieds.

Corrie grimaça intérieurement, sachant à quel point sa camarade était ravissante.

— Je m'intéresse à tous les drames qui ont marqué cette ville à l'époque du grizzli, répondit-elle. Assassinats, pendaisons, braquages, lynchages, fusillades, vendettas… la totale.

Ted éclata de rire.

— On en trouve dans tous les numéros du *Roaring Fork Courrier* ou presque. C'était une vraie pétaudière, à l'époque. Pas comme aujourd'hui. À quelle date souhaitez-vous commencer?

— L'ours a fait sa première victime en mai 1876. Alors, disons à partir du 1er avril de cette année-là, sur une période de six mois.

— Très bien.

Corrie ne put s'empêcher de remarquer que Ted observait Stacy en coin, s'attardant volontiers sur sa silhouette. La jeune femme, sans doute vaccinée par des années au sein de l'Air Force, ne semblait pas s'en émouvoir.

— Les journaux de l'époque ont tous été numérisés. Je vais vous installer sur des postes de travail différents en vous montrant comment procéder.

Il laissa s'écouler un court silence avant de poursuivre :

— Vous avez vu la folie qui règne en ville?

— Ouais, acquiesça distraitement Corrie.

— On se croirait dans *Les Dents de la mer*.

— Je ne vois pas le rapport.

— Comment s'appelle la ville dans le film, déjà ? Amity ! Quand les touristes repartent tous en catastrophe. C'est pareil ici. Vous n'avez pas remarqué ? D'un seul coup, les pistes de ski sont désertes et les hôtels se vident. Même les gens qui possèdent des résidences secondaires commencent à plier bagage. Dans un jour ou deux, il n'y aura plus personne, à part les journalistes. C'est complètement dingue.

Il pianota sur les claviers de deux ordinateurs posés l'un à côté de l'autre, puis il se redressa.

— C'est bon, tout est prêt, annonça-t-il avant de se tourner vers Stacy : depuis quand êtes-vous en ville?

— Je suis arrivée il y a quatre jours.

— Quatre jours. C'est-à-dire la veille du premier incendie?

— Je crois. J'en ai entendu parler le lendemain de mon arrivée.

— J'espère que notre petite ville vous plaira. L'endroit idéal pour s'amuser. Quand on a du fric.

Il éclata de rire, adressa un clin d'œil à ses visiteuses et regagna son bureau, au grand soulagement de Corrie. De quel droit aurait-elle été jalouse? Il n'y avait rien entre eux, elle avait même refusé de passer la nuit chez lui, l'autre soir.

Les deux femmes se partagèrent la tâche, Corrie épluchant les journaux des trois premiers mois tandis que Stacy se chargeait des trois derniers. Bientôt, seul le cliquetis des touches de clavier troubla le silence dans la salle de lecture.

Stacy émit soudain un petit sifflement.

— Écoutez ça, dit-elle, avant d'entamer la lecture de l'article qui s'affichait sur son écran :

ILS VOULAIENT LA MÊME FILLE
Ils se battent en duel pour elle à la lueur de la lanterne
LES DEUX PRÉTENDANTS TAILLÉS EN PIÈCES

Deux Roméo originaires de l'Ohio se sont donné rendez-vous à minuit. Éclairés par une simple lanterne, ils se sont longuement écharpés à grands coups de canif et d'épée avant de s'effondrer l'un comme l'autre. L'un des deux rivaux, reprenant ses esprits, a transpercé son adversaire d'un coup d'épée fatal. L'objet de leurs désirs, Mlle Williams, est accablée de chagrin à la suite de cette échauffourée.

— Drôle d'histoire, reconnut Corrie.

Pourvu que Stacy ne lise pas à voix haute tous les faits divers absurdes sur lesquels elle tombe, pensa la jeune fille, qui avait longuement hésité avant d'accepter l'aide de sa camarade.

— J'adore l'expression « accablée de chagrin ». J'imagine qu'elle a dû mouiller son panty en apprenant « l'échauffourée ».

La vulgarité de l'expression fit grimacer Corrie intérieurement. L'armée avait décidément laissé des traces sur Stacy.

En poursuivant ses recherches, elle ne tarda pas à comprendre que Ted avait raison : au cours de l'été 1876, Roaring Fork n'était pas une ville de tout repos. Rares étaient les semaines sans meurtres, tandis que coups de couteau et coups de feu pleuvaient quotidiennement. La diligence faisait régulièrement l'objet d'attaques à Independence Pass, les conflits autour des concessions de mines étaient légion, on ne comptait plus les meurtres de prostituées, les vols de chevaux et les lynchages. Le fossé entre riches et pauvres était stupéfiant. À la minorité des plus chanceux, cloîtrés dans de véritables palais sur Main Street, s'opposait la masse de ceux qui s'entassaient dans des pensions miteuses à quatre ou cinq par chambre, quand ils ne croupissaient pas dans des campements de fortune infestés de rats et de moustiques. Le racisme montrait son visage hideux au quotidien. Le camp chinois, situé à l'extrémité de la ville, était réservé à une population de coolies méprisés de tous. Roaring Fork possédait aussi son ghetto noir, Negro Town, et le journal faisait allusion au camp sordide, relégué dans un canyon proche, où survivaient « un assortiment bigarré de pitoyables spécimens de la race rouge, tristes rescapés des Utes d'antan ».

En 1876, la loi était quasi inexistante à Roaring Fork. La « justice » se trouvait essentiellement entre les mains de milices douteuses. Malheur à l'ivrogne imprudent qui réglait ses comptes avec un couteau ou un revolver lors d'une bagarre de saloon ; on le retrouvait généralement pendu le lendemain à une branche de peuplier, à la sortie de la ville. Une fois détachés, les cadavres restaient exposés plusieurs jours durant, histoire de refroidir l'ardeur des nouveaux arrivants. Les semaines les plus chargées, on dénombrait deux, trois, voire quatre pendus « rongés par les vers », ainsi que les décrivait avec délice un journaliste en verve. Les journaux regorgeaient de faits divers ahurissants : ces deux familles rivales qui s'étaient exterminées en laissant derrière elles un unique survivant ; ce voleur de chevaux obèse, décapité par la corde avec laquelle on l'avait pendu tant son corps était lourd ; cet homme, se prenant pour Jésus, qui s'était barricadé dans un bordel avant d'en tuer presque toutes les pensionnaires dans l'espoir de laver la ville de ses péchés.

Les conditions de travail dans les mines étaient épouvantables. Les mineurs, qui s'enfonçaient sous terre six jours sur sept avant l'aube pour n'en ressortir qu'à la nuit, ne voyaient la lumière du jour que le dimanche. Les accidents, les éboulements et les explosions étaient courants.

La situation était pire encore dans la fonderie. Le minerai d'argent y était tout d'abord broyé à l'aide de gigantesques pilons pesant plusieurs tonnes. Ceux-ci fonctionnaient jour et nuit au milieu d'un tintamarre assourdissant qui faisait trembler la ville entière. La poussière de roche ainsi obtenue était alors déversée dans d'immenses pétrins où elle était transformée en boue à l'aide de pales géantes. On ajoutait à ce brouet un mélange de mercure, de sel et de sulfate de cuivre avant de le laisser bouillir des jours entiers dans des cuves à charbon recrachant une fumée noire. Située au fond d'une vallée encaissée, la ville se trouvait en permanence dans un brouillard digne de Londres que les rayons du soleil parvenaient rarement à pénétrer. Le sort des ouvriers de la fonderie était encore moins enviable que celui des mineurs ; beaucoup mouraient brûlés dans l'explosion des cuves, asphyxiés par les émanations nocives, broyés par les machines. Il n'existait ni règle de sécurité, ni horaire, ni grille salariale, ni syndicat. Les accidentés, renvoyés du jour au lendemain sans indemnité, devaient se débrouiller seuls. Les travaux les plus dangereux et les plus pénibles étaient confiés aux coolies chinois dont la mort faisait, au mieux, l'objet d'entrefilets dignes des chiens écrasés.

Corrie sentit monter en elle une vague d'indignation en découvrant la cruauté, l'injustice et l'indifférence dont faisaient preuve les compagnies minières. Elle ne fut pas peu surprise d'apprendre que les Stafford, une riche famille de New York connue pour le musée d'art et la fondation qui portaient son nom, avaient fait fortune en finançant la fonderie d'argent de Roaring Fork. Les origines troubles de leur fortune étaient d'autant plus surprenantes que les Stafford étaient réputés pour leurs actions philanthropiques.

— Quelle ville, soupira Stacy, interrompant le cours des pensées de Corrie. Je n'aurais jamais cru que Roaring Fork puisse être un lieu aussi infernal. Quand on pense que c'est devenu la commune la plus riche des États-Unis !

Corrie secoua la tête.

— Oui, c'est vraiment paradoxal.

— Quelle violence, et quelle misère !

— Vrai, reconnut Corrie, avant d'ajouter à voix basse : en attendant, je n'ai rien trouvé qui puisse nous conduire sur la piste d'un gang de tueurs en série cannibales.

— Moi non plus.

— Pourtant, il doit bien y avoir des indices. Reste à les dénicher.

Stacy haussa les épaules.

— Vous croyez qu'il pourrait s'agir des Utes relégués dans ce canyon ? Ils avaient des raisons de vouloir se venger, puisque les mineurs leur avaient volé leurs terres.

Corrie réfléchit à la suggestion. Les tribus White River et Uncompahgre avaient longuement combattu les Blancs qui les repoussaient vers l'ouest à travers les Rocheuses. Le conflit s'était conclu avec la guerre de White River de 1879, qui avait vu les Utes expulsés du Colorado. Certains guerriers indiens avaient très bien pu se réfugier à Roaring Fork.

— J'y ai pensé, répondit-elle enfin. Sauf que les mineurs n'ont pas été scalpés, ce qui aurait laissé des traces au niveau des boîtes crâniennes. J'ai surtout appris que le cannibalisme était totalement tabou chez les Utes.

— Il l'était aussi chez les Blancs. Qui nous dit que les Utes n'ont pas renoncé à scalper leurs victimes de façon à dissimuler leur identité ?

— C'est une hypothèse. Cela dit, les tueurs étaient très organisés. Il ne doit pas être facile de tendre une embuscade à des prospecteurs habitués à protéger leur mine. Je vois mal des Utes en piteux état perpétrer de tels crimes.

— Et les Chinois ? Comment a-t-on pu les traiter de façon aussi horrible, comme s'il ne s'agissait pas d'êtres humains ?

— Je me suis également posé la question. Mais si leur mobile était la vengeance, pourquoi *manger* leurs victimes?

— Ils ont pu faire semblant, pour accréditer la thèse de l'ours.

Corrie fit non de la tête.

— Mes analyses montrent clairement qu'ils ont mangé leur chair. Crue. Autre question: pourquoi les crimes s'arrêtent-ils brusquement? S'ils avaient atteint leur but, quel était-il?

— Bonne question. En attendant, il est 13 heures. Je ne sais pas si vous avez faim, mais je pourrais dévorer deux ou trois prospecteurs à moi toute seule. Allons déjeuner.

Ted s'approcha en les voyant se lever.

— Dites-moi, Corrie. Je voulais vous demander, vous êtes libre ce soir? On n'aura aucun mal à réserver une table, puisque tout le monde fuit la ville, sourit-il en peignant ses boucles brunes avec les doigts.

— J'aurais bien aimé, répondit-elle, heureuse de constater que Ted s'intéressait toujours à elle, malgré la présence de Stacy, mais je suis censée dîner avec Pendergast.

— Tant pis, ce n'est que partie remise.

Derrière son sourire, Corrie ne put s'empêcher de voir qu'il était vexé. On aurait dit un chien battu. Le jeune bibliothécaire se tourna aussitôt vers Stacy.

— Ravie de vous avoir rencontrée, lui dit-il avec un clin d'œil.

Corrie regretta aussitôt d'avoir refusé son offre. Elle n'avait pas eu de petit ami depuis une éternité, et son lit de Ravens Ravine Road était décidément glacial.

32

On aurait dit l'un de ces cauchemars à répétition, de ceux qui vous terrifient la première fois pour mieux revenir la nuit suivante sous une forme encore plus angoissante. Du moins était-ce l'impression de Stanley Morris en parcourant les ruines de la maison Dutoit. Des ruines encore fumantes, à flanc de montagne, avec une vue splendide sur la ville et son décor de montagnes enneigées. Il n'en pouvait plus d'arpenter ces chemins artificiels dessinés à l'aide de gros scotch dans une odeur de bois, de plastique et de caoutchouc brûlés, de longer des murs calcinés au pied desquels gisaient pêle-mêle des flaques de verre fondu, des lits à peine reconnaissables, des cuvettes de WC et des lavabos en miettes. Le plus insoutenable était peut-être les rares objets qui avaient survécu, par miracle : un verre, un flacon de parfum, un ours en peluche détrempé, une affiche de *Marching Band*, le film le plus connu de Dutoit, punaisé sur un pan de mur.

Les pompiers avaient combattu l'incendie toute la nuit. Les spécialistes de l'identité judiciaire et les équipes du médecin légiste avaient pris le relais à l'aube en s'efforçant d'identifier les victimes. Ces dernières n'avaient pas été brûlées aussi gravement que les membres de la famille Baker, ce qui ajoutait à l'horreur du spectacle. Morris se consolait en se disant qu'il n'aurait pas à affronter Chivers cette fois. L'expert avait déjà procédé à une visite technique de la scène du crime et préparait son rapport. Un rapport dont

Morris n'attendait rien, jugeant Chivers dépassé par les événements.

Il se félicitait, en revanche, de la présence de Pendergast. En dépit de ses manières excentriques et du fait qu'il mettait tout le monde mal à l'aise, ce type-là le rassurait. Il examinait les ruines avec quelques pas d'avance, vêtu de son manteau noir de croque-mort, une écharpe de soie blanche autour du cou et son curieux chapeau sur le crâne, plus silencieux que la mort. De lourds nuages de neige cachaient le soleil et la température tournait autour des moins dix degrés, sauf dans les vestiges de la maison dont s'échappaient encore des fumeroles qui formaient un microclimat humide, parcouru d'effluves écœurants.

Pendergast s'arrêta devant le premier corps, que le médecin légiste avait identifié comme étant celui de Dutoit. Les restes carbonisés de l'actrice ressemblaient à un gros fœtus noir, perdu au milieu d'une jungle de ressorts de matelas, de plaques métalliques, de vis, de seuils de moquette, de ouate brûlée et de plastique fondu. Le crâne était intact, les mâchoires béaient en un cri muet. Des bras et des mains, il ne restait que les os et quelques phalanges serrées. Le corps tout entier s'était recroquevillé sous l'effet de la chaleur.

Pendergast examina longuement le cadavre calciné. Pour une fois, il se contentait de regarder, sans céder à sa manie de collecter des échantillons à l'aide d'une pince à épiler. Il tourna lentement autour des restes pathétiques de l'actrice, puis il tira une loupe de sa poche et observa longuement des traces de plastique fondu d'apparence anodine. Le vent tourna brusquement et le chef de la police sentit son estomac se soulever en respirant une bouffée de viande grillée. Il pria le ciel que Pendergast se dépêche.

Ce dernier se releva enfin et les deux hommes poursuivirent leurs déambulations à travers le chalet dévasté, jusqu'à l'endroit où se trouvait le cadavre de la seconde victime, une petite fille. Un spectacle pire encore attendait le chef de la police, qui avait pourtant veillé à ne pas avaler de petit-déjeuner. Son estomac vide menaçait de se révolter.

Sallie, la fille de Dutoit, avait dix ans. Elle allait à l'école avec la fille de Morris. Les deux gamines n'étaient pas vraiment amies, car Sallie était d'un tempérament renfermé, ce qui n'avait rien de surprenant avec une mère pareille. Le chef de la police s'obligea à regarder le corps. La fillette, en position assise, n'avait brûlé que d'un côté. Le meurtrier l'avait menottée au tuyau du lavabo. L'estomac de Morris se souleva, provoquant une série de hoquets inquiétants, et le policier s'empressa de détourner les yeux.

Cette fois encore, Pendergast mit une éternité à examiner le corps. Comment diable faisait-il pour supporter ça? Pris de nausée, Morris s'obligea à penser à autre chose. N'importe quoi, histoire de ne pas vomir.

— C'est tout à fait surprenant, déclara-t-il, essentiellement pour se changer les idées. J'avoue que je ne comprends pas.

— Expliquez-vous.

— Eh bien… la façon dont le meurtrier choisit ses victimes. Qu'ont-elles en commun? On dirait qu'il procède au hasard.

Pendergast se redressa.

— Cette scène de crime est en effet curieuse. Vous avez raison de dire que le choix des victimes procède du hasard. En revanche, ce n'est pas le cas des *attaques.*

— Que voulez-vous dire?

— Le meurtrier ne choisit pas de victimes particulières. Il… ou elle – l'étiologie des attaques ne nous permettant pas de déterminer le sexe du coupable – choisit des *demeures.*

Un pli barra le front de Morris.

— Des demeures?

— Tout à fait. Les deux maisons incendiées ont un point commun: il s'agit de propriétés parfaitement visibles de la ville. Sa prochaine cible, à n'en pas douter, sera tout aussi ostensible.

— Vous suggérez qu'il souhaite mettre en scène ses incendies? Grand Dieu, pour quelle raison?

— Il souhaite nous adresser un message, probablement. Mais revenons à nos moutons, poursuivit Pendergast. Cette scène de crime nous éclaire sur la personnalité du meurtrier de façon très intéressante.

Il s'était exprimé d'une voix lente, en embrassant le décor du regard.

— Le coupable semble correspondre à la définition du sadique «explosif» telle que nous la donne l'inventaire clinique de Millon. Il entend contrôler jusqu'au moindre détail et prend plaisir, peut-être même dans l'acception sexuelle du terme, à voir souffrir les autres. Une déviance accrue, chez une personne d'apparence normale. En d'autres termes, notre coupable est un citoyen ordinaire.

— Comment pouvez-vous en être aussi sûr?

— Je fonde mon raisonnement sur la reconstruction du crime.

— À savoir?

Pendergast observa à nouveau les alentours avant de poser les yeux sur le chef de la police.

— Tout d'abord, le coupable a pénétré dans la maison par une fenêtre de l'étage.

Morris se retint de demander à Pendergast d'où il tirait cette assurance, d'autant que l'étage de la maison avait entièrement disparu.

— Nous le savons car les portes sont toutes blindées, et elles étaient soigneusement verrouillées. Rien de surprenant à cela, à la lumière des craintes suscitées par le premier incendie et de l'isolement relatif de cette propriété. En outre, les fenêtres du rez-de-chaussée, de construction solide en chêne et aluminium, sont équipées de triple vitrage blindé. Toutes celles que j'ai examinées étaient fermées, nous pouvons penser qu'il en était de même des autres, au regard de la température et, ainsi que je le disais il y a un instant, de la peur générée par la première attaque. Les carreaux de ce type sont très difficiles à casser, il faudrait trop de temps au coupable, sans parler du bruit. Les occupants de la maison auraient été alertés, ils auraient aussitôt appelé la police ou le centre de télésurveillance auquel la maison était reliée. Or nous savons que les deux victimes ont été attaquées par surprise au premier étage, probablement pendant leur sommeil. Les fenêtres de l'étage étaient moins robustes, seulement doubles-vitrées, et mal fermées pour certaines, comme on le voit sur celle-ci.

Pendergast désigna un amas de cendres et de métal à ses pieds.

— J'en conclus que le meurtrier est entré et sorti par l'une des fenêtres du premier étage. Il a immobilisé les deux victimes avant de les conduire au rez-de-chaussée pour ce que la langue française nomme le *dénouement.*

Le vent avait tourné et Morris, contraint de respirer par la bouche pour échapper aux odeurs, avait la plus grande peine à se concentrer sur les explications de Pendergast.

— Cela nous éclaire sur la personnalité du meurtrier, mais aussi sur ses capacités physiques. Homme ou femme, l'individu concerné a une constitution athlétique. Il pratique sans doute un sport de terrain, l'alpinisme, par exemple.

— L'alpinisme?

— Mon cher collègue, cette idée nous est suggérée par l'absence de traces d'échelle ou de corde.

Morris avala sa salive.

— Vous avez parlé d'un sadique de type «explosif».

— Le meurtrier a immobilisé Mme Dutoit à l'aide de gros scotch, enroulant celui-ci tout autour du canapé sur lequel reposait la victime. Une opération fastidieuse. Il semble ensuite l'avoir aspergée d'essence avant de la brûler vivante. Vous noterez que la victime ne portait pas de bâillon.

— Ce qui signifie?

— Le coupable voulait l'entendre lorsqu'elle le supplierait de l'épargner, lorsqu'elle hurlerait une fois l'incendie allumé.

— Mon Dieu! balbutia Morris, pris d'un haut-le-cœur, en se souvenant de l'intervention criarde de Dutoit lors de la conférence de presse.

Pendergast désigna d'une main compatissante le corps de la petite fille.

— Le sadisme est encore plus flagrant dans le cas de la seconde victime.

Morris aurait préféré qu'il s'arrête, mais Pendergast était intarissable.

— L'enfant n'a pas été arrosée d'essence. Sa mort aurait été trop douce aux yeux du meurtrier. Il a préféré enflammer la pièce sur sa droite, afin de laisser aux flammes le soin de la rejoindre. Si vous examinez attentivement la canalisation à laquelle était menottée la victime, vous remarquerez qu'elle est tordue. La petite fille a tiré dessus de toutes ses forces dans l'espoir de se dégager.

— Je vois, dit Morris en évitant de regarder le corps à demi carbonisé.

— Vous noterez la *direction* dans laquelle est tordu le tuyau.

Le chef de la police, effondré, enfouit son visage dans ses mains.

— Le tuyau est tordu en direction des flammes.

Un silence accueillit la phrase de Pendergast.

— Je suis désolé, mais je ne comprends pas.

— Je ne sais pas à quel supplice elle tentait d'échapper, mais celui-ci était pire que l'incendie.

33

La dernière fois que Corrie avait franchi les portes du commissariat de Roaring Fork, elle avait les menottes aux poignets. Un souvenir suffisamment cuisant pour qu'elle ressente un pincement au cœur en pénétrant dans le vieux bâtiment victorien. Iris, la femme en poste à l'accueil, se montra d'une extrême gentillesse et la dirigea jusqu'au bureau en sous-sol attribué à Pendergast, le temps de l'enquête.

La jeune fille descendit un escalier mal ventilé, contourna une chaudière en pleine activité, et s'engagea dans un étroit couloir. Un simple numéro ornait la porte de la pièce la plus éloignée. Elle toqua et la voix de Pendergast l'invita à entrer.

L'inspecteur était debout derrière un ancien bureau en fer couvert d'éprouvettes. Un liquide mystérieux bouillait dans une cornue au-dessus d'un brûleur à gaz. Faute de fenêtre, il faisait une chaleur étouffante dans la pièce.

— C'est tout ce qu'ils avaient à vous proposer? s'étonna Corrie. Ce n'est pas un bureau, c'est une oubliette.

— Ils ont agi conformément à mes recommandations. Je souhaitais disposer d'un espace de travail tranquille. Personne ne viendra me déranger ici. Personne.

— Avec cette chaleur, on se croirait au fin fond de l'enfer.

— Ce n'est pas pire que La Nouvelle-Orléans au printemps. Vous le savez, je déteste le froid.

— On va dîner?

— Je pensais prendre quelques minutes de votre temps pour m'inquiéter de l'avancement de vos recherches. Je ne voudrais pas gâcher le repas par des descriptions de cadavres et des considérations sur le cannibalisme. Asseyez-vous.

— D'ac, mais on fait fissa. Je n'ai pas envie de tomber dans les pommes à cause de la chaleur.

Elle s'installa sur le siège le plus proche et Pendergast l'imita, de l'autre côté du bureau.

— Comment avancent vos recherches ?

— Ça va super. J'ai achevé l'examen des quatre squelettes, tous racontent la même histoire. Ces quatre prospecteurs ont été victimes de tueurs en série cannibales.

Pendergast inclina la tête.

— C'est incroyable, mais vrai. J'ai fait une découverte intéressante sur l'un des corps. Celui d'un type au nom bizarre, Isham Tyng. Il s'agit de l'une des premières victimes dans l'ordre chronologique des attaques. En plus des traces habituelles de brutalités, de démembrement et de cannibalisme, on trouve sur ses ossements des lésions causées par un gros animal. Très certainement un grizzli. En consultant la presse de l'époque, j'ai vu que les associés de Tyng avaient fait fuir un ours en arrivant sur le théâtre du drame. L'ours aura voulu dévorer les restes de la victime *après* le passage des cannibales. Cet incident a achevé de convaincre tout le monde que le coupable était un ours, alors qu'il s'agissait d'une simple coïncidence.

— Excellent. Votre hypothèse est donc confirmée. Souhaitez-vous examiner les squelettes des autres victimes ?

— Inutile, j'ai tous les éléments dont j'ai besoin avec ces quatre prospecteurs.

— Fort bien, murmura Pendergast. Quand comptez-vous rentrer à New York ?

Corrie prit sa respiration.

— Pas tout de suite.

— Pour quelle raison ?

— Eh bien… j'ai décidé d'étendre le champ de mes investigations.

Elle se tut, persuadée que Pendergast allait l'interroger. Faute de réaction, elle poursuivit :

— Je suis désolée, mais il me manque une partie de l'histoire. On sait à présent que ces gens ont été assassinés...

Elle fut prise d'une dernière hésitation.

— Bref, j'ai la ferme intention de résoudre l'énigme posée par ces meurtres.

Les yeux argentés de Pendergast se rétrécirent imperceptiblement dans le silence de mort qui accueillit l'annonce de Corrie.

— Cette affaire est absolument fascinante. Pourquoi ne pas aller jusqu'au bout ? Pourquoi a-t-on assassiné ces gens ? Par qui ont-ils été tués ? Comment les meurtres ont-ils pu s'arrêter du jour au lendemain ? Les questions ne manquent pas, et je veux y apporter des réponses. C'est une occasion rêvée de transformer une bonne thèse en un travail exceptionnel.

— À condition de rester en vie, laissa tomber Pendergast.

— Je ne vois pas où serait le danger. À vrai dire, tout le monde me fiche la paix depuis les incendies. Personne n'est au courant de ma découverte, tout le monde reste persuadé que le coupable était un grizzli.

— Il n'en reste pas moins que je m'inquiète à votre sujet.

— Pourquoi ? Si vous avez peur à cause de la baraque que je garde, elle se trouve à des kilomètres de celles qui ont été incendiées. En plus, j'ai une colocataire. La capitaine Bowdree. Avec elle, je ne risque rien. Elle a un .45, et je peux vous garantir qu'elle sait s'en servir.

Corrie préféra éviter de parler des empreintes découvertes près de la maison.

— Cela ne fait aucun doute, acquiesça Pendergast. Il n'empêche, je vais devoir m'absenter de Roaring Fork pendant quelques jours, peut-être davantage, et je ne serai pas en mesure de vous accorder ma protection. Votre enquête pourrait bien réveiller le chien qui dort, pour reprendre l'expression consacrée. Et je puis vous assurer que le chien qui dort dans cette opulente petite cité est loin d'être inoffensif.

— Ne me faites pas croire que ces incendies sont liés aux meurtres des prospecteurs. Ça s'est passé il y a près de cent cinquante ans.

— Je ne crois rien. À ce stade, tout du moins. Cela ne m'empêche pas de percevoir le danger. Je trouve inutile que vous restiez à Roaring Fork plus longtemps que prévu. Je vous enjoins de reprendre le premier avion à destination de New York.

Corrie le fusilla du regard.

— J'ai vingt ans, et c'est *ma* vie. Pas la vôtre. Je vous suis très reconnaissante de tout ce que vous avez fait pour moi, mais vous n'êtes pas mon père. Je reste.

— Dans ce cas, je tenterai de vous décourager en vous privant de toute aide financière.

— Parfait ! s'écria Corrie en laissant éclater sa colère. Vous piétinez mes plates-bandes depuis que je me suis lancée dans ce travail de thèse. Vous ne pouvez pas vous empêcher de vous mêler des affaires des autres. C'est plus fort que vous. Vous ne comprenez donc pas à quel point ce travail est important pour moi ? J'en ai marre que vous me dictiez tout le temps ma conduite.

Un éclair traversa le visage de Pendergast, dont Corrie aurait lu la portée si elle n'avait pas été aussi énervée.

— Je me soucie uniquement de votre sécurité. J'ajoute que les risques auxquels vous êtes confrontée se trouvent largement accrus par une fâcheuse tendance à l'impétuosité et à l'imprudence.

— Si vous le dites. En tout cas, la discussion est close. Je reste à Roaring Fork, que ça vous chante ou non.

Avant même que Pendergast ait pu répondre, Corrie se releva en faisant tomber sa chaise et quitta la pièce, refusant d'en entendre davantage.

34

Ted, qui connaissait le patrimoine de Roaring Fork sur le bout des doigts, avait raconté à Corrie l'histoire de cette impressionnante propriété victorienne du centre-ville. La maison était la propriété de Harold Griswell, le célèbre roi de l'argent de Roaring Fork, qui avait bâti sa fortune sur les mines locales avant de tout perdre lors de la Panique de 1893. Griswell s'était suicidé en se jetant dans un puits de mine, laissant derrière lui sa jeune épouse, une ancienne danseuse de saloon prénommée Rosie Ann. Celle-ci avait passé plus de trente ans à tenter de récupérer les mines et autres biens de son mari en intentant procès sur procès, changeant d'avocat à chaque nouvel échec. En désespoir de cause, elle avait muré les fenêtres de Griswell Mansion et s'était claquemurée chez elle, refusant d'aller acheter à manger, vivant de la générosité de voisins qui déposaient régulièrement des provisions sur le seuil de sa porte.

En 1955, ce même voisinage s'était inquiété des odeurs pestilentielles qui s'échappaient de la vieille demeure. La police, appelée sur les lieux, avait découvert un spectacle inouï: toutes les pièces étaient pleines, du parquet au plafond, de la masse des dossiers et des pièces accumulés par la veuve de Griswell au cours de ses innombrables procès. On avait également retrouvé là des piles de vieux journaux, des sacs contenant des échantillons de roche, des affiches de théâtre, des livres de comptes, des certificats miniers, des feuilles de paie, des cartes, des relevés bancaires et autres documents de la même eau. On avait retrouvé le corps desséché de Rosie Ann enfoui sous une montagne de cartons. Le mur de paperasses, rongé à sa base par les souris, s'était écroulé sur elle. Rosie Ann Griswell, dans l'impossibilité de se dégager, était morte de faim dans sa prison de papier.

La malheureuse était décédée sans laisser d'héritier et la ville avait préempté le bâtiment, dont le contenu représentait un trésor historique de tout premier plan. Un demi-siècle plus tard, le décryptage et le classement de ce fonds inattendu se poursuivaient lentement, en fonction des subventions obtenues par la Société historique de Roaring Fork. Ted avait mis en garde Corrie, l'avertissant que la collection Griswell n'avait jamais été numérisée, contrairement aux collections de journaux dont il avait la charge. Faute d'avoir déniché une information prometteuse sur la présence à Roaring Fork de tueurs cannibales, Corrie avait décidé d'explorer les archives de l'ancien roi de l'argent.

L'archiviste ne travaillait que deux jours par semaine. En outre, Ted avait prévenu Corrie qu'il s'agissait d'un connard de première. Lorsqu'elle se présenta dans la vieille demeure ce triste matin de décembre, sous un ciel de plomb duquel s'échappaient paresseusement quelques flocons, Corrie trouva l'archiviste en train de jouer avec son iPad, derrière le bureau qu'il avait installé dans l'ancien salon. À travers les portes ouvertes, on apercevait des rangées entières d'étagères et de meubles classeurs dans les pièces voisines.

— Wynn Marple, se présenta l'archiviste en se levant, la main tendue.

Proche de la quarantaine, bedonnant, une queue de cheval tombant de son crâne en partie dégarni, il possédait l'assurance désinvolte d'un séducteur vieillissant.

Corrie se présenta à son tour avant d'expliquer à son interlocuteur qu'elle était à la recherche de renseignements concernant l'année 1876, les victimes du grizzli et, plus généralement, la criminalité à Roaring Fork.

Marple s'embarqua dans des explications pontifiantes avant de s'aventurer rapidement sur le sujet qui lui tenait le plus à cœur: lui-même. Corrie apprit ainsi que Marple avait appartenu autrefois à l'équipe olympique de ski des États-Unis et qu'il était tombé amoureux de la ville lors d'un séjour d'entraînement. Il trouva le moyen de se vanter de ses exploits, sur le domaine skiable comme hors piste, puis il expliqua à sa visiteuse qu'il était obligé de lui refuser l'accès aux archives tant qu'elle ne disposerait pas des autorisations nécessaires.

— Comprenez-moi, expliqua-t-il à Corrie. Nous ne pouvons pas autoriser n'importe qui à partir à la pêche. Nombre de ces documents sont d'ordre privé ou confidentiel. Quand ils ne sont pas scandaleux, ajouta-t-il avec un clin d'œil entendu tout en déshabillant Corrie du regard avec une moue lubrique.

Elle prit longuement sa respiration afin de se calmer. À l'image de beaucoup de mecs, ce Marple était un sale con. D'un autre côté, ces archives étaient sa dernière chance de résoudre l'énigme des meurtres cannibales.

— Vous êtes un ancien champion olympique? s'enquit-elle sur un ton faussement admiratif.

Marple se lança dans une longue série de vantardises, précisant qu'il aurait accroché une médaille de bronze à son palmarès si la piste, si la température, si les juges...

Corrie, qui n'écoutait plus depuis longtemps, se contentait de hocher la tête à intervalles réguliers, un sourire béat aux lèvres.

— C'est trop cool, dit-elle lorsqu'elle comprit qu'il avait enfin terminé. C'est la première fois que je rencontre un champion olympique.

Wynn Marple repartit de plus belle. Dix minutes plus tard, en désespoir de cause, Corrie acceptait de dîner avec son interlocuteur le samedi suivant, en échange du libre accès au fonds Griswell.

Marple emboîta le pas à la jeune fille en la voyant s'enfoncer dans la longue suite des vieilles pièces magnifiques, un bloc à la main.

À son grand désarroi, Corrie s'aperçut que les documents étaient classés selon une chronologie approximative, sans aucune logique thématique. Assistée par un archiviste désormais disposé à satisfaire tous ses désirs, elle s'installa devant une longue table au plateau couvert de feutrine et entama le tri. Les documents, parmi lesquels s'étaient glissées des pièces sans intérêt ou mal rangées, trahissaient l'intervention d'un employé imbécile ou négligent. À mesure qu'elle déballait les dossiers, une odeur de cire ancienne et de poussière de papier emplit la pièce.

Les minutes s'écoulaient, se transformant en heures. La lumière chiche, dans la maison surchauffée, irritait les yeux de Corrie. Marple, lassé de parler de lui, avait fini par se taire. Un nuage de poussière s'échappait de chaque nouveau dossier que consultait Corrie. Elle passa en revue des piles entières de documents juridiques abscons, de dépositions, de comptes rendus d'audience, auxquels se mêlaient des plans cadastraux, des études géologiques, des accords d'association dans des sociétés minières, des inventaires, des commandes de travaux, des coupons d'action sans valeur, des factures, des affiches et des tracts sans intérêt. La jeune fille souriait parfois en découvrant, au milieu de ce capharnaüm, un prospectus annonçant la venue à Roaring Fork d'une comique plantureuse ou d'une troupe de clowns.

De loin en loin, elle s'attardait sur un document digne d'attention : un dépôt de plainte, les minutes du procès d'un meurtrier, un avis de recherche, des rapports de police consacrés à des parasites de passage soupçonnés de délits quelconques. Mais le temps passait et nulle part il n'était fait mention d'une bande d'individus louches, de fous susceptibles de vouloir assassiner et manger onze prospecteurs.

Le nom de Stafford surgissait régulièrement, notamment dès qu'il était question des employés de la fonderie. Corrie découvrait avec horreur des listes entières d'ouvriers morts dans des accidents du travail, avec le détail des machines endommagées, des sommes ridicules versées aux veuves et aux orphelins. Le montant de ces indemnités ne dépassait jamais cinq dollars et se résumait le plus souvent à zéro, accompagné de la mention : « Aucun versement, accident imputable à l'ouvrier». Elle ne comptait plus le nombre d'ouvriers mutilés, empoisonnés ou gravement blessés sur leur lieu de travail, que les propriétaires de la fonderie licenciaient sans recours ni indemnité.

— Bande de salopards, grommela Corrie entre ses dents en tendant à Marple une pile de documents.

Soudain, un prospectus attira son attention.

LA THÉORIE DE L'ESTHÉTISME
Une conférence de
M. Oscar Wilde de Londres, Angleterre
Consacrée à l'application concrète des principes de l'esthétisme, mis au service des beaux-arts, de la parure individuelle et de la décoration intérieure
Donnée dans la galerie principale de la mine
Sally Goodin
Dimanche 2 juin dans l'après-midi
À deux heures et demie
Entrée soixante-quinze cents

Corrie se retint de rire en découvrant le pittoresque de la formulation. Il s'agissait de toute évidence de la conférence lors de laquelle Wilde avait entendu parler des ravages provoqués par le grizzli. Plusieurs articles, lettres et autres notes étaient attachés au prospectus. L'idée que les mineurs mal léchés de Roaring Fork aient pu s'intéresser à l'esthétisme était parfaitement ridicule, sans parler de la «parure individuelle» et de la «décoration intérieure». La presse de l'époque se faisait néanmoins l'écho du franc succès de cette conférence, au terme de laquelle l'orateur avait été ovationné. Wilde avait fait forte impression, avec ses tenues provocantes, ses manières précieuses et son humour brillant. En dehors des bordels et de l'alcool, les mineurs de Roaring Fork devaient rarement avoir l'occasion de se divertir.

En feuilletant les documents annexés, Corrie découvrit un courrier manuscrit particulièrement amusant, apparemment adressé par un mineur à sa femme, restée dans l'Est. La lettre était dénuée de toute ponctuation.

Ma Chaire femme Di manche on a u une Confairense par Meusieu Oskor Wild de Londres Après la Confairense qui a u bôcou de Sucsai Meusieu Wild a parlai au Mineurs et au Dur acuir d'isi il été trai zaimable penden que jatendé de lui parlé ce vieye ivrogneu de Swinton la koincé dan un coin pour lui raconté une Istware queu le pôvre Hom été pal kom un maur jé cru kil alé tombé dan les pom...

Marple, qui lisait par-dessus l'épaule de la jeune fille, laissa échapper un rire méprisant.

— Bande de crétins incultes.

Il désigna le prospectus.

— Je suis sûr que ce truc vaut de l'argent, ajouta-t-il sur un ton sentencieux.

— Sûrement, approuva Corrie.

Elle hésita un instant avant de réunir les documents attachés à l'annonce de la conférence. Aussi charmante fût-elle, la lettre du mineur était trop éloignée de ses recherches pour figurer dans son mémoire.

Elle se pencha sur la pile suivante, tout en notant du coin de l'œil que Marple subtilisait discrètement le prospectus au moment de ranger les papiers dont elle avait achevé l'examen. Sans doute avait-il l'intention de le vendre sur eBay. Après tout, ça ne la regardait pas.

Les dossiers se suivaient, essentiellement constitués de documents liés aux ateliers de la famille Stafford dont la cruauté augmentait à mesure que croissaient sa fortune et son pouvoir. Les Stafford avaient visiblement survécu à la Panique de 1893 sans dommage. Ils en avaient même profité pour acquérir de nouvelles mines à des prix ridiculement bas. Le fonds Griswell comptait également de nombreuses cartes des mines de la région, sur lesquelles était reporté le détail des puits et des tunnels. Curieusement, Corrie trouvait assez peu de pièces consacrées aux opérations de fonderie.

Elle se figea soudain en découvrant une carte postale de 1933. Adressée par Howland Stafford, l'un des héritiers du clan, à une certaine Dora Tiffany Kermode, elle débutait par les mots *Chère cousine.*

Kermode, cousine des Stafford…

— Putain! s'écria Corrie. Cette salope de Kermode fait partie de la famille qui a saigné à blanc la région!

— De quoi parlez-vous? sursauta Marple.

Elle frappa le document d'un revers de main.

— Betty Kermode. L'horrible bonne femme qui gère les Heights. Elle fait partie du clan Stafford. Vous savez, ceux qui possédaient la fonderie de Roaring Fork à l'époque de la ruée vers l'argent. J'arrive pas à y croire.

Corrie comprit son erreur en voyant Wynn Marple se renfrogner.

— Mme Kermode est l'une des personnes les plus formidables et les plus charmantes de la ville, laissa-t-il tomber sur un ton pincé digne d'une institutrice s'adressant à une mauvaise élève.

Corrie se reprit aussitôt :

— Je suis désolée. C'est que… c'est à cause d'elle que je me suis retrouvée en prison… Je ne savais pas que vous étiez amis.

La manœuvre de rétropédalage ne fut pas inutile.

— Je peux comprendre que vous lui en vouliez pour ça, mais je peux vous assurer que c'est une femme super.

Il ponctua sa phrase d'un clin d'œil.

Bien joué, Corrie!

Elle jeta un coup d'œil à sa montre. Elle avait passé cinq heures pour rien dans ce trou à rats, avec la perspective de passer le samedi suivant en compagnie de cet abruti de Marple.

Pourvu que ça ne dure pas des plombes, et qu'il ne m'emmène pas dans un endroit où on risque de croiser Ted.

Peut-être pouvait-elle se faire porter pâle à la dernière minute?

Elle en arrivait à se demander si elle n'avait pas eu les yeux plus gros que le ventre. Après tout, Pendergast avait peut-être raison, elle avait tout le nécessaire pour rédiger une très bonne thèse.

Elle se leva.

— Je vais devoir y aller, je ne trouve pas ce que je cherche.

Marple la suivit jusqu'à l'entrée.

— Je suis désolé pour vous. Au moins, ajouta-t-il avec un autre clin d'œil, ça nous aura donné l'occasion de nous rencontrer.

La décision de Corrie était prise, elle se ferait porter pâle.

— Merci de votre aide, Wynn, se força-t-elle à répondre.

Il s'approcha tout près d'elle.

— Tout le plaisir était pour moi.

Elle se pétrifia. Elle avait rêvé, ou bien il lui avait mis la main au cul?

Elle recula machinalement en pivotant sur elle-même. La main de Wynn, tel un tentacule de pieuvre, lui pinça la fesse.

— Ne vous gênez pas, surtout, grinça-t-elle en le repoussant.

— Mais… je croyais qu'on devait sortir ensemble.

— Je vois mal en quoi ça vous autorise à me pincer le cul.

Wynn afficha une mine déconfite.

— Ce n'était pas méchant. Je pensais que ça vous plairait. Les filles n'ont pas l'occasion de sortir tous les jours avec un champion de ski, je me disais…

Il eut le tort d'accompagner sa tirade d'un nouveau clin d'œil salace.

— Un champion de ski? se lâcha Corrie. Depuis quand vous vous êtes pas regardé dans un miroir? Vous n'êtes qu'un loser à moitié chauve et bedonnant. Je sortirais pas avec vous, même si on était coincés seuls sur une île déserte.

Sur ces mots, elle fit volte-face, attrapa son manteau et retourna dans la rue où l'attendait un froid polaire.

Wynn Marple reprit place derrière son bureau, les mains tremblantes, le souffle court. Il n'arrivait pas à croire que cette petite connasse ait osé le traiter de la sorte, après tout ce qu'il avait fait pour elle. Une salope de féministe qui poussait les hauts cris au moindre geste innocent.

Il était dans un tel état de rage qu'il en avait mal à la tête. Le temps de reprendre un minimum de sang-froid, il décrocha son téléphone et composa un numéro.

35

Betty Brown Stafford Kermode, confortablement installée dans le salon de sa maison des Heights devant un bon feu, raccrocha son téléphone. Elle resta immobile pendant de longues minutes, les yeux perdus dans le paysage des montagnes, envisageant le problème sous tous les angles. Son beau-frère Henry Montebello, assis de l'autre côté de la cheminée, examinait ses ongles d'un air ennuyé, impeccable en costume trois pièces, chemise blanche et nœud papillon à motifs en cachemire. Un pâle soleil d'hiver filtrait timidement à travers les baies vitrées.

Sa résolution prise, Kermode saisit à nouveau le combiné et composa le numéro de Daniel Stafford.

— Bonjour, ma chère. Encore vous? fit la voix sardonique de son interlocuteur.

Kermode n'appréciait guère son cousin Daniel, mais les mots «apprécier» et «aimer» n'avaient jamais appartenu au vocabulaire du clan Stafford. Seul comptait l'argent. Et puis Daniel ne se contentait pas de diriger le trust familial Stafford, riche de deux milliards de dollars d'actifs; c'était surtout l'un des gérants du fonds d'investissement Stafford dont le portefeuille s'élevait à seize milliards. Un double atout qui faisait de lui un proche. Et même un très proche. Il n'était jamais venu à l'idée de Kermode de se demander si elle l'aimait ou non.

— Me trompé-je, ou êtes-vous sur haut-parleur? s'inquiéta Stafford.

— Henry est avec moi, répondit sèchement Kermode.

Elle laissa s'écouler un battement avant de poursuivre :

— Nous avons un problème.

— Si vous faites allusion à ce nouvel incendie, remerciez le ciel qu'il n'ait pas eu lieu dans les Heights. C'est même une bénédiction, l'impact de cette histoire sur les Heights s'en trouve dilué d'autant. L'idéal serait un troisième incendie, encore plus éloigné, gloussa Stafford.

— Votre humour ne me fait pas rire. De toute façon, je ne vous appelle pas pour ça, mais à cause de cette Corrie Swanson. Elle a fait le lien entre les Kermode et les Stafford.

— Ce n'est pas exactement un secret d'État.

— Vous ne comprenez pas, Daniel. Elle est allée fouiller dans le fonds Griswell où elle est tombée sur une foule de documents anciens relatifs aux mines et à la fonderie. Des documents *très* anciens.

Un silence s'installa sur la ligne, que Stafford rompit en jurant entre ses dents.

— À part ça ? demanda-t-il sur un ton nettement moins désinvolte.

— Rien d'autre. Pour l'heure, en tout cas.

Nouveau silence.

— Cette jeune personne est-elle une chercheuse chevronnée ?

— Un vrai pitbull, oui. Quand elle enfonce ses dents dans une proie, elle ne la lâche plus. Elle n'a pas encore compris, mais elle pourrait bien y parvenir à force de fourrer son nez partout.

Un silence plus prolongé.

— J'avais cru comprendre que les documents les plus sensibles avaient été retirés.

— Nous avons fait de notre mieux, mais ces archives sont un puits sans fond. Rien ne nous dit qu'un document quelconque n'est pas passé à travers les gouttes.

— Je vois. Dans ce cas, nous avons *vraiment* un problème.

— Avez-vous réussi à déterrer quelques histoires intéressantes sur son compte, ou sur les autres, comme promis?

— Je m'en suis occupé. Le Pendergast en question possède un passé en dents de scie, mais il est intouchable. Bowdree est une héroïne de guerre bardée de médailles, ce qui fait d'elle une cible délicate. Sauf qu'elle a quitté l'Air Force à cause de problèmes de santé.

— Aurait-elle été blessée? s'étonna Kermode. Elle m'a semblé en excellente forme.

— Elle a passé quelques mois dans un hôpital militaire sur la base américaine de Landstuhl, en Allemagne. Son dossier médical est inaccessible, l'Air Force n'a pas l'habitude de confier ses secrets à tout le monde.

— Et la petite Swanson?

— Un vrai trublion. Elle a grandi dans un camp de mobile homes d'un trou du Kansas. Ses parents, deux racailles de *très basse* extraction, se sont séparés après sa naissance. La mère est une alcoolique invétérée, le père un bon à rien, récemment accusé de hold-up. La gamine possède elle-même un casier judiciaire long comme le bras. Elle s'en est sortie uniquement parce que ce Pendergast l'a prise sous son aile en finançant ses études. Ne me demandez pas la nature de leur relation, mais tant qu'il la protégera, il sera difficile de la coincer.

— Le chef de la police municipale m'a annoncé que Pendergast avait pris l'avion pour Londres.

— Excellente nouvelle. Profitez-en pour agir.

— Agir comment?

— Ma chère, je vous sais parfaitement capable de régler le problème avant le retour de cet inspecteur du FBI. Dois-je vous rappeler quels risques nous encourons? Il n'y a pas de gants à prendre, et si vous décidez de vous adresser à un prestataire extérieur, choisissez le meilleur. Quoi qu'il en soit, je ne veux rien savoir.

— Je reconnais bien là votre courage.

— Je vous remercie, chère cousine. Je serai le premier à reconnaître que vous êtes le membre de la famille le mieux fourni en testostérone.

Kermode mit fin à la conversation en appuyant d'un doigt rageur sur le bouton du haut-parleur.

Montebello, qui avait conservé le silence tout au long de la conversation, leva enfin les yeux de ses ongles manucurés.

— Laissez-moi m'en occuper, laissa-t-il tomber. J'ai la personne qu'il nous faut.

36

Espelette, la brasserie de l'hôtel Connaught, offrait un décor chic à sa clientèle, avec ses hautes fenêtres couleur crème et ses nappes blanches amidonnées. Pendergast avait accueilli le changement de climat avec soulagement, après le froid polaire de Roaring Fork, d'autant que Londres bénéficiait cette année-là d'un hiver clément. La salle se trouvait même baignée par la lumière chaude du soleil de l'après-midi. L'inspecteur, installé à une grande table donnant sur Mount Street, se leva en apercevant la silhouette de Roger Kleefish. Son ancien condisciple s'était légèrement empâté, son visage tanné s'était ridé. Sa calvitie n'avait en revanche pas de quoi surprendre, Kleefish étant quasiment chauve à l'époque de ses études à Oxford. Il s'élança vers son ancien condisciple d'un pas décidé, le corps en avant, le nez fendant l'air avec la curiosité d'un limier en chasse. Autant de qualités qui avaient poussé Pendergast à renouer avec son vieil ami, en plus de son appartenance aux Irréguliers de Baker Street.

— Pendergast ! s'écria Kleefish avec un large sourire, la main tendue. Vous n'avez pas changé ! Enfin, presque pas.

— Mon cher Kleefish, réagit l'inspecteur en serrant la main de son ami, fidèle à l'habitude d'Oxford qui privilégiait l'usage du patronyme.

— Quand nous étions étudiants, j'ai toujours cru que vous portiez le deuil à cause de vos vêtements noirs. Je m'aperçois que je m'étais trompé. Le noir vous va à ravir, s'exclama Kleefish en s'asseyant. Vous avez vu ce temps? Je n'ai pas souvenir que Mayfair ait jamais été aussi beau.

— En effet, concéda Pendergast. J'apprenais ce matin, non sans plaisir, que la température à Roaring Fork était passée sous la barre des moins trente.

— Quelle horreur! frissonna Kleefish.

Un serveur s'approcha et déposa des menus devant les deux hommes avant de se retirer.

— Heureux que vous ayez pu prendre un vol aussi vite, déclara Kleefish en découvrant la carte avec des yeux brillants. Je vous conseille le thé «chic et choc», il est délicieux. Sinon, vous boirez ici le meilleur kir royal de Londres.

— Je ne suis pas fâché d'avoir retrouvé la civilisation. Roaring Fork, en dépit de son opulence... ou peut-être à cause d'elle, est une ville de rustres.

— Vous parliez l'autre soir d'un incendie, s'enquit Kleefish, soudain sérieux. L'incendiaire auquel vous faisiez allusion a-t-il à nouveau frappé?

Pendergast acquiesça.

— Mon Dieu! Sur une note plus gaie, j'ai fait une découverte qui devrait vous intéresser. J'espère que vous n'aurez pas traversé la mare aux canards pour rien.

Le serveur était de retour. Pendergast commanda une flûte de Laurent-Perrier et un scone au gingembre accompagné de crème anglaise, tandis que Kleefish prenait un assortiment de petits sandwichs. L'avocat attendit que le serveur se soit éloigné, puis il tira de son épaisse serviette un mince volume qu'il glissa en direction de son compagnon.

Pendergast découvrit un ouvrage d'Ellery Queen: *Queen's Quorum – Une histoire de la nouvelle policière, à partir des 106 ouvrages les plus essentiels du genre publiés depuis 1845.*

— Le *Quorum* d'Ellery Queen, murmura Pendergast en contemplant la couverture. Vous avez prononcé ce nom lors de notre conversation téléphonique.

— Vous le connaissez, j'imagine.

— Bien sûr. Je *les* connais, plus exactement.

— Exactement, puisque Ellery Queen était le nom de plume de deux cousins. Sans doute les plus célèbres anthologistes de romans policiers, sans même évoquer leur œuvre littéraire.

Kleefish tapota du doigt la reliure du livre que tenait Pendergast.

— Cet ouvrage est sans conteste l'étude la plus célèbre du genre. Une édition critique des meilleures œuvres. Il s'agit de l'édition originale, au cas où vous ne l'auriez pas remarqué. Je ne sais d'ailleurs pas si vous connaissez ce détail : malgré son titre, le *Quorum* comprend cent sept nouvelles, et non cent six. Regardez ceci !

Prenant le livre des mains de l'inspecteur, il l'ouvrit, chercha la table des matières et pointa du doigt un passage :

74. Anthony Wynne – *Les fautifs disparaissent discrètement* – 1927

75. Susan Glaspell – *Le Jury de ses pairs* – 1927

76. Dorothy L. Sayers – *Lord Peter devant le cadavre* – 1928

77. G. D. H. & M. Cole – *Les Vacances du commissaire Wilson* – 1928

78. W. Somerset Maugham – *M. Ashenden, agent secret* – 1928

78a. Arthur Conan Doyle – *L'Aventure de (???)* – 1928 (?)

79. Percival Wilde – *Les Voyous dans la soie* – 1929

— Vous avez vu ? s'écria Kleefish d'une voix triomphale. Le numéro 78a du *Quorum* ! Accompagné d'une date de publication incertaine, d'où le *a*. Sans aucune précision dans le texte même du livre, à part cette mention dans la table des matières. Queen, grand spécialiste du genre, avait donc entendu parler de ce texte puisqu'il a jugé bon de le mentionner dans son ouvrage. Allez savoir. Lorsque le livre a été réédité en 1967, cette fois avec une liste de cent vingt-cinq œuvres, Ellery Queen *a supprimé le 78a.*

— Vous pensez qu'il pourrait s'agir du récit manquant de Sherlock Holmes.

Kleefish acquiesça, au moment où le serveur apportait la commande.

— Conan Doyle est le seul à bénéficier d'une double mention dans la liste de Queen, ajouta l'avocat en goûtant un sandwich de saumon fumé au wasabi. *Les Aventures de Sherlock Holmes*, au numéro 16.

— Dans ce cas, il nous faudrait déterminer ce qu'Ellery Queen savait de cette aventure inédite de Sherlock Holmes, et d'où il tenait ses informations.

— Je crains que ce soit impossible. Les Irréguliers se sont penchés sur la question à de nombreuses reprises. Comme vous pouvez l'imaginer, le 78a du *Quorum* est l'un des cauchemars de notre association. Nous réservons un titre spécial pour celui qui parviendra à retrouver ce manuscrit. Quant aux deux cousins Ellery Queen, ils sont morts depuis longtemps sans laisser l'ombre d'une information sur la raison qui les a poussés à inclure ce 78a dans l'édition originale de leur *Quorum*, avant de le retirer par la suite.

Pendergast trempa les lèvres dans sa flûte de champagne.

— Voilà qui est encourageant.

— Je ne vous le fais pas dire, réagit Kleefish en posant le livre. Les Irréguliers possèdent de longue date un nombre important de lettres écrites par Conan Doyle à la fin de sa vie. Jusqu'à ce jour, aucun chercheur n'a été autorisé à compulser ce fonds dont nous voulons réserver la primeur aux lecteurs de notre *Journal*. Dans le même temps, cette correspondance n'a quasiment pas été explorée pour la bonne raison qu'elle relève d'une époque où Conan Doyle avait mis Sherlock Holmes de côté, préférant se concentrer sur le spiritualisme auquel il a consacré des ouvrages tels que *Les fées sont parmi nous* ou son *Histoire du spiritisme.*

Kleefish choisit cette fois un sandwich à l'aubergine grillée et au poulet teriyaki. Il en goûta une bouchée, puis une autre, qu'il savoura les yeux fermés. S'essuyant les doigts sur sa serviette de lin, il tira de la poche de sa veste deux lettres anciennes en adressant à son compagnon un regard pétillant de malice.

— Je vous prie de jurer le secret. J'ai… disons, emprunté ceci. Vous ne voudriez pas qu'on me raie des listes des Irréguliers, n'est-ce pas ?

— Vous pouvez être assuré de mon silence.

— Fort bien. Dans ce cas, je suis en mesure de vous dire que ces lettres ont été écrites par Conan Doyle en 1929, l'année qui a précédé sa mort. Toutes deux sont adressées à M. Robert Creighton, un romancier et compagnon de spiritualisme avec qui Conan Doyle s'était lié d'amitié à la fin de sa vie.

Kleefish déplia la première lettre.

— Conan Doyle y écrit ceci, en passant : « J'attends d'un jour à l'autre des nouvelles de cette affaire d'Aspern Hall, qui me cause bien des soucis ces derniers temps. »

Il remisa la lettre dans sa poche, puis se pencha sur le second courrier.

— Nous trouvons ici une autre remarque glissée incidemment : « J'ai reçu de mauvaises nouvelles au sujet d'Aspern Hall. Je suis perplexe quant à la suite à donner à cette histoire. Si je lui donne une suite. D'un autre côté, je ne serai pas tranquille tant que ce problème n'aura pas trouvé de règlement. »

Le courrier alla rejoindre son jumeau dans la poche de Kleefish.

— Tous les membres des Irréguliers qui ont eu l'occasion de lire ces lettres, et ils sont nombreux, ont pensé que Conan Doyle s'était embarqué dans une opération immobilière quelconque. Or, j'ai passé la matinée d'hier à fouiller les registres cadastraux d'Angleterre et d'Écosse. Le nom d'Aspern Hall ne figure nulle part. *Aucune propriété ne porte ce nom.*

— Dois-je en déduire qu'Aspern Hall n'est pas un lieu, mais le titre d'un livre ?

Un sourire illumina le visage de Kleefish.

— Il pourrait s'agir… j'emploie volontairement le conditionnel. Il pourrait s'agir du titre de la nouvelle de Conan Doyle refusée par son éditeur : *L'Aventure d'Aspern Hall.*

— Dans ce cas, où peut bien se cacher ce texte ?

— Nous savons déjà où il ne se trouve pas : dans sa maison. Alité plusieurs mois durant par une angine de poitrine, Conan Doyle s'est éteint au mois de juillet 1930 à Windlesham, sa maison de Crowborough. D'innombrables Irréguliers et autres exégètes holmésiens ont effectué depuis le pèlerinage dans le Sussex. Ils ont passé au crible le moindre centimètre carré de la maison. On y a découvert des ébauches de manuscrits, des lettres et bien d'autres documents, mais pas ce fameux manuscrit. Ce qui me fait redouter…

Kleefish sembla hésiter avant d'achever sa pensée.

— Ce qui me fait redouter que le manuscrit ait été détruit.

Pendergast secoua la tête.

— Souvenez-vous des termes de la seconde lettre. Conan Doyle a des affres sur la manière de procéder, précisant qu'il ne sera pas tranquille tant que le problème ne sera pas *réglé.* Ce ne sont pas les mots d'un homme qui s'apprête à détruire son manuscrit.

Kleefish acquiesça lentement.

— Le besoin cathartique qui avait poussé Conan Doyle à raconter cette histoire l'aura sans nul doute incité à la conserver. Si j'entretenais des doutes auparavant sur l'existence de ce texte, le *Quorum* s'est chargé de les dissiper. Ce manuscrit se trouve bel et bien quelque part, et il contient peut-être l'information que je recherche.

— Laquelle ? demanda Kleefish, les yeux brillants de curiosité.

— Il est trop tôt pour vous en parler. Mais je vous promets que, si nous parvenons à mettre la main sur ce texte, c'est à vous que reviendra le privilège de le publier.

— Formidable !

— Le sort en est jeté, conclut Pendergast, qui vida sa flûte et fit signe au serveur de la remplir à nouveau.

37

Cette Stacy est une vraie marmotte, remarqua Corrie dans son for intérieur en sautant péniblement à bas du lit dans l'obscurité. *Elle se lève rarement avant 10 ou 11 heures. La chance!*

Elle considéra avec envie la silhouette endormie de sa colocataire par la porte entrouverte de la chambre voisine. Elle avait longtemps pratiqué elle-même l'art de la grasse matinée, avant de trouver sa voie.

Au lieu de se préparer un café dans la cuisine minuscule, elle préféra se rendre en ville et se ruer sur le premier Starbucks qu'elle apercevrait. Elle détestait cette maison glaciale où elle se sentait mal, en dépit de la présence de Stacy.

Elle jeta un coup d'œil au thermomètre à travers le carreau : moins trente-quatre degrés. La température ne cessait de baisser. Elle s'enfonça un bonnet sur la tête, enfila des gants, une parka en duvet, et rejoignit sa voiture rangée dans l'allée. Tout en chassant de la main la fine couche de neige qui voilait le pare-brise, elle repensa à son altercation avec Wynn Marple. Elle s'en voulait d'avoir pratiqué la politique de la terre brûlée avec lui, mais elle ne supportait pas ce genre de con.

C'était elle tout craché. À cause de son fichu caractère, elle était incapable de la fermer. Elle pouvait encore s'autoriser ce genre de fantaisie quand elle vivait à Medicine Creek, à son époque d'ado rebelle, mais plus maintenant. Elle n'avait aucune excuse. Elle devait absolument arrêter de cracher son venin au visage des gens.

Elle enclencha le démarreur et se laissa descendre le long de la pente de Ravens Ravine Road. Du ciel tout gris s'échappaient les premiers flocons de neige. La météo annonçait d'abondantes chutes de neige au cours des heures suivantes. Tous ceux qui n'avaient pas fui Roaring Fork s'en réjouissaient ; ce n'était pas le cas de Corrie que les intempéries et le froid commençaient sérieusement à lasser. Tout en avançant prudemment au volant de sa mauvaise voiture aux pneus usés, soucieuse d'éviter les plaques de verglas, elle en arrivait à se demander si elle n'aurait pas été mieux inspirée de prendre ses cliques et ses claques.

Rien ne la retenait plus dans ce trou. Une ou deux journées suffiraient à achever l'examen des squelettes, après quoi elle sonderait discrètement Ted, au cas où il aurait une idée géniale au sujet des tueurs cannibales. Elle devrait s'y prendre avec tact, puisqu'elle ne lui avait pas encore révélé la vérité. Il l'avait rappelée pour l'inviter à dîner le lendemain soir, elle profiterait de l'occasion.

Plus que six jours avant Noël. Son père la suppliait depuis un moment de venir passer les fêtes avec lui en Pennsylvanie. Il était même prêt à payer son billet d'avion. Peut-être était-ce un signe. Peut-être…

Elle poussa un cri et sauta sur la pédale de frein en entendant un grand *BANG* ! La voiture dérapa sans quitter la route et s'immobilisa en travers de la chaussée.

— C'est quoi, ce bordel ? s'énerva Corrie, les mains agrippées au volant.

Son pare-brise s'était entièrement étoilé sous l'effet d'un choc violent.

Elle comprit brusquement en découvrant un trou parfaitement rond en plein milieu de la vitre et se jeta précipitamment sous le tableau de bord. Dehors, tout était silencieux. Aucun doute, on lui avait tiré dessus. Quelqu'un avait essayé de la tuer.

Merde, merde et merde…

De toute façon, elle ne pouvait pas rester là. Les nerfs à vif, elle se redressa d'un bloc, envoya son poing ganté à travers le pare-brise affaissé afin d'y pratiquer une ouverture, se cramponna au volant et enfonça la pédale d'accélérateur, s'attendant à essuyer de nouveaux coups de feu à tout instant. La Focus bondit en avant, tangua, ricocha sur le bas-côté et fit un tête-à-queue dans un long crissement de pneus. Corrie, secouée par le choc, s'aperçut très vite qu'elle était indemne.

— Merde! répéta-t-elle.

Si le tireur continuait de la guetter, il pouvait la rejoindre d'un instant à l'autre. Le moteur avait calé, la carrosserie était emboutie du côté passager, mais l'auto n'était pas nécessairement hors d'état. Elle actionna le démarreur et le moteur poussa un rugissement. Elle effectua un demi-tour dans les règles, en trois manœuvres, et reprit la route.

La Ford émettait un bruit inquiétant. Tout indiquait que le pare-chocs frottait contre l'un des pneus, mais il était hors de question de s'arrêter. Ses mains tremblantes crispées sur le volant, Corrie roula prudemment jusqu'à la ville et se rendit directement au commissariat.

Les formalités de procès-verbal achevées, le sergent en poste à l'accueil la dirigea vers le bureau de son chef. La jeune fille trouva Stanley Morris derrière une montagne de fiches en carton, de photos, d'épingles, de bouts de ficelle et de colle. Un tableau incompréhensible était accroché derrière lui.

Les bajoues tombantes, des poches sous les yeux, les cheveux hirsutes, Morris avait une tête de déterré. Il s'empara du rapport que lui tendait son subordonné et fit signe à Corrie de s'asseoir. Il lut le procès-verbal en silence une première fois, puis une seconde, et le reposa.

— Avez-vous des raisons de croire que quelqu'un pourrait vous en vouloir? demanda-t-il.

Corrie ne put s'empêcher de rire, malgré les épreuves qu'elle venait de traverser.

— À peu près tout le monde aux Heights. Le maire, Kermode, Montebello. Ou encore vous.

Le policier lui adressa l'ombre d'un sourire.

— Nous allons évidemment ouvrir une enquête. En attendant... n'allez pas croire que je prends l'incident à la légère, mais nous recherchons un braconnier dans le coin depuis plusieurs semaines. Il tue des chevreuils, très sûrement pour en vendre la viande. La semaine dernière, il a cassé un carreau avec une balle perdue. Il vous est peut-être arrivé la même mésaventure. Je dis bien *peut-être*. D'autant que l'incident s'est produit en début de matinée, à l'heure où les animaux sauvages sont de sortie. Je ne dis pas que c'est ce qui s'est passé. Je dis simplement que c'est une possibilité... Histoire de vous rassurer.

— Merci.

Ils se levèrent d'un même mouvement et le chef tendit la main à sa visiteuse.

— Je vais devoir immobiliser votre voiture pour les besoins de l'enquête. Le temps de procéder aux analyses balistiques. Nous allons également essayer de retrouver la douille.

— Pas de souci.

— Je vais demander à l'un de mes hommes de vous conduire où vous voulez.

— Je vous remercie, je comptais m'arrêter chez Starbucks, au coin de la rue.

Tout en buvant son café, Corrie se demanda si l'hypothèse du braconnier n'était pas la bonne. C'est vrai, elle s'était fait pas mal d'ennemis à son arrivée, mais de l'eau avait coulé sous les ponts depuis. Lui tirer dessus relevait de la tentative de meurtre. Qui pouvait-elle gêner à ce point? Elle ne risquait pas de le savoir de sitôt, car jamais Morris et ses équipes n'auraient le temps de mener une enquête digne de ce nom, à cause des incendies.

Si jamais on avait voulu l'intimider, c'était raté. Elle avait peut-être la trouille, mais pas assez pour quitter la ville. Bien au contraire. Soudain, elle repensa à Stacy, qui dormait paisiblement dans la maison isolée. Il fallait l'avertir du danger au plus vite.

Corrie sortit son portable pour l'appeler. Sa correspondante lui répondit d'une voix endormie, mais ne tarda pas à se réveiller en apprenant la mésaventure de Corrie.

— Quoi? On vous a tiré dessus? Je vais m'occuper de ce fils de pute.

— Non, ne faites pas ça. C'est dangereux. Mieux vaut laisser agir la police.

— Il a forcément laissé des empreintes dans la neige. Je vais pister cet enfoiré jusqu'à sa tanière!

— Je vous en prie, la supplia Corrie, à qui il fallut dix bonnes minutes pour convaincre Stacy de ne rien tenter.

— En tout cas, s'énerva cette dernière en guise de conclusion, j'espère bien qu'il s'en prendra à *ma* voiture. Je lui réserve de bonnes vieilles balles à tête creuse.

Corrie n'avait plus qu'à contacter le loueur de voitures. À l'autre bout du fil, l'employé affolé lui expliqua que la police venait de l'informer, que c'était horrible de se faire tirer dessus de la sorte, comment allait-elle, avait-elle besoin de consulter un médecin… Il lui proposa surtout un véhicule d'une catégorie supérieure, un Ford Explorer lui conviendrait-il, au même prix, bien évidemment?

Corrie raccrocha en souriant, heureuse de constater que Stanley Morris l'avait prise au sérieux.

38

Confortablement installé dans l'un des deux fauteuils en velours de son précieux salon, les pieds sur le tapis en peau d'ours, Roger Kleefish aspirait la chaleur apaisante du feu qui brûlait dans l'âtre par tous les pores de sa peau. De l'autre côté de la cheminée, Pendergast regardait danser les flammes, immobile dans le fauteuil jumeau. Lorsqu'il avait découvert la pièce un peu plus tôt, il s'était contenté d'embrasser la pièce d'un regard, sourcils froncés, sans aucun commentaire. Kleefish en avait déduit que son ami appréciait cette mise en scène à sa juste valeur.

Rares étaient les visiteurs invités à pénétrer dans le refuge de l'avocat. Ce jour-là, pourtant, Kleefish s'imaginait plus que jamais dans la peau de Sherlock Holmes grâce à la présence d'un compagnon d'enquête, même s'il lui fallait reconnaître qu'il tenait davantage de Watson dans la situation présente. Pendergast n'était-il pas le véritable enquêteur du tandem?

L'inspecteur s'anima soudain en reposant son whisky-soda sur une desserte.

— Eh bien, Kleefish. Qu'avez-vous découvert?

Précisément la question que redoutait l'avocat. Il avala sa salive et prit sa respiration afin de s'armer de courage.

— Rien du tout, malheureusement.

Pendergast posa sur lui un regard pénétrant.

— Vraiment?

— J'aurai pourtant tout tenté au cours des dernières vingt-quatre heures. J'ai consulté la correspondance de

Conan Doyle, lu et relu son journal, parcouru tous les ouvrages et autres études traitant des dernières années de sa vie. J'ai même consulté, en toute discrétion bien sûr, plusieurs de nos membres les plus éminents. Je n'ai rien trouvé. Pas l'ombre d'un indice. Malgré mon enthousiasme initial, je dois avouer que ça ne m'étonne pas. Les Irréguliers ont abondamment battu ces mêmes sentiers par le passé. Comment ai-je pu me croire capable de découvrir du neuf?

Pendergast ne répondit rien. Tête baissée, la mine songeuse, à la lueur des flammes qui mettaient en relief ses traits anguleux, il ressemblait tant à Holmes au milieu de ce décor victorien que Kleefish en fut bouleversé.

— Je suis sincèrement désolé, Pendergast, s'excusa-t-il en fixant la peau d'ours. J'espérais tellement…

Il marqua une courte pause.

— Je crains que vous vous soyez lancé dans une chasse aux chimères, en partie à cause de moi. Je vous demande pardon.

Pendergast sembla sortir de sa rêverie.

— Bien au contraire. Vous m'avez été fort utile en confirmant mes soupçons au sujet de ce manuscrit. En me montrant cet exemplaire du *Quorum* d'Ellery Queen. En établissant un lien avec Aspern Hall dans la correspondance de Conan Doyle. Presque à votre insu, vous m'avez convaincu que *L'Aventure d'Aspern Hall* a bel et bien existé. Mieux, qu'elle existe toujours. Il ne me reste plus qu'à la découvrir.

— Pour un membre des Irréguliers tel que moi, ce serait un coup de maître. Laissez-moi vous poser à nouveau la question: pour quelle raison ce texte revêt-il une si grande importance à vos yeux?

Pendergast hésita avant de répondre.

— Cette nouvelle me permettrait de confirmer certaines théories, certaines suppositions. Ou bien, au contraire, elle viendrait les infirmer.

— Des théories de quel ordre?

Un fin sourire étira les lèvres de Pendergast.

— Vous, un éminent holmésien, vous encourageriez un enquêteur sur la voie de la spéculation? Allons, mon cher Kleefish!

L'avocat rougit.

— Moi qui méprise ordinairement tous ceux qui invoquent leur sixième sens, poursuivit Pendergast, j'avoue humblement *sentir* cette fois que ce manuscrit perdu se trouve au cœur de tous les mystères. Les crimes d'hier comme ceux d'aujourd'hui.

— Dans ce cas, réagit Kleefish après un long silence, je suis désolé de revenir vers vous les mains vides.

— Ne soyez pas désolé. Je n'ai pas les mains vides, moi.

Kleefish haussa les sourcils, enjoignant à son interlocuteur de s'expliquer.

— Je suis parti de l'hypothèse que plus j'en saurais sur les dernières années de Conan Doyle, plus je m'approcherais de la découverte du manuscrit. J'ai concentré mes efforts sur le cercle spirite auquel il appartenait à la fin de sa vie. J'ai appris que ce groupe se réunissait régulièrement dans un modeste cottage du nom de Covington Grange, aux confins de Hampstead Heath. Le cottage en question appartenait à une femme nommée Mary Wilkes. Conan Doyle disposait d'une petite pièce à Covington Grange où il lui arrivait de rédiger des essais sur le spiritualisme, avant de les lire aux membres du cercle en fin de journée.

— Continuez, murmura Kleefish, fasciné.

— Permettez-moi de vous poser une question : n'est-il pas plausible que Conan Doyle, à l'époque où il rédigeait ses textes sur le spiritualisme à Covington Grange, ait également écrit son ultime récit holmésien, *L'Aventure d'Aspern Hall*?

Un frisson d'excitation parcourut l'échine de Kleefish. La logique de Pendergast était imparable. À sa connaissance, cette voie n'avait jamais été explorée par les autres membres des Irréguliers.

— Eu égard à sa nature incendiaire, n'est-il pas possible que l'auteur ait voulu cacher son texte dans ce petit cabinet d'écriture, ou bien ailleurs à Covington Grange?

— Mais si ! s'écria Kleefish en bondissant de son fauteuil. Seigneur ! Comment s'étonner que le manuscrit n'ait jamais été découvert à Windlesham ! Quelle étape suivante suggérez-vous ?

— L'étape suivante ? Mais elle me paraît évidente, mon cher Kleefish. Rendons-nous à Covington Grange.

39

Une tasse de thé à la main, Dorothea Pembroke regagna le petit bureau soigneusement rangé qu'elle occupait dans les locaux de la Société des Monuments historiques et Sites naturels de Blackpool. Mlle Pembroke attachait presque autant d'importance à son petit 11 heures qu'à sa fonction, et Dieu sait quel respect elle accordait à sa fonction. Le rituel était invariable : elle commençait par étaler un napperon sur sa table de travail, puis elle y posait sa tasse de thé au jasmin Harrisons & Crosfield dans laquelle elle trempait par deux fois (ni une, ni trois) un biscuit qu'elle grignotait ensuite précieusement.

À bien des égards, Mlle Pembroke était l'incarnation des Monuments historiques. La Société comptait nombre de membres plus éminents, bien sûr, mais aucun d'eux ne pouvait se targuer de posséder un pedigree aussi noble. Son grand-père, sir Erskine Pembroke, était le maître de Chiddingham Place, l'une des plus belles demeures de Cornouailles. Lorsque son entreprise avait fait faillite, comprenant qu'il leur serait impossible de continuer à entretenir la propriété, ses héritiers avaient pris langue avec la Société des monuments historiques. Les bâtiments avaient pu être restaurés, les jardins agrandis, et Chiddingham Place avait finalement été ouvert au public, tandis que la famille continuait d'occuper les modestes appartements du dernier étage. Les années avaient passé, et le père de Mlle Pembroke avait accepté un poste de cadre au sein des Monuments historiques. Elle-même avait rejoint l'organisation dès la fin de ses études secondaires, jusqu'à occuper la charge d'administratrice adjointe après trente-deux années de bons et loyaux services.

Une carrière irréprochable.

Elle rangeait sa tasse et repliait le napperon lorsqu'elle s'avisa de la présence d'un inconnu sur le seuil de la pièce. Son éducation l'empêchait de manifester sa surprise, mais sa main se figea un instant sur le napperon avant de le glisser dans un tiroir. L'inconnu composait un tableau pour le moins surprenant : grand, d'une pâleur extrême, les cheveux d'un blond presque blanc, des yeux couleur de glace, il était vêtu d'un costume noir d'excellente coupe. Mlle Pembroke ne croyait pas l'avoir déjà rencontré, c'était donc un visiteur. Or, les visiteurs devaient impérativement être annoncés. C'était la règle.

— Je vous prie de m'excuser, dit-il avec un accent du Vieux Sud américain, souligné d'un sourire charmeur. Je suis au regret de vous déranger, mademoiselle Pembroke, mais votre secrétaire n'était pas à son poste et nous avions rendez-vous.

Dorothea Pembroke ouvrit son agenda à la page du jour. En effet, elle avait bien un rendez-vous à 11 h 15 avec un certain M. Pendergast. Elle s'en souvenait à présent. Il avait insisté pour la voir en personne, au lieu de demander à rencontrer un administrateur quelconque. La démarche sortait de l'ordinaire. En tout état de cause, il ne s'était pas fait annoncer, ce qui était difficilement excusable. D'un autre côté, l'homme avait beaucoup de prestance, de sorte qu'elle se sentait prête à lui pardonner cet écart de conduite.

— M'autorisez-vous à m'asseoir ? s'enquit le visiteur, tout sourire.

Mlle Pembroke lui montra du menton la chaise qui lui faisait face.

— Si je puis me permettre, pour quelle raison souhaitiez-vous me voir ?

— J'aimerais visiter l'une de vos propriétés.

— Une visite? réagit-elle sur un ton qui laissait percer un soupçon de reproche. N'importe lequel des bénévoles installés à l'accueil sera en mesure de vous aider.

Décidément, comment osait-on la déranger pour une broutille pareille?

— Mes humbles excuses, reprit l'étrange individu. Il n'est pas dans mon intention d'abuser de votre temps précieux. Je m'en suis livré au service des visites qui m'a adressé à vous.

— Je vois.

Voilà qui changeait tout. Et puis il avait d'excellentes manières. Jusqu'à son accent qui respirait une bonne éducation, à mille lieues des inflexions barbares de la plupart des Américains.

— Avant d'aller plus avant, je vous prie de vous conformer au règlement. Nous avons pour habitude d'exiger de nos visiteurs une preuve d'identité.

L'homme sourit à nouveau, exhibant deux rangées de dents magnifiques. Il glissa la main dans la poche intérieure de son costume et sortit un portefeuille en cuir qu'il ouvrit en le posant sur la table, révélant une carte d'identité ornée d'une photo, surmontée d'un badge doré. Mlle Pembroke sursauta.

— Grands dieux! Le Bureau fédéral d'investigation? S'agit-il d'une… d'une enquête criminelle?

L'homme lui adressa un sourire avenant.

— Pas le moins du monde, je vous rassure. Il s'agit d'une affaire personnelle, je ne suis pas ici en qualité officielle. Je vous aurais volontiers montré mon passeport, mais il est resté enfermé dans le coffre de mon hôtel.

Mlle Pembroke attendit que les battements de son cœur se calment. Elle n'avait jamais été mêlée à une enquête criminelle de sa vie, et cette seule pensée la révoltait.

— Voilà qui est rassurant, monsieur Pendergast. Je suis à votre service. Dites-moi lequel de nos monuments vous souhaiteriez visiter.

— Un cottage baptisé Covington Grange.

— Covington Grange, Covington Grange…

Le nom n'évoquait rien à Mlle Pembroke. Rien d'étonnant à cela, la Société des monuments historiques ayant à sa charge des centaines de propriétés, beaucoup parmi les plus prestigieuses d'Angleterre. Comment aurait-elle pu les connaître toutes ?

— Je vous demande une seconde.

Elle se tourna vers son ordinateur, cliqua sur une suite de menus et entra le nom de Covington Grange dans une fenêtre. Plusieurs photos et une longue présentation s'affichèrent à l'écran. Tout en lisant le texte, des bribes de souvenirs lui revinrent. Rien de surprenant à ce que le service des visites ait recommandé à ce Pendergast de s'adresser à un cadre de l'organisation.

Elle releva la tête.

— Covington Grange, expliqua-t-elle, était la propriété de Leticia Wilkes qui l'a léguée à l'État à sa mort, en 1980.

L'homme hocha la tête.

— Je suis au regret de vous annoncer, monsieur Pendergast, qu'il est parfaitement impossible d'organiser une visite à Covington Grange.

À ces mots, le visiteur afficha une mine effondrée. On le sentait à peine maître de ses émotions.

— Une brève visite me suffirait, mademoiselle Pembroke.

— Croyez bien que je suis désolée, mais c'est impossible. D'après les éléments en ma possession, le cottage est inaccessible depuis de longues années, et restera fermé au public tant que les Monuments historiques n'auront pas décidé de son sort.

Le pauvre homme avait l'air si chagriné que Dorothea Pembroke sentit fondre son cœur, endurci par le règlement.

— Le cottage a été gravement endommagé par les éléments, poursuivit-elle en guise d'explication. Le lieu nécessite d'être sécurisé avant que quiconque puisse y pénétrer. À l'heure actuelle, nos moyens sont particulièrement limités, ainsi que vous pouvez l'imaginer. Nous sommes contraints d'accorder notre priorité à d'autres propriétés, plus importantes. Je ne vous cacherai pas que ce cottage présente un intérêt historique très marginal.

M. Pendergast, la tête baissée, croisa et décroisa nerveusement les doigts à plusieurs reprises avant de réagir.

— Je vous remercie d'avoir pris le temps de m'expliquer la situation. Je comprends parfaitement, même si…

Il releva les yeux et croisa son regard.

— … même si je dois vous avouer être le dernier descendant vivant de Leticia Wilkes.

Mlle Pembroke ouvrit de grands yeux.

— C'était ma grand-mère. À part moi, il ne reste personne. Ma mère a succombé à un cancer l'an dernier, mon père est mort dans un accident de chemin de fer l'année précédente. Quant à… quant à ma sœur, elle a été tuée il y a trois semaines lors d'un cambriolage qui a mal tourné. Comprenez-moi…

M. Pendergast, incapable d'achever sa phrase, mit quelques instants à se reprendre.

— Comprenez-moi, il ne me reste plus que Covington Grange. Enfant, j'y ai passé tous mes étés, avant que ma mère ne nous emmène en Amérique. Ce lieu renferme les derniers souvenirs heureux qu'il me reste des miens.

— Oui, je comprends.

Le pauvre homme était victime d'un destin sans pitié.

— J'aurais voulu revoir cette maison une dernière fois avant qu'elle ne tombe en ruine. J'ai notamment gardé le souvenir d'un vieil album de photos de famille souvent feuilleté dans ma jeunesse. Il est enfermé dans un placard et j'aurais aimé l'emporter, avec votre permission. Il ne me reste rien de ma famille. *Rien.* Nous avons tout laissé ici lorsque nous avons émigré en Amérique.

Mlle Pembroke sentit monter en elle une bouffée de pitié. Quelle tragédie… Elle se racla la gorge en se reprenant. La pitié avait sa place, mais le devoir primait.

— Je vous l'ai dit, je suis infiniment désolée. Pour toutes les raisons que je vous ai exposées, c'est hors de question.

Sans compter que le contenu de la maison est désormais la propriété de la Société. Il est impossible de préjuger de l'intérêt historique de ces photographies.

— Dans ce cas, pourquoi les laisser moisir? En plus de trente ans, rien n'a été fait! argumenta Pendergast sur un ton implorant. Accordez-moi dix minutes! Même cinq! Personne n'en saura jamais rien, à part vous et moi.

Oser insinuer qu'elle puisse prendre part à une telle aventure, à l'insu de la Société, suffit à rompre le charme.

— C'est hors de question. Je suis désagréablement surprise que vous ayez l'audace de me proposer une telle solution.

— Votre décision est irrévocable?

Mlle Pembroke acquiesça sèchement.

— Très bien.

Le comportement du visiteur se transforma du tout au tout. Son expression attristée et le tremblement dans sa voix s'effacèrent instantanément. Il se redressa et posa sur elle un regard totalement différent. Elle n'aurait pas su l'expliquer, mais il paraissait presque inquiétant.

— Cette démarche revêt une telle importance à mes yeux que je suis prêt à toutes les extrémités.

— Je ne suis pas certaine de vous comprendre, mais je ne changerai pas d'avis, rétorqua-t-elle avec la plus grande fermeté.

— Votre entêtement ne me laisse malheureusement pas le choix.

L'inspecteur tira de sa poche une liasse de documents qu'il brandit à son interlocutrice.

— De quoi s'agit-il? exigea-t-elle de savoir.

— Je dispose ici de quelques éléments qui vous intéresseront, je le crois.

Le ton du visiteur avait changé, lui aussi.

— J'ai cru comprendre que votre famille vivait autrefois à Chiddingham Place?

— Je ne vois pas en quoi cela vous regarde, mais c'est toujours le cas.

— Je suis au courant. Au troisième étage. Vous trouverez ici des informations édifiantes relatives à votre grand-père.

Il déposa les documents d'un geste élégant devant l'administratrice.

— Ces éléments parfaitement *indiscutables* prouvent qu'au cours de ses derniers mois d'activité, avant que la faillite de son entreprise ne soit prononcée, votre grand-père a contracté des emprunts en apportant comme garantie les parts de ses actionnaires. Une tentative désespérée de maintenir sa société à flots. Il ne s'est pas contenté de commettre une opération frauduleuse, il est allé jusqu'à mentir à la banque en prétendant que ces garanties étaient les siennes propres. Ce délit a ruiné de nombreux actionnaires, au nombre desquels se trouvaient des veuves et des retraités qui sont morts dans la misère. J'ai bien peur que la lecture de ces pages ne vous soit douloureuse.

Il laissa le temps à ses paroles de produire leur effet.

— Vous ne voudriez pas, mademoiselle Pembroke, que la réputation de votre grand-père et le nom de votre famille soient salis?

Il ponctua sa question d'un sourire radieux.

— Ne serait-il pas préférable de me laisser accéder brièvement à Covington Grange? Une broutille. Une solution qui présenterait l'avantage de contenter tout le monde.

La froideur du sourire, la blancheur de ces deux rangées de dents parfaites, firent déborder le vase. Dorothea Pembroke se leva lentement de son siège, raide comme la justice. Elle ramassa avec la même lenteur les documents que le dénommé Pendergast avait posés sur son bureau. Puis, d'un geste dédaigneux, elle les jeta aux pieds de son visiteur.

— Comment osez-vous me faire chanter?

Elle était la première surprise du calme avec lequel elle s'exprimait.

— Jamais, de toute mon existence, je n'ai été confrontée à un comportement aussi déshonorant. Monsieur, vous n'êtes qu'un monstre de culot. Je ne serais pas étonnée que la fable dont vous m'avez gratifiée soit aussi factice que ce badge.

— Vérité ou mensonge, l'information dont je dispose au sujet de votre grand-père n'a rien de factice. Accordez-moi ce que je demande, ou bien je la transmets à la police. Pensez à votre famille.

— J'entends rester fidèle à ma charge comme à la vérité. Tel est mon devoir. Si vous choisissez de détruire le nom que je porte, si vous choisissez de le traîner dans la boue, si vous choisissez de nous priver du peu de biens qui nous reste, qu'il en soit ainsi. Je le supporterai. En revanche, je ne me résoudrai jamais à trahir ma fonction. Je vous demande donc, monsieur Pendergast, ajouta-t-elle d'une voix calme mais sans appel, de prendre la porte à l'instant, si vous ne souhaitez pas que je vous fasse jeter dehors. Je vous souhaite le bonjour.

Immobile sur le perron du siège de la Société des monuments historiques et des Sites naturels, l'inspecteur Pendergast observa les alentours pendant quelques instants. L'exaspération qui habillait ses traits céda peu à peu la place à un sentiment bien différent : l'admiration. Le véritable courage s'exprime parfois dans les contextes les plus inattendus. Peu de personnes auraient résisté à une attaque aussi frontale ; Mlle Pembroke, en agissant conformément à ce que son employeur attendait d'elle, appartenait à la race de ces perles rares. L'ombre d'un sourire se dessina sur les lèvres minces de l'inspecteur. Il se débarrassa des documents qu'il tenait à la main dans la poubelle placée à l'entrée du bâtiment. Puis, descendant les marches en direction de la gare où l'attendait le train à destination de Londres, il s'autorisa une citation : « Pour Sherlock Holmes, elle sera toujours la femme. Je l'ai rarement entendu parler d'elle sous un autre nom. À ses yeux, elle éclipse et domine tous les autres membres de son sexe… »

40

Mockey Jones était soûl, pour ne pas changer, et ravi de l'être. Il s'adressait souvent à lui-même à la troisième personne, et la petite voix qui résonnait dans sa tête lui soufflait que Mockey Jones titubait sur les trottoirs d'East Main Street, imperméable à la douleur comme au froid, la panse pleine des cinq martinis et du steak à quatre-vingts dollars qu'il avait ingurgités, ses appétits charnels rassasiés, un portefeuille abondamment garni en poche, sans un souci en tête.

Mockey Jones était de la race des riches. Et même des très riches. Qu'il n'ait personnellement jamais gagné un sou de sa fortune n'avait aucune importance. L'argent n'était jamais que de l'argent, alors autant en posséder beaucoup.

À quarante-neuf ans, Mockey Jones avait abandonné dans son sillage trois épouses et autant d'enfants. Il leur adressa une légère courbette avant de poursuivre ses déambulations. Désormais sans attache, délivré de toute responsabilité, il était libre de skier, de manger, de boire, de baiser et d'engueuler ses conseillers financiers. Mockey Jones était parfaitement heureux à Roaring Fork. Une ville comme il les aimait, où les gens se fichaient de savoir qui vous étiez tant que vous étiez riche. Immensément riche. Roaring Fork méprisait tous ces connards de millionnaires des classes moyennes. À moins de posséder une bonne centaine de millions, inutile de chercher ici une place à sa mesure. Jones regrettait de ne pas être milliardaire, bien sûr, mais les deux cents millions hérités de son abruti de père – à la mémoire duquel il adressa une nouvelle courbette – suffisaient amplement à ses besoins.

Il s'arrêta en pleine rue et regarda autour de lui. Putain, il aurait mieux fait de pisser avant de quitter le restaurant. Cette saloperie de patelin n'avait pas de pissotières. Et où avait-il garé sa putain de voiture? Aucune importance, il n'était pas assez idiot pour reprendre le volant dans cet état. Personne ne verrait jamais imprimé à la une du *Roaring Fork Times*: «Mockey Jones arrêté pour conduite en état d'ivresse». Il lui suffisait d'appeler l'un des services de limousines chargés de reconduire chez eux ceux qui, comme lui, avaient «trop bien dîné». En sortant son portable, celui-ci glissa de sa main gantée et atterrit dans un tas de neige. Mockey poussa un juron invraisemblable, ramassa l'appareil, l'essuya et enfonça une touche préenregistrée. Quelques instants plus tard, tout était réglé. Les martinis du Brierly's Steak House étaient délicieux, mais il était impatient d'en avaler un autre en rentrant chez lui.

Debout sur le bord du trottoir, du vent dans les voiles, Mockey Jones crut distinguer du coin de l'œil une lueur anormalement brillante. Il tourna la tête et vit une grande maison s'enflammer à moins de cinq cents mètres, dans les hauteurs du quartier de Mountain Laurel. Une vague de chaleur lui caressa la joue tandis que les flammes partaient à l'assaut du ciel au milieu d'une pluie d'étincelles... Soudain... Mon Dieu! Était-ce une silhouette humaine qu'il apercevait à l'une des fenêtres du premier étage? Sous son regard hébété, la vitre explosa et le corps tournoya dans le vide à la façon d'une comète en poussant un cri horrible dans la nuit. L'écho du hurlement se répercuta longtemps entre les montagnes, bien après que le corps en flamme eut disparu au milieu des sapins. Une poignée de secondes plus tard, des sirènes retentirent. Les premiers badauds s'attroupaient déjà sur les trottoirs afin de regarder passer les voitures de police et les camions de pompiers, bientôt suivis par les camionnettes de télévision aux toits couverts de paraboles. Des hélicoptères aux armes des grandes chaînes d'information ne tardèrent pas à survoler la ville.

Alors que l'écho du hurlement résonnait encore dans son esprit embrumé, Mockey Jones sentit un liquide tiède lui couler le long des jambes. Il lui fallut quelques secondes pour comprendre qu'il venait de se pisser dessus.

41

Corrie Swanson remonta l'allée jusqu'à la maison au volant de son Explorer de location. Pas une lumière ne brillait à l'intérieur, alors que la voiture de Stacy était garée devant la porte. Où pouvait-elle bien être? Corrie sourit en s'apercevant qu'elle s'inquiétait pour sa colocataire, alors qu'elle comptait précisément sur cette dernière pour la réconforter.

Peut-être s'était-elle mise au lit tôt, contrairement à ses habitudes? À moins qu'un soupirant ne soit passé la prendre.

Corrie verrouilla l'Explorer, puis pénétra dans la maison. La lumière de la cuisine était éteinte. Donc, Stacy dormait. Un premier hélicoptère survola le chalet, suivi d'un autre. Elle avait déjà remarqué leur ballet aérien sur le chemin du retour, tandis qu'une rumeur de sirènes montait de la ville. Pourvu qu'il ne s'agisse pas d'un nouvel incendie.

Le dîner avec Ted ne s'était pas terminé comme prévu. À la dernière minute, sans vraiment se l'expliquer, elle avait refusé sa proposition de rentrer avec elle et de réchauffer son lit. Elle avait été tentée, et même très tentée, ses lèvres vibraient encore de ses longs baisers. Putain, pourquoi avait-elle dit non?

Elle avait pourtant passé une soirée merveilleuse. Ils avaient dîné dans un restaurant chic, une vieille bâtisse en pierre superbement restaurée. Un endroit douillet, romantique à souhait, éclairage tamisé et bougies sur les tables. La nourriture était succulente. Corrie, affamée, avait avalé un énorme steak saignant qu'elle avait arrosé d'une pinte de bière, le tout accompagné de pommes de terre sautées (ses préférées) et d'une salade verte. Pour couronner le tout, elle avait commandé un sundae au brownie gargantuesque. Ils avaient bavardé à bâtons rompus, notamment de ce crétin de Marple et de Kermode. Ted n'en revenait pas d'apprendre que celle-ci était apparentée au clan Stafford. Pour avoir grandi dans les Heights, il la connaissait depuis toujours et la détestait cordialement. Apprendre qu'elle appartenait à la famille qui s'était enrichie autrefois sur le dos des mineurs l'avait profondément choqué. À son tour, il avait expliqué à Corrie que les Stafford étaient les anciens propriétaires des terrains sur lesquels avaient été construits les Heights. Leur holding détenait d'ailleurs les permis de construire de la phase trois, dont les travaux devaient débuter dès l'ouverture du centre thermal et du clubhouse.

Mais assez pensé à tout ça. Corrie sortit de la cuisine et longea le grand couloir, prise d'un mauvais pressentiment. Une curieuse odeur flottait dans la maison. Elle décida de rejoindre le quartier des domestiques afin de s'assurer que Stacy dormait paisiblement.

Le lit de la jeune femme était vide.

— Stacy?

Pas de réponse.

Soudain, elle se souvint du chien.

— Jack?

Contrairement à ses habitudes, le petit animal n'était pas venu l'accueillir en aboyant de joie. Elle l'appela de nouveau, sans succès.

Elle retourna dans la partie noble de la maison. Jack devait se cacher quelque part, ou alors il s'était perdu.

— Jack?

En tendant l'oreille, elle crut entendre un jappement étouffé et un petit grattement du côté du grand salon. La pièce, fermée, lui était strictement interdite. Elle s'approcha de la double porte coulissante.

— Jack?

Un jappement lui répondit, suivi d'un aboiement et d'un grattement plus marqué.

Le pouls de Corrie s'accéléra. C'était forcément grave.

S'étonnant de trouver la porte coulissante déverrouillée, elle la repoussa prudemment. Jack jaillit de l'obscurité en jappant furieusement entre deux coups de langue, la queue entre les jambes.

— Qui t'a enfermé là, mon bébé?

Elle tenta de percer la pénombre dans laquelle était plongé le salon. Elle crut un instant que la pièce était vide avant de distinguer une silhouette allongée sur le canapé.

Elle laissa échapper un cri de surprise.

Jack se réfugia derrière elle en gémissant.

La silhouette se mit à bouger lentement.

— Qui êtes-vous, et que fabriquez-vous ici? demanda Corrie d'une voix sèche.

Quelle question idiote. Elle ferait mieux de s'enfuir, et vite.

— Oh! s'éleva dans l'obscurité une voix pâteuse. C'est toi, Corrie?

— Stacy?

Pas de réponse.

— Que se passe-t-il? Vous allez bien, au moins?

— Oui, oui. Très bien, répondit la même voix pâteuse.

Corrie alluma la lumière et découvrit Stacy, allongée de tout son long sur le canapé, une bouteille de Jim Beam à moitié vide à côté d'elle. Elle n'avait pas pris la peine de retirer son écharpe, son bonnet et sa parka. Une flaque de neige fondue s'étalait à ses pieds, et un sillage humide reliait la porte au canapé.

— Oh, non! Stacy!

La jeune femme agita le bras avant de le laisser retomber lourdement.

— Désolée.

— Qu'est-ce que vous fichez? Vous êtes sortie?

— Partie me balader. Chercher l'enfoiré qu'a tiré sur ta bagnole.

— Mais je vous avais *demandé* de ne pas vous en occuper! Vous auriez pu mourir de froid!

Corrie grimaça intérieurement en remarquant que Stacy portait un .45 à la ceinture.

— T'inquiète pas pour moi.

— Mais si, je m'inquiète. Je m'inquiète *à mort*!

— Allez, pose tes fesses et bois un coup. Relax!

Corrie s'assit sans toucher pour autant à la bouteille.

— Qu'est-ce qui ne va pas, Stacy?

Stacy baissa les yeux.

— Sais pas. Rien. J'ai une vie de merde.

Corrie lui prit la main. Pas étonnant que le chien ait paniqué.

— Je suis désolée. Ça m'arrive aussi de ne pas être en forme. Tu as envie d'en parler?

— Ma carrière est foutue. Pas de famille, pas d'amis. Rien. Rien qu'une boîte pleine de vieux ossements à rapporter dans le Kentucky. Tout ça pour quoi? Encore une putain d'idée de merde.

— Tu oublies ton passé militaire. Ton grade de capitaine. Toutes ces médailles et ces distinctions. Tu as plein de possibilités devant toi...

— Ma vie est foutue. On m'a virée de l'armée.

— Je croyais que... que tu avais donné ta démission?

Stacy fit non de la tête.

— J'ai été réformée pour raisons médicales.

— Tu as été blessée?

— Non. Stress post-traumatique.

— Oh, putain. Je suis désolée. Vraiment.

Un long silence s'installa, que Stacy finit par rompre :

— Si tu savais... Je pique des crises. Sans raison. Je me mets à gueuler comme une cinglée. Ou alors j'étouffe, sous l'effet de la panique. C'est atroce. Ça arrive sans crier gare. Je suis tellement déprimée, je suis infoutue de sortir de mon lit la plupart du temps. Je suis capable de dormir quatorze heures par jour. Ou alors je picole. Impossible de trouver du boulot. Quand les patrons découvrent que tu as été réformée pour raisons médicales, ils pensent que t'es chtarbée. Ils ont tous sur leurs bagnoles des autocollants pour soutenir les troupes en guerre, mais quand il s'agit d'engager un ancien combattant qui souffre de TSPT, tu peux toujours courir. Casse-toi, salope.

Elle tendit la main en direction de la bouteille. Corrie la devança.

— Tu ne crois pas que tu as assez bu?

Stacy lui arracha le bourbon des mains et porta le goulot à ses lèvres. Elle se ravisa au dernier instant, lança le flacon contre un mur où il s'écrasa.

— Putain, t'as raison. Ça suffit.

— Je vais t'aider à te mettre au lit, suggéra Corrie en lui prenant le bras.

La jeune femme se leva péniblement, soutenue par sa camarade.

Vacherie, elle pue l'alcool. Corrie en avait mal au cœur. Elle hésita à tirer discrètement le .45 de son étui avant de changer d'idée. Stacy aurait pu mal réagir. Corrie aurait tout le loisir de s'occuper de l'arme plus tard, une fois Stacy dans son lit.

— Ils ont chopé le salaud qu'a tiré sur ta voiture? grommela cette dernière.

— Non. Ils pensent que c'est peut-être un braconnier.

— Un braconnier, mon cul.

Elle trébucha et Corrie l'aida à se rétablir.

— Pas moyen de retrouver ses empreintes. La neige les avait effacées.

— On s'inquiétera de ça plus tard.

— Mais ça m'inquiète, putain! s'énerva Stacy en sortant son arme. Je vais lui trouer la peau, à cet enfoiré! cria-t-elle en agitant le .45 dans tous les sens.

— Tu ne devrais pas jouer avec une arme quand tu as bu, la tempéra Corrie d'une voix douce et ferme en s'efforçant de dissimuler son inquiétude.

— Ouais, t'as raison. Pardon.

Stacy éjecta le chargeur qui s'écrasa sur le sol en envoyant rouler les balles dans tous les coins.

— Tiens, prends-le, ajouta-t-elle en le tendant à la jeune fille, crosse en avant. Fais gaffe, y'a encore une balle dans le canon. Donne, je vais la sortir.

— C'est bon, je m'en charge, réagit Corrie en éjectant la balle qui roula par terre.

— Hé, mais c'est que tu t'y connais, ma belle !

— N'oublie pas que j'ai décidé d'entrer dans la police.

— C'est vrai. Tu feras un bon flic, un jour. Je te le dis. Je t'aime bien, Corrie.

— Merci.

Elle entraîna Stacy dans le couloir en direction des chambres. Des hélicoptères tournoyaient au-dessus de la maison. À travers une fenêtre, elle vit un projecteur balayer le sol dans tous les sens. Un nouveau drame venait de se produire.

Stacy enfin bordée, elle plaça une poubelle en plastique près du lit au cas où la jeune femme aurait envie de vomir, mais celle-ci s'endormit instantanément.

Corrie retourna dans le grand salon qu'elle entreprit de nettoyer, Jack à ses côtés. Le pauvre animal était traumatisé par l'incident. Elle n'était pas loin de se trouver dans le même état. Elle venait de ramasser les éclats de verre de la bouteille lorsqu'un autre hélicoptère survola le chalet. Elle s'approcha de la baie vitrée et scruta l'obscurité. Une lueur inquiétante trouait la nuit de l'autre côté de la crête, en direction de la ville.

42

Au moment où Stanley Morris croyait avoir touché le fond, le cauchemar montait d'un cran. Deux véhicules accidentés bloquaient la 82 et créaient un bouchon interminable des deux côtés. L'hélicoptère de la sécurité civile venait de décoller en soulevant un épais nuage de neige. Comme s'il n'en tombait pas déjà assez. L'appareil emportait à son bord les deux victimes afin de les conduire à l'hôpital de Grand Junction.

L'absurdité même de ce drame rendait furieux le chef de la police de Roaring Fork. Car personne n'avait été blessé dans l'accident ! Furieux qu'on lui soit rentré dedans, le conducteur d'une BMW X5 avait sorti une arme et fait feu sur les deux occupants du 4 x 4 Mercedes qui le suivait. Le propriétaire de la BM, menotté à l'arrière de la voiture de patrouille de Morris en attendant l'arrivée d'une déneigeuse, prétendait avoir agi en état de « légitime défense », hurlant qu'il avait « le droit pour lui ». Si jamais l'une des deux victimes mourait, ce qui n'aurait rien de surprenant après avoir pris une balle de .38 en pleine tête, cela ferait neuf meurtres en l'espace de huit jours à Roaring Fork. Un comble dans une bourgade connue pour sa tranquillité.

On était à quatre jours de Noël et il neigeait en abondance. La météo annonçait des chutes de quatre-vingt-dix centimètres supplémentaires au cours des trois prochains jours, accompagnées de vents violents. Et voilà que la seule route permettant d'accéder à la ville était bloquée à cause de ce fichu accident. Les chasse-neige ne pouvaient quasiment plus passer alors que le blizzard s'intensifiait. Dans une heure au plus, on serait obligé de fermer la route et il allait falloir évacuer tous ces gens qui exprimaient leur colère à grands coups de klaxon dans les voitures immobilisées.

On allait aussi devoir fermer l'aérodrome McMaster, qui tournait pourtant à plein régime depuis que les vacanciers quittaient la ville en masse à bord de leurs Gulfstream et autres jets privés. Roaring Fork ne tarderait pas à se retrouver coupé du monde, inaccessible sinon à bord d'engins à chenilles.

Morris regarda les lumières de la ville dans son rétroviseur. Le troisième incendie avait été pire que les précédents. Pas tant par le nombre de victimes qu'à cause de son effet psychologique sur les habitants. La maison brûlée se trouvait juste à la sortie de la ville, sur les premières hauteurs. Une vieille demeure victorienne, propriété de Maurice Girault, gourou financier et membre de l'élite new-yorkaise, figurant en cinquième place sur la liste Forbes. Un vieux beau fringant doté d'un ego aussi imposant que l'Everest. Il était mort dans l'incendie, en compagnie de la jeune femme qu'il venait d'épouser. À peine âgée de dix-huit ans, celle-ci s'était jetée de l'une des fenêtres du premier étage. La ville entière, traumatisée, avait assisté à la scène avant de céder à la panique. Avec pour conséquence un embouteillage géant et cet accrochage qui avait tourné au drame. L'exemple même de la merde sans nom.

Les paroles prophétiques de Pendergast obsédaient Morris : *Sa prochaine cible, à n'en pas douter, sera tout aussi ostensible*, avait annoncé l'inspecteur, avant d'ajouter : *Il souhaite nous adresser un message, probablement.*

D'accord, mais quel message ?

Morris sortit de sa rêverie, rappelé à la réalité par les vociférations de l'autre idiot sur la banquette arrière. De l'autre côté du pare-brise, le spectacle était dantesque. Ces abrutis de vacanciers, en voulant fuir la ville, avaient bloqué la route sur toute sa largeur. Les murs de neige qui s'élevaient sur les bas-côtés empêchaient les gens de faire demi-tour, congestionnant définitivement la circulation. Morris lui-même était pris au piège. Il avait eu beau tenter d'empêcher les voitures de se coller derrière lui en actionnant sirène et gyrophare, rien n'y avait fait.

Grâce à Dieu, la police de Roaring Fork disposait de trois engins à chenilles. Morris reconnut le moteur de l'un d'eux avant même de le voir à travers le rideau neigeux que peinaient à chasser ses essuie-glaces. Il se jeta sur sa radio et donna l'ordre au conducteur de l'engin d'évacuer en priorité le tireur à la BMW. Une foule exaspérée entourait la voiture de patrouille en proférant des insultes à l'endroit du coupable, prête à le lyncher. L'autre imbécile, loin d'adopter un profil bas, les narguait en multipliant les imprécations. On se serait cru à l'époque de l'Ouest, lorsque les milices faisaient régner la loi. Morris se fit la réflexion que la civilisation était un vernis bien fragile.

Cerise sur le gâteau, Pendergast s'était évanoui dans la nature, choisissant le pire moment pour effectuer son périple à Londres. Chivers, l'expert en incendie, avait déclaré la guerre à la police municipale et les troupes de Morris, démoralisées et frustrées, se battaient entre elles.

Le deuxième engin arriva sur place peu après. Il transportait les équipes de l'identité judiciaire, ainsi que les inspecteurs chargés de déterminer les conditions exactes de l'accident et de la fusillade en interrogeant les témoins. La neige tombait désormais en épais flocons. Morris descendit de son véhicule et monta à bord de l'engin à chenilles. Lorsque plusieurs automobilistes demandèrent à l'accompagner, le chef de la police donna son autorisation à un couple accompagné d'un bébé, provoquant l'ire de ceux qui restaient bloqués sur place.

Tandis que le lourd véhicule repartait vers la ville en s'enfonçant dans les champs de neige qui bordaient la route, Morris repensa aux incendies. Quel pouvait bien être le message du meurtrier? S'agissait-il d'un fou? Dans ce cas, comment pouvait-il agir avec autant de sang-froid et d'organisation?

Dès son arrivée à Roaring Fork, Morris fut frappé par le contraste entre la pagaille qui régnait sur le lieu de l'accident et le calme presque inquiétant de ces rues désertes. Roaring Fork avait retrouvé son air de ville-fantôme, malgré les décorations de Noël et les vitrines des boutiques de luxe qui conféraient à l'ensemble une atmosphère digne de *La Quatrième Dimension*.

On se serait cru le jour du Jugement dernier, au point que Morris se demanda si sa ville retrouverait un jour un visage ordinaire.

43

En fin d'après-midi, après de longues heures passées dans le hangar où elle effectuait ses recherches, Corrie redescendit en ville avec l'intention de se réchauffer en buvant un chocolat chaud. Il faisait nuit et la neige tombait en flocons serrés. La prudence aurait dû la conduire à rentrer, mais elle redoutait de retrouver le froid glacial de l'horrible maison de Fine après avoir passé le plus clair de sa journée dans ce qu'elle surnommait avec humour sa « salle de torture sibérienne ».

La tempête de neige s'était légèrement apaisée lorsqu'elle stationna son Ford Explorer tout neuf le long du trottoir. Depuis l'incendie de la veille, la ville s'était vidée et les places de parking ne manquaient pas, contrairement aux jours précédents où se garer relevait de l'exploit. Corrie poussa la porte d'Ozymandias, l'un des rares cafés fréquentables de Roaring Fork : on y bénéficiait d'une connexion Wi-Fi gratuite et les serveurs, très décontractés, ne vous toisaient pas d'un air supérieur.

Corrie découvrit une salle quasiment vide. La serveuse qui l'accueillit lui remonta légèrement le moral en lui adressant un sourire. Elle commanda un chocolat chaud et sortit son iPad. Plusieurs courriels l'attendaient, dont un de son tuteur à John Jay s'informant de l'avancée de ses travaux. Carbone, désireux d'en savoir davantage sur les événements qui secouaient Roaring Fork, lui reprochait de ne pas le tenir au courant. Corrie reconnaissait volontiers avoir fait preuve de beaucoup de discrétion jusque-là. Peu soucieuse de voir son tuteur se mêler de ses histoires, ou même l'obliger à interrompre ses recherches, elle avait estimé que moins il en saurait, mieux elle se porterait. Une fois achevée, sa thèse ne pourrait qu'éblouir le jury et son tuteur serait bien obligé de la féliciter... Du moins était-ce ainsi qu'elle envisageait l'avenir. En attendant, il fallait tranquilliser Carbone et elle rédigea à son intention une réponse vague, présentée sous forme de rapport, sans rien lui dévoiler de concret. Elle appuya sur la touche Envoi, dans l'espoir d'obtenir quelques jours de répit grâce à ce message ambigu.

La serveuse revint avec son chocolat qu'elle but à petites gorgées tout en poursuivant le tri de son courrier électronique. Aucune nouvelle de Pendergast, ce qui ne l'étonnait guère. L'inspecteur n'avait jamais été un adepte des courriels. Elle se rendit ensuite sur le site du *New York Times* avant de lire la dernière édition du *Huffington Post* et de consulter plusieurs autres quotidiens. Le *Times* consacrait une partie de sa une aux incendies criminels, et elle lut l'article avec intérêt. Les médias s'intéressaient à l'enquête depuis le deuxième drame, mais la survenue d'un troisième avait achevé de monopoliser l'attention du grand public. Le hasard avait voulu que ce nouveau drame survienne au moment où la ville était bloquée par la neige, empêchant les journalistes d'arriver jusqu'à Roaring Fork.

Son chocolat terminé, Corrie se décida à reprendre le chemin de sa glacière. Elle serra son écharpe autour du cou, prête à affronter le froid. À peine dehors, elle ouvrit des yeux ébahis en voyant passer sous un réverbère Stacy et Ted. Sans marcher main dans la main, ils semblaient s'entendre comme larrons en foire, à en juger par la façon animée dont ils discutaient.

Le couple s'engouffra dans un restaurant sous les yeux de Corrie, brusquement prise de nausée. Quelques heures plus tôt, Stacy lui affirmait encore son intention de passer la journée au chalet à cause de sa gueule de bois. Les vapeurs de Jim Beam ne l'empêchaient visiblement pas de sortir dîner avec Ted. Corrie hésitait à croire qu'ils fricotaient ensemble, derrière son dos. C'était impensable. Pourquoi pas, après tout? Ted entendait peut-être se venger de son refus de coucher avec lui la veille en se rabattant sur Stacy.

Mais Stacy, alors? Corrie la savait suffisamment déboussolée pour se lancer dans ce genre de plan. Loin d'être l'ancienne gradée pleine d'assurance qu'elle imaginait, c'était une fille paumée et seule. Corrie avait beau s'en vouloir, l'image qu'elle avait de Stacy s'en trouvait écornée. Elle se demanda si le comportement de sa colocataire pouvait être lié à son stress post-traumatique. D'ailleurs, pourquoi avait-elle passé plusieurs jours à Roaring Fork incognito avant de signaler sa présence? À quoi avait-elle occupé ces journées? S'était-elle contentée de prendre la température de la ville, comme elle le laissait entendre?

Corrie regagna sa voiture et démarra. Le moteur n'avait pas eu le temps de refroidir et l'habitacle se réchauffa rapidement, ce qui eut le don de l'apaiser. Elle quitta la ville et remonta Ravens Ravine Road en veillant à négocier les virages très lentement. Les essuie-glaces avaient du mal à chasser la neige qui tombait en flocons trop serrés pour qu'un tireur embusqué puisse la voir passer sur la route. Elle ne risquait pas d'être prise pour cible, c'était déjà ça. Elle fit la grimace en pensant au triste plat de riz et de haricots rouges qui l'attendait dans son refuge glacial et prit la résolution de remonter le thermostat dès son arrivée. Rien à foutre des récriminations de Fine. Comment pouvait-on se montrer aussi radin quand on croulait sous le pognon?

La silhouette de l'immense maison émergea du blizzard, plus sinistre que jamais. La voiture de Stacy n'était pas là, comme de juste. Corrie espéra que sa colocataire éviterait de boire au restaurant, sachant la route qui l'attendait au retour.

Elle se gara dans l'allée, sûre que la neige recouvrirait son véhicule pendant la nuit et qu'elle devrait le dégager à la pelle le lendemain. Tout ça parce que Fine lui refusait l'accès au garage. Pas étonnant que ce sale con se trouve empêtré dans un divorce carnassier.

Retrouvant le froid polaire en descendant de voiture, elle comprit soudain que Pendergast avait raison. Il était temps qu'elle quitte Roaring Fork et se résigne à ne jamais résoudre l'énigme de ces meurtres en série. Elle avait épuisé toutes ses ressources sans trouver un seul indice. Sa décision était prise, elle repartirait dès que la route serait à nouveau praticable.

Elle glissa sa clé dans la serrure et ouvrit la porte, s'attendant à un festival d'aboiements. Seul le silence lui répondit.

Elle se sentit soudain inquiète, croyant revivre sa mésaventure de la veille.

— Jack?

Pas de réponse. Peut-être Stacy avait-elle emmené le chien en ville, pour ne pas le laisser seul. Curieux, de la part de quelqu'un qui avouait préférer les chats et ne manifestait aucun intérêt particulier pour Jack.

— Jack? Ici, *Jack*!

Pas même un jappement. Corrie s'efforça de contrôler les battements de son cœur. Elle alluma toutes les lumières – tant pis pour la facture de ce con de Fine – et multiplia les appels. Elle s'enfonça dans les profondeurs de la maison et se rendit dans l'aile du personnel. La porte de sa chambre était fermée. Elle la poussa.

— Jack?

Une forme gisait au pied de son lit dans la pénombre, au milieu d'une flaque sombre. Elle fit la lumière et découvrit le cadavre de Jack sur la descente de lit, entouré d'une mare de sang. Le chien avait été décapité.

Pas un son ne sortit de sa gorge. Pétrifiée sur place, elle aurait été incapable de crier.

C'est alors qu'elle découvrit la tête du chien, posée sur sa commode, les yeux écarquillés. Une cascade de sang s'était figée le long de la façade en faux bois. Une feuille de papier pendait des mâchoires de Jack. Dans un brouillard, comme déconnectée de la réalité, elle saisit un coupe-papier à l'aide duquel elle écarta les dents serrées du chien, récupéra la feuille, et déchiffra le message que lui avait laissé le coupable:

Swanson, je te conseille de quitter la ville aujourd'hui si tu ne veux pas mourir. Je serais ravi de mettre une balle dans ta jolie petite tête.

Corrie en resta stupéfaite. Elle se serait crue dans un remake pervers du *Parrain*. Cette menace était grotesque. Quand bien même elle aurait voulu quitter la ville, elle n'en avait pas la possibilité.

L'avertissement la tira de son hébétude. Au milieu de la peur et du dégoût qui l'étreignaient, elle sentit monter en elle une bouffée de rage dont la portée l'effraya. Une rage infinie face à cette grossière tentative d'intimidation, alimentée par le sort réservé à ce pauvre Jack.

Quitter la ville ? Jamais !

44

Roger Kleefish se fit intérieurement la remarque que Hampstead Heath avait tristement changé depuis l'époque où le poète Keats y vivait et multipliait les visites à son ami Cowden Clarke à Clerkenwell afin de lui lire ses poèmes et parler littérature. Ou bien encore depuis cette nuit profonde où Walter Hartright, le héros du roman de Wilkie Collins, avait rencontré le fantôme de la Dame en blanc à la croisée de deux chemins. Depuis, Hampstead Heath avait intégré le Grand Londres, les arrêts de bus et les stations de métro avaient pris le relais des bosquets d'arbres d'antan.

La lande était quasiment déserte à cette heure tardive. Kleefish et Pendergast avaient laissé derrière eux le parc de Parliament Hill, d'où l'on découvrait la City et Canary Wharf, afin de diriger leurs pas vers le nord-ouest. Collines, étangs et bosquets dessinaient des ombres à la lueur pâle de la lune.

— J'ai emporté une lanterne, murmura Kleefish, essentiellement pour se rassurer.

Il brandit l'objet qu'il avait tenu caché jusque-là sous son épais manteau d'hiver.

— J'ai pensé qu'elle pourrait nous être utile.

Pendergast jeta un coup d'œil à la vieille lampe.

— Anachronique, mais potentiellement utile.

Quelques jours plus tôt, dans le confort douillet de son salon, Kleefish envisageait cette excursion avec excitation. Lorsque Pendergast, après l'échec de sa mission auprès de

Mlle Pembroke, lui avait annoncé son intention de visiter Covington Grange sans autorisation officielle, il s'était proposé de l'accompagner avec enthousiasme. À présent que sonnait l'heure de passer à l'action, il était brusquement pris d'une appréhension. C'était une chose de consacrer un article au Pr Moriarty, le «Napoléon du crime», ou encore au colonel Sebastian Moran, «le deuxième individu le plus dangereux de Londres»; c'en était une autre de parcourir cette lande déserte à la recherche d'un cottage dans lequel ils allaient pénétrer par effraction.

— Hampstead Heath est doté d'un commissariat, vous savez, annonça l'avocat à son compagnon.

— Vraiment? réagit celui-ci. Quels sont ses effectifs?

— Je dirais une douzaine d'hommes. Certains avec des chiens policiers.

Pendergast ne jugea pas utile de répondre.

Les deux hommes contournèrent South Meadow et traversèrent les bois touffus de Dueling Ground. Kleefish reconnut au loin les lumières de Highgate.

— N'oubliez pas que les Monuments historiques ont des veilleurs de nuit, insista-t-il. L'un d'eux rôde peut-être dans le coin, nous n'en savons rien.

— Dans ce cas, je ne puis que vous conseiller de voiler le faisceau de cette lanterne.

Ils ralentirent le pas en apercevant le cottage du sommet d'une petite colline. Covington Grange, situé aux confins de Dueling Ground, était entouré de bois sur trois côtés. On apercevait sur la droite Stone Bridge et Wood Pond, tandis qu'une prairie herbeuse séparait la maison de Kenwood House. On percevait en sourdine le bruissement de la circulation de nuit sur Hamsptead Lane.

Pendergast lança un regard circulaire, adressa un léger signe de tête à Kleefish et avança en veillant à rester dans l'ombre du bois.

Le cottage relevait du mystère architectural. Celui qui en avait dessiné les plans n'avait pas voulu opter en faveur d'un style ou d'une époque définis. La façade trapue en colombage était d'inspiration Tudor, tandis que la curieuse excroissance qui flanquait le bâtiment était de style néo-roman. Le long toit en bois, avec ses poutres apparentes, précédait d'un bon demi-siècle les expériences du mouvement Crafstman. La silhouette d'une serre, ses panneaux de verre fissurés recouverts de lierre, se dessinait sur l'arrière. L'ensemble était protégé par une clôture affaissée dont les pouvoirs dissuasifs s'étaient épuisés avec le temps.

Kleefish, suivant son compagnon comme son ombre, s'approcha à pas de loup d'une étroite barrière fermée par un cadenas. Une pancarte à demi effacée prévenait le promeneur :

Propriété du gouvernement de Sa Majesté
Entrée interdite

— Êtes-vous prêt, mon cher Kleefish? s'enquit Pendergast de la même voix calme avec laquelle il aurait commandé des sandwichs au concombre dans les salons du Ritz.

L'avocat jeta un coup d'œil inquiet aux alentours en serrant sa lanterne contre lui.

— Le cadenas ne risque-t-il pas…

Il n'avait pas achevé sa phrase que le cadenas s'ouvrait avec un léger clic entre les mains expertes de Pendergast.

Ils franchirent prestement la barrière que Pendergast prit la précaution de refermer après leur passage. La lune s'était cachée derrière un banc de nuages et la nuit était noire.

Kleefish attendit dans le petit jardin à l'avant du cottage tandis que son compagnon partait en reconnaissance. Les sens aux aguets, il était attentif au moindre bruit : un rire dans le lointain, un coup de klaxon sur l'autoroute, les battements accélérés de son propre cœur.

Pendergast le rejoignit et lui désigna la porte d'entrée. La serrure de celle-ci ne résista pas davantage à l'inspecteur et les deux hommes se glissèrent à l'intérieur de la maisonnette. Pendergast repoussa doucement la porte et ils se retrouvèrent dans les ténèbres. Une odeur de sciure et de moisi parvint aux narines de Kleefish, qui identifia un bruit de petites pattes au milieu d'un murmure d'insectes dérangés.

Une voix s'éleva dans l'obscurité.

— Commençons par récapituler ce que nous savons. Cela nous aidera dans nos recherches. Pendant plus de dix ans, de 1917 à 1929, Conan Doyle s'est rendu fréquemment dans ce cottage à l'invitation de Mary Wilkes. Il venait y parfaire sa connaissance du spiritualisme, et lisait ses écrits sur le sujet aux amis qui partageaient ses convictions. Il est mort en 1930, entamant ce qu'il appelait lui-même « la plus grande et la plus glorieuse de toutes les aventures ». Mary Wilkes, quant à elle, est décédée en 1934. Sa fille, Leticia Wilkes, lui a succédé dans ces lieux, avec son neveu et sa nièce. À sa mort en 1980, elle a légué la maison au gouvernement. Personne ne l'a occupée depuis, elle est donc restée en l'état.

Kleefish approuva muettement dans le noir.

Une faible lueur rouge troua l'obscurité. L'avocat découvrit une torche équipée d'un filtre dans la main de son compagnon. Le discret rayon parcourut la pièce, révélant le hall d'entrée d'une maison dont la vie s'était figée en 1980. On apercevait des piles de livres le long des murs, des gnomes et autres figurines de verre sur des dessertes poussiéreuses. À l'extrémité du hall s'ouvrait la porte de la cuisine, de laquelle on accédait au salon et à la salle à manger. Une épaisse moquette d'une horrible couleur orange recouvrait le sol du rez-de-chaussée.

Pendergast renifla.

— Cette forte odeur de bois pourri ne trompe pas. Mon amie des Monuments historiques avait raison. Cette maison est dans un état de décrépitude avancé, nous devons nous montrer prudents.

Ils s'avancèrent vers le salon, dont Pendergast, planté sur le seuil de la pièce, commença par éclairer chaque recoin à l'aide de sa torche. Il y régnait la plus grande pagaille. Un piano droit se dressait dans un coin, son tabouret renversé, au milieu d'une pluie de partitions. Sur les tables de jeu, recouvertes d'un manteau de moisissure, se trouvaient encore des puzzles abandonnés, des jeux de Monopoly et de dames chinoises en cours. Des magazines traînaient sur les fauteuils et les canapés.

— Apparemment, Leticia Wilkes n'était pas une ménagère accomplie, remarqua Pendergast d'un air pincé.

Le reste du rez-de-chaussée était tout aussi en désordre : des jouets et des objets disparates, de vieux blousons, des maillots de bain, des chaussons gisaient sur l'immonde moquette orange que la torche de Pendergast teintait d'un rouge sinistre. Kleefish comprenait désormais pourquoi les Monuments historiques s'étaient désintéressés du cottage. Il s'imaginait volontiers la tête affolée du malheureux fonctionnaire chargé d'estimer la propriété, refermant précipitamment la porte au premier coup d'œil. L'avocat chercha désespérément le charmant cottage qu'avait connu Conan Doyle derrière les papiers peints en cachemire et les meubles fatigués. En vain.

Le sous-sol se limitait à une suite de caves vides, une chaudière éteinte, et des scarabées morts. Pendergast monta à l'étage par le vieil escalier dont les marches grinçaient dangereusement sous son poids. Six portes s'ouvraient sur un couloir central. La première donnait sur la lingerie, dont les mites et le temps avaient ravagé le contenu. La deuxième était celle de la salle de bains. Les trois suivantes permettaient d'accéder aux chambres : l'une d'elles, à peu près en ordre, devait être celle de Leticia ; les deux autres avaient abrité le neveu et la nièce, à en juger par les posters de Dion et de Frankie Valli accrochés aux murs de la première, les dizaines d'exemplaires du *Sun* ouverts sur la page de la pin-up du jour dans la seconde.

Il ne restait plus guère que la dernière porte, au fond du couloir. Le cœur de Kleefish se serra. Il aurait tout donné pour mettre la main sur cette aventure perdue de Sherlock Holmes, mais comment croire qu'il pourrait réussir là où tant d'autres avaient échoué? Surtout dans un tel capharnaüm.

Il aurait aimé disposer d'une bonne semaine pour procéder à des recherches dignes de ce nom.

Pendergast ouvrit la porte et le moral de Kleefish remonta aussi vite qu'il avait sombré.

Le lieu qu'il découvrit n'avait aucun rapport avec le reste de la maison. On aurait pu croire que le temps s'y était figé un siècle auparavant. La pièce accueillait un bureau, meublé de façon spartiate, mais avec goût. Le contraste avec le reste de la maison donnait le sentiment d'aspirer une bouffée d'air frais. L'excitation prit le pas sur la peur chez Kleefish, hypnotisé par les mouvements de la torche de Pendergast. Il vit un petit bureau avec son fauteuil, les rayonnages quasiment vides d'une petite bibliothèque. Des gravures de chevaux et des daguerréotypes, encadrés très simplement, ornaient les murs, à côté de tentures austères, mais belles. Une petite fenêtre en losange, placée en hauteur, constituait la seule ouverture.

— Nous ne risquons guère d'être vus, murmura Pendergast. Votre lanterne, je vous prie.

Kleefish écarta légèrement le volet coulissant de sa lampe et la pièce reprit vie. L'avocat posa un regard admiratif sur le magnifique parquet ciré au centre duquel s'étalait un petit tapis de laine. Le long du mur s'étalait une méridienne probablement destinée aux siestes de l'occupant des lieux.

— Vous croyez?..., balbutia Kleefish en se tournant vers Pendergast, presque effrayé à l'idée de poser la question.

Pendergast pointa du doigt l'un des daguerréotypes.

Kleefish s'en approcha et s'aperçut avec étonnement qu'il ne s'agissait nullement d'un daguerréotype, mais d'une photo datant du début du XXe siècle. On y distinguait une jeune fille dans un décor champêtre, le menton dans la main, fixant l'objectif d'un air déconcerté. Devant elle dansaient quatre minuscules créatures féminines munies de grandes ailes de papillon, au son de la flûte en roseau dont jouait l'une d'elles. La photographie ne montrait aucun signe de trucage, les lutines donnant l'impression d'appartenir au décor.

— Les fées de Cottingley, chuchota Kleefish.

— Exactement, approuva Pendergast. Je ne vous apprendrai rien en vous disant que Conan Doyle croyait à l'existence des fées comme à la réalité de cette photographie. Il a même consacré un ouvrage à ces créatures, *La Venue des fées*. Deux jeunes filles du Yorkshire, Elsie Wright et sa cousine Frances Griffiths, affirmaient avoir vu ces fées et les avoir photographiées. Celui-ci est l'un de ces clichés.

Kleefish fit un pas en arrière, le cœur battant. Le doute n'était plus permis, il se trouvait bien dans le bureau secondaire de Conan Doyle. La pièce avait été préservée avec amour par la famille Wilkes, alors que le reste du cottage tombait en ruine. Si le manuscrit perdu existait bel et bien, c'est ici qu'il se trouvait.

Pendergast avança d'un air décidé, sans se soucier des lames de parquet qui craquaient, en dardant le rayon de sa lampe dans la pièce. Il examina longuement le contenu du bureau dont il vida et sonda les tiroirs. Puis il s'approcha de la bibliothèque dont il commença par feuilleter un à un les volumes poussiéreux, prenant soin de s'assurer que l'intérieur des reliures, au niveau du dos, était bien creux. Il décrocha les gravures dont il tâta l'arrière, à la recherche de feuillets dissimulés à l'intérieur du cadre, avant de s'intéresser aux tentures dont il malaxa doucement les ourlets avec les doigts.

Il s'immobilisa et laissa errer son regard argenté tout autour de lui. Il tira un couteau de sa poche, s'approcha de la chaise longue, procéda à une incision chirurgicale à l'endroit où le tissu rejoignait le bâti en bois, glissa sa torche à travers l'ouverture, et acheva avec la main l'exploration minutieuse du rembourrage, sans succès. Il s'intéressa ensuite aux murs qu'il sonda avec les phalanges, l'oreille collée au plâtre, en faisant par deux fois le tour de la pièce afin d'en tester entièrement les cloisons.

À mesure que son compagnon poursuivait ses fouilles expertes, Kleefish sentit renaître ses doutes.

Ses yeux s'arrêtèrent machinalement sur le parquet. Le tapis, posé en son centre, fit resurgir chez lui un sentiment de déjà-vu. Soudain, il eut un éclair.

— Pendergast, coassa-t-il d'une voix étranglée.

L'inspecteur se retourna.

Kleefish tendit l'index vers le tapis.

— « Le tapis était un carré de laine occupant le centre de la pièce. Il faisait ressortir un parquet de lattes de bois carrées, parfaitement cirées », cita-t-il.

— J'ai bien peur que ma connaissance du Canon holmésien ne soit pas aussi parfaite que la vôtre. De quel nouvelle provient cet extrait ? *Le Rituel des Musgrave* ? *Le Pensionnaire en traitement* ?

Kleefish secoua la tête.

— *La Seconde Tache.*

Pendergast sonda longuement les yeux de son interlocuteur. Brusquement, un éclair traversa son regard.

— Pourrait-ce être aussi simple ?

— Pourquoi Conan Doyle se serait-il privé d'une excellente idée ?

L'instant suivant, Pendergast s'agenouillait par terre. Il replia le tapis et poussa chacune des lattes de plancher en s'aidant de son couteau. Moins d'une minute plus tard retentissait le grincement d'une charnière mal huilée et l'un des carrés de bois jaillissait du sol, révélant une petite cachette.

Pendergast plongea doucement la main dans le trou, sous les yeux écarquillés de Kleefish qui retenait sa respiration. L'inspecteur en retira une poignée de feuillets manuscrits, couverts de poussière et jaunis par le temps, enroulés sur eux-mêmes et retenus à l'aide d'un ruban. Pendergast se releva, défit le ruban qui s'effrita entre ses doigts, puis il déroula les feuillets dont il épousseta la page de garde avec mille précautions.

Kleefish collé contre lui, Pendergast fit courir le faisceau de sa lampe sur le titre qui s'étalait en belles anglaises tout en haut de la feuille :

Toute parole eût été inutile. Pendergast referma silencieusement la trappe du plancher et remit le tapis en place avec le pied, puis les deux hommes quittèrent la pièce et se dirigèrent vers l'escalier.

Soudain, un grand vacarme se fit entendre. Un épais nuage de poussière enveloppa Kleefish, obscurcissant sa lanterne et plongeant le couloir dans la pénombre. L'avocat chassa le nuage de la main, toussant comme un damné, et découvrit à ses pieds la tête et les épaules de Pendergast, retenu par les bras aux bords du trou béant qui s'était ouvert dans le plancher sous son poids.

— Vite, le manuscrit ! haleta Pendergast qui restait pendu entre le couloir et le rez-de-chaussée à la seule force de ses coudes. Récupérez le manuscrit !

Kleefish s'accroupit et retira délicatement le document serré entre les doigts de son ami. Il le glissa dans la poche de son pardessus, agrippa Pendergast par le col et parvint à le hisser hors de son trou au prix d'un effort soutenu. Pendergast se releva, reprit son souffle et s'épousseta en faisant la grimace.

Les deux hommes avaient réussi à contourner le trou dans le plancher et s'engageaient dans l'escalier lorsqu'une voix pâteuse se fit entendre au-dehors.

— Oh ! C'est qui qu'est là ?

Les deux amis s'immobilisèrent.

— Le gardien, murmura Kleefish.

Pendergast lui fit signe d'éteindre sa lanterne, posa un doigt sur ses lèvres et désigna la porte d'entrée avant de descendre les marches avec une lenteur infinie, l'avocat sur ses talons.

— Qui est là ? répéta la voix.

Pendergast tira de sa poche un pistolet qu'il saisit par le canon.

— Que faites-vous, malheureux ? s'offusqua Kleefish en l'arrêtant d'un geste.

— Cet homme a visiblement bu, lui chuchota l'inspecteur. Je ne devrais pas avoir de mal à le rendre… euh, inoffensif.

— Pas question d'user de violence sur un citoyen de Sa Majesté !

— Auriez-vous une meilleure idée ?

— Nous n'avons qu'à nous enfuir en courant.

— En courant ?

— Vous le disiez vous-même à l'instant. Le gardien est ivre. En un bond, nous aurons franchi la barrière et rejoint le petit bois.

Pendergast remisa son arme d'un air dubitatif, traversa le vestibule recouvert de moquette, entrouvrit la porte de quelques centimètres et coula un regard à l'extérieur. Tout était silencieux. Il fit signe à Kleefish de le suivre jusqu'à la petite barrière. Il ouvrait celle-ci lorsque la lune sortit de derrière les nuages. Un cri de joie s'échappa d'un bosquet de pruches du Canada tout proche.

— Vous, là ! Pas un pas de plus !

Pendergast franchit la barrière et se rua vers le bois, suivi par Kleefish. Un coup de fusil de chasse retentit dans la nuit sans que les deux fugitifs ralentissent.

— Vous êtes touché ! hoqueta Kleefish, le souffle court.

Quelques gouttes d'un liquide sombre s'échappaient du manteau de Pendergast à chaque pas, au niveau de l'épaule.

— Une volée de petit plomb, rien de grave. Je nettoierai la plaie avec une pince à épiler à mon retour au Connaught. J'espère que le manuscrit n'a pas été endommagé ?

— Ne vous inquiétez pas, il n'a rien.

Kleefish n'avait pas couru aussi vite depuis ses études à Oxford. La perspective d'être pourchassé par un gardien ivre, armé d'un fusil, lui donnait des ailes. Il suivit Pendergast à travers le bois de Springett jusqu'au Vale of Health, avant de rejoindre East Heath Road où les deux hommes sautèrent dans un taxi.

45

Il neigeait encore lorsque Corrie ouvrit les yeux dans sa chambre de l'hôtel Sebastian après une mauvaise nuit ponctuée de cauchemars. Elle se leva et regarda par la fenêtre. La ville tout entière était recouverte d'un manteau blanc. Les chasse-neige sillonnaient les rues du centre-ville à marche forcée, suivis par les camions chargés d'évacuer les tonnes de neige accumulées le long des trottoirs.

Un coup d'œil à sa montre lui indiqua qu'il était 8 heures du matin.

L'horreur des événements de la veille ne la quittait pas. La police était arrivée quelques minutes après son appel, Stanley Morris avait même effectué le déplacement en personne. Les flics avaient emporté le corps de Jack ainsi que la lettre de menace, puis ils avaient longuement interrogé Corrie en lui promettant d'ouvrir une enquête. Sauf que la jeune fille les savait débordés par les incendies criminels. Morris était au bord de la crise de nerfs et ses hommes manquaient si cruellement de sommeil qu'ils auraient pu jouer les figurants dans un film de zombies. En tout cas, le doute n'était plus permis : on en voulait à sa vie.

Corrie avait fini par retourner en ville où elle avait pris une chambre à l'hôtel Sebastian. Cela faisait trois semaines qu'elle séjournait à Roaring Fork, incarcération comprise, et ses quatre mille dollars avaient fondu comme neige au soleil. Se loger à l'hôtel Sebastian écornait sérieusement ses économies, mais la mort atroce de son chien l'avait terrorisée, jamais plus elle ne pourrait passer la nuit dans cette maison.

Elle avait appelé Stacy pour la prévenir du danger qu'elle courait en retournant au chalet. Lorsque celle-ci lui avait répondu qu'elle trouverait le moyen de rester en ville, Corrie, le cœur pincé, l'avait soupçonnée de vouloir passer la nuit chez Ted. Elles n'en avaient pas moins convenu de prendre le petit-déjeuner ensemble à l'hôtel. L'explication qui les attendait n'enchantait pas Corrie.

Cerise sur le gâteau, la police avait contacté Fine, le propriétaire de la maison. Ce dernier avait téléphoné à Corrie à 6 heures du matin. Non content de la réveiller, il lui avait hurlé dessus, l'accusant d'avoir manqué à tous ses engagements en montant le thermostat et en invitant une squatteuse. Il était dans un tel état de rage qu'il l'avait traitée de délinquante et de droguée, menaçant de la traîner au tribunal avec sa gouine de copine si jamais elles remettaient les pieds chez lui.

Corrie avait laissé ce salaud déverser sa bile avant de lui sortir ses quatre vérités. Elle l'avait traité de minable, exprimant l'espoir que sa femme lui rafle jusqu'à son dernier centime, avant de conclure sur une extrapolation entre l'échec de son mariage et la taille limitée de son appendice sexuel. Fine s'était étranglé de fureur, ce qui avait donné à Corrie la satisfaction de lui raccrocher au portrait avant qu'il puisse se lancer dans une nouvelle diatribe.

La joie de la jeune fille s'était évanouie à mesure que la réalité reprenait ses droits. Elle ne pouvait plus retourner à Basalt, puisque la route était fermée, et une nuit supplémentaire au Sebastian achèverait de la ruiner.

Elle se refusait néanmoins à quitter Roaring Fork. Tout en ayant peur des salopards qui lui avaient tiré dessus avant de décapiter son chien, elle refusait de se laisser intimider. Sinon, comment pourrait-elle jamais se regarder dans une glace? Quelle flic ferait-elle un jour si elle courbait l'échine à la moindre alerte? Pas question. Corrie ne savait pas encore comment elle s'y prendrait, mais elle resterait le temps qu'il faudrait pour coincer les coupables.

***

Stacy Bowdree était déjà installée à l'une des tables, un grand mug de café devant elle, lorsque Corrie pénétra dans la salle du petit-déjeuner. La jeune femme, des poches noires sous les yeux et les cheveux en bataille, avait une mine épouvantable. Corrie prit place en face d'elle et consulta le menu. Trois dollars pour un jus d'orange, dix pour des œufs au bacon, dix-huit pour des œufs Bénédicte. Elle reposa la carte : faute de pouvoir s'offrir un café, elle demanda un verre d'eau en voyant arriver la serveuse. Stacy, moins frugale, commanda des gaufres avec un œuf sur le plat et une double ration de bacon.

Elle poussa son mug en direction de Corrie.

— Bois, lui ordonna-t-elle.

La jeune fille grommela un merci, trempa les lèvres dans le café, et but une longue gorgée. Putain, elle avait besoin de caféine. Elle vida le mug et le repoussa. Elle ne savait pas par quel bout commencer.

Stacy eut la bonne idée de se lancer la première.

— Il faut qu'on parle, Corrie. Au sujet du salopard qui veut te trouer la peau.

OK, si tu veux commencer par là, pas de problème.

— Ce qu'ils ont fait à Jack est écœurant.

Stacy posa une main sur la sienne.

— Ce qui prouve bien qu'ils ne plaisantent pas. Les gens capables d'agir de la sorte sont *extrêmement* dangereux. Ils ne plaisantent pas. As-tu idée de la raison pour laquelle tu leur fais peur à ce point ?

— J'imagine que j'ai dû mettre le pied dans une fourmilière quelconque en effectuant mes recherches. J'ai mis le doigt sur un secret qu'ils entendent préserver à tout prix. Si seulement je savais lequel !

— Tu as pensé aux Heights et à cette salope de Kermode ? Cette femme-là est capable de tout.

— Je ne crois pas. Ses problèmes ont fini par se régler. Tout le monde est d'accord sur l'emplacement du nouveau cimetière, ils sont en train de retrouver les descendants des morts pour recueillir leur autorisation. D'autant que tu as finalement renoncé à ce que ton aïeul soit inhumé à Boot Hill.

— Dans ce cas, crois-tu qu'il puisse s'agir de l'incendiaire ?

— Le mode opératoire est complètement différent. Je dois absolument découvrir ce qui leur fout la trouille dans mes recherches. Quand je le saurai, je parviendrai peut-être à identifier l'ennemi. Je ne crois pas qu'ils souhaitent me tuer, sinon ils l'auraient déjà fait.

— Ne sois pas naïve, Corrie. Quelqu'un qui décapite un chien est parfaitement capable de tuer un être humain. À compter de maintenant, je ne te quitte plus d'une semelle. Avec mon fidèle…

Elle tapota l'étui de son .45.

Corrie détourna le regard.

— Qu'est-ce que tu as? lui demanda Stacy d'un air inquiet.

Corrie n'avait plus de raison de lui cacher la vérité.

— Je t'ai aperçue avec Ted hier soir. Tu aurais au moins pu me prévenir que tu sortais avec lui. Ce genre de truc, ça se fait pas entre copines.

Son sac vidé, elle se cala sur sa chaise.

De l'autre côté de la table, Stacy affichait un visage impénétrable.

— Te prévenir que je sortais avec lui?

— Ben, ouais.

— Moi, sortir avec lui? Putain, comment as-tu pu imaginer un truc pareil? répliqua Stacy en élevant la voix.

— Tu voulais que je m'imagine quoi, en vous voyant entrer tous les deux dans ce restau…

— Tu sais pourquoi nous sommes entrés dans ce restau? Parce que Ted m'a invitée à dîner pour discuter de *toi.*

Corrie ouvrit des yeux ahuris.

— De moi?

— Oui, de toi. Il est mordu, au point de se demander s'il n'est pas en train de tomber amoureux. Il se demande s'il a fait un truc de travers, si tu lui en veux. Il voulait recueillir mon avis, on a passé la soirée à parler de toi. Tu crois peut-être que ça m'amusait de quitter mon lit et de me rendre en ville quand j'avais la tête comme une citrouille, pour écouter un type me parler d'une *autre* pendant des heures?

— Je suis désolée, Stacy. Je crois que j'ai brûlé les étapes.

— Et comment, bordel de merde!

Stacy jaillit de sa chaise, un mélange de reproche et d'humiliation sur le visage.

— Toujours les mêmes conneries! Je suis sympa avec toi, je cherche à protéger tes intérêts au détriment des miens, et c'est tout ce que je récolte en échange? Tu m'accuses de te faire un enfant dans le dos avec ton putain de petit ami?

Cet accès de colère inattendu prit Corrie de court. Les rares convives présents dans la salle les observaient de loin.

— Écoute, Stacy, répondit-elle d'une voix posée. Je suis sincèrement désolée. J'ai du mal avec les mecs, et le fait que tu sois si belle, j'ai…

Sans même la laisser achever sa phrase, Stacy la foudroya du regard, tourna les talons et quitta la salle. Sans toucher à son petit-déjeuner qu'elle avait oublié de payer.

46

Une voix suave qu'elle connaissait bien l'invita à entrer. Corrie prit sa respiration. Il avait accepté de la recevoir, ce qui était un début. Elle avait voulu se convaincre que son silence, depuis son départ de Roaring Fork, était uniquement le signe d'un emploi du temps chargé. Elle avait fini par comprendre à quel point sa relation avec Pendergast lui tenait à cœur. Elle espérait sincèrement ne pas avoir perdu la confiance de ce dernier à cause de son fichu caractère.

Et voilà qu'il réapparaissait aussi soudainement qu'il avait disparu.

La chaleur qui régnait dans son bureau en sous-sol était encore plus étouffante que la fois précédente, si c'était possible. Corrie trouva l'inspecteur installé derrière sa table, débarrassée cette fois de tout le matériel de chimie qui y était entassé précédemment. Une pochette de carton trônait seule sur le vieux plateau en bois. Il devait faire trente degrés dans la pièce, ce qui n'empêchait pas Pendergast de porter une veste.

— Bonjour, Corrie. Asseyez-vous, je vous prie.

La jeune fille s'empressa d'obtempérer.

— Comment avez-vous pu revenir en ville ? Je croyais la route bloquée.

— Le chef de la police a eu la gentillesse d'envoyer un engin à chenilles me prendre à Basalt. Il attendait mon retour avec impatience, semble-t-il. Quoi qu'il en soit, il est question de rouvrir la route. Provisoirement, tout du moins.

— Votre voyage?

— Fructueux.

Corrie, que la banalité de la conversation mettait mal à l'aise, entra dans le vif du sujet.

— Écoutez. Je suis désolée de mon attitude de l'autre jour. Je me suis comportée comme une gamine, et je voulais m'en excuser. Je vous suis très reconnaissante de tout ce que vous avez fait pour moi. C'est simplement que... vous avez tendance à faire de l'ombre aux autres quand vous vous lancez dans une enquête. Je n'ai pas envie que mes profs de John Jay puissent un jour me sortir un truc du style : « C'est son pote Pendergast qui a tout fait ».

Elle se tut brièvement.

— J'ai bien conscience d'avoir mal réagi. Il faut dire que c'est mon premier vrai travail de recherche.

Pendergast la considéra pendant quelques instants, puis il manifesta son assentiment d'un hochement de tête.

— Tout s'est-il bien déroulé pendant mon absence?

— Pas mal, mentit Corrie en évitant de croiser son regard. Je procède actuellement aux derniers examens.

— Aucun événement malencontreux à déplorer, j'espère?

— Il y a eu un autre incendie à la sortie de la ville, et un automobiliste irascible en a tué un autre lors d'un accrochage sur la 82. Mais j'imagine que le chef de la police vous en a parlé.

— Un événement malencontreux vous concernant, j'entends.

— Non, rien. J'ai d'ailleurs décidé de renoncer à résoudre l'énigme du gang de tueurs en série, faute de rien découvrir. Je suis tombée sur deux ou trois détails intéressants, mais rien au sujet des meurtres.

— Quels détails?

— Eh bien... j'ai notamment appris que Mme Kermode était apparentée à la famille Stafford. Ce sont eux qui dirigeaient l'ancienne fonderie à l'époque des mines d'argent, et ils possèdent toujours les Heights aujourd'hui.

Pendergast garda le silence quelques instants avant d'insister :
— Rien d'autre ?
— Ah si, une anecdote qui devrait vous intriguer, vous qui vous intéressez à la rencontre de Conan Doyle et d'Oscar Wilde.
Pendergast l'encouragea à poursuivre d'un hochement de tête.
— En fouillant dans les vieux documents du fonds Griswell, je suis tombée sur une lettre amusante dans laquelle il était fait référence au mineur qui a coincé Wilde après sa conférence. D'après l'auteur de cette lettre, Wilde a bien failli s'évanouir en entendant l'histoire que lui racontait l'autre. Je suis prête à parier qu'il s'agissait de cette histoire de grizzli cannibale.
Pendergast se figea sur son siège.
— La lettre en question mentionnait-elle le nom de ce vieux mineur ? demanda-t-il enfin.
Corrie se gratta la tête.
— Uniquement son nom de famille. Swinton, je crois.
Un nouveau silence s'installa, que Pendergast brisa en l'interrogeant :
— Vos économies ont dû s'épuiser.
— Non, non, ça va, mentit-elle de plus belle.
Elle allait devoir se trouver un petit boulot d'urgence. Et un nouveau point de chute. Pas question, en tout cas, de pomper du fric à Pendergast après tout ce qu'il avait déjà fait pour elle.
— Ne vous inquiétez pas pour moi, tout va bien.
Pendergast resta sans réaction, le visage impénétrable. Impossible de savoir s'il la croyait. Morris lui avait-il parlé du coup de feu et de la mort de Jack ? Le journal local n'en avait pas soufflé mot, réservant ses colonnes aux incendies criminels.
— Vous ne m'avez pas raconté votre voyage, poursuivit Corrie, soucieuse de changer de sujet de conversation.
— J'ai accompli la mission que je m'étais fixée, répondit-il en tapotant d'un doigt le dossier posé devant lui.

J'ai découvert une aventure inédite de Sherlock Holmes, la toute dernière rédigée par Conan Doyle. Un texte passionnant dont je vous recommande vivement la lecture.

— Avec plaisir, dès que j'en aurai le temps, dit-elle.

Nouveau silence.

De ses doigts interminables, Pendergast poussa le dossier vers sa visiteuse.

— À votre place, je n'attendrais pas.

— Je vous remercie, mais j'ai encore pas mal de pain sur la planche, le temps de tout boucler.

Pourquoi diable Pendergast lui parlait-il de Conan Doyle? D'abord *Le Chien des Baskerville*, et maintenant cette nouvelle inédite.

L'inspecteur prit le dossier d'une main d'albâtre et l'ouvrit.

— Vous ne pouvez vous permettre d'attendre, Corrie.

Elle vit briller dans ses yeux une lueur qu'elle connaissait bien. Encore hésitante, elle tendit la main et s'empara du texte dont elle entama la lecture en poussant un soupir résigné.

47

L'Aventure d'Aspern Hall

Des nombreuses enquêtes de Sherlock Holmes dont j'ai eu l'honneur d'être le chroniqueur, il en est une que j'ai toujours hésité à rapporter par écrit. Cette hésitation ne tient nullement aux circonstances de cette aventure, ni plus ni moins extrêmes ou effrayantes que bien d'autres investigations de Holmes. Je la dois essentiellement à l'atmosphère maléfique, voire néfaste, dans laquelle baigne cette affaire, jusqu'au plus petit détail. Une atmosphère qui a durablement glacé mon âme, au point, à ce jour encore, de troubler mon sommeil. L'existence vous confronte parfois à des expériences auxquelles vous eussiez aimé échapper ; en ce qui me concerne, ainsi en est-il de celle-ci. Je m'apprête néanmoins à la livrer au lecteur, laissant à d'autres le soin de décider si mes appréhensions sont fondées.

Les faits se sont déroulés au mois de mars 1890, à l'orée d'un printemps maussade qui devait nous imposer ses désagréments dans le sillage de l'un des hivers les plus rigoureux que nous ayons connus, de mémoire d'homme. Je partageais à l'époque les appartements de Holmes à Baker Street. En cette fin de journée sombre, rendue plus oppressante encore par le brouillard qui envahissait les rues étroites et réduisait l'éclat des réverbères à des têtes d'épingle jaunes, je me réchauffais près du feu dans un fauteuil. Holmes, après avoir longuement affiché sa nervosité en arpentant la pièce, s'était planté face au bow-window. Là, il s'était lancé dans une description d'une expérience chimique tentée l'après-midi même, m'expliquant comment l'usage du dioxyde de manganèse en qualité de catalyseur accélérait la transformation du chlorate de potassium en chlorure de potassium et, plus essentiel encore, en oxygène.

Je l'écoutais en silence, heureux d'un tel enthousiasme. Le mauvais temps nous avait contraints à l'enfermement depuis de nombreuses semaines, nul « petit problème » n'était venu retenir son attention, et il commençait à manifester les signes annonciateurs d'un ennui qui le conduisait trop souvent à s'adonner au chlorhydrate de cocaïne.

À cet instant précis, on frappa à la porte d'entrée.

— Attendiez-vous des visiteurs, Holmes ? l'interrogeai-je.

Il me donna une réponse négative sous forme d'un bref mouvement de tête. S'approchant de la carafe posée sur la desserte, puis du siphon à eau de Seltz voisin, il se servit un cognac-soda et s'abandonna dans un fauteuil.

— Peut-être Mme Hudson reçoit-elle, suggérai-je en choisissant une pipe dans le râtelier installé à ma main.

Un murmure de voix au rez-de-chaussée, suivi d'un bruit de pas dans l'escalier, élimina cette hypothèse. Quelques instants plus tard, on toquait à la porte d'une main légère.

— Entrez, s'écria Holmes.

L'huis s'écarta et Mme Hudson apparut sur le seuil.

— Une jeune dame demande à vous voir, monsieur. Je lui ai expliqué qu'il était tard et qu'elle ferait mieux de revenir demain, mais elle a insisté sur l'urgence de sa visite.

— Faites-la entrer, répondit Holmes en jaillissant de son siège.

Quelques instants plus tard, une jeune femme pénétrait dans notre salon. Vêtue d'un long manteau de voyage d'une grande élégance, elle était coiffée d'un chapeau à voilette.

— Asseyez-vous, je vous prie, l'invita Holmes en poussant vers elle, avec sa courtoisie coutumière, le siège le plus confortable dont nous disposions.

La visiteuse le remercia, se débarrassa de son manteau et de son chapeau, et s'assit. Elle possédait une silhouette avenante que mettaient en valeur un port raffiné et une grande assurance naturelle. La seule ombre à ce tableau tenait à la sévérité de ses traits, mais cela pouvait tout aussi bien résulter de l'anxiété qui se lisait sur son visage. Fidèle à mon habitude, je m'efforçai de mettre en pratique la méthode d'observation héritée de Holmes, sans découvrir quelque particularité que ce fût, sinon les bottines Wellington que portait aux pieds notre visiteuse. Je constatai que Holmes me considérait avec un certain amusement.

— En dehors du fait que notre invitée arrive du Northumberland, me dit-il, qu'elle est une cavalière accomplie, qu'elle a préféré un fiacre au métro pour venir jusqu'ici, et qu'elle est fiancée, je ne déduis rien moi-même.

— J'ai entendu parler de vos célèbres méthodes, monsieur Holmes, déclara la jeune femme avant que j'eusse pu répondre. Je m'attendais donc à un tel accueil. Permettez-moi, je vous prie, de déduire l'origine de vos déductions.

Holmes opina imperceptiblement, tandis que la surprise se lisait sur son visage.

La jeune femme leva la main.

— Tout d'abord, vous avez remarqué ma bague de fiançailles que n'accompagne aucune alliance.

Il donna son assentiment en inclinant la tête.

La visiteuse poursuivit, la main toujours levée :

— Sans doute aurez-vous noté le cal en demi-lune sur la face extérieure de mon poignet droit, à l'endroit précis où se croisent les rênes chez une personne en selle, tenant une cravache à la main.

— Un cal magnifique, approuva Holmes.

— Quant au fiacre, rien de plus simple. Vous l'avez vu s'arrêter le long du trottoir. Pour ma part, je vous ai aperçu à la fenêtre.

À ces mots, je ne pus m'empêcher de rire.

— Vous semblez avoir trouvé votre maître, Holmes.

— Le Northumberland, enfin. Auriez-vous remarqué chez moi un léger accent?

— Votre accent n'est pas exactement celui du Northumberland, répliqua Holmes. On y décèle une pointe du comté de Tyne and Wear, peut-être même de la ville de Sunderland, avec un vernis de Staffordshire.

La visiteuse manifesta son étonnement.

— La famille de ma mère était originaire de Sunderland, et mon père du Staffordshire. Je n'avais pas conscience d'avoir conservé ce double héritage.

— La façon de s'exprimer est ancrée au plus profond de chacun d'entre nous, madame. Nous ne saurions y échapper, pas plus qu'à la couleur de nos yeux.

— Dans ce cas, comment saviez-vous que j'arrivais du Northumberland?

Holmes pointa un doigt en direction des bottes de la jeune femme.

— Vos Wellington vous ont trahie. J'en ai déduit que vous aviez entamé votre périple sous la neige, puisque nous n'avons pas connu d'épisode pluvieux depuis quatre jours. Le Northumberland est la région la plus froide d'Angleterre; c'est la seule où l'on trouve de la neige en ce moment.

— Comment pouvez-vous le savoir? demandai-je à Holmes.

Il me montra d'un air chagriné son exemplaire du *Times*.

— Maintenant, madame, auriez-vous l'obligeance de nous indiquer votre nom, et de nous dire en quoi nous pourrions vous aider.

— Je m'appelle Victoria Selkirk, répondit la visiteuse, et ma démarche est largement guidée par mon prochain mariage.

— Poursuivez, je vous prie, l'encouragea Holmes en s'enfonçant dans son fauteuil.

— J'espère que vous ne m'en voudrez pas d'avoir sonné à votre porte à l'improviste, reprit Miss Selkirk. J'avoue ne pas savoir vers qui d'autre me tourner.

Holmes trempa les lèvres dans son verre de cognac en attendant la suite.

— La propriété de mon fiancé, Aspern Hall, se trouve à quelques kilomètres de Hexham. Ma mère et moi avons pris nos quartiers dans un cottage, sur ces mêmes terres, en préparation du mariage. Depuis quelques mois, la région se trouve sous la coupe d'un loup féroce.

— Un loup? m'exclamai-je, au comble de la surprise.

Miss Selkirk acquiesça.

— À ce jour, il a tué deux hommes.

— Mais les loups ont disparu d'Angleterre, objectai-je.

— Pas forcément, Watson, me corrigea Holmes. À en croire certains, il en existerait encore dans les régions les plus reculées et les plus inaccessibles.

Il se tourna vers Miss Selkirk.

— Parlez-moi de ces incidents.

— Ils sont terrifiants, ainsi qu'on peut s'y attendre de la part d'une bête sauvage.

Elle hésita avant de poursuivre :

— Cette créature… semble prendre goût à ses victimes.

— Un loup mangeur d'homme? Cela paraît extraordinaire.

— Sans doute, me corrigea Holmes, mais pas impossible. Pensez à l'exemple que nous fournissent les lions mangeurs d'homme du Tsavo. Lorsque le gibier vient à manquer, les animaux carnivores adaptent leur comportement dès lors qu'il s'agit d'assurer leur survie. Dois-je vous rappeler la sévérité de l'hiver que nous venons de traverser?

Il lança un coup d'œil en direction de Miss Selkirk.

— Y a-t-il des témoins?

— Oui, deux.

— Quels détails ont-ils rapportés, précisément?

— Tous deux ont vu un énorme loup disparaître dans la forêt.

— À quelle distance se tenaient-ils?

— Je dirais, plusieurs centaines de mètres. Une tourbière les séparait de l'animal.

Holmes inclina la tête.

— De jour, ou de nuit?

— De nuit, au clair de lune.

— En dehors de sa taille, ce loup possédait-il d'autres traits particuliers?

— En effet. Sa tête était couverte de fourrure blanche.

— De la fourrure blanche, répéta Holmes.

Il rassembla ses mains en pointe, perdu dans ses pensées. Il sortit brusquement de sa torpeur en s'adressant à la jeune femme.

— En quoi pourrions-nous vous aider, exactement?

— Edwin, mon fiancé, est l'héritier des terres familiales. La maison Aspern est la plus puissante de la région. Eu égard à la peur qui s'est emparée des populations rurales, mon fiancé s'est assigné la tâche de venir à bout de ce monstre avant qu'il ne tue à nouveau. Il arpente la forêt de nuit, souvent seul. Il a beau être armé, je suis terrifiée à l'idée de ce qui pourrait survenir. Je crains qu'il ne lui arrive malheur.

— Je vois. Miss Selkirk, poursuivit Holmes sur un ton sec, je crains de ne pouvoir vous venir en aide. Vous avez besoin d'un chasseur, et non d'un détective privé.

L'expression angoissée de la jeune femme s'accentua.

— Je suis venue vous trouver après avoir entendu parler de vos prouesses lors de la terrible affaire des Baskerville.

— Ce drame, ma chère, était le fait d'un homme, et non d'un animal.

— Mais…

Miss Selkirk fut prise d'une hésitation. Son assurance initiale semblait s'être évaporée.

— Mon fiancé refuse de se laisser fléchir. Il se croit obligé, du fait de sa position sociale. Son père, sir Percival, n'a pas cru bon de l'en dissuader. Je vous en prie, monsieur Holmes. Nul autre que vous ne saurait m'aider.

Holmes avala une gorgée de cognac. Laissant échapper un soupir, il se leva, fit le tour de la pièce et reprit place dans son fauteuil.

— Vous disiez tout à l'heure que les témoins avaient vu le loup se replier dans la forêt. S'agit-il de la forêt de Kielder?

Miss Selkirk acquiesça.

— Aspern Hall en est voisin.

— Savez-vous, Watson, déclara Holmes en se tournant vers moi, que la forêt de Kielder est la plus grande région boisée d'Angleterre?

— J'avoue que non.

— Elle doit en partie sa célébrité au fait qu'elle sert de refuge à la dernière grande réserve d'écureuils roux d'Eurasie.

D'un coup d'œil, je vis que le désintérêt initial de Holmes avait cédé la place à l'expression de son plus profond intérêt. Je n'ignorais rien de sa passion pour le *Sciurus vulgaris*, dont il était sans doute le meilleur expert au monde. Il possédait à son actif plusieurs monographies traitant de la taxinomie et du comportement de cette créature. Je sentais également chez lui une admiration inhabituelle à l'endroit de cette femme.

— Il serait sans doute possible d'observer des variantes insoupçonnées au sein d'une population aussi importante, murmura-t-il, davantage à sa propre intention qu'à la nôtre.

Il reporta son attention sur notre visiteuse.

— Avez-vous trouvé à vous loger en ville? s'enquit-il.

— Je me suis arrangée pour passer la nuit chez des parents à Islington.

— Miss Selkirk, je serais tenté d'accepter cette enquête, en dépit des circonstances.

Il m'adressa un regard interrogateur, puis posa les yeux de façon significative sur le porte-chapeau où reposaient mon melon et sa casquette en tweed à double rabat.

— Je suis votre homme, répondis-je sans hésiter.

— Dans ce cas, annonça Holmes à Miss Selkirk, nous vous retrouverons demain à la gare de Paddington où nous attend, si je ne m'abuse, l'express de 8h20 à destination du Northumberland.

Quelques instants plus tard, il refermait la porte derrière la visiteuse.

Au matin, comme prévu, nous retrouvions Victoria Selkirk à Paddington afin de nous rendre à Hexham. Holmes, accoutumé à se lever tard, avait retrouvé les doutes qui l'assaillaient la veille. Enfermé dans le mutisme, il ne dissimulait pas sa nervosité et me laissa seul assurer la conversation avec Miss Selkirk tandis que le train s'ébranlait dans un jet de vapeur. Désireux de passer le temps, j'interrogeai notre compagne de voyage sur les résidents d'Aspern Hall, jeunes et moins jeunes.

Ainsi m'expliqua-t-elle que le château avait été érigé sur les ruines d'un ancien prieuré. Celui-ci, construit vers 1450, avait été partiellement rasé à l'époque de la dissolution des monastères, sous le règne d'Henri VIII. Le maître des lieux actuel, sir Percival Aspern, était chapelier de profession. Il avait mis au point, à ses débuts, une méthode révolutionnant la fabrication du feutre vert.

— Du feutre vert, dites-vous? nous interrompit Holmes, qui s'intéressait jusque-là au paysage.

Miss Selkirk acquiesça.

— Outre son usage pour les tables de jeu, le feutre de cette couleur a fait fureur dans les magasins de confection au cours des années 1850. Sir Percival lui doit sa fortune.

Holmes balaya l'argument d'un geste, comme s'il chassait un insecte, et reporta son attention sur la fenêtre du compartiment.

Les chapeaux de sir Percival, ainsi que m'en informa Miss Selkirk, bénéficiaient de la clientèle de la reine Victoria qui avait jugé bon d'anoblir leur inventeur. Edwin, son fiancé, avait intégré les rangs de l'armée à un très jeune âge, après avoir obtenu une commission au sein des dragons légers. Il résidait provisoirement au château en attendant de savoir s'il voulait se lancer durablement dans une carrière militaire.

En dépit de sa délicatesse toute féminine, je crus comprendre, à travers les dires de Miss Selkirk, que si sir Percival souhaitait voir son fils lui succéder à la tête de l'entreprise familiale, Edwin se montrait nettement plus ambivalent.

À mesure que se poursuivait le voyage, les prés verdoyants et les haies touffues de la région de Londres laissaient la place à la sauvagerie de landes, de tourbières et d'arbres squelettiques que venaient ponctuer parfois escarpements et amas rocheux. Nous arrivâmes enfin à Hexham, charmante bourgade rurale constituée de quelques cottages de pierre et de chaume regroupés autour d'une rue centrale, baptisée High Street.

Une carriole nous attendait à la gare, conduite par un paysan à la mine sombre. L'homme chargea nos bagages sans une parole et regagna son perchoir avant de diriger ses chevaux vers la sortie de la ville où un chemin creusé d'ornières s'enfonçait dans la campagne, en direction d'Aspern Hall.

La petite route s'engagea dans un décor humide et sinistre. Des plaques de neige, ainsi que Holmes l'avait remarqué la veille, subsistaient çà et là. Le soleil, qui avait enfin daigné montrer sa face au cours de notre périple ferroviaire, se cacha une fois de plus derrière les nuages, contribuant à l'atmosphère pesante du paysage.

Nous avions parcouru sept à huit kilomètres lorsque Holmes, qui n'avait pas desserré les lèvres depuis notre descente du train, sortit de sa torpeur.

— De quoi s'agit-il? demanda-t-il en dirigeant sa canne vers un point à l'horizon.

En tournant la tête, je distinguai ce qui ressemblait à un marais, bordé de plantes lacustres. Au-delà des eaux croupissantes s'étendait une lande noire, au-dessus de laquelle flottait un brouillard de fin de journée.

— La tourbière dont je vous ai parlé, répondit Miss Selkirk.

— Est-ce la forêt de Kielder que l'on aperçoit plus loin?

— Oui.

— Dois-je croire, d'après le récit que vous nous en avez proposé, que les attaques du loup se sont déroulées entre les deux?

— Oui, c'est le cas.

Holmes hocha la tête silencieusement, sa curiosité apparemment satisfaite.

La carriole poursuivit sa route sinueuse en contournant paresseusement la tourbière, jusqu'à ce qu'apparût enfin dans le lointain la silhouette d'Aspern Hall. Ce vieux manoir, de conception étrange, était doté d'ailes disparates et de dépendances dessinant entre elles des angles curieux. J'attribuai cette bizarrerie architecturale au fait que le château avait jailli des ruines de l'ancienne abbaye. D'autres détails me frappèrent à mesure que nous approchions. La façade de grosses pierres était rongée de lichen, et des volutes de fumée s'échappaient d'un nombre impressionnant de cheminées en brique. Le corps principal du bâtiment, à l'image des cottages attenants et des dépendances, était ceint de linaigrettes et de chênes malingres. Sous l'effet de ce printemps glacial, ou peut-être de la tourbière et de la forêt toutes proches, je ne pus m'empêcher de penser que l'austérité du décor dans lequel elle se trouvait avait déteint sur la vieille demeure.

Notre conducteur immobilisa la carriole devant la porte principale du château. Il venait de prendre le sac de voyage de Miss Selkirk et s'apprêtait à faire de même avec nos bagages lorsque Holmes l'arrêta, lui demandant d'attendre. Nous suivîmes Miss Selkirk à l'intérieur de la maison où nous découvrîmes un vaste vestibule, meublé avec sobriété. Un homme, qui devait être le maître de maison, nous attendait sur le seuil d'un grand salon, alerté par le bruit de la carriole. Grand et maigre, âgé d'une cinquantaine d'années, le cheveu fin et rare, il affichait un visage fortement ridé. Vêtu d'une redingote noire, il tenait un journal d'une main et un fouet de vénerie de l'autre. Il se débarrassa du journal et du fouet, et vint à notre rencontre.

— Sir Percival Aspern, je présume? déclara Holmes.

— Lui-même, monsieur. Je ne crois pas avoir l'honneur de vous connaître.

Holmes s'inclina légèrement.

— Je suis Sherlock Holmes, et voici mon ami et associé, le docteur Watson.

— Je vois, répondit sir Percival en se tournant vers la jeune femme. C'était donc la raison de ce déplacement à Londres, Miss Selkirk?

Cette dernière acquiesça.

— En effet, sir Percival. Si vous voulez bien m'excuser, je dois rejoindre ma mère.

Sur cette formule laconique, elle nous abandonna en compagnie de notre hôte.

— J'ai entendu parler de vous, monsieur Holmes, reprit sir Percival, mais je crains que vous n'ayez entrepris ce long voyage en vain. Vos méthodes, aussi brillantes soient-elles d'après ce que j'en sais, ne seront d'aucune utilité face au monstre qui nous préoccupe.

— Cela reste à démontrer, rétorqua sèchement Holmes.

— Puis-je vous offrir un cognac? proposa sir Percival en nous invitant à entrer dans le salon où un majordome nous servit des rafraîchissements.

— Il semblerait, déclara Holmes lorsque nous eûmes pris place autour de la cheminée, que vous ne partagiez pas les inquiétudes de votre future bru concernant la sécurité de votre fils.

— En effet, reconnut sir Percival. Il est récemment rentré des Indes et sait se défendre.

— Cependant, les avis convergent pour dire que la bête a déjà tué par deux fois, intervins-je.

— Pour avoir chassé avec mon fils par le passé, je puis gager de son habileté de rabatteur et de tireur. Le fait est, monsieur… Watson? C'est bien cela? Le fait est qu'Edwin prend très à cœur ses responsabilités de futur châtelain d'Aspern Hall. J'ajouterai que son courage et son sens de l'initiative ne sont pas passés inaperçus dans notre contrée.

— Nous autorisez-vous à lui parler? demanda Holmes.

— Bien sûr. À son retour. Il se trouve en forêt à cette heure, à la recherche de cet animal.

Sir Percival marqua une courte pause avant de préciser:

— Si j'étais plus jeune, je serais à ses côtés.

Cette excuse me semblait trahir un soupçon de lâcheté chez son auteur, aussi adressai-je un coup d'œil discret à Holmes. Ce dernier continuait d'observer notre hôte.

— Quoi qu'il en soit, nous avons le devoir d'obéir aux membres du beau sexe et d'apaiser leurs craintes féminines, poursuivit sir Percival. Je suis tout disposé à vous ouvrir les portes de mon domaine, monsieur Holmes, et à vous apporter l'aide dont vous aurez besoin, en commençant par vous offrir le gîte, si tel est votre désir.

Cette invitation, aussi généreuse fût-elle, fut prononcée avec une mauvaise grâce palpable.

— Cela ne sera pas nécessaire, réagit Holmes. Nous sommes passés devant une auberge à Hexham. La Charrue, me semble-t-il. Elle nous servira de quartier général.

Dans un geste maladroit, sir Percival renversa quelques gouttes de cognac sur sa chemise. Il reposa son verre en laissant échapper une imprécation.

— J'ai cru comprendre, monsieur, que vous étiez chapelier, s'enquit Holmes.

— C'était autrefois le cas. D'autres sont désormais chargés de gérer mon affaire au quotidien.

— Le procédé de fabrication du feutre m'a toujours fasciné. Simple curiosité scientifique de ma part, je suis chimiste à mes heures.

— Je vois, répondit machinalement notre hôte en épongeant sa chemise tachée.

— La difficulté, telle que je la perçois, consiste à assouplir le poil animal de façon à le transformer en feutre.

Je considérai Holmes du coin de l'œil, me demandant où diable il voulait en venir.

— Je me souviens d'avoir lu, continua-t-il, que les Turcs résolvaient autrefois ce problème en utilisant de l'urine de chameau.

— Nous avons réalisé bien des progrès depuis cette ère primitive, répliqua sir Percival.

Miss Selkirk nous rejoignit sur ces entrefaites. Elle nous adressa un sourire timide et s'assit. L'inquiétude qu'elle éprouvait au sujet de son fiancé la conduisait à oublier son sang-froid.

— Je ne doute pas que votre procédé soit infiniment plus moderne, reprit Holmes. Je serais curieux d'en connaître la teneur.

— J'aurais aimé pouvoir satisfaire votre curiosité, monsieur Holmes, mais ma méthode reste secrète.

— Je vois, fit Holmes avec un haussement d'épaules. Cela n'a guère d'importance.

La conversation fut interrompue par un bruit de pas en provenance du vestibule. Quelques instants plus tard, un jeune homme en tenue de chasse faisait son apparition. Il ne pouvait s'agir que du fils de sir Percival. Avec son expression décidée, sa posture toute militaire et le lourd fusil qu'il tenait en bandoulière, il avait fière allure. Miss Selkirk bondit de son siège en le voyant et se précipita vers lui en poussant un cri de soulagement.

— Oh, Edwin ! Edwin, je vous en supplie, n'y retournez plus !

— Vicky, répondit le jeune homme d'une voix douce, mais ferme. Je dois traquer et tuer cet animal. Nous ne pouvons le laisser sévir plus longtemps.

Sir Percival se leva à son tour et procéda aux présentations. Holmes mit un terme abrupt aux civilités afin de questionner le nouvel arrivant.

— Il ressort de vos propos que la battue de cet après-midi s'est révélée infructueuse.

— En effet, sourit Edwin Aspern à regret.

— Puis-je vous demander où votre traque vous a conduit ?

— Dans la partie occidentale des bois, aux confins de la tourbière.

— N'avez-vous rien découvert ? Des empreintes ? Des excréments ? Une tanière, peut-être ?

Le jeune Aspern secoua la tête en signe de dénégation.

— Je n'ai rien vu.

— Nous sommes en présence d'un loup particulièrement roué et malin, intervint sir Percival. Même les chiens ne parviennent pas à remonter sa piste.

— Curieuse affaire, murmura Holmes. Très curieuse affaire.

Mon compagnon ayant refusé une invitation à dîner, nous reprîmes le chemin de Hexham dans la carriole, après un tour rapide de la propriété. Dès notre arrivée au village, nous louions deux chambres à l'auberge de la Charrue. Le lendemain, notre petit-déjeuner avalé, nous nous enquérions de la police locale qui, renseignement pris, se limitait au seul agent Frazier. Nous trouvâmes ce dernier derrière son bureau, occupé à rédiger des notes avec application dans un petit carnet. Mes précédentes aventures avec Holmes m'avaient appris à me défier de la police de ces petites bourgades. Je me trouvai confirmé dans cette impression en détaillant les jambières de cuir et le manteau vert foncé de l'agent Frazier. Il connaissait toutefois le nom de Holmes, et je ne tardai pas à m'apercevoir, à la façon dont il répondait aux questions de mon compagnon, que nous étions en présence, sinon d'un individu supérieurement intelligent, du moins d'un policier compétent et dévoué, doté d'un entêtement louable.

Ainsi qu'il nous l'expliqua, la première victime du loup était un individu d'apparence inquiétante, un vieil homme, vêtu et coiffé avec la plus grande négligence. Il avait fait irruption dans la vie de Hexham quelques semaines seulement avant sa mort, effrayant femmes et enfants du fait de ses divagations incompréhensibles. Il ne résidait pas à l'auberge, sans doute faute de moyens, si bien que les habitants alarmés, inquiets de connaître les raisons qui avaient conduit cet inconnu chez eux, en avaient rapidement référé à l'agent Frazier. Après enquête, ce dernier avait découvert que l'individu s'était réfugié dans une cabane de bûcheron abandonnée, au cœur de la forêt de Kielder. En revanche, l'homme avait refusé de répondre aux questions de l'agent Frazier, ou de s'expliquer sur ses motivations.

— Qu'entendez-vous par « divagations incompréhensibles » ? s'enquit Holmes. Pourriez-vous être plus précis ?

— Il se parlait essentiellement à lui-même en multipliant les grands gestes. Il n'avait plus son bon sens. Il se plaignait d'avoir été victime de maltraitances, entre autres absurdités.

— Des absurdités, dites-vous. Lesquelles ?

— L'homme s'exprimait par bribes. Il se disait trahi et persécuté, se lamentait du froid. Il promettait de saisir la justice, d'obtenir un procès.

— Rien d'autre ? insista Holmes.

— Non, répliqua l'agent Frazier. Ah si, pourtant. Un détail curieux. Il parlait constamment de carottes.

— De carottes ?

Le policier hocha la tête.

— Pouvait-il avoir faim ? Faisait-il allusion à d'autres formes de nourriture ?

— Non, uniquement de carottes.

— À diverses reprises, dites-vous. Combien de fois ?

— Le mot revenait périodiquement dans sa bouche. Comme je vous l'ai dit, monsieur Holmes, c'était un charabia sans queue ni tête.

Les questions de Holmes me parurent sans fondement. À quoi bon s'attarder sur les divagations d'un vieux fou, quand bien même il aurait fini tragiquement peu après entre les mâchoires d'un loup ? L'agent Frazier ressentait les mêmes doutes, au point d'examiner Holmes avec suspicion.

— Dites-moi à quoi ressemblait cet homme, insista Holmes. Ne m'épargnez aucun détail.

— Le cheveu hirsute, il portait des haillons. Il avait des dents noires, et des yeux injectés de sang.

— Des dents noires ? l'interrompit Holmes avec intérêt. Vous voulez dire, noires parce qu'elles étaient gâtées ?

— Non. Ses dents étaient d'un gris uniforme qui paraissait noir dans la pénombre. On aurait dit qu'il était constamment ivre, sans que l'on sache d'où il tirait son argent.

— Comment savez-vous qu'il buvait ?

— Il présentait tous les symptômes habituels de la dipsomanie : il s'exprimait d'une voix pâteuse, ses mains tremblaient et il ne marchait pas droit.

— Avez-vous retrouvé des flacons d'alcool dans cette cabane de bûcheron?

— Aucun.

— Lorsque vous vous adressiez à lui, son haleine sentait-elle l'alcool?

— Non, mais j'ai croisé la route de suffisamment d'ivrognes pour savoir les reconnaître, monsieur Holmes. Cela ne faisait aucun doute.

— Fort bien. Continuez, je vous prie.

Le policier reprit la trame de son récit avec un soulagement manifeste :

— Eh bien, l'opinion publique lui était très hostile, si hostile que je m'apprêtais à lui demander de s'en aller lorsque ce loup m'a tiré d'embarras. Le lendemain du jour où j'ai interrogé l'étranger, on l'a retrouvé à l'orée du bois. Son corps, atrocement mutilé, portait des traces de morsures au niveau des bras et des jambes.

— Je vois, réagit Holmes. Qu'en est-il de la seconde victime?

À ce stade, j'avoue avoir été tenté d'intervenir. Holmes, qui avait abondamment interrogé le policier sur des détails triviaux, délaissait l'essentiel. Qui, par exemple, avait découvert le corps? J'ai préféré tenir ma langue, laissant répondre l'agent Frazier.

— L'autre drame est survenu deux semaines plus tard. La victime était un naturaliste d'Oxford, venu étudier le renard roux.

— Son corps a-t-il été découvert au même endroit?

— À peu de distance, mais plus près de la tourbière.

— Comment avez-vous pu établir que les deux incidents étaient le fait du même animal?

— Cela se voyait à la nature des blessures, monsieur. La seconde attaque a été pire encore que la première, si c'est possible. Cette fois, l'homme avait été en partie… dévoré.

— Comment les habitants ont-ils réagi?

— Les gens en ont beaucoup parlé. Ils avaient peur. Sir Percival s'est intéressé à l'affaire et son fils, récemment rentré d'une campagne aux Indes, a entamé des rondes en forêt, armé d'un fusil, fermement décidé à abattre la bête. De mon côté, j'ai ouvert une enquête.

— À la suite du second drame, n'est-ce pas?

— Sauf votre respect, monsieur Holmes, une enquête ne se justifiait pas auparavant. Vous comprenez, tout le monde était content d'être débarrassé de cette brute. La seconde fois, il s'agissait d'un éminent citoyen, et nous étions confrontés à un loup mangeur d'homme. Si cet animal avait tué par deux fois, il pouvait recommencer à la première occasion.

— Avez-vous interrogé les témoins?

— Oui, monsieur.

— Leurs déclarations étaient-elles concordantes?

Le policier acquiesça.

— Le jour du second drame, ils ont vu un animal énorme regagner les bois. Un animal effrayant.

— À quelle distance se tenaient les témoins?

— Ils se trouvaient à quelque distance et il faisait nuit, mais la lune éclairait la scène. Ils se tenaient toutefois assez près pour constater que la fourrure du loup était blanche comme neige, au niveau de la tête.

Holmes médita ces paroles.

— Qu'a déclaré le médecin affecté à l'enquête?

— Ainsi que je vous l'ai expliqué, il a noté que si les deux victimes avaient été gravement mutilées, la seconde était partiellement dévorée.

— Alors que la première présentait seulement quelques traces de morsures.

Holmes se tourna vers moi.

— Savez-vous, Watson, que ce comportement est caractéristique des animaux mangeurs d'homme? Ainsi en est-il des lions du Tsavo, dont nous avons parlé ensemble.

J'approuvai du chef.

— Il est possible que ce loup, habituellement confiné dans la forêt, ait étendu son territoire de chasse et se soit rapproché des terres habitées à cause de cet hiver particulièrement long et rigoureux, suggéra Holmes avant de s'adresser à l'agent Frazier : avez-vous fait d'autres observations ?

— Il faudrait plutôt parler de l'absence d'observations, monsieur Holmes.

— Expliquez-vous.

— Eh bien, c'est curieux, répondit l'agent Frazier en prenant une mine perplexe. La ferme de mes parents se trouve en bordure de forêt, de sorte que j'ai eu tout le loisir de chercher des traces de cet animal une bonne demi-douzaine de fois. On pourrait penser qu'une bête de cette taille serait facile à pister, mais c'est tout juste si j'ai découvert quelques traces de son passage, après le second drame. Je ne suis pas un spécialiste, mais j'aurais juré que c'était bizarre.

— Bizarre ? De quelle façon ? s'enquit Holmes.

— Je veux parler de l'absence même de traces. Comme si nous étions en présence d'un fantôme, capable de se déplacer de façon invisible. C'est la raison pour laquelle j'ai décidé de me mettre en chasse, un de ces soirs.

Holmes réagit aussitôt. Il se pencha vers son interlocuteur.

— Laissez-moi vous donner un conseil, agent Frazier. Vous devez renoncer immédiatement à entreprendre de telles virées nocturnes.

Le policier fronça les sourcils.

— Mais… j'ai des obligations, monsieur Holmes. En outre, si quelqu'un prend des risques, c'est bien le jeune M. Aspern. Il passe la moitié de ses nuits à traquer cette créature.

— Écoutez-moi bien, répliqua sèchement Holmes. Aspern ne court aucun danger, contrairement à vous, agent Frazier. Je vous conseille la plus grande prudence.

Cette remontrance, et l'affirmation que les craintes de Miss Selkirk au sujet de son fiancé étaient infondées, ne laissèrent pas de me surprendre. Holmes, à bout de questions, insista une nouvelle fois auprès du policier afin qu'il se tînt éloigné des bois, et ainsi s'acheva l'entretien.

Comme nous étions un dimanche, nous dûmes limiter nos investigations aux habitants de Hexham. Holmes commença par retrouver les deux témoins, mais ceux-ci n'ajoutèrent rien à ce que M. Frazier nous avait déjà révélé. Tous deux avaient aperçu un loup de grande taille, une bête énorme, rôdant aux alentours de la tourbière. La tache blanche qu'il portait au sommet du crâne brillait sous l'éclat de la lune. L'un comme l'autre avaient eu le bon sens de regagner précipitamment leur foyer sans demander leur reste.

Nous retournâmes à La Charrue, où Holmes se contenta de demander aux clients leur opinion sur le loup et ses deux victimes. Tous ceux à qui nous nous adressions se montraient inquiets. Les plus hardis, une pinte à la main, affirmaient bravement leur intention de se joindre un jour à la chasse au loup, mais leurs congénères se montraient trop heureux de laisser au jeune M. Aspern le privilège de poursuivre la bête seul, quitte à louer son courage.

Seuls deux individus exprimèrent un point de vue discordant. Le premier, un épicier du cru, était convaincu que les deux attaques étaient le fait d'une meute de chiens sauvages réfugiés dans la forêt de Kielder. Le second n'était autre que le tenancier de l'auberge ; à l'entendre, le malheureux naturaliste d'Oxford dévoré par la bête avait affirmé tout de go que l'animal coupable de ce carnage n'était pas un loup.

— Pas un loup? répéta Holmes. À quel esprit érudit, je vous prie, ce naturaliste devait-il cette opinion arrêtée?

— Je ne saurais vous le dire, monsieur. Il a simplement déclaré qu'à sa connaissance, les loups avaient disparu d'Angleterre.

— On ne l'accusera pas de s'être exprimé de façon empirique, déclarai-je.

Holmes posa sur le tenancier un regard aigu.

— Dans ce cas, à quel autre animal cet excellent naturaliste attribuait-il le premier drame de la forêt de Kielder?

— Je ne sais pas, monsieur. Il ne l'a pas précisé.

Sur ces mots, notre homme retourna essuyer ses verres.

À l'exception de notre entretien avec le policier de la bourgade, notre enquête ne progressait guère. Holmes se montra d'humeur taciturne pendant le dîner et monta se coucher rapidement, sans chercher à dissimuler son insatisfaction.

L'aube se levait à peine, le lendemain, lorsque je fus tiré du sommeil par une cacophonie de voix sous ma fenêtre. Un coup d'œil à ma montre m'indiqua qu'il était tout juste 6 heures du matin. Je m'habillai à la hâte et me précipitai dans High Street où je découvris un rassemblement. Tous ceux qui se trouvaient là gesticulaient en discutant avec animation.

Holmes, déjà sur place, s'approcha en me voyant sortir de l'auberge.

— Il nous faut agir au plus vite, m'annonça-t-il. Le loup a été aperçu une nouvelle fois.

— Où donc?

— Au même endroit, entre la tourbière et la forêt. Venez, Watson. Il est impératif d'arriver les premiers sur place. Avez-vous emporté votre Webley n° 2?

Je tapotai de la main la poche de mon gilet.

— Dans ce cas, ne perdons pas un instant. Ce pistolet ne suffira peut-être pas à nous débarrasser de ce loup, mais du moins le fera-t-il fuir.

Conduits par le même paysan au tempérament maussade qui nous avait déjà véhiculés dans sa carriole, nous quittâmes Hexham au trot, sous les injonctions stridentes de Holmes. Tout en prenant la direction des landes désertes, mon camarade m'expliqua avoir recueilli le témoignage de la personne qui avait provoqué ce rassemblement matinal: une femme d'un certain âge, femme d'apothicaire, qui parcourait les chemins en quête de plantes et de fleurs médicinales. Il n'avait rien pu lui soutirer de nouveau, mais elle confirmait l'affirmation des deux témoins précédents quant à la taille impressionnante de la bête et la touffe de fourrure blanche qui surmontait son crâne.

— Craignez-vous...?

— Je crains le pire, me coupa Holmes.

Arrivés sur place, Holmes ordonna au paysan de nous attendre. Puis, sans perdre une seconde, il sauta à bas de la carriole et parcourut le terrain couvert de ronces et de linaigrettes. La tourbière s'étendait à notre gauche, et la forêt de Kielder dessinait une ligne sombre sur notre droite. La végétation était couverte d'une rosée glacée, et l'on apercevait encore, de place en place, des plaques de neige. Nous n'avions pas parcouru plus de cent mètres que mes souliers et mon pantalon étaient trempés. Holmes, loin devant, bondissait tel un possédé. Il s'immobilisa sous mes yeux au sommet d'une petite éminence en laissant échapper un cri de surprise, et s'agenouilla aussitôt. En me précipitant, le pistolet au poing, je distinguai le sujet de son étonnement. Un corps gisait au milieu des herbes des marais, à moins de deux cents mètres de l'orée du bois. Un fusil militaire ressemblant à un Martini-Henry Mk IV était posé à ses côtés. Je ne reconnus que trop bien le manteau et les jambières de cuir, réduits en charpie de façon terrifiante. Il s'agissait de l'agent Frazier. Plus exactement, des restes du malheureux.

— Watson, m'ordonna Holmes sur un ton sans appel. Ne touchez surtout à rien. Je n'en voudrais pas moins recueillir votre opinion sur l'état de cet homme, à partir d'une simple observation oculaire.

— Il a de toute évidence été attaqué violemment, répondis-je en examinant le corps. Par une créature féroce de grande taille.

— Un loup?

— Cela paraît probable.

Holmes insista :

— Distinguez-vous des marques particulières sur le corps? Je pense aux traces laissées par des crocs, ou des griffes?

— Il est difficile de vous répondre. La brutalité de l'attaque et l'état dans lequel se trouve le corps rendent difficile toute observation précise.

— Certaines parties du corps ont-elles… disparu?

Je poursuivis mon examen. En dépit de ma formation médicale, la tâche se révélait fort désagréable. J'avais vu aux Indes, à de nombreuses reprises, des indigènes mordus par des tigres, mais rien, dans mon passé professionnel, ne m'avait préparé à la brutalité de l'attaque dont avait été victime l'agent Frazier.

— Oui, répondis-je enfin. La victime a été dévorée.

— À l'image de la deuxième victime? Le naturaliste?

— Non. Je dirais que cette attaque fut plus terrible encore.

Holmes acquiesça lentement.

— Voyez-vous, Watson. Il en est de même avec les lions mangeurs d'homme du Tsavo. Chaque attaque rend l'animal plus audacieux, on le voit prendre goût à son nouveau régime.

Il tira de sa poche une loupe.

— Le fusil n'a pas servi, annonça-t-il en examinant le Martini-Henry. La bête semble avoir surpris et frappé notre homme par-derrière.

Après une sommaire inspection du corps, Holmes examina les alentours en se déplaçant en spirale. Il cria de nouveau, se baissa, et reprit sa marche en avant, les yeux rivés au sol, en direction d'une ferme entourée de deux enclos que l'on distinguait un peu plus loin. Je crus pouvoir en déduire qu'il s'agissait de la résidence du malheureux agent Frazier. Soudain, Holmes se figea, fit volte-face, puis, toujours armé de sa loupe, revint vers le cadavre qu'il contourna lentement avant d'atteindre la limite de la tourbière.

— Des traces de loup, dit-il. Le doute n'est pas permis. Elles nous conduisent de la forêt jusqu'au voisinage de cette ferme. De là, elles rejoignent le lieu de l'attaque. L'animal est sorti du bois, puis il a guetté sa victime et l'a tuée à découvert.

Il approcha sa loupe des hautes herbes qui délimitaient le marais.

— Les traces nous mènent droit vers la tourbière.

Holmes poursuivit son inspection minutieuse, marquant plusieurs arrêts, revenant sur ses pas, examinant de tout près les points d'intérêt. De mon côté, je restai près du corps, sans y toucher, conformément aux instructions de Holmes que je continuais d'observer à distance. L'attente dura plus d'une heure, au point que j'étais trempé jusqu'à l'os et tremblais de froid. De la route, quelques curieux s'intéressaient à la scène. Le médecin et le juge de paix, ce dernier investi des pouvoirs de police suite au décès de l'agent Frazier, survinrent alors que Holmes achevait ses investigations. Sans rien leur dévoiler de ses découvertes, il se planta au bord du marécage, perdu dans ses réflexions, tandis que j'aidais mon confrère et le juge de paix à envelopper le corps avant de le porter jusqu'à la carriole. Le véhicule s'ébranla et repartit en direction de la ville, me laissant rejoindre Holmes que je retrouvai immobile, peu soucieux de son pantalon détrempé et de ses bottines pleines d'eau.

— Avez-vous découvert d'autres indices d'importance? lui demandai-je.

Il finit par m'accorder un coup d'œil. En guise de réponse, il exhuma une pipe de bruyère de sa poche, l'alluma et me posa à son tour une question :

— Vous ne trouvez pas cela curieux, Watson?

— Toute cette histoire baigne dans le mystère, répondis-je. Tout du moins en ce qui concerne ce satané loup fantôme.

— Je ne fais pas allusion au loup. Plutôt, à l'affection qui lie sir Percival à son fils.

Ce brusque revirement me prit de court.

— Je crains de ne pas vous suivre, Holmes. Pour ma part, je ne discerne guère d'affection entre eux, à en juger par le peu de considération du père à l'endroit de la sécurité de son fils.

Holmes tira une bouffée de sa pipe.

— Oui, répliqua-t-il de façon énigmatique. Et c'est bien là le mystère.

Plus proches à présent d'Aspern Hall que de Hexham, notre moyen de transport réquisitionné par le juge de paix, nous poursuivîmes jusqu'au château où nous arrivâmes moins d'une heure plus tard. Nous fûmes accueillis par sir Percival et son fils, dont le petit-déjeuner venait de s'achever. La nouvelle de l'attaque ne leur était pas encore parvenue, elle provoqua l'émoi dans tout le domaine. Le jeune Edwin nous annonça son intention de se mettre en chasse de la bête, ce que lui déconseilla Holmes, convaincu que l'animal était retourné dans sa tanière après avoir achevé sa victime.

Holmes demanda alors à sir Percival la permission d'user de son brougham afin de retourner au plus vite à Hexham, d'où il comptait prendre le premier train pour Londres.

Sir Percival, surpris de cette décision, ne lui donna pas moins son accord. Tandis qu'il faisait appeler le cocher, Holmes m'adressa un regard en me proposant d'entamer un tour du jardin.

— Je vous engage à regagner Hexham avec moi, Watson, me confia-t-il. Prenez vos valises à La Charrue et revenez ensuite passer la nuit à Aspern Hall.

— Pourquoi diable? m'exclamai-je.

— À moins de me tromper lourdement, je devrais être de retour de Londres dès demain, déclara-t-il. Je compte en rapporter la confirmation que j'espère au sujet de cette mystérieuse bête féroce.

— Sapristi, Holmes!

— D'ici là, Watson, votre vie est en grand danger. Promettez-moi de ne pas quitter le château avant mon retour. Pas même pour une promenade.

— Mais enfin, Holmes...

— J'insiste. Je ne céderai pas sur ce point. Ne quittez le château sous aucun prétexte, surtout après la tombée de la nuit.

Malgré l'absurdité d'une telle requête, eu égard au fait que Holmes ne croyait pas Edwin Aspern en danger en dépit de son intrépidité, j'acceptai.

— J'avoue, mon ami, ne pas vous suivre dans votre certitude de résoudre cette enquête. Ce loup sévit à Hexham, et non à Londres. À moins de vouloir en rapporter quelques fusils de gros calibre, je ne comprends rien à votre démarche.

— Vous comprenez tout, bien au contraire, rétorqua Holmes. Simplement, vous négligez de faire preuve d'audace dans vos déductions, Watson.

Nous fûmes interrompus par des claquements de sabots sur l'allée de gravier, et la voiture s'arrêta devant l'entrée.

Je passai à Aspern Hall une journée sinistre. Le vent se leva, suivi par une pluie fine qui laissa bientôt place à des averses. Je trompai mon ennui en lisant l'exemplaire de la veille du *Times* avant de prendre quelques notes et de jeter un œil aux ouvrages réunis dans l'abondante bibliothèque de sir Percival. Je n'aperçus que des domestiques avant l'heure du dîner. Au cours du repas, Edwin nous déclara son intention de reprendre sa traque le soir même. Miss Selkirk, plus inquiète que jamais, protesta avec véhémence. La scène qui s'ensuivit fut violente. Edwin, bien que sensible aux objections de Miss Selkirk, refusa de céder. Sir Percival, pour sa part, ne cachait pas sa fierté de posséder un fils aussi courageux ; confronté aux arguments de sa future bru, il se défendit par l'évocation de l'honneur des siens et de l'approbation de la population locale. Edwin parti, je restai tenir compagnie à Miss Selkirk en m'efforçant d'alimenter la conversation. La tâche était ardue, face à son inquiétude, et je ne dissimulai pas ma joie lorsque l'écho du pas d'Edwin nous parvint, aux alentours de 23 h 30. Sa chasse s'était révélée infructueuse, mais du moins rentrait-il sauf.

Sherlock Holmes ne réapparut qu'en fin d'après-midi, le lendemain. Il avait requis, par câble, que le brougham de sir Perceval vînt le prendre à son arrivée en gare, et se présenta d'excellente humeur. Accompagné du médecin de la bourgade et du juge de paix, il ne perdit pas une minute et demanda à voir incessamment les membres de la famille, ainsi que les domestiques du château.

Holmes déclara à l'assemblée réunie devant lui qu'il avait trouvé la clé du mystère.

Cette annonce provoqua la consternation et suscita une foule de questions. Edwin lui demanda ce qu'il avait bien pu « résoudre », quand tout le monde savait que le coupable était un loup. Holmes refusa de s'expliquer. Malgré l'heure tardive, il nous fit part de son intention de regagner sa chambre à La Charrue où il entendait mettre la dernière main à la rédaction de ses conclusions. Il avait mis à profit le trajet en voiture pour s'entretenir avec le médecin et le juge de paix, et n'était venu au château que pour m'y chercher, dans l'espoir que je l'aide à terminer l'enquête. Il compléta sa déclaration en s'engageant à s'expliquer publiquement dès le lendemain.

Il achevait son discours lorsque le cocher se présenta, annonçant que l'essieu arrière de la voiture de sir Percival s'était brisé et ne pourrait être réparé avant le lendemain. Holmes, le médecin et le juge de paix ne pouvaient espérer retourner à Hexham le soir même. Ils devaient passer la nuit à Aspern Hall.

Holmes se montra extrêmement chagriné par ce contretemps. Il ne desserra quasiment pas les dents du dîner qui suivit. Une expression courroucée sur le visage, un coude planté sur la nappe damassée en soutien de son menton, il triturait machinalement sa nourriture à l'aide de sa fourchette. Au moment du dessert, il annonça son intention de retourner à Hexham à pied.

— Mais vous n'y pensez pas, s'étonna sir Percival. La ville se trouve à plus de seize kilomètres.

— Par la route, sans doute, répliqua Holmes. Mais pas à vol d'oiseau, et je compte aller tout droit.

— Mais cela signifie passer tout à côté de la tourbière, s'exclama Miss Selkirk. Là où…

Elle laissa sa phrase en suspens.

— Dans ce cas, je vous accompagne, intervint Edwin Aspern.

— Il n'en est pas question. La dernière attaque du loup s'est produite avant-hier, je doute qu'il soit à nouveau affamé. Ne vous inquiétez pas, j'entreprendrai ce périple seul. Watson, dès mon arrivée à Hexham, je demanderai à ce que la carriole passe vous prendre demain matin avec nos deux amis.

Ainsi fut arrêtée sa décision. Du moins le croyais-je. Ces messieurs venaient de s'enfermer dans la bibliothèque où les attendaient du cognac et des cigares lorsque Holmes me prit à part.

— Écoutez-moi bien, me glissa-t-il dans un murmure. Dès que cela vous sera possible, vous sortirez du château en veillant à ce que personne ne vous aperçoive. Ce point est crucial, Watson. Personne ne doit vous voir. Souvenez-vous que vous courez toujours un grave danger.

Malgré mon étonnement, j'assurai Holmes de mon entière collaboration.

— Veuillez gagner le plus discrètement possible la petite éminence sur laquelle nous avons découvert le corps de l'agent Frazier. Choisissez alors une cachette invisible de la tourbière, la forêt et la route. Soyez à votre poste au plus tard à 22 heures et attendez mon passage.

Je hochai la tête en signe d'acquiescement.

— Dès que vous m'apercevrez, n'appelez en aucun cas et ne trahissez votre présence sous aucun prétexte.

— Qu'attendez-vous de moi, Holmes?

— Faites-moi confiance. Vous saurez à quel moment passer à l'action. Une dernière question : avez-vous toujours votre pistolet?

Je caressai la poche de mon gilet où était dissimulé mon Webley depuis notre arrivée au château la veille.

Mon camarade approuva d'un hochement de tête.

— Excellent. Gardez-le à portée de main.

— Et vous, Holmes?

— Avant d'adresser mes adieux à nos hôtes, je compte distraire le jeune Aspern en lui faisant la conversation ou en l'invitant à une partie de billard, n'importe quoi pourvu qu'il oublie son penchant pour la chasse au loup, surtout ce soir.

De mon côté, j'attendis mon heure. Ces messieurs occupés à une partie de whist, je regagnai ma chambre où je récupérai ma casquette et mon manteau. Puis, m'assurant que personne ne pouvait me voir, je quittai le château par les portes-fenêtres du petit salon, traversai la pelouse plongée dans l'obscurité et gagnai la route d'Hexham. La pluie avait cessé, mais la lune restait partiellement dissimulée derrière les nuages. De lourdes écharpes de brouillard flottaient au-dessus du décor sinistre qui m'entourait.

Je suivis le chemin boueux qui contournait largement la tourbière par le nord-est. La nuit était glacée et des plaques de neige trouaient les massifs de ronces et les herbes des marais. Après quelques kilomètres, à l'endroit où la route dessinait un coude en son point le plus septentrional et mettait le cap à l'est en direction de la petite ville, je m'enfonçai à travers les broussailles qui séparaient le chemin de la tourbière. La lune s'était résolue à émerger des nuages et je distinguai soudain la tourbière, baignée d'une lueur inquiétante. Au-delà, à peine visible dans les ténèbres, m'apparut l'orée sombre de la forêt de Kielder.

Enfin, j'atteignis le petit monticule dont j'examinai la topographie, à la recherche d'un affût invisible de tous côtés, conformément aux instructions de Holmes. La tâche n'était pas aisée, mais je finis par découvrir un creux sur le flanc oriental de la butte, partiellement ceint d'ajoncs, au fond duquel il m'était facile de me tapir tout en disposant d'une vue plongeante sur les alentours. Je m'installai dans l'attente.

Une heure s'écoula, sinistre. Mes membres finirent par s'engourdir à force d'inactivité, tandis que mon manteau peinait à me protéger de l'humidité et du froid. J'observais les environs, m'assurant régulièrement du bon fonctionnement de mon arme, par excès de nervosité.

Il était un peu plus de 23 heures lorsque je perçus un bruit de pas au milieu des hautes herbes, en direction d'Aspern Hall. Je glissai prudemment un œil au-dessus de mon affût et reconnus la mince silhouette de Holmes, identifiable entre toutes grâce à sa houppelande et sa casquette à rabats. Il émergea de la brume en longeant la tourbière du pas vif qui le caractérisait. Je sortis le Webley de la poche de mon gilet, prêt à passer à l'action en cas de besoin.

J'attendis, parfaitement immobile, tandis que Holmes poursuivait sa route vers Hexham avec la plus parfaite tranquillité, les mains dans les poches, comme s'il effectuait une simple promenade vespérale. Soudain, je vis une autre silhouette se profiler à l'orée du bois. La forme, grande et sombre, presque noire, se rua à quatre pattes vers la tourbière sous mon regard horrifié. De l'endroit où il se trouvait, de l'autre côté de la butte, mon ami ne pouvait pas avoir vu la créature. Je serrai le poing autour de la crosse du Webley. Il ne faisait aucun doute que je me trouvais en présence du loup qui terrorisait la région, décidé à anéantir une quatrième victime.

Je suivis la progression de l'animal, prêt à tirer s'il approchait Holmes de trop près. La bête se trouvait à une centaine de mètres de mon compagnon, et celui-ci venait tout juste de l'apercevoir, lorsqu'un phénomène étrange se produisit : l'énorme bête s'immobilisa, puis avança vers sa proie avec une démarche menaçante.

— Bonsoir, sir Percival, prononça Holmes d'une voix détachée.

L'animal accueillit cette saillie par un aboiement féroce. J'en profitai pour quitter mon affût afin de prendre la bête à revers. Cette dernière se dressa brusquement sur ses pattes de derrière. Tout en m'approchant le plus silencieusement possible, je constatai avec effarement que la créature était humaine : je reconnus sir Percival, vêtu de ce qui ressemblait fort à un épais manteau de peau d'ours. Les semelles de ses bottes de cuir étaient armées de fausses griffes, et des pattes de loup étaient fixées sur ses gants à l'aide de gros boutons. Il tenait un pistolet d'une main, de l'autre un curieux outil pourvu de pointes à l'extrémité d'un long manche. Les rares cheveux blonds de sir Percival brillaient d'une lueur étrangement blanche sous l'éclat de la lune. Je restai comme paralysé par le tour pour le moins insolite que prenaient les événements.

Sir Percival éclata d'un rire de possédé.

— Bonsoir, monsieur Holmes, dit-il. Vous allez me fournir un véritable festin.

Alors qu'un torrent de phrases incompréhensibles s'échappait de sa bouche, il arma son pistolet et mit Holmes en joue.

Son geste m'électrisa.

— Pas un pas de plus, sir Percival, m'écriai-je en levant à mon tour le canon de mon arme. Je vous tiens dans ma ligne de mire.

Pris de court, sir Percival pivota dans ma direction, pistolet levé. Ce voyant, je fis feu et l'atteignis au bras. Il s'agrippa l'épaule en lâchant un cri, puis tomba à genoux. Holmes le rejoignit d'un bond. Il le délesta de son arme et de l'outil grotesque grâce auquel, à n'en pas douter, le chapelier imitait les lacérations des griffes de loup, puis il se tourna vers moi.

— Je vous saurais gré, Watson, de gagner la ville en toute hâte, déclara-t-il d'une voix calme. Revenez au plus vite avec une charrette à chevaux et quelques hommes solides. Je reste ici en compagnie de sir Percival.

La suite se résumera en quelques phrases. Une fois sir Percival confié aux autorités et enfermé dans les locaux de la police, nous retournâmes à Aspern Hall. Là, Holmes s'entretint brièvement avec le juge de paix, le jeune Edwin Aspern et Miss Selkirk, puis il insista pour que nous reprenions le train du matin à destination de Londres.

— Je vous avouerai, Holmes, commençai-je alors que nous retournions en voiture à Hexham aux premières lueurs de l'aube, que si j'ai souvent nagé dans l'obscurité lors d'enquêtes passées, celle-ci me surprend plus encore. À n'en pas douter, cette affaire restera dans les annales comme votre coup de maître. Comment diable avez-vous deviné qu'un être humain, et non un loup, se cachait derrière ces horreurs? Comment avez-vous su qu'il s'agissait de sir Percival? Si vous le saviez, évidemment.

— Mon cher Watson, vous me sous-estimez, répondit Holmes. J'avais percé très tôt le secret de sir Percival.

— Dans ce cas, expliquez-vous.

— Plusieurs indices se sont présentés, susceptibles d'éclairer toute personne capable de séparer les faits essentiels des simples coïncidences. Nous avons tout d'abord la première victime, une sorte de vieux fou. Chaque fois que l'on se trouve en présence de plusieurs victimes, Watson, il est essentiel de s'intéresser plus particulièrement à la première. Le mobile et, plus généralement, l'affaire elle-même sont généralement liés à ce crime initial.

— Sans doute, à ceci près que la première victime n'était qu'un vagabond dérangé.

— S'il l'était devenu, il ne l'avait pas toujours été. Souvenez-vous, Watson, du mot qui revenait constamment dans ses divagations : *carotte.*

J'avais gardé un vif souvenir de la curieuse fascination que ce mot avait provoquée chez Holmes. Qu'un détail aussi insignifiant pût avoir une signification défiait l'entendement.

— Poursuivez, dis-je à mon compagnon.

— La carotte, au cas où vous ne le sauriez pas, désigne un procédé par lequel on baigne les fourrures animales dans une solution de nitrate de mercure de façon à assouplir le poil. C'est ainsi qu'on obtient un feutre de qualité supérieure.

Il m'adressa un regard éloquent.

— Du feutre, répétai-je. Comme celui avec lequel on fabrique des chapeaux?

— Précisément. Ce bain est d'une couleur orangée, d'où le terme de carotte. Ce procédé n'est malheureusement pas sans danger pour ceux qui l'utilisent, ce qui explique la désuétude dans laquelle est tombée cette méthode. À force de respirer des vapeurs de mercure, surtout dans l'espace confiné d'une fabrique de chapeaux, ceux qui pratiquent cet art sont victimes de phénomènes toxiques irréversibles : tremblement des mains, dents noircies, discours incohérent. Dans certains cas extrêmes, les victimes sont atteintes de démence et sombrent dans la folie. D'où le « chapelier fou » d'*Alice au pays des merveilles.*

Holmes fit un geste de la main.

— Autant de détails que je connais, bien sûr, grâce à ma passion de la chimie.

— Quel rapport avec sir Percival?

— Procédons de façon linéaire, si vous le voulez bien. Souvenez-vous, l'agent Frazier était persuadé que ce vagabond était un ivrogne, au prétexte qu'il avait une voix pâteuse et se déplaçait avec difficulté. L'homme n'avait pourtant pas l'haleine chargée d'alcool. J'en ai aussitôt déduit que les difficultés du sujet n'étaient pas liées à l'alcool, mais à un empoisonnement au mercure. Le mot «carotte» nous fournissait l'explication de cet empoisonnement: notre homme avait fabriqué du feutre pour le compte d'un chapelier. J'ai naturellement pensé que l'ancien métier de sir Percival et l'irruption de ce curieux personnage à Hexham ne relevaient pas d'une simple coïncidence. L'homme n'était autre qu'un ancien collaborateur de sir Percival. Vous aurez gardé en mémoire deux éléments: tout d'abord, cet homme se disait victime d'une trahison et affirmait vouloir s'adresser à la justice; ensuite, sir Percival a bâti sa fortune grâce à un procédé de fabrication du feutre novateur. Procédé dont il a refusé de parler avec moi lorsque j'ai abordé le sujet à Aspern Hall.

La voiture poursuivait sa route vers Hexham en cahotant, et Holmes enchaîna:

— En possession de ces faits, j'ai envisagé la possibilité que cet homme, réduit à ce triste état, eût été autrefois l'associé de sir Percival, voire le véritable inventeur de ce procédé révolutionnaire. Après bien des années, il venait demander des comptes à son ancien associé, menaçant de le ruiner en révélant la supercherie. En d'autres termes, cette histoire a débuté sous la forme d'une simple dispute professionnelle. Une querelle que sir Percival a résolue de façon très banale: par le meurtre. Selon toute probabilité, sir Percival a promis un dédommagement à cet homme lorsqu'il s'est présenté à Hexham et lui a donné rendez-vous dans un lieu isolé proche de la tourbière. Là, il l'a assassiné, puis a mutilé son cadavre, laissant même des traces de morsures, afin d'accréditer la thèse d'une bête sauvage, plus spécifiquement celle d'un loup géant.

— La manœuvre a parfaitement fonctionné, remarquai-je. Dans ce cas, pourquoi avoir récidivé?

— La deuxième victime, souvenez-vous, était un naturaliste d'Oxford. On l'a entendu à l'auberge remettre en cause l'hypothèse officielle, affirmant que les loups avaient définitivement disparu du sol de l'Angleterre. En tuant cet homme, sir Percival atteignait plusieurs objectifs. Il faisait taire un individu dangereux, susceptible de remettre en cause l'explication du premier meurtre en affirmant qu'il n'existait plus un seul loup en Angleterre. Sir Percival savait à ce stade que courait à Hexham la rumeur de ce loup sauvage, depuis la mort de son ancien associé. De peur d'être vu, il a donc décidé d'endosser une peau d'ours que complétaient des gants spéciaux et des bottes munies de griffes, autant d'accessoires faciles à réaliser pour un chapelier expérimenté tel que lui. Revêtu de ce déguisement, il a rampé jusqu'au lieu du deuxième meurtre avant de repartir de la même façon, une fois son forfait accompli. Je suis même convaincu, Watson, qu'il espérait cette fois la présence d'un témoin afin d'alimenter la légende de ce loup mangeur d'hommes. De ce point de vue, la chance l'a servi.

— Je perçois la logique cruelle de ce deuxième meurtre. Mais alors, comment expliquer la mort de l'agent Frazier?

— Ce dernier, à défaut d'être l'enquêteur le plus accompli au monde, était connu pour son entêtement et son opiniâtreté. Sir Percival aura considéré qu'il représentait une menace pour lui. Souvenez-vous des soupçons de l'agent Frazier au sujet du comportement de ce loup. Il y a fort à parier que ces soupçons étaient liés à la façon dont les empreintes du loup prenaient la direction de la tourbière, sans jamais en repartir. Le policier l'aura noté lors du deuxième meurtre, sinon plus tôt. Je me suis étonné de ce même phénomène en écumant la tourbière, après le meurtre de l'agent Frazier. La piste du loup arrivait de l'est, et les seules traces s'éloignant de la tourbière étaient des empreintes de pas. Sir Percival aura pénétré dans la tourbière à quatre pattes, sous son déguisement de loup. Mettant à profit la végétation, il en sera ressorti sous son apparence ordinaire, au cas où il rencontrerait quelqu'un. L'agent Frazier s'est très certainement ouvert de ses soupçons à sir Percival. Souvenez-vous, Watson. Il nous a dit s'être rendu au château la veille de notre entretien, soucieux de décourager le jeune Aspern de poursuivre ses battues. Sans le savoir, il signait là son arrêt de mort.

Je secouai la tête, stupéfait par les révélations de Holmes, présentées sur un ton suffisant.

— L'attitude pour le moins cavalière de sir Percival à l'endroit de son fils a achevé de m'ouvrir les yeux. Non content de se montrer fort peu concerné par le bien-être du jeune Edwin, on aurait dit qu'il l'encourageait à affronter le danger. Comment expliquer un tel comportement? À ce stade de l'enquête, la réponse m'est apparue comme une évidence: il savait que son fils ne risquait rien, tout simplement parce qu'il était lui-même le loup. Sans même parler de la façon dont sir Percival a renversé son cognac sur sa chemise.

— Mais encore?

— Il tentait désespérément de masquer le tremblement de ses mains. Ce début de paralysie m'apportait la preuve que, lui-même atteint de folie à cause d'un empoisonnement au mercure, il ne tarderait pas à se trouver dans un état comparable à celui de son ancien associé.

Nous venions d'arriver à la gare de Hexham. Le temps de décharger nos bagages et nous montions sur le quai pour attendre le train de 8 h 20 à destination de Paddington.

— Fort de ces soupçons, poursuivit Holmes, je me rendis à Londres. En quelques heures, je m'étais procuré les éléments recherchés. J'eus ainsi confirmation que sir Percival avait bien eu un associé. Celui-ci l'avait accusé de lui avoir volé un important brevet. Considéré comme fou, l'homme fut interné dans un asile, à la demande de sir Percival en personne. Le malheureux avait été libéré quelques jours avant l'irruption à Hexham du vieux fou de la forêt de Kielder.

«De retour de Londres, je savais que non seulement le loup mangeur d'homme n'existait pas, mais que sir Percival avait trois meurtres sur la conscience. Restait à déterminer un moyen de l'arrêter. Il m'était difficile de révéler la vérité en affirmant que ce loup n'existait pas. Il me fallait donc découvrir un moyen de pousser sir Percival à s'attaquer à moi, sur mon propre terrain, si je puis dire. D'où l'annonce théâtrale que j'avais trouvé la clé du mystère et ma promenade nocturne au bord de la tourbière, lieu des attaques précédentes. À moins d'avoir commis une erreur dans mes calculs, sir Percival ne laisserait pas passer l'occasion de tuer une quatrième fois.

— Cependant, vous avez entrepris cette randonnée en apprenant que la voiture de sir Percival était inutilisable, ce que vous ne pouviez pas deviner.

— Il ne s'agissait pas de deviner, Watson, mais bien d'*anticiper*.

— Vous voulez dire… ?

— Exactement. Je crains fort de m'être rendu coupable d'un sabotage sur le brougham de sir Percival. Peut-être devrais-je envoyer un chèque à Aspern Hall pour les réparations.

Un sifflement lointain troua l'air du matin. Quelques instants plus tard, l'express était en vue, dans lequel nous prenions place peu après.

— J'avoue mon étonnement, remarquai-je en pénétrant dans notre compartiment. À l'image d'un peintre, vous surpassez votre propre génie. Il me reste toutefois à comprendre un ultime détail.

— Je vous écoute, mon cher Watson.

— Il est aisé, Holmes, de maquiller un crime de façon à donner l'impression d'une attaque animale ; il est en revanche plus ardu de dévorer en partie le corps de sa victime. Pour quelle raison sir Percival s'est-il entêté sur cette voie, de façon croissante ?

— La réponse est simple, répondit Holmes. Il semblerait que sir Percival, dans sa folie, ait pris goût à ses… proies.

Six mois s'écoulèrent avant que le loup de Hexham ne surgît à nouveau dans la conversation, lorsque quelques lignes dans le *Times* m'apprirent que le nouveau propriétaire d'Aspern Hall et sa fiancée devaient se marier à St Paul le mois suivant. Il semble, du moins auprès de la population locale, que les exploits militaires du fils, tout comme le courage dont il avait fait preuve en traquant le prétendu loup, aient compensé les atrocités du père. Pour ma part, j'eusse volontiers passé davantage de temps, dans des circonstances plus agréables, en compagnie de l'une des plus belles jeunes femmes de ma connaissance : Miss Victoria Selkirk.

La seule fois où Holmes fit référence à cette affaire par la suite, il se contenta d'exprimer le regret de n'avoir pu enrichir ses connaissances du *Sciurius vulgaris*, l'écureuil roux d'Eurasie.

48

Sa lecture achevée, Corrie découvrit sur elle le poids du regard argenté de Pendergast en relevant la tête. S'apercevant qu'elle retenait son souffle, elle lâcha un soupir.

— Vacherie, murmura-t-elle.

— C'est une façon de le dire.

— Cette histoire… J'ai du mal à tout assimiler.

Elle fut prise d'une pensée subite.

— Comment saviez-vous que cette nouvelle nous fournirait la clé de l'énigme ?

— Je n'en savais rien. Au départ, tout du moins. Mais réfléchissez un instant : Conan Doyle était médecin. Avant d'ouvrir son cabinet, il avait officié sur un navire baleinier, puis occupé les fonctions de chirurgien à bord d'un bateau effectuant du cabotage le long des côtes de l'Afrique occidentale. Les postes les plus ingrats que peut obtenir un homme de sa profession. Il avait forcément vu des cas fort désagréables lors de ses voyages, ce qui tient de l'euphémisme. Il fallait que l'histoire rapportée par Oscar Wilde soit infiniment plus répugnante qu'une simple anecdote de grizzli mangeur d'homme pour qu'il quitte la table du dîner aussi précipitamment.

— D'accord, mais pourquoi l'évoquer dans ce manuscrit perdu ?

— Conan Doyle, grandement perturbé par cette histoire, a agi comme tous les auteurs soucieux d'exorciser leurs démons : il l'a intégrée dans une œuvre de fiction. Peu après le dîner de l'hôtel Langham, il a écrit *Le Chien des Baskerville*, qui contient de nombreux parallèles avec le récit de Wilde. Ce roman, tout en étant porteur d'une intrigue formidable, n'était que l'ombre de la vérité. On ne peut donc pas parler d'exorcisme. On peut même penser que l'histoire de Wilde a continué de hanter Conan Doyle par la suite. J'en suis arrivé à me demander si l'auteur, vers la fin de sa vie, n'avait pas été tenté de se rapprocher de la vérité. Je me suis renseigné. L'un de mes amis anglais, holmésien convaincu, a confirmé la rumeur qu'il existait bel et bien une nouvelle inédite dont le titre semblait être *L'Aventure d'Aspern Hall*. J'ai additionné deux et deux, et pris le premier avion pour Londres.

— Comment saviez-vous que cette nouvelle était la bonne?

— Tous les comptes rendus confirment que l'histoire d'Aspern Hall a été rejetée par les éditeurs de son temps. Elle est donc restée inédite, ce qui est difficile à croire. Comment? Une nouvelle histoire de Sherlock Holmes, de la plume du maître en personne, la première depuis des années, rejetée? Il fallait que son contenu fût diantrement choquant aux yeux de l'Angleterre de l'époque.

Corrie fronça le nez d'un air chagriné.

— Quand vous le racontez, ça paraît tellement simple.

— La plupart des déductions sont simples. Si je ne vous apprends que cela, je n'aurai pas perdu mon temps.

La jeune fille rougit.

— Quand je pense que j'ai laissé tomber cette piste dès le début. Quelle idiote je fais. Je suis sincèrement désolée.

Pendergast balaya l'argument d'un geste.

— Concentrons-nous plutôt sur notre enquête. *Le Chien des Baskerville* faisait lointainement référence à cette histoire de grizzli. Cette nouvelle, en revanche, incorpore de nombreux autres éléments empruntés au récit de Wilde, qui le tenait lui-même de la personne dont vous avez découvert l'identité, Swinton. Une découverte louable, soit dit en passant.

— Une découverte accidentelle.

— La découverte accidentelle n'est rien d'autre qu'une pièce isolée d'un puzzle, à la recherche de son emplacement. Un enquêteur digne de ce nom collectionne tous ces «accidents», aussi mineurs soient-ils.

— Il nous reste à découvrir quel rapport précis existe entre cette nouvelle et les véritables crimes, résuma Corrie. Très bien: nous avons une bande d'assassins cannibales dont le comportement ressemble à celui de ce Percival. Ils tuent et mangent les prospecteurs en faisant croire qu'ils ont été victimes d'un grizzli.

— Non. Si vous me permettez de vous interrompre, l'association avec un grizzli est le produit du hasard, comme vous avez pu vous en apercevoir vous-même. Un grizzli qui passait par là s'est contenté de ronger les restes de l'une des victimes, fournissant aux habitants de la ville une explication qui leur convenait. Les témoins qui ont aperçu un grizzli par la suite n'ont fait que confirmer cette hypothèse. Cela illustre fort bien la façon dont les humains bâtissent un récit en s'appuyant sur des événements isolés, des déductions sans fondement et des préjugés simplistes. À mon avis, la bande de cannibales à laquelle vous faisiez allusion n'a *jamais* cherché à laisser croire à la culpabilité d'un grizzli.

— D'accord, la bande n'a pas voulu déguiser ses méfaits. Maintenant, quel peut être leur mobile? Sir Percival en a un: il tue son associé pour dissimuler le fait qu'il l'avait arnaqué et fait jeter dans un asile de fous. Je ne vois pas le rapport avec la motivation des tueurs du Colorado.

— Vous ne le voyez pas car il n'en existe pas.

Pendergast regarda longuement Corrie.

— Pas directement, en tout cas. Vous ne vous attardez pas sur les points essentiels. La première question à se poser est la suivante: pourquoi sir Percival a-t-il *mangé* des morceaux de ses victimes?

Corrie réfléchit à ce qu'elle venait de lire.

— Au départ, il voulait accréditer cette histoire de loup. Par la suite, il y a pris goût sous l'emprise de la folie.

— Ah! Et pour quelle raison devenait-il fou?

— Parce qu'il avait été victime d'un empoisonnement au mercure en fabriquant du feutre.

Corrie parut hésiter.

— Quel rapport avec l'exploitation des mines d'argent? Je n'en vois aucun.

— Bien au contraire, Corrie. Vous avez très bien vu. À l'instar de Watson, «vous négligez de faire preuve d'audace dans vos déductions».

Le regard de Pendergast brillait tandis qu'il citait Holmes.

Corrie fronça les sourcils. Quel pouvait bien être le rapport? Elle aurait de beaucoup préféré que Pendergast lui souffle la réponse, au lieu de se la jouer à la Socrate.

— Vous ne pourriez pas oublier vos manières de prof, un instant? Si c'est aussi évident, pourquoi ne pas me le dire?

— Il ne s'agit pas de pratiquer un quelconque jeu intellectuel. L'heure est grave, surtout pour vous. Je suis surpris que personne ne vous ait encore menacée.

Le silence retomba dans la pièce surchauffée. Corrie repensa à la balle qui avait traversé son pare-brise, au chien décapité, à la lettre d'avertissement. Elle ferait mieux de tout lui avouer, d'autant qu'il finirait par apprendre la vérité. Mais si elle se confiait à Pendergast, elle pouvait être sûre qu'il l'expédierait loin de Roaring Fork.

— Ma réaction initiale a été de vous évacuer de cette ville sans attendre, poursuivit Pendergast, comme s'il avait deviné ses pensées. Quitte à réquisitionner l'un des engins à chenilles de M. Morris. J'ai fini par renoncer. Je vous connais suffisamment pour savoir qu'une telle mesure serait futile.

— Je vous remercie.

— L'alternative consiste à vous inviter à réfléchir aux données de l'enquête. À découvrir ses tenants et aboutissants, à comprendre pourquoi vous êtes en grand danger, à savoir d'où vient le péril. Il ne s'agit nullement de *manières de prof*, pour reprendre votre expression.

La gravité avec laquelle il s'était exprimé fit à Corrie l'effet d'une gifle. Elle avala sa salive.

— OK. Désolée. Je vous écoute.

— Revenons à la question que vous posiez il y a un instant. Je me contenterai de la verbaliser en termes plus précis : quel rapport existe-t-il entre la fabrication de chapeaux dans l'Angleterre du XIXe siècle et l'exploitation de mines d'argent aux États-Unis à la même époque ?

Elle comprit tout de suite. C'était évident !

— On utilise du mercure dans les deux cas.

— *Précisément.*

Les pièces du puzzle se mirent en place instantanément.

— D'après la nouvelle, on utilisait du nitrate de mercure pour assouplir les fourrures et fabriquer des chapeaux en feutre. La fameuse *carotte.*

— Poursuivez.

— Le mercure servait également dans les fonderies, pour séparer l'or ou l'argent du minerai broyé.

— Excellent.

Corrie voyait les pensées défiler dans sa tête à toute allure.

— Notre bande de tueurs était constituée de mineurs employés dans la fonderie. L'empoisonnement au mercure les avait rendus fous.

Pendergast approuva.

— Quand ses employés étaient atteints de folie, la fonderie les renvoyait pour en engager de nouveaux. Il est possible que plusieurs de ces ouvriers licenciés aient décidé de s'unir. Sans emploi, complètement givrés et incapables de retrouver du boulot, ils se sont réfugiés dans les montagnes en rêvant de vengeance. Leur folie ne faisait qu'augmenter et, bien sûr, ils avaient besoin de… se nourrir.

Pendergast l'encouragea d'un hochement de tête.

— Ils ont pris pour cible des prospecteurs isolés qu'ils ont tués avant de les manger. Et comme les lions mangeurs d'homme du Tsavo, ou bien sir Percival, ils y ont pris goût.

Son exposé fut suivi d'un long silence. *Qu'est-ce que j'ai pu oublier d'autre ?* se demanda Corrie. Quel danger pouvait bien la menacer aujourd'hui ?

— Les faits se sont déroulés il y a près de cent cinquante ans, finit-elle par dire. Je ne vois pas le rapport avec la situation actuelle. Quel danger voulez-vous que je coure?

— Vous avez oublié la dernière pièce du puzzle. Une pièce essentielle. Pensez à l'information «accidentelle» que vous avez récemment découverte.

— Donnez-moi un indice.

— Fort bien. Dans ce cas, qui était propriétaire de cette fonderie?

— La famille Stafford.

— Poursuivez.

— Mais enfin, l'exploitation des ouvriers et l'utilisation de mercure figurent dans les annales depuis longtemps. Pour quelle raison voudraient-ils les dissimuler aujourd'hui?

— Corrie, réagit Pendergast en secouant la tête. *Où* se trouvait la fonderie?

— Euh... quelque part du côté de ce qui est devenu les Heights. C'est d'ailleurs parce qu'elle était propriétaire de ces terrains que la famille Stafford a pu construire ces chalets.

— Et...?

— Et quoi? La fonderie a disparu depuis belle lurette. Elle a fermé dans les années 1890, ça fait plusieurs décennies que les ruines des bâtiments ont été démolies. Il ne reste rien du... *Mon Dieu!*

Elle plaqua une main sur sa bouche.

Pendergast attendit silencieusement. Corrie, les yeux écarquillés, comprenait à présent.

— Le mercure. Voilà ce qu'il reste. Les terrains du lotissement sont saturés de mercure.

Pendergast croisa les doigts et se cala sur son siège.

— Vous commencez enfin à fonctionner comme un véritable enquêteur. J'espère que vous vivrez assez longtemps pour en devenir une. J'ai peur pour vous, Corrie. Vous avez toujours fait preuve d'une témérité excessive, un défaut que vous n'avez pas su maîtriser. Malgré ce handicap, vous aurez pris la mesure des enjeux auxquels vous êtes confrontée.

Vous courez un grave danger en poursuivant cette enquête inopportune. Je ne vous aurais rien révélé de tout ceci, ni la nouvelle de Sherlock Holmes, ni son rapport avec la famille Stafford, ni les nappes phréatiques empoisonnées, s'il ne m'avait pas fallu vous convaincre de quitter cet horrible endroit.

49

A. X. L. Pendergast posa un regard circonspect sur Leadville. Un panneau signalétique annonçait que la petite ville, la plus haute des États-Unis, se trouvait à une altitude de trois mille quatre-vingt-treize mètres. Le contraste était frappant avec Roaring Fork, situé de l'autre côté de la ligne de partage des eaux. Le centre se limitait à une rue bordée d'immeubles victoriens plus ou moins délabrés. Des tas de neige gelée dessinaient des murs le long des trottoirs. La ville était entourée de tous côtés de forêts de sapins partant à l'assaut de sommets impressionnants. Les décorations de Noël qui habillaient chaque corniche, chaque réverbère, chaque pylône, rendaient la cité plus triste encore, à deux jours du réveillon. En dépit du froid cuisant et de l'heure matinale, Pendergast éprouvait un certain soulagement à l'idée d'échapper à l'opulence insolente, à la prétention oppressante qui collaient, tel un miasme, à Roaring Fork. Leadville, malgré sa pauvreté, était une bourgade ordinaire, peuplée de gens ordinaires, même s'il était difficilement concevable aux yeux de l'inspecteur de vouloir vivre dans cette géhenne sibérienne, ce désert gelé enterré au milieu des montagnes, loin des plaisirs de la civilisation.

Il avait eu le plus grand mal à dénicher des informations sur la progéniture de Swinton, le mineur sans prénom qui avait abordé Oscar Wilde à la fin de sa conférence de Roaring Fork pour lui raconter la terrible histoire que l'on sait. Grâce à Mime, Pendergast avait toutefois pu identifier son dernier descendant, un certain Kyle Swinton, né à Leadville trente et un ans plus tôt. Cet enfant unique avait perdu ses parents dans un accident de la route vers l'époque où il renonçait à poursuivre ses études secondaires. La piste de l'intéressé se perdait ensuite ; même Mime, le génie informatique dont l'inspecteur sollicitait régulièrement les compétences, n'avait pu retrouver sa trace, sinon pour préciser qu'aucun document officiel n'attestait sa mort. Kyle Swinton était donc toujours en vie, quelque part aux États-Unis.

En attendant la tempête annoncée, la neige avait cessé de tomber assez longtemps pour que la route fût dégagée, ce qui avait permis à Pendergast de se rendre à Leadville dans l'espoir d'en apprendre davantage. Chaudement vêtu d'un sweater sans manches sous son costume, d'une parka en duvet, de deux écharpes, de gros gants, de bottes et d'un bonnet de laine sous son chapeau de feutre, il descendit de son véhicule et se dirigea vers l'unique pharmacie de la ville. Il lança un coup d'œil circulaire en pénétrant dans la boutique et jeta son dévolu sur l'employé le plus âgé, debout derrière son comptoir.

Pendergast commença par dénouer ses écharpes, histoire de retrouver la parole.

— Je suis à la recherche d'un certain Kyle Swinton, qui étudiait au lycée de Leadville à la fin des années 1990.

Le pharmacien l'examina de la tête aux pieds.

— Kyle Swinton? Qu'est-ce que vous lui voulez?

— Je suis avocat. C'est au sujet d'un héritage.

— Un héritage? Ses parents n'avaient pas trois sous.

— Il avait un grand-oncle.

— Ah. Tant mieux pour lui. Kyle passe rarement en ville. Il ne reviendra probablement pas avant la fin du printemps.

Voilà qui s'annonçait bien.

— Je vous serais reconnaissant de m'indiquer la meilleure façon de me rendre chez lui.

— Bien sûr, sauf qu'il est bloqué par la neige. Il vit loin des sentiers battus. Impossible d'aller là-bas sans scooter des neiges. Et puis…

Le voyant hésiter, Pendergast insista :

— Oui ?

— Il fait partie du mouvement survivaliste. Il a décidé de se réfugier à Elbert Canyon en attendant la fin du monde.

— Allons bon.

— Il s'est installé dans une sorte de bunker, avec des provisions et tout un arsenal. À ce qu'il paraît. Méfiez-vous si vous allez là-bas, il est capable de vous truffer de plomb.

Pendergast garda le silence quelques instants.

— Dites-moi, où puis-je me procurer un scooter des neiges ?

— Vous trouverez plusieurs magasins en ville, c'est un sport très populaire dans le coin.

Il renouvela son examen de Pendergast d'un air dubitatif.

— Vous savez comment ça marche, au moins ?

— Naturellement.

Le pharmacien fournit à l'inspecteur les informations dont il avait besoin, puis il lui dessina un petit plan de la route conduisant à la maison de Kyle Swinton, à Elbert Canyon. Pendergast quitta la boutique et se rendit sur Harrison Avenue où il feignit de flâner, malgré la température polaire, les tas de neige et le verglas que le sel ne parvenait même plus à dissoudre sur les trottoirs. Il finit par s'aventurer dans une armurerie dont le gérant était également prêteur sur gages. Un homme au crâne rasé tatoué d'une pieuvre s'approcha nonchalamment.

— Je peux vous aider ?

— J'aimerais vous acheter une petite boîte de Cor-Bon de calibre 45 ACP.

Le commerçant posa les munitions sur le comptoir.

— M. Kyle Swinton se fournirait-il ici, par hasard ?

— Pour sûr. C'est même un bon client. Un cinglé total, entre parenthèses.

Pendergast se demanda un instant à quoi pouvait correspondre la notion même de folie chez un individu tel que son interlocuteur.

— J'ai cru comprendre qu'il possédait une belle collection d'armes à feu.

— Il dépense tout son fric en flingues, vous voulez dire.

— Dans ce cas, j'imagine que vous devez connaître ses goûts en munitions.

— Plutôt deux fois qu'une. C'est pour lui que je garde en stock des balles de gros calibre. Il possède un arsenal impressionnant.

— Des revolvers?

— Des revolvers, des pistolets, la totale. Il en a au moins pour cent mille dollars.

Pendergast esquissa une moue.

— À bien y réfléchir, je vous prendrai également une boîte de cartouches de 44 Smith & Wesson spécial, une boîte de 44 Magnum Remington, et une autre de 357 Magnum Smith & Wesson.

L'homme s'exécuta.

— Avec ceci?

— Ce sera tout, je vous remercie.

L'armurier enregistra les différentes marchandises sur sa caisse.

— Je n'ai pas besoin de sachet, je les glisserai dans mes poches, précisa Pendergast en faisant disparaître les boîtes dans les profondeurs de son manteau.

La saison de Noël s'était révélée médiocre chez le loueur de scooters des neiges voisin de l'armurier. Pendergast parvint à surmonter ses réticences lorsqu'il voulut louer un engin pour la journée, malgré sa tenue pour le moins inadaptée, son accent du Sud, et sa méconnaissance du fonctionnement de l'engin. Le loueur l'équipa d'un casque muni d'une visière et lui enseigna quelques rudiments de conduite, exécuta un petit tour avec lui, l'obligea à signer une décharge, et lui souhaita bonne chance en lui tendant les clés.

Pendergast mit à profit la leçon pour poser quelques questions au sujet de Kyle Swinton, que tout le monde semblait traiter de «cinglé total» à Leadville. Ses parents, alcooliques invétérés, avaient fait une chute de trois cents mètres dans un ravin après avoir défoncé le parapet à hauteur de

Stockton Creek, soûls comme des cochons. Kyle, installé depuis sur leur propriété, vivait de pêche et de chasse, quand il ne cherchait pas de l'or dans les environs chaque fois qu'il avait besoin de se procurer de nouvelles munitions.

Pendergast allait s'éloigner à bord de l'engin lorsque le loueur le rappela :

— N'arrivez pas chez Kyle sans crier gare, il pourrait s'énerver. Je vous conseille d'y aller prudemment, de garder vos mains bien en vue, et de lui adresser votre plus beau sourire.

50

Le trajet jusqu'au chalet de Kyle Swinton se révéla pénible. Le scooter des neiges qu'avait loué Pendergast était un engin sommaire, aussi bruyant que puant, qui fonctionnait par à-coups, à des années-lumière du confort d'une moto. Tout en serpentant sur la route en lacet, la machine vomissait des nuages de neige qui formaient une croûte glacée sur la parka de l'inspecteur. En quelques minutes, ce dernier s'était métamorphosé en bonhomme de neige casqué.

Il ralentit en arrivant en vue du chalet, conformément au conseil qu'on lui avait donné. La maison était à demi enterrée dans la neige. Un filet de fumée s'échappait du tuyau de poêle sortant du toit. Il se trouvait à une centaine de mètres de la vieille bâtisse lorsqu'un petit homme à tête de fouine, les dents de devant très écartées, apparut sous le porche. Il tenait à la main un fusil à pompe.

Pendergast coupa le contact du scooter des neiges. Le moteur s'éteignit avec une secousse brutale, détachant la croûte de neige qui recouvrait la parka. L'inspecteur releva la visière du casque d'une main que le gant épais rendait malhabile.

— Salut, Kyle !

L'autre arma la pompe de son fusil en guise de réponse.

— Dites-moi toujours ce qui vous amène, monsieur.

— Je viens vous voir. On m'a beaucoup parlé de vous et de votre mode de vie. Je suis un adepte du survivalisme, comme vous. Je me balade à travers le pays pour voir comment se débrouillent les autres, en vue d'écrire un article pour le magazine *Survivaliste.*

— Qui vous a parlé de moi ?

— La rumeur. Vous n'êtes pas un homme ordinaire.

Swinton sembla hésiter.

— Alors vous êtes journaliste, comme ça ?

— Je suis survivaliste avant tout, et accessoirement journaliste.

Une rafale glaciale fit voltiger la neige autour des jambes de Pendergast.

— Monsieur Swinton, serait-ce abuser de votre hospitalité de vous demander de poursuivre cette conversation chez vous ?

Swinton restait indécis. Voyant qu'il n'était pas resté insensible au terme « hospitalité », Pendergast sauta sur l'occasion.

— Je ne suis pas certain que tenir en joue une âme sœur en plein froid relève de l'hospitalité.

Swinton plissa les paupières.

— On peut pas dire que vous appartenez pas à la race blanche, en tout cas, concéda-t-il en baissant le canon de son arme. C'est bon, venez. Mais brossez-vous bien avant d'entrer, j'ai pas envie d'avoir des traînées de neige dans toute la maison.

Pendergast gagna péniblement le porche à travers l'épaisse couche de neige. Il se débarrassa consciencieusement de sa carapace gelée en se servant de la vieille tête de balai posée près de la porte, sous le regard méfiant de son hôte.

Il suivit Swinton à l'intérieur du chalet. La maison, beaucoup plus vaste que Pendergast ne l'avait imaginé, comptait tout un dédale de pièces sur l'arrière. Des canons d'armes luisaient dans tous les coins : un râtelier débordant de fusils d'assaut, d'AK-47 et de M16 transformés en automatiques, en parfaite contravention avec la loi ; toute une série d'Uzi, de Tavor TAR-21 de type *bullpup*, des Norinco QBZ-97 chinois, également transformés. Dans une vitrine était exposée une impressionnante collection de pistolets et de revolvers. L'armurier de

Leadville n'avait pas menti. Pendergast aperçut dans la pièce voisine tout un assortiment de lance-roquettes, notamment des RPG-29 russes interdits à la vente.

À condition d'oublier les armes qui couvraient les murs, l'atmosphère était relativement chaleureuse à l'intérieur du chalet. Un feu brûlait dans un poêle à bois ouvert. Le mobilier artisanal avait été fabriqué à partir de rondins écorcés sur lesquels étaient tendues des peaux de vache. La pièce était d'une propreté absolue.

— Ôtez votre manteau et asseyez-vous, je vais chercher du café.

Pendergast suspendit son manteau au dossier de sa chaise, lissa son costume et s'assit. Pendant ce temps, Swinton prit sur le poêle une cafetière et des mugs qu'il remplit. Sans s'inquiéter des préférences de son visiteur, il versa dans la tasse de ce dernier deux cuillères à soupe de sucre et une de lait.

L'inspecteur saisit le mug qu'il lui tendait et y trempa ostensiblement les lèvres. Au goût, il devina que le café bouillait sur le poêle depuis plusieurs jours.

Swinton l'observait d'un air curieux.

— C'est quoi, ce costume noir? Vous avez perdu quelqu'un? Vous êtes venu en scooter des neiges déguisé comme ça?

— J'ai pensé que ce serait pratique.

— En tout cas, vous avez vraiment pas l'air d'un survivaliste.

— De quoi ai-je l'air?

— D'un pédé d'universitaire juif new-yorkais. Ou d'un youpin de La Nouvelle-Orléans, à cause de votre accent. C'est quoi, votre flingue?

Pendergast sortit son calibre .45 qu'il posa sur la table. Swinton s'en empara, visiblement impressionné.

— Un Les Baer, hein? Belle pièce. Vous savez vous en servir?

— Je fais de mon mieux, répondit Pendergast. Vous possédez vous-même une jolie petite collection. Et *vous*, vous savez vous en servir?

Swinton se renfrogna, ainsi que Pendergast s'y attendait.

— Vous croyez peut-être que je tapisserais mes murs avec tout ce merdier si je savais pas m'en servir?

— N'importe qui est capable d'appuyer sur une détente, rétorqua Pendergast en buvant nonchalamment son café.

— Je me sers de tous ces flingues au moins une fois par semaine.

Pendergast tendit un index en direction de la vitrine.

— C'est un Super Blackhawk?

— Une arme superbe. Un modèle de l'Ouest amélioré.

Il se leva et récupéra le revolver.

— Puis-je le voir?

Swinton tendit l'arme à Pendergast qui la soupesa, visa en fermant un œil, ouvrit le barillet et le vida de ses balles.

— Qu'est-ce que vous fichez?

Pendergast prit une balle, la remit dans le barillet, fit tourner celui-ci et posa l'arme sur la table.

— Vous qui aimez jouer les durs, je vous propose un petit jeu.

— C'est quoi ce bordel? Quel jeu?

— Vous appliquez le canon sur votre tempe, vous appuyez sur la détente, et je vous donne mille dollars.

Swinton posa sur lui un regard ébahi.

— Vous êtes con, ou quoi? Je vois bien que cette putain de cartouche est même pas devant le canon.

— Dans ce cas, il vous suffit de tirer pour gagner mille dollars.

Swinton saisit le revolver, dirigea le canon sur sa tempe, et pressa la détente. Le chien retomba sur la chambre vide avec un claquement sec. Il reposa l'arme.

Sans un mot, Pendergast tira de la poche intérieure de sa veste une épaisse liasse de billets de cent dollars. Il en compta dix et les tendit à Swinton.

— Je sais pas si on vous l'a déjà dit, mais vous êtes complètement givré.

— Je suis givré, en effet.

— Maintenant, à vous.

Swinton prit le revolver, fit tourner le barillet et reposa l'arme.

— Que me donnez-vous en échange?

— J'ai pas un radis, et comptez pas sur moi pour vous rendre vos mille doll'.

— Dans ce cas, peut-être accepterez-vous de répondre à une question. C'est moi qui choisis la question, et vous êtes tenu de dire la vérité.

Swinton haussa les épaules.

— Pas de problème.

Pendergast posa sur la table dix autres billets de cent dollars, puis prit le revolver, posa le canon sur sa tempe et tira.

Le chien retomba avec un bruit mat.

— J'ai le droit de vous poser une question.

— Allez-y.

— Votre arrière-arrière-grand-père était prospecteur à Roaring Fork à l'époque des mines d'argent. Il possédait des informations très précises sur des mineurs apparemment tués par un grizzli, mais en réalité assassinés par une bande de mineurs fous.

Il s'arrêta en voyant Swinton bondir de sa chaise.

— Journaliste, mon cul! Qui vous êtes?

— C'est moi qui suis censé vous poser une question. Je compte sur votre réponse, si vous êtes un homme d'honneur. Quant à savoir qui je suis, attendons l'étape suivante de notre petit jeu. Si vous avez les nerfs suffisamment solides.

Swinton se mura dans le silence.

— Votre aïeul en savait long sur ce mystère. Je suis même persuadé qu'il connaissait la vérité, pleine et entière.

Pendergast observa une courte pause.

— Ma question est simple: quelle est cette vérité?

Swinton s'agita sur sa chaise. Son visage passa par toute une série d'expressions, exposant ses dents de fouine à plusieurs reprises, la bouche secouée de spasmes. Il finit par se reprendre et se racla la gorge.

— Pourquoi vous cherchez à savoir ça?

— Simple curiosité personnelle.
— À qui vous comptez en parler?
— À personne.
Swinton posa un regard de bête affamée sur les mille dollars posés sur la table.
— Vous me le jurez? C'est un très, très vieux secret de famille.
Pendergast marqua son assentiment d'un hochement de tête.
— Tout a commencé avec le Comité des sept, se décida enfin Swinton. Mon arrière-arrière-grand-père, August Swinton, en faisait partie. D'après ce qu'on m'a raconté, précisa-t-il avec une certaine fierté, avant d'enchaîner: vous l'avez dit vous-même, ces prospecteurs n'ont pas été tués par un grizzli, mais par quatre salopards sérieusement givrés, des anciens ouvriers de la fonderie réfugiés dans la montagne où ils étaient devenus cannibales. Un type qui s'appelait Shadrach Cropsey a voulu traquer l'ours. Il s'est aperçu que le grizzli n'avait rien à voir dans cette histoire, que les meurtres avaient été commis par ces quatre types. Il a découvert la vieille galerie de mine abandonnée dans laquelle ils s'étaient réfugiés, et créé le Comité des sept.
— Que s'est-il passé ensuite?
— Ça, c'est la question suivante.
— C'est vrai, reconnut Pendergast en souriant. Prêt pour une nouvelle partie?
Il saisit le revolver qu'il reposa après avoir fait rouler le barillet.
Swinton secoua la tête d'un air navré.
— On voit la balle, elle est toujours pas en face du canon. Pour mille dollars?
Pendergast acquiesça.
Swinton répéta l'opération, reposa l'arme et tendit la main.
— C'est bien le jeu le plus con que j'aie jamais vu.
Pendergast lui donna mille dollars, prit le revolver, tourna le barillet, posa le canon sur sa tempe sans même regarder l'arme et tira.

Clic.

— Z'êtes quand même un drôle de cinglé.

— Il semble que je ne sois pas le seul dans la région, répliqua Pendergast. Voici ma question suivante : qu'ont fait Shadrach Cropsey et son Comité des sept ?

— À l'époque, on réglait les problèmes de la bonne manière : on prenait la situation en main. Rien à foutre de la loi et de toutes ces conneries. Ils sont allés dans la montagne et ils ont buté ces cannibales. D'après ce qu'on m'a raconté, le vieux Shadrach a laissé sa peau dans la bagarre, mais le « grizzli » n'a plus jamais tué personne.

— À quel endroit précis ont été tués les mineurs ?

— Ça, c'est une autre question, mon vieux.

Pendergast fit tourner le barillet et posa le revolver sur la table. Swinton le regarda avec anxiété.

— Je vois pas la balle.

— Dans ce cas, deux solutions : soit elle se trouve en face du canon, soit elle est à l'opposé, dissimulée par le cadre métallique. En clair, vous avez une chance sur deux de vous en tirer.

— Je ne joue plus.

— Je ne vous aurais jamais pris pour un lâche, monsieur Swinton.

Il tira de sa poche la liasse de cent qu'il délesta cette fois de vingt billets.

— Doublons l'enjeu. Vous gagnez deux mille dollars si vous appuyez sur la détente.

Swinton transpirait à grosses gouttes.

— Je joue plus, je vous dis.

— Dois-je en déduire que vous passez votre tour ? Je n'insisterai pas.

— Exactement. Je passe mon tour.

— Pas moi.

— Allez-y, mon vieux. Je vous en prie.

Pendergast tourna le barillet, leva le canon jusqu'à son crâne et tira.

Clic.

Il posa le revolver sur la table.

— Ma dernière question : où les mineurs ont-ils été tués ?

— Je ne sais pas, mais j'ai la lettre.

— Une lettre ?

— Oui, celle qu'on m'a transmise et qui explique tout.

Il se leva en faisant craquer sa chaise et s'enfonça dans les profondeurs mal éclairées du chalet. Il revint quelques minutes plus tard en tenant à la main une feuille de papier jaunie, enfermée dans une pochette de plastique transparent. Il se rassit et tendit la lettre à Pendergast.

Il s'agissait d'un courrier manuscrit, non daté, sans formule de politesse ni signature :

Rendévou à l'Ideal à 11 heur Pile ce Soir y son Coincé dans la vieye Mine Noël sur le mon des contrebendié y son 4 aporte tes meyeur Flingue et une lenterne brul cett Letre avan deu partir

Pendergast rendit la feuille à Swinton, dont le visage couvert de sueur respirait le soulagement.

— J'arrive pas à croire que vous avcz joué à ça sans jamais regarder le barillet. C'est hyper-dangereux.

Pendergast se leva, enfila sa parka et son chapeau, noua ses écharpes et prit le revolver. Il ouvrit le barillet et laissa tomber le projectile dans la paume de sa main.

— Je n'ai jamais couru le moindre danger. J'avais apporté cette balle avec moi, je l'ai échangée avec l'une des vôtres après avoir déchargé l'arme.

Il brandit la balle.

— J'avais pris la précaution de rendre ce projectile inoffensif.

Swinton sauta de son siège.

— Espèce d'enfoiré !

Il se rua sur Pendergast, mais celui-ci introduisit la balle dans le barillet en un éclair et la plaça en face du canon, avant de menacer Swinton.

— À moins que je n'aie *oublié* de rendre ce projectile inoffensif.

Swinton se pétrifia.

— Vous ne le saurez jamais.

Pendergast reprit son Les Baer qu'il pointa sur son adversaire, retira la balle du Blackhawk et la glissa dans sa poche.

— Pour répondre à la question que vous me posiez tout à l'heure : je ne suis pas du tout journaliste, je suis un agent fédéral. Et je vous promets que si jamais vous m'avez menti, je finirai par le savoir. Ce jour-là, je ne donne pas cher de votre peau, en dépit de tout votre arsenal.

51

Aux alentours de 15 heures le même jour, Corrie paressait dans sa chambre de l'hôtel Sebastian, vêtue de la robe de chambre fournie par l'établissement. Elle commença par admirer la vue, puis procéda à l'inventaire du minibar, un petit plaisir qu'elle s'accordait de temps à autre, tout en sachant qu'elle n'avait pas les moyens d'y puiser. Enfin, elle passa dans la salle de bains en marbre, régla la chaleur de la douche, ôta son peignoir et se glissa à l'intérieur de la cabine.

Emportée par la caresse de l'eau chaude, elle s'aperçut que son horizon avait fini par s'éclaircir. Elle s'en voulait de la scène de la veille au petit-déjeuner, mais la fureur de Stacy n'avait que peu de poids face aux révélations de Pendergast. La nouvelle de Sherlock Holmes, l'étrange aventure de ces mineurs empoisonnés au mercure, le rapport entre l'affaire et le clan Stafford, autant de détails qui formaient un ensemble hors du commun. Et inquiétant. Pendergast avait raison, elle s'était mise en danger.

Roaring Fork avait retrouvé une atmosphère oubliée depuis son passé de ville-fantôme, les décorations de Noël en plus. Une ambiance irréelle. Jusqu'aux journalistes qui avaient remballé caméras et micros. L'hôtel Sebastian avait vu partir la majeure partie de sa clientèle et de son personnel, seul son restaurant ne désemplissait pas. Comme si les rares habitants de la ville s'étaient donné le mot. Après un long bras de fer avec le gérant de l'établissement, Corrie avait réussi à négocier le prix de la chambre et du petit-déjeuner en échange de six heures quotidiennes en cuisine. L'accord ne prévoyait aucun autre repas, mais elle avait suffisamment l'expérience des buffets à volonté pour survivre en se goinfrant une fois par jour.

Elle sortit de la douche, s'essuya et se peigna. Elle se séchait les cheveux lorsqu'on frappa à la porte. Elle enfila son peignoir à la hâte, traversa la chambre et colla l'œil au judas.

Pendergast.

Elle ouvrit la porte et l'inspecteur fut pris d'une hésitation en la voyant.

— Je puis aisément revenir un peu plus tard si…

— Ne soyez pas idiot. Asseyez-vous, je suis à vous dans un instant.

Elle retourna dans la salle de bains, finit de se sécher les cheveux, serra la ceinture de sa robe de chambre et revint dans la pièce où l'attendait un canapé.

Pendergast avait mauvaise mine. Son visage, habituellement de craie, était marbré de rouge et ses cheveux en bataille donnaient l'impression d'avoir subi l'assaut d'une soufflerie.

— Comment ça s'est passé ? demanda Corrie, sachant qu'il s'était rendu à Leadville dans l'espoir de retrouver l'unique descendant du vieux Swinton.

Pendergast éluda la question.

— Je suis heureux de vous voir en sécurité dans cet hôtel. Je serais ravi de vous aider à régler votre note…

— Inutile, merci, l'arrêta Corrie. Je me suis arrangée pour être logée et nourrie gratuitement en échange de quelques heures de boulot en cuisine.

— Louable ingéniosité.

Il marqua un bref temps d'arrêt, adoptant une mine plus grave.

— Je regrette que vous ayez cherché à me tromper. J'ai appris par le chef de la police qu'on avait tiré sur votre voiture et que votre chien avait été tué.

Corrie se sentit devenir toute rouge.

— Je ne voulais pas vous inquiéter. Je suis désolée. Je comptais vous en parler, le moment venu.

— Vous craigniez surtout que je vous force à quitter Roaring Fork.

— Ça aussi. Je voulais retrouver le salaud qui a décapité mon chien.

— N'en faites surtout rien. Vous avez enfin compris, je l'espère, que vous étiez confrontée à des personnes dangereuses, et très décidées. Vous êtes assez intelligente pour comprendre que cela dépasse un simple chien mort.

— Bien sûr.

— Il y a un chantier de deux cents millions de dollars à la clé, et il ne s'agit pas uniquement d'argent. Tous ceux qui ont trempé dans cette histoire risquent l'inculpation. Ces gens appartiennent à l'une des familles les plus riches et les plus puissantes du pays, à commencer par votre Mme Kermode et, sans nul doute, d'autres membres du clan Stafford. Vous devez vous douter qu'ils n'hésiteront pas à vous tuer.

— Je veux qu'on les traîne devant la justice…

— Ce sera le cas, mais ce n'est pas vous qui vous en chargerez, et seulement une fois que vous aurez quitté cette ville. Lorsque vous serez en sécurité à New York, j'ai la ferme intention de demander l'intervention du Bureau afin de mettre au jour ces crimes. Vous n'avez plus aucune raison de rester ici, sinon le temps de boucler vos bagages et de rentrer à New York dès que les conditions météorologiques le permettront.

L'arrivée prochaine de la tempête signifiait que la route serait à nouveau fermée. Corrie pouvait mettre à profit ce contretemps pour peaufiner le plan de sa thèse et commencer à rédiger.

— D'accord, accepta-t-elle.

— Dans l'attente, je vous prie de ne pas quitter cet hôtel. Je me suis entretenu avec la responsable de la sécurité, une femme remarquable. Vous ne craignez rien ici. Cela dit, vous devrez sans doute prendre votre mal en patience quelques jours. On annonce une sérieuse tempête.

— Ça me convient. Alors, vous ne me racontez pas votre périple à Leadville ?

— Non.

— Pourquoi ?

— Parce que cela ne ferait qu'accroître le danger qui vous guette. Je prends l'affaire en main à compter d'aujourd'hui.

Il s'était exprimé avec gentillesse, ce qui n'empêcha pas Corrie de se montrer agacée. Pourquoi ne pas la mettre dans la confidence, puisqu'elle avait accepté son exigence de regagner New York à la première occasion ?

— Comme vous voulez, répondit-elle.

Pendergast se leva.

— Je vous inviterais volontiers à dîner, mais je dois passer voir M. Morris. Ses équipes n'ont guère progressé dans l'enquête sur les incendies criminels.

Pendergast reparti, Corrie réfléchit un instant, puis se dirigea vers le minibar. Elle avait une faim de loup, et pas vraiment les moyens de dîner au restaurant. Elle allait devoir patienter avant de bénéficier de son premier petit-déjeuner buffet. La boîte de Pringles était tarifée huit dollars.

Rien à foutre, pensa-t-elle en déchirant la feuille de protection en aluminium.

52

À 3 heures au matin du 24 décembre, une silhouette furtive se coula dans l'ombre des façades fatiguées d'Old Town et s'immobilisa devant la porte de l'Ideal Saloon. Pendergast força en un tournemain le vieux cadenas pittoresque, mais sommaire, et se glissa dans le bar désormais transformé en musée. Les néons indiquant les issues de secours éclairaient faiblement le décor de la salle : des tables rondes, des chaises, un plancher en bois, et un immense comptoir occupant toute la longueur de la salle. Des planches de bois verticales, au vernis patiné par les années, habillaient la pièce jusqu'à mi-hauteur, sous un papier peint floqué à motifs fleuris de style victorien. Des appliques en cuivre et vitraux ornaient les murs. Derrière le comptoir se dressait l'escalier conduisant à l'étage où se trouvait autrefois un petit bordel. Un peu plus loin, dissimulées dans une alcôve en partie abritée par l'escalier, on devinait quelques tables de jeu. Un épais cordon de velours, installé près des portes battantes, empêchait les visiteurs de pénétrer trop loin à l'intérieur du saloon restauré.

Pendergast se glissa sous le cordon et, à pas feutrés, fit lentement le tour de la pièce. Une bouteille de bourbon et quelques petits verres étaient posés sur le bar, d'autres attendaient sur les tables. Derrière le comptoir s'étalait un grand coffre à liqueurs miroité, plein de bouteilles remplies d'eau colorée.

Pendergast avança dans la salle de jeu. Une table recouverte de feutre vert avait été installée dans un coin, abandonnée par des joueurs de poker. Les quatre as de l'un d'eux s'opposaient au flush d'un autre. Une table de blackjack, également couverte de cartes, se dressait à côté d'une superbe roulette aux cases d'ivoire, de jaspe rouge et d'ébène.

Le visiteur nocturne se dirigea vers la petite porte que l'on distinguait sous l'escalier. La trouvant verrouillée, il en força prestement la serrure et découvrit de l'autre côté une petite pièce poussiéreuse aux murs lézardés. Le lieu, resté intact, contenait de vieilles chaises et une table cassée. Des graffitis, datant pour certains des années 1930 lorsque Roaring Fork avait encore le statut de ville-fantôme, lacéraient les murs. Des tessons de bouteilles de bourbon étaient entassés dans un coin. La porte opposée, comme le savait Pendergast, donnait sur une ruelle à l'arrière du bâtiment.

Il dénoua son écharpe, retira son manteau qu'il posa avec soin sur un dossier de chaise et contempla longuement le décor de la pièce afin d'en mémoriser tous les détails. Il resta immobile une éternité, puis il s'allongea sur le plancher sale et croisa les mains sur sa poitrine, à la façon d'un mort. Il ferma les paupières avec une infinie lenteur et se concentra sur la rumeur sourde de la tempête, à l'extérieur : la plainte du vent qui faisait trembler les murs de l'édifice, les craquements du bois, le grincement du toit de zinc. Une odeur de poussière, de pourriture sèche et de moisi imprégnait l'air. Il ralentit sa respiration et les battements de son cœur au prix d'un effort, avant de vider son esprit. Il en avait la conviction, c'était là, dans cette arrière-salle, que le Comité des sept s'était donné rendez-vous.

Autrefois, Pendergast avait séjourné plusieurs mois dans un monastère tibétain reculé où il s'était familiarisé avec une technique de méditation connue sous le nom de Chongg Ran. Une discipline mentale peu connue, dont les préceptes n'avaient jamais été couchés par écrit et se transmettaient directement du maître à l'élève.

Pendergast, tout en s'inspirant des préceptes essentiels du Chongg Ran, les avait associés à d'autres disciplines mentales, notamment celle du palais de mémoire décrit par Giordano Bruno au XVIe siècle dans son traité *Ars memoriae, L'Art de mémoire*. La combinaison finale constituait une forme de visualisation mentale, absolument unique, d'une grande complexité. À force d'exercices et de préparations rigoureux, placés au service d'une discipline intellectuelle extrêmement exigeante, cette technique lui permettait d'explorer n'importe quel univers du passé en s'appuyant sur des faits et des déductions qu'il réunissait dans un cadre cohérent. Par l'examen et l'analyse, il parvenait alors à *vivre* la situation. Cela lui donnait la possibilité de résoudre les questions les plus embrouillées en visualisant, par la seule force de sa pensée, des lieux qu'il ne pouvait visiter parce qu'ils étaient trop distants, ou trop éloignés dans le temps. Pendergast avait recours à cette technique avec beaucoup de parcimonie car elle était physiquement épuisante.

Il resta figé en position allongée, tel un cadavre, pendant de longues minutes. Il commença par ranger dans sa tête une multitude d'éléments très élaborés, puis tourna ses sens en direction de son environnement immédiat tout en faisant taire sa pensée, cette voix dont les commentaires incessants accompagnent en permanence chacun d'entre nous. Cette pensée se montrait anormalement volubile depuis quelque temps, et Pendergast éprouva les plus grandes difficultés à la museler. Il se vit contraint de passer du Troisième Niveau contemplatif au Quatrième Niveau en multipliant les équations complexes tandis qu'il entamait une partie de bridge en assumant simultanément la position des quatre joueurs. La voix enfin apaisée, il fut à même d'entamer la méthode du Chongg Ran proprement dite. Il bloqua l'un après l'autre chaque son, chaque sensation : les craquements de la vieille bâtisse, le murmure du vent, l'odeur de poussière, la dureté du plancher sous son dos, la palette infinie de toutes les sensations relevant de la conscience corporelle. Ce processus lui permit d'atteindre l'état de *stong pa nyid*, c'est-à-dire le Vide pur. L'espace d'un moment, plus rien n'exista, le temps lui-même s'était évanoui.

Puis, avec une infinie lenteur, un autre monde émergea du néant. Un monde tout d'abord aussi minuscule, délicat et précieux qu'un œuf de Fabergé, qui se clarifia très progressivement en prenant de l'ampleur. Les yeux clos, Pendergast laissa ce nouveau décor émerger de l'ombre avant de s'autoriser enfin à ouvrir les paupières. Il se retrouva dans une pièce brillamment éclairée. Une salle à manger d'une élégance raffinée, nourrie de lumières et de cristaux dans le tintement joyeux des verres et le murmure apaisé des conversations.

Bercé par le discours convenu d'un quatuor à cordes au milieu d'effluves de cigares, Pendergast balaya la salle du regard. Il caressa des yeux les tables avant d'arrêter son attention sur l'une d'elles, située dans un coin éloigné. Quatre hommes y étaient réunis. Deux d'entre eux riaient ensemble d'une plaisanterie quelconque. Le premier portait une redingote de popeline, le deuxième un habit de soirée. Ils intéressaient pourtant moins Pendergast que leurs deux compagnons. Le costume de l'un était des plus sensationnels : gants blancs en chevreau, gilet et veste cintrée de velours noir, énorme cravate, culotte et bas de soie, chaussons rehaussés de nœuds gros grain. Une orchidée pendait de sa boutonnière. En plein discours, il s'exprimait avec animation, une main sur la poitrine, l'index de l'autre tendu vers le ciel dans une version comique de saint Jean Baptiste. Son interlocuteur, pendu à ses lèvres, était si différent dans son apparence vestimentaire que le contraste en était comique. Vêtu d'un costume anglais sombre sans fantaisie, l'air pataud avec sa grosse moustache, il était petit et trapu.

Pendergast avait reconnu Oscar Wilde et Arthur Conan Doyle.

Il s'approcha mentalement de la table en tendant l'oreille, jusqu'à entendre la conversation, qui tenait essentiellement du monologue.

— Vraiment ? disait Wilde d'une voix grave et sonore. Vous croyez donc qu'en me sacrifiant sur l'autel de l'esthétisme, je répugnerais à voir l'horreur qui nous entoure ?

Le restaurant était comble. Faute de trouver un siège, Pendergast adressa un signe à un serveur en lui désignant la table. L'homme s'empressa d'apporter une chaise qu'il plaça entre Conan Doyle et celui qui devait être Joe Stoddart.

— On m'a conté un jour une histoire si effroyable, si déroutante dans ses détails et ses aspects diaboliques que plus rien, désormais, ne saurait m'effrayer.

— Voilà qui est intéressant.

— Aimeriez-vous que je vous la raconte? Je vous préviens, je la déconseille aux âmes sensibles.

Tout en écoutant, Pendergast tendit la main et se servit un verre de vin qu'il trouva excellent.

— On me l'a narrée il y a quelques années, lors d'une tournée de conférences en Amérique. Sur la route de San Francisco, j'ai fait une halte à Roaring Fork, un campement de mineurs à la fois sordide et pittoresque.

Wilde souligna ses paroles en posant une main sur le genou de Doyle.

— À la fin de mon intervention, l'un des mineurs est venu me trouver. Il s'agissait d'un vieux type abîmé, ou peut-être éclairé, par l'abus d'alcool. Me prenant à part, il m'a avoué qu'il avait tant apprécié mon histoire qu'il souhaitait m'en conter une à son tour.

Wilde prit le temps de boire une gorgée de bordeaux.

— Tenez, approchez-vous. Fort bien. Je vais vous raconter cette histoire telle que cet homme me l'a lui-même narrée...

Doyle s'approcha, aussitôt imité par Pendergast.

— J'ai bien tenté de lui échapper, mais il ne voulait rien entendre et me harponnait avec beaucoup de familiarité, l'haleine chargée du lubrifiant local. Mon premier réflexe fut de le repousser, mais l'éclat qui brillait dans son regard m'a arrêté. Porté par un intérêt tout anthropologique, Doyle, je reconnais aussi avoir été intrigué par ce spécimen coriace, ce barde vulgaire, ce mineur imprégné, curieux de savoir ce qu'il nommait lui-même une «bonne histoire». Je l'ai donc écouté avec toute l'attention requise pour pénétrer son accent américain à peine compréhensible. Il faisait référence à des événements survenus bien des années plus tôt, peu après la découverte des filons d'argent qui avaient fait la gloire de Roaring Fork. Durant un été, un ours grizzli – du moins le croyait-on – avait hanté les montagnes riveraines de la ville en attaquant, tuant… et *mangeant* des prospecteurs solitaires.

Doyle, captivé par le récit de son compagnon, hocha vigoureusement la tête.

— On s'en doute, la ville sombra dans l'horreur. Cependant, le nombre des victimes augmentait sans cesse, car il ne manquait pas de mineurs solitaires dans ces montagnes. L'ours se montrait sans pitié et tendait des embuscades aux prospecteurs près de leurs cabanes avant de les tuer et de les démembrer avec sauvagerie, en attendant de se repaître de leur chair.

Wilde laissa s'écouler un court silence.

— Je serais curieux de savoir si la… comment dire? la consommation débutait alors que les victimes étaient encore conscientes. Vous imaginez, être dévoré vivant par une bête sauvage? La sentir déchirer vos chairs, les mâcher et les avaler avec une satisfaction évidente? Même le Huysmans d'*À rebours* n'a pas osé y penser. Un grave manquement, quand on y songe!

Wilde lança un coup d'œil à son compagnon afin de juger de l'effet de ses propos sur ce médecin de province. Doyle but une longue gorgée de son verre de bordeaux. Pendergast, tout ouïe, l'imita avant de faire signe au serveur de lui apporter un menu.

— Bien des chasseurs ont voulu pister ce grizzli, poursuivit Wilde. Aucun n'a connu le succès, à l'exception d'un mineur à qui les Indiens avaient enseigné les subtilités de la traque. Il en a conclu que les victimes n'étaient pas mortes sous les griffes d'un ours.

— Elles n'étaient pas mortes sous les griffes d'un ours, monsieur?

— Non, mon cher Doyle. Cet homme, un nommé Cropsey, a attendu la survenue d'un nouveau drame et s'est aperçu, en remontant leur piste, que les coupables de ces horribles forfaits étaient une petite bande d'humains.

Doyle sursauta à ces mots.

— Je vous demande pardon, monsieur Wilde. Vous voulez dire que ces hommes étaient… des cannibales?

— Absolument. Des cannibales américains.

Doyle secoua la tête.

— C'est monstrueux. Monstrueux.

— En effet, approuva Wilde. Il leur manque les bonnes manières des cannibales anglais.

Doyle posa sur son interlocuteur un regard stupéfait.

— Ce n'est pas une affaire légère, Wilde.

— Peut-être pas. Nous verrons. En tous les cas, notre Cropsey a suivi la piste de ces cannibales jusqu'à leur repaire, une galerie de mine abandonnée au cœur de la montagne, dans un lieu baptisé le mont des Contrebandiers. Il n'y avait pas de police en ville, vous vous en doutez, de sorte que notre homme a improvisé une milice dont les membres se sont baptisés eux-mêmes le Comité des sept. Ils ont décidé de se rendre dans la montagne en pleine nuit, de surprendre les cannibales et de leur administrer la justice sommaire qui s'appliquait alors dans l'Ouest.

Wilde tritura la fleur à sa boutonnière.

— Le lendemain, à minuit, les sept se retrouvaient dans le saloon du cru pour mettre au point leur stratégie. Histoire aussi de se donner du courage avant la bataille. Ils se sont éclipsés par la porte de derrière, lourdement armés, équipés de lanternes, d'une corde et d'une torche. À ce stade, mon cher Doyle, l'histoire devient… allons, n'ayons pas peur des mots, elle devient effroyable. Je suis heureux de voir que vous vous préparez au pire, et vous avez raison.

Le serveur revenait avec le menu et Pendergast se pencha dessus. Trois ou quatre minutes plus tard, il interrompit brusquement sa lecture en entendant Doyle se lever de table précipitamment, renversant une chaise dans son émoi, avant de fuir la salle à manger en affichant un mélange de surprise et de dégoût.

— Eh bien? Que se passe-t-il? s'inquiéta Stoddart, le front barré d'un pli, en voyant Doyle disparaître en direction des toilettes pour hommes.

— Les crevettes, sans doute, répondit Wilde en se tamponnant la bouche avec sa serviette...

... La voix s'effaça progressivement de la conscience de Pendergast. La somptueuse salle de restaurant du Langham vibra en donnant l'impression de se dissiper au milieu d'un brouillard opaque. Lentement, très lentement, une autre scène se matérialisa sous les yeux de l'inspecteur, très différente de la première. Il reconnut l'arrière-salle enfumée d'un saloon. Une forte odeur de bourbon imprégnait l'air et la rumeur de la foule des clients traversait les fines cloisons de bois, sur fond d'éclats de voix. Une arrière-salle étrangement semblable à celle dans laquelle était allongé Pendergast dans le Roaring Fork du présent. Après un bref échange, sept hommes se levèrent dans un même ensemble d'une longue table. Tous étaient armés de revolvers et de lanternes. Ils quittèrent la pièce par une petite porte, dans le sillage de leur chef, un certain Shadrach Cropsey.

Pendergast leur emboîta le pas dans la nuit, flottant dans l'air frais à la façon d'un fantôme.

53

Les sept mineurs parcoururent la piste en terre qui faisait office de rue principale d'un pas nonchalant. Parvenus à la hauteur des dernières maisons, ils prirent la direction des montagnes à travers bois. C'était une nuit sans lune. Une odeur de feu de camp flottait dans l'air. Dans les corrals voisins, les chevaux paraissaient agités. Les hommes allumèrent leurs lanternes et poursuivirent leur route en silence, grimpant le long d'un sentier muletier qui serpentait à travers les silhouettes sombres des sapins.

Des milliers d'étoiles brillaient dans le ciel glacé. Un loup hurla au loin, dans un repli des montagnes. Un autre lui répondit. Avec l'altitude, les sapins se faisaient plus rabougris, leurs troncs tordus de façon grotesque par la neige et le vent. Les arbres s'espacèrent, cédant la place à des buissons d'épineux. Soudain, le chemin émergea des bois.

En esprit, Pendergast ne quittait pas des yeux le petit groupe.

La file de lanternes jaunes gravissait lentement le chemin rocailleux en direction du cirque des Contrebandiers. Les sept hommes s'enfoncèrent dans une zone minière abandonnée depuis peu. Ils progressaient à présent au milieu des résidus de minerai, entassés en pyramide, qui marquaient les entrées de galerie dont s'échappaient des déversoirs posés sur des chevalets branlants.

Sur leur droite s'élevait la silhouette fantomatique du grand hangar en bois de la mine Sally Goodin, encore en activité en ce début d'automne 1876. Le bâtiment abritait les machineries et autres poulies grâce auxquelles on acheminait ascenseurs et wagonnets jusqu'au fond de la mine. La pompe Ireland, un monstre de deux cents tonnes capable d'aspirer cinq mètres cubes d'eau à la minute, se chargeait d'assécher les galeries souterraines.

Les lanternes s'éteignirent, à l'exception d'une seule. Protégée par un verre rouge, elle dessinait une trouée sanglante dans la nuit. Du chemin s'échappaient de multiples sentes qui disparaissaient entre les rochers surplombant le cirque. La plus élevée des galeries abandonnées, que tentait de rejoindre le petit groupe, se trouvait à près de quatre mille mètres d'altitude, à flanc de montagne, le long d'un versant connu sous le nom de Mur des Contrebandiers. Le sentier en pente raide qui en permettait l'accès, taillé à la main au milieu des éboulis, franchissait une crête et contournait un petit lac glaciaire aux eaux noires immobiles sur les rives duquel rouillaient de vieilles conduites et des équipements de pompage abandonnés.

Les sept hommes poursuivirent leur ascension en silence. L'ouverture sombre de la mine de Noël se découpa enfin dans la paroi rocheuse, faiblement éclairée par l'éclat tamisé des étoiles. Un échafaudage jaillissait de la gueule carrée de la galerie, au pied duquel s'était amoncelé un tas de minerai d'apparence laiteuse. Quelques épaves de machines jonchaient la pente en contrebas.

Le petit groupe s'immobilisa et Pendergast entendit un murmure de voix. Les hommes se séparèrent aussitôt. Le premier se dissimula dans les rochers au-dessus de l'entrée de la mine, tandis qu'un autre se mettait à couvert sous l'ouverture.

Les sentinelles en place, leurs compagnons pénétrèrent dans le tunnel sous la direction de Cropsey, armé de la lanterne. Pendergast se glissa dans l'ouverture à leur suite. Le volet de la lampe était réglé de façon à laisser s'échapper une lueur diffuse. L'arme au poing, sans un bruit, les hommes suivirent en file indienne les rails qui s'enfonçaient dans la pénombre. L'un d'eux tenait une torche, prêt à l'allumer.

Tandis qu'ils avançaient, une puissante odeur flotta jusqu'à eux, qui rendait plus écœurante encore l'atmosphère étouffante et moite de la mine.

Le petit groupe s'arrêta en apercevant un goulet coupant à angle droit la galerie principale. Le craquement d'une allumette se fit entendre et une main enflamma la torche. Les hommes s'aplatirent contre les parois du tunnel, leurs armes levées. Autour d'eux, la puanteur était quasiment insoutenable.

Au milieu du silence étouffant, la flamme vacillante de la torche dévoila une forme indéfinissable à l'extrémité de la galerie. En s'approchant, les hommes découvrirent des morceaux de toile de jute, de vieux sacs troués, quelques feuilles mortes, des aiguilles de sapin et de la mousse. Parmi ces détritus surnageaient des os rongés, des crânes fendus, ainsi que des lambeaux de peau desséchés.

L'absence de poil trahissait de la peau humaine.

Des excréments étaient disposés en cercle autour du sinistre empilement.

— C'est… c'est quoi, ce *truc*? demanda l'un des hommes d'une voix rauque.

Un silence gêné lui répondit, que rompit l'un de ses compagnons :

— La tanière d'un animal.

— Pas d'un animal, le corrigea Cropsey.

— Seigneur Dieu!

— Où sont-ils?

Les voix, plus sonores sous l'effet de la peur, se répercutaient contre les parois.

— Ces salopards sont sortis. Ils doivent être en train de chasser.

Une discussion animée s'engagea à la lueur tremblante de la torche. Les hommes n'étaient pas d'accord entre eux sur la conduite à suivre.

Cropsey fit signe à ses compagnons de se taire en levant brusquement la main. L'oreille tendue, ils distinguèrent des pas traînants et une respiration gutturale, presque animale.

Le bruit cessa. L'homme qui tenait la torche s'empressa de l'éteindre dans l'eau d'une flaque tandis que Cropsey masquait sa lanterne. Un silence oppressant s'installa. Les tueurs avaient sans doute aperçu la lumière, ou entendu des voix. Le petit groupe se savait découvert.

— Rallume ta lampe, pour l'amour du ciel, chuchota l'un des hommes sur un ton angoissé.

Cropsey écarta légèrement le volet de sa lanterne. Autour de lui, ses hommes s'étaient accroupis, prêts à tirer. C'est à peine si la faible lueur trouait les ténèbres.

— Plus de lumière, demanda une voix.

Le faisceau de la lanterne atteignit l'embranchement. Tout était silencieux. Ils attendirent en vain, sans voir apparaître l'ennemi, ni même l'entendre s'enfuir.

— Il va falloir aller les chercher, décida Cropsey. Avant qu'ils ne s'échappent.

Comme personne ne faisait mine de bouger, il avança. Ses compagnons le virent atteindre la galerie principale, lever sa lanterne, s'accroupir. Soudain, il tourna le coin à la vitesse de l'éclair en brandissant son fusil d'une main et la lanterne de l'autre.

— *Maintenant!*

La suite se déroula très vite. Une ombre se rua en avant, un cri étouffé retentit. Cropsey pivota sur lui-même, lâcha son fusil et s'effondra en laissant échapper un hurlement de douleur. À cheval sur son dos, un homme crasseux entièrement nu s'acharnait sur lui, les dents plantées dans sa gorge à la façon d'un animal sauvage. Les deux adversaires étaient trop entremêlés pour que les mineurs puissent tirer. Cropsey poussa un nouveau hurlement en tentant d'échapper à l'emprise de son attaquant. Le monstre le griffait, le mordait, arrachant tout ce qui passait à la portée de ses ongles et de ses dents : oreilles, lèvres, nez. Un flot de sang jaillit de la gorge de Cropsey dont la lanterne se brisa sur le sol.

Mus par un même réflexe, les quatre survivants tirèrent dans le noir. À la lueur des détonations, de nouvelles silhouettes apparurent, qui se ruèrent à l'intérieur du goulet en meuglant, tels des taureaux en furie. Un feu nourri les accueillit. Les deux sentinelles, alertées par le bruit, se précipitèrent dans la mine, l'arme à la main. Les revolvers et les fusils aboyèrent furieusement, révélant un épais nuage de fumée à chaque nouvel éclair. Soudain, le silence retomba sur les ténèbres. Le temps donna l'impression de se figer, puis une allumette crépita contre la roche. Une lanterne s'anima en projetant une lueur timide sur un amoncellement de corps. Les quatre cannibales, réduits à l'état de charpie, gisaient sur le cadavre désarticulé de Shadrach Cropsey.

Le drame était consommé.

Un quart d'heure plus tard, Pendergast ouvrait les yeux. L'arrière-salle du saloon était plongée dans le silence. Il se releva, épousseta son costume noir, se rhabilla chaudement et sortit par la porte de derrière. La tempête soufflait en rafales dans les rues, secouant les décorations de Noël comme autant de toiles d'araignées. Pendergast serra son manteau contre lui, l'écharpe autour du cou, et regagna péniblement son hôtel, tête baissée afin d'échapper aux bourrasques.

54

À 11 heures du matin le 24 décembre, après avoir beurré deux cents toasts, lavé deux fois plus d'assiettes et passé la serpillière d'une extrémité à l'autre de l'immense cuisine, Corrie remonta dans sa chambre, s'emmitoufla dans son manteau et partit affronter la tempête. Elle avait beau se dire que jamais Kermode et ses sbires n'auraient mis le nez dehors par un temps pareil, elle n'en sentit pas moins un frisson de peur lui parcourir l'échine. Elle se rassura en se disant qu'elle se rendait au commissariat de police, le lieu le plus sûr de la ville.

Elle avait décidé d'affronter Pendergast. Enfin, pas tout à fait. Plus exactement, elle voulait le convaincre de partager avec elle les informations glanées lors de sa visite à Leadville. Elle trouvait injuste qu'il la tienne à l'écart de son enquête. N'était-ce pas elle, après tout, qui avait découvert la piste Swinton et qui lui en avait parlé ? S'il avait obtenu de nouveaux éléments concernant les meurtres d'autrefois, la moindre des politesses était de lui permettre de les intégrer à sa thèse.

Le vent et la neige la giflèrent de plus belle lorsqu'elle s'engagea dans Main Street. Elle se pencha en avant, les mains accrochées à son bonnet. Le centre de Roaring Fork avait beau ne pas être grand, le trajet lui semblait interminable au milieu de cette vacherie de blizzard.

Le commissariat lui apparut soudain entre deux bourrasques. Ses fenêtres éclairées donnaient l'impression de l'attirer comme un aimant. Les équipes de Stanley Morris étaient visiblement à leur poste, malgré le mauvais temps. Elle grimpa les marches, se débarrassa dans le vestibule de la neige qui collait à ses semelles, secoua son bonnet et son écharpe de laine, et poussa la porte.

— L'inspecteur Pendergast est-il là ? s'enquit-elle auprès d'Iris, la femme postée à l'accueil avec qui elle avait fini par sympathiser.

— Ma pauvre, soupira celle-ci en secouant la tête. Si vous croyez qu'il me tient au courant de ses allées et venues ! Sans compter qu'il n'a pas d'heure. Le mieux serait encore d'aller frapper à la porte de son bureau.

Corrie descendit au sous-sol, heureuse pour une fois de la chaleur qui y régnait. La porte était fermée. Elle frappa. Pas de réponse.

Où avait-il bien pu passer, par un temps pareil ? Sa chambre de l'hôtel Sebastian ne répondait pas.

Elle tourna la poignée et trouva la porte verrouillée.

Corrie resta un instant plongée dans ses pensées, la main sur la poignée, puis elle remonta au rez-de-chaussée.

— Vous l'avez trouvé ? lui demanda Iris.

— Non, répondit-elle.

Elle hésita, avant de poursuivre :

— En fait, j'ai oublié un truc important dans son bureau. Vous n'auriez pas la clé, par hasard ?

Iris réfléchit.

— Si, mais je n'ai pas le droit de vous la donner. Qu'avez-vous oublié ?

— Mon portable.

— Ah.

Iris fronça les sourcils.

— J'imagine que je pourrais vous ouvrir, à condition de rester avec vous.

— Ce serait super.

Elle suivit Iris au sous-sol où celle-ci donna un tour de clé à la porte avant d'allumer la lumière. La chaleur dans le petit bureau était suffocante. Corrie lança un coup d'œil circulaire. La table de travail de l'inspecteur était couverte de documents soigneusement rangés. Elle tenta d'en découvrir la teneur, mais les papiers étaient trop bien empilés pour qu'elle puisse glaner quoi que ce soit d'intéressant.

— Je ne vois pas votre portable, remarqua Iris.

— Il l'a peut-être rangé dans un tiroir.

— Je ne crois pas que vous devriez fouiller ses tiroirs, Corrie.

— Vous avez raison.

La jeune fille souleva les liasses de documents au hasard.

— Il doit pourtant bien se trouver quelque part, bougonna-t-elle.

Au même instant, un détail attira son regard : une feuille que Pendergast avait déchirée de son petit carnet, couverte de son écriture bien reconnaissable, dépassant d'une pile de dossiers. Les mots *Swinton* et *mine de Noël* avaient été soulignés.

— Vous ne l'apercevez pas là-bas? fit Corrie, penchée au-dessus du bureau, feignant de chercher derrière la lampe tout en repoussant les dossiers du coude «par mégarde».

D'un coup d'œil, elle découvrit quelques lignes recopiées par Pendergast :

Rendévou à l'Ideal à 11 heur Pile ce Soir y son Coincé dans la vieye Mine Noël sur le mon des contrebendié y son 4 aporte...

— Allons, Corrie, décida Iris d'une voix ferme, le front barré d'un pli, en s'inquiétant du manège de la jeune fille.

— Je suis désolée. Je me demande bien où j'ai pu fourrer cette vacherie de portable.

De retour dans sa chambre d'hôtel, elle s'empressa de recopier les quelques lignes apprises par cœur avant de les relire à plusieurs reprises. Il ne faisait aucun doute que Pendergast avait découvert une vieille note mentionnant le lieu où s'était déroulé le règlement de comptes avec les cannibales : la mine de Noël. Lors de ses recherches dans le fonds Griswell, elle avait consulté de nombreuses cartes des mines de la région. Il ne lui serait pas difficile de retrouver l'emplacement de cette mine de Noël, peut-être même avec un plan.

Voilà qui changeait la donne. Elle soupçonnait depuis le début les mineurs cannibales de s'être tenus cachés dans une galerie abandonnée. S'ils avaient été tués sur place, leurs dépouilles y reposaient peut-être encore.

La mine de Noël... À condition de pouvoir prélever des os et des échantillons de cheveux, il lui serait aisé de vérifier que ces hommes avaient bien été empoisonnés au mercure. Ce genre d'analyse ne coûtait quasiment rien. Si jamais les tests se révélaient positifs, son travail n'en serait que plus méritoire : elle aurait définitivement résolu le mystère de ces meurtres en série en apportant sur l'affaire un éclairage particulièrement original.

Elle se souvint de sa promesse à Pendergast. Elle avait promis de ne pas quitter l'hôtel, de ne pas chercher à retrouver la personne qui lui avait tiré dessus avant de décapiter son chien. Elle avait tenu parole jusque-là, mais Pendergast n'aurait jamais dû lui cacher une information aussi cruciale pour ses recherches.

Elle mit le nez à la fenêtre. Le blizzard ne donnait aucun signe de faiblesse. L'heure du réveillon approchait, la plupart des boutiques avaient baissé leur rideau et les rues étaient quasiment vides. L'heure idéale pour rendre une petite visite au fonds Griswell. Corrie glissa dans une poche son kit de crochetage de serrure : la vieille maison Griswell serait probablement équipée de serrures à l'ancienne, pas de quoi l'inquiéter.

Elle remit son manteau et fonça dans la tempête. Seuls les chasse-neige circulaient encore dans les rues désertes. Des guirlandes électriques, arrachées par le vent, pendaient lamentablement des réverbères dans le clignotement désordonné de leurs ampoules. À défaut d'apercevoir les montagnes, elle entendait le ronronnement des remonte-pentes qui poursuivaient imperturbablement leur ronde, malgré l'absence quasi totale de skieurs. Les sports d'hiver faisaient si bien partie de la culture de Roaring Fork que les domaines skiables ne fermaient jamais, quel que soit le temps.

Corrie eut l'impression d'être suivie en tournant sur East Haddam. Elle se retourna sans distinguer la moindre silhouette au milieu des tourbillons de flocons. Elle fut prise d'une hésitation. Il devait s'agir d'un passant, à moins que son imagination ne lui joue des tours. L'avertissement de Pendergast résonna dans sa tête.

Il lui suffisait de vérifier. Elle rebroussa chemin et remonta ses propres empreintes, bien visibles dans la neige fraîche. Elle ne s'était pas trompée : d'autres traces de pas se mêlaient aux siennes. Un inconnu avait marché dans son sillage avant de s'enfoncer précipitamment dans une allée privée, à peu près au moment où elle s'était retournée.

Le cœur de Corrie se mit à battre plus fort. OK, elle était suivie. Pouvait-il s'agir de la brute qui avait déjà tenté de la chasser de la ville ? Ou bien était-ce une simple coïncidence, amplifiée par sa paranoïa compréhensible ?

— Rien à foutre, dit-elle à voix haute en reprenant son chemin.

Une rue plus loin, elle arrivait à hauteur de la vieille demeure Griswell. La porte était munie d'une serrure ancienne, ainsi qu'elle s'y attendait. Pénétrer dans la maison serait du gâteau.

Sauf si elle était équipée d'une alarme.

Une violente bourrasque la déstabilisa alors qu'elle fouillait des yeux l'intérieur de la maison en regardant par la fenêtre. Aucune diode de capteur infrarouge ou de détecteur de mouvement. Aucune pancarte avertissant de la présence d'un système de sécurité n'était apposée sur la façade. À en juger par l'état de la vieille bâtisse, les gérants du fonds avaient les doigts crochus. Ils avaient probablement estimé que ces vieilles archives ne méritaient pas d'être protégées.

Et quand bien même Corrie déclencherait une alarme, la police se déplacerait-elle ? Elle avait d'autres chats à fouetter. Entre la tempête, le vent qui arrachait les branches, et le gel, toutes les alarmes de la ville devaient se déclencher sans crier gare.

Elle jeta un coup d'œil furtif autour d'elle, retira ses gants et crocheta la serrure en un tournemain. Elle se glissa à l'intérieur, referma la porte et prit sa respiration. Pas d'alarme, pas de diode lumineuse. Pas un bruit, sinon les coups de boutoir du vent et des bourrasques de neige sur la vieille demeure.

Elle se frotta les mains pour les réchauffer. La mission qui l'attendait était un vrai jeu d'enfant.

55

Une demi-heure plus tard, penchée sur une pile de documents dans une petite pièce mal éclairée, Corrie avait trouvé ce qu'elle cherchait. L'une des anciennes cartes de la région lui dévoilait l'emplacement de la mine de Noël, accompagné du détail de ses galeries. À en croire les informations qu'elle avait dénichées, la mine s'était révélée stérile. Elle avait été l'une des premières abandonnées, dès 1875, et n'avait pas été exploitée depuis. Voilà qui expliquait sans doute pourquoi les mineurs fous s'y étaient réfugiés.

Elle examina plus attentivement la carte. Creusée dans le mont des Contrebandiers, à près de quatre mille mètres d'altitude, la mine était aisément accessible par le réseau des petites routes de montagne dont se servaient les amateurs de 4 x 4 en plein été, les accros de scooter des neiges pendant l'hiver. Elle s'ouvrait au-dessus d'une dépression naturelle, le cirque des Contrebandiers, fréquemment visité par les touristes à la belle saison. Le plus imposant des vestiges de l'ère minière abritait les reliques de la pompe Ireland, réputée la plus grande de son temps.

Corrie devait s'attendre à ce que l'entrée de la mine de Noël fût condamnée, à l'instar de toutes les anciennes galeries des environs de Roaring Fork, fermées par des murs de brique parfois renforcés de plaques en fer. Il serait difficile, voire impossible, d'y accéder, surtout avec autant de neige, mais rien n'empêchait Corrie d'aller y jeter un coup d'œil. Elle avait toutes les raisons de croire que les dépouilles des

moteur de scooter. En parcourant des yeux la piste qu'elle venait d'emprunter, elle aperçut furtivement un point noir dans un virage en épingle à cheveux. L'instant d'après, le scooter disparaissait derrière un rideau d'arbres.

Corrie fut prise de panique. On la pourchassait *vraiment*! C'était la troisième fois ce jour-là qu'elle se sentait suivie, il ne pouvait plus s'agir d'une coïncidence. Ça ne pouvait être que le tueur engagé par Kermode, celui qui lui avait tiré dessus avant de décapiter son chien. L'aventure en montagne perdait brusquement tout attrait. Elle avait fait bêtement preuve de témérité en se lançant seule dans cette équipée en plein blizzard, loin de tout.

Elle sortit son portable. Pas de signal.

Le vrombissement du moteur se rapprochait, elle avait peu de temps devant elle.

Les pensées se bousculaient dans sa tête. Il était trop tard pour rebrousser chemin. À moins de redescendre en ligne droite, quasiment à la verticale, elle était obligée d'emprunter la même piste. Quant à se cacher, ce n'était pas une option puisque ses traces la trahiraient. Abandonner le scooter et poursuivre à pied? Impossible, la couche de neige était bien trop épaisse.

Corrie prit soudain conscience du pétrin dans lequel elle s'était fourrée. Le mieux était encore de poursuivre jusqu'à la mine et de s'introduire à l'intérieur de la galerie dans l'espoir d'échapper à son poursuivant. Elle avait un plan, ce qui n'était pas le cas de son adversaire.

Elle redémarrait lorsqu'elle vit le scooter franchir le dernier virage et sortir du bois à vive allure.

Elle tourna la poignée des gaz et l'engin bondit en avant. L'aiguille du compteur franchit la barre des cinquante à l'heure, puis des soixante et des soixante-dix. Corrie volait littéralement sur la piste, coincée entre un ravin et un mur de neige. Après cinq minutes de course, elle franchit un col et déboula au milieu des bâtiments en ruines éparpillés à l'intérieur du cirque des Contrebandiers. Elle s'arrêta, le temps de s'orienter avec la carte. La mine de Noël se trouvait plus haut encore, sur le flanc de la montagne dont la masse surplombait les bâtisses délabrées. Carte en main, elle leva les yeux et aperçut l'entrée de la mine. La piste de scooter s'arrêtait à l'endroit où elle se trouvait, mais la carte indiquait la présence d'un sentier conduisant à l'entrée de la mine. En plissant les yeux, elle distingua le petit chemin recouvert de neige qui serpentait dangereusement entre les rochers.

Derrière elle, l'engin de son poursuivant gagnait du terrain. Elle rangea précipitamment la carte, fit rugir le moteur, traversa le cirque en longeant les anciens bâtiments et s'arrêta au pied du mont des Contrebandiers, étonnée de découvrir des traces de scooter récentes. Partiellement recouvertes par la neige, elles dataient du jour même.

L'ascension s'annonçait périlleuse. Un instant hypnotisée par la paroi verticale qui la menaçait, elle se retourna et constata que l'autre scooter entamait la traversée du cirque, moins d'un kilomètre derrière elle.

Elle tourna la poignée des gaz et partit à l'assaut du petit sentier en longeant la paroi du mieux qu'elle le pouvait, gênée par la présence des congères. Son cœur faillit s'arrêter au premier virage, incroyablement raide et serré. Elle freina brusquement et se retrouva empêtrée dans une congère dont elle se libéra à grand-peine, au risque d'être entraînée dans le ravin par un paquet de neige.

Corrie s'en tira de justesse en remettant les gaz, dans un grand jaillissement de neige. Elle s'arrêta le temps de souffler, terrifiée par le vide qui menaçait de la happer à chaque instant. Sans compter les risques d'avalanche, sans doute très élevés. Son poursuivant traversait à présent l'ancien complexe minier en collant à ses traces. Il était suffisamment près pour qu'elle distingue clairement le fusil qu'il portait en bandoulière.

Un tueur à ses trousses, elle s'était laissé acculer dans ce sentier de montagne qui se terminait en cul-de-sac face à une paroi vertigineuse.

S'interdisant de ralentir, Corrie franchit bravement une demi-douzaine d'épingles à cheveux terrifiantes en multipliant les risques. Enfin, elle atteignit l'ouverture carrée de la mine de Noël, encadrée par d'énormes poutres à moitié pourries. Elle immobilisa le scooter des neiges à l'entrée de la galerie, arracha son casque, releva la selle et sortit son sac à dos. Le contact coupé, elle entendit se rapprocher le rugissement du moteur de son poursuivant.

L'accès au tunnel était bloqué quelques mètres plus loin, assez profondément pour éviter la formation d'une congère. Une porte rongée par les ans s'encadrait dans un chambranle d'acier riveté, fermée par une barre transversale que scellait un lourd cadenas à l'ancienne.

Corrie, paniquée par le grondement croissant du scooter, ôta vivement ses gants et s'escrima sur le cadenas avec son kit de crochetage. Elle ne tarda pas à comprendre que le barillet, mangé par la rouille, était définitivement hors d'usage.

Le scooter se trouvait maintenant tout près.

Elle sortit de son sac la pince coupe-boulon, mais celle-ci n'était pas assez grande pour mordre la barre de fer entravant la porte. Elle parvint en revanche à refermer les mâchoires de la pince autour de la crosse du cadenas. Elle serra de toutes ses forces, entamant le métal de la crosse sur lequel elle s'acharna ensuite à l'aide du marteau. Le métal finit par céder, mais la couche de rouille était si épaisse qu'il lui fallut écarter les deux moitiés de la crosse à coups de marteau afin de libérer la barre.

Elle se jeta de tout son poids sur la porte en fer, mais c'est tout juste si celle-ci s'entrouvrit en laissant échapper un grincement métallique.

Le scooter de son poursuivant poussa un dernier rugissement, suivi d'une gerbe de neige, et Corrie vit l'engin s'encadrer dans l'entrée de la mine, conduit par un individu casqué de noir en combinaison matelassée. Il sauta de sa machine, le fusil à la main.

Elle poussa un cri en se ruant sur la porte, au risque de se démettre l'épaule. Le lourd battant s'enfonça de quelques centimètres dans un grincement assourdissant. Elle saisit son sac à dos à la volée, se glissa à l'intérieur du tunnel par l'interstice, et repoussa la porte en pesant de tout son poids au moment précis où son adversaire ouvrait le feu. La balle ricocha sur le métal et s'enfonça dans la roche derrière elle au milieu d'une pluie d'étincelles.

Corrie acheva de refermer la porte d'une poussée et chercha à tâtons dans son sac la lampe frontale qu'elle passa hâtivement au-dessus de sa cagoule avant de l'allumer. Plusieurs projectiles firent trembler la porte dans un tonnerre assourdissant, sans parvenir à traverser le métal. Le tireur se jeta à son tour sur le battant qui s'écarta de quelques centimètres. Corrie le contrecarra en poussant de toutes ses forces, puis elle sortit de son sac le pied-de-biche qu'elle coinça sous la porte à l'aide du marteau, bloquant le passage d'un adversaire qui redoublait d'efforts.

Le pied-de-biche trembla sous les coups. Il ne tiendrait pas longtemps. Corrie profita du répit pour regarder autour d'elle. De vieilles machines et des débris de fer jonchaient la galerie, au milieu de fragments de roche.

Boum! Le tireur avait fait céder le pied-de-biche à force de peser sur la porte.

Corrie le coinça de plus belle avec le marteau, puis entassa contre le battant roches et outils métalliques. Apercevant un wagonnet à minerai un peu plus loin, elle le poussa péniblement jusqu'à la porte après l'avoir tiré de ses rails et roula de grosses pierres contre la porte. Consciente d'avoir gagné quelques minutes de répit, elle s'adossa contre la paroi, le temps de reprendre son souffle et de réfléchir à la suite.

Plusieurs détonations retentirent, provoquant autour d'elle un grondement terrifiant qui la fit sursauter. Elle saisit son sac et regarda pour la première fois le décor qui l'entourait. L'air froid, moins piquant qu'à l'extérieur, était porteur d'une forte odeur de fer et d'humidité. D'épaisses poutres en bois consolidaient la voûte tous les trois mètres et des rails s'enfonçaient en ligne droite dans le ventre de la montagne.

Elle s'élança dans la galerie, le bruit de sa course couvert par les efforts de son poursuivant qui continuait de s'acharner sur la porte. Arrivée à un premier embranchement, elle s'engagea dans un tunnel perpendiculaire et fut obligée de réfléchir lorsqu'elle atteignit rapidement le fond d'une impasse.

Le temps lui était compté, l'inconnu qu'elle avait aux trousses finirait bien par repousser la porte. Son plan précisait qu'un secteur de la mine de Noël était relié à d'autres galeries enfouies plus profondément dans la montagne. On pouvait les rejoindre par un dédale de tunnels et de puits. À condition que ceux-ci soient encore praticables. Il lui suffirait alors de trouver une sortie… À quoi bon ? Les abondantes chutes de neige de ces derniers jours lui bloquaient tout espoir de fuite, sans scooter. Personne ne savait qu'elle était ici, puisqu'elle avait préparé son expédition en secret.

Putain, ma vieille, dans quelle panade tu t'es encore fourrée ?

Un grincement lui parvint, suivi d'un autre. Elle remonta le petit couloir, glissa un œil dans la galerie principale et aperçut un rai de lumière. L'interstice s'agrandit, accompagné d'un nouveau crissement aigu.

L'inconnu avait réussi à dégager la porte métallique. Corrie distingua une épaule, un visage aux traits cruels, un poing crispé autour d'une arme.

Elle s'enfuyait à toutes jambes lorsque retentit le premier coup de feu.

57

Une pluie de balles accompagna sa fuite, projetant des étincelles et des éclats de roche devant elle. Terrorisée, Corrie volait au-dessus des rails rouillés, s'attendant à tout moment à recevoir une balle entre les omoplates. Le tunnel s'arrêta brusquement sur un mur de roche, à hauteur d'une galerie perpendiculaire. De nouvelles détonations résonnèrent entre les parois de la mine. Des projectiles s'enfoncèrent dans les poutres en bois, tout près d'elle.

Corrie s'enfonça en courant dans la galerie adjacente. Prise de panique, incapable de se concentrer, elle ne parvenait pas à se souvenir de la disposition des tunnels tels qu'ils figuraient sur le plan. Son poursuivant ne tirait plus depuis qu'il l'avait vue disparaître. Soudain, elle découvrit sur sa droite un passage en pente dont le sol taillé dessinait un escalier géant. Elle dévala les marches quatre à quatre et déboucha dans une galerie inférieure au milieu de laquelle s'écoulait un mince filet d'eau. L'atmosphère était nettement moins fraîche à présent, la température dépassait peut-être même zéro degré et Corrie transpirait abondamment sous son harnachement polaire.

— Tu ne m'échapperas pas ! s'éleva une voix loin derrière elle. Toutes ces galeries sont des culs-de-sac.

T'as qu'à croire, pensa-t-elle bravement. *Tu oublies que j'ai un plan.*

Deux coups de feu retentirent, faisant jaillir dans son sillage des éclats de roche qui arrosèrent sa parka au niveau du dos. Elle jeta autour d'elle un regard affolé. Une autre galerie s'enfonçait à gauche. En pente raide, ses marches rendues dangereuses par l'humidité, elle était équipée d'une vieille corde en guise de rampe.

Corrie s'y précipita à fond de train. Elle avait parcouru plusieurs dizaines de mètres lorsque son pied glissa. Elle voulut s'agripper à la corde mais celle-ci tomba en poussière entre ses doigts. Elle bascula en avant, retomba sur l'épaule et s'écrasa sur la pierre détrempée au bas des marches. Heureusement pour elle, ses épais vêtements et son bonnet de laine avaient amorti sa chute.

Elle se remit sur pied tant bien que mal, bras et jambes moulus, le front entaillé, et découvrit un filon à peine haut d'un mètre cinquante parcouru de piliers naturels. Le faisceau de sa lampe frontale lui indiqua que le souterrain s'étendait des deux côtés. Elle éteignit la lampe et s'enfonça à gauche au hasard, zigzaguant entre les piliers, pliée en deux. Elle ralluma brièvement sa lampe afin de voir où elle allait, puis elle poursuivit sa course dans l'obscurité. Elle répéta l'opération à trois reprises. La dernière fois, elle attendit d'avoir éteint la lampe et bifurqua brusquement à droite en avançant lentement, sans bruit.

La torche de son poursuivant troua l'obscurité derrière elle, fouillant les ténèbres. Corrie se plaqua derrière un pilier et attendit. L'instant d'après, il la dépassait sans la voir. Elle le vit ralentir et scruter les alentours, pistolet au poing. Il avait perdu sa trace.

Elle sortit silencieusement de sa cachette et repartit en sens inverse, se glissa dans une galerie adjacente et poursuivit sa route à tâtons dans le noir, de peur d'être vue si elle rallumait sa lampe. Elle s'essuya les yeux, gênée par le sang qui s'écoulait de sa plaie au front. Soudain, elle distingua une lueur derrière elle et comprit que son poursuivant revenait également sur ses pas. Elle retira sa lampe frontale qu'elle dissimula entre ses doigts afin d'en atténuer la portée, l'allumant un instant pour voir où elle allait.

Erreur. Des coups de feu éclatèrent dans son dos et elle l'entendit courir dans sa direction. La torche de son adversaire s'arrêta sur elle. Il fit feu à nouveau, mais cet idiot tirait en courant, une technique qui marche uniquement à la télé. Corrie en profita pour sprinter de toutes ses forces.

Elle aperçut l'obstacle au dernier moment : l'ouverture béante d'un puits de mine au beau milieu de la galerie. Elle freina si précipitamment qu'elle roula sur le flanc, emportée par son élan. L'une de ses jambes bascula dans le vide, elle se raccrocha à la roche et se releva en poussant un cri de peur involontaire. La passerelle en fer qui permettait de franchir le trou, rongée par la rouille, risquait fort de céder sous son poids. L'échelle métallique qui s'enfonçait dans la terre ne semblait guère plus solide.

Corrie devait choisir entre la peste et le choléra.

Elle opta pour l'échelle, s'agrippa à la rambarde, pivota sur elle-même, chercha du pied un premier barreau, puis un autre. L'échelle grinça dangereusement. Un courant d'air rance et tiède s'élevait des profondeurs de la terre. Il était trop tard pour changer d'avis et Corrie poursuivit sa descente aussi vite qu'elle le pouvait en sentant l'échelle ployer et trembler. Elle entendit un claquement sec, puis un second, signe que les boulons de fixation venaient de lâcher, et l'échelle glissa brusquement vers le bas. Les doigts agrippés aux barreaux, elle ferma les yeux, s'attendant à tout instant à s'écraser au fond du puits. Contre toute attente, l'échelle stoppa sa course verticale dans un long crissement métallique.

Le cercle lumineux d'une torche se dessina en haut du puits, faisant luire le canon d'une arme. Corrie saisit les montants de l'échelle de ses mains gantées, écarta ses pieds des barreaux et se laissa glisser dans le noir au milieu d'une pluie d'écailles de rouille. Elle atteignit brutalement le fond du puits dont elle parvint à s'extraire d'une roulade au moment où pleuvaient les premières balles à l'endroit précis de son atterrissage.

Vacherie. Elle s'était blessée à la cheville dans sa chute.

Son poursuivant aurait-il le cran de descendre à son tour l'échelle branlante? Un tas de sacs en toile et de vieilles planches gisait à quelques mètres d'elle. Elle s'en approcha en boitillant et traîna les sacs jusqu'au bas de l'échelle. Le tissu, rongé par le temps, menaçait de tomber en poussière.

L'échelle grinçait et grondait, preuve que le tueur avait entamé sa descente. Corrie, comprenant que son adversaire ne pouvait utiliser son arme, déposa le tas de sacs au pied de l'échelle avant d'y ajouter les planches. Enfin, elle sortit son briquet et mit le feu à ce bûcher improvisé. Le bois et la toile étaient si secs qu'ils s'embrasèrent instantanément.

— Bienvenue en enfer! cria Corrie à son agresseur.

Elle s'enfonça péniblement dans le tunnel en s'efforçant d'oublier sa cheville. Celle-ci s'était probablement brisée dans sa chute. Elle bifurqua dans une première galerie en grimaçant de douleur, puis dans une autre. À force de changer constamment de direction, elle avait fini par se perdre. Elle avait néanmoins la certitude d'avoir quitté la mine de Noël et rejoint la mine Sally Goodin, à tout le moins l'une de celles dont était truffé le mont des Contrebandiers. Les bruits qui s'élevaient derrière elle lui indiquaient que son adversaire avait trouvé le moyen d'échapper à l'incendie, à moins qu'il n'eût tout simplement attendu de le voir s'éteindre.

Elle découvrit soudain, dans le faisceau de sa lampe frontale, un barrage de rochers acérés surmontés de poutres enchevêtrées. Un courant d'air frais lui caressa le visage. Elle escalada péniblement l'amoncellement de roches et de bois afin d'examiner la voûte du souterrain. Elle aperçut le gris du ciel à travers une fissure, mais celle-ci était bien trop étroite pour qu'elle puisse s'y glisser.

Elle poursuivit son exploration et découvrit, de l'autre côté des décombres, un espace relativement plat. Un bourdonnement étrange s'éleva, tout près. Elle regarda autour d'elle à la lueur de la lampe et recula instinctivement en laissant échapper un cri. Niché au milieu des pierres, un énorme nœud de serpents à sonnette en hibernation lui bloquait le passage. À demi endormis sous l'effet du froid, les reptiles grouillaient de façon inquiétante. Plusieurs d'entre eux agitaient déjà la queue en signe d'avertissement.

En éclairant les alentours, Corrie s'aperçut que d'autres serpents avaient pris possession des anfractuosités rocheuses. Il y en avait des centaines. Y compris derrière elle.

Une détonation assourdissante troua le silence et un souffle puissant souleva sa main gauche. Elle sauta instinctivement par-dessus la masse grouillante des reptiles, manquant défaillir sous l'effet de la douleur qui lui vrillait la cheville. Un deuxième coup de feu retentit, puis un troisième, qui l'obligèrent à se réfugier derrière un gros rocher, à côté d'un gros serpent à sonnette assoupi.

Les pierres ne manquaient pas autour d'elle. L'occasion était trop belle. Elle en ramassa une lourde de la main droite, incapable de remuer la gauche, sauta sur un rocher et la lança de toutes ses forces au milieu de la masse des reptiles.

Leur réaction fut immédiate. Un bourdonnement terrifiant, digne d'une ruche, traversa le tunnel, accompagné par une explosion de mouvements. La masse endormie des serpents se métamorphosa en un tourbillon mortel qui s'échappait de tous les côtés à la fois. Y compris en direction de Corrie.

Elle recula instinctivement. Une balle ricocha sur la roche, tout près d'elle, et elle se jeta entre deux rochers. On aurait dit qu'une dynamo géante avait pris possession de la galerie. Corrie se releva et s'enfuit aussi vite qu'elle le pouvait, en dépit de sa cheville blessée, mais une demi-douzaine de reptiles se jetèrent sur elle. Deux d'entre eux restèrent accrochés par leurs crocs à l'épaisseur de son pantalon de ski. Elle repoussait la masse grouillante avec un hurlement lorsque de nouvelles détonations éclatèrent. Elle parvint à s'extraire du nid de reptiles en boitant avant de finir par s'écrouler, rattrapée par la douleur. Le souffle court, le visage baigné de larmes, certaine d'avoir la cheville cassée, elle n'avait plus la force de lutter. Sans oublier sa main gauche. Malgré l'obscurité, elle sentait bien qu'un liquide tiède détrempait son gant. Elle souleva le bras afin d'éclairer sa main et vit un spectacle auquel elle ne s'attendait pas : son petit doigt ne tenait plus à la paume que par un lambeau de peau et un flot continu de sang s'en échappait.

— Saloperie !

Elle se débarrassa du doigt perdu, manquant de s'évanouir de dégoût. Puis elle dénoua son écharpe, sortit son couteau et découpa une bande de tissu qu'elle serra autour du moignon, histoire d'arrêter l'hémorragie.

Mon doigt. Putain de merde. Sous le choc, comme dans un rêve, elle parvint à renfiler le gant dans l'espoir de maintenir son pansement de fortune. Elle s'interrompit en entendant un cri, suivi d'un hurlement et de plusieurs coups de feu. Pour une fois, ce n'était pas elle que visait le tueur. Le bourdonnement des serpents s'amplifia de façon terrible, ponctué de clameurs et de détonations.

Elle n'avait pas une minute à perdre. Son adversaire finirait par venir à bout des reptiles, à moins que la chance ne sourie à Corrie et qu'il ne se fasse mordre. Elle se releva péniblement en combattant du mieux qu'elle le pouvait le vertige et la nausée qui la guettaient. Vacherie. Rien qui puisse lui servir de béquille. Elle s'enfonça en claudiquant dans la galerie de mine qui descendait en pente raide. Elle passa devant plusieurs embranchements avant de s'immobiliser devant une petite alcôve que fermait un mur de pierre à demi écroulé. À la recherche d'une cachette, elle écarta quelques pierres et jeta un regard à l'intérieur de la niche.

Le faisceau de sa lampe se figea sur une horde de rats qui s'égaillèrent de tous côtés en couinant, révélant des restes humains.

Corrie ouvrit des yeux ébahis. Le temps de revenir de sa surprise, elle dénombra quatre squelettes sagement alignés. Quatre momies, plus exactement, puisque les corps avaient encore des bottes, des haillons, des mèches de cheveux et des lambeaux de chair collés à leurs ossements. Leurs visages desséchés pendaient en arrière, la bouche ouverte en un cri muet qui découvrait des rangées de dents noires.

Elle se pencha et constata qu'on les avait abattus, ainsi que le montraient de nombreux impacts de balles. Les quatre hommes avaient été littéralement exécutés, à en juger par le nombre de projectiles qui les avaient transpercés.

Les quatre mineurs rendus fous par le mercure. Les cannibales, tués dans le dédale des tunnels de la mine de Noël, avaient été transportés dans cette cachette après leur mort.

Près des corps gisait un lourd bâton, une sorte de matraque ayant appartenu à l'un des tueurs, qui lui servirait de béquille de fortune. D'un mouvement d'épaule, Corrie se débarrassa du sac à dos dont elle tira les sachets en plastique qu'elle avait emportés. Elle s'agenouilla, retira le gant de sa main valide et préleva sur chacun des corps des échantillons de cheveux et de peau, puis de petits ossements. Elle referma les sachets qu'elle remisa dans son sac, photographia les cadavres avec son téléphone portable, balança le sac par-dessus son épaule et se releva à l'aide du bâton en poussant un gémissement de douleur.

Elle n'était pas au bout de ses peines. Il lui fallait encore déterminer précisément où elle était et retrouver la sortie, sans être prise pour cible par son poursuivant.

Comme par un fait exprès, des coups de feu s'élevèrent des profondeurs de la mine, dans la direction de l'éboulis. Sous l'effet de son imagination, l'espace d'un instant, elle crut distinguer un murmure aussi doux que celui de l'océan : la rumeur des serpents en colère.

Elle poursuivit sa route, handicapée par sa cheville qui la faisait atrocement souffrir, à la recherche d'une indication qui lui permît de se repérer sur le plan. À son grand soulagement, après une dizaine de minutes d'efforts, ses pas la conduisirent à un carrefour où trois galeries horizontales rejoignaient un puits vertical. Elle se laissa tomber sur le sol, épuisée, et examina son plan.

Là ! Dieu soit loué, la chance tourne enfin.

À en croire le document, elle se trouvait à présent dans la mine Sally Goodin dont l'une des entrées était située à une courte distance. Un tunnel d'évacuation conduisant directement à la pompe Ireland, dans le cirque des Contrebandiers, s'ouvrait théoriquement à quelques centaines de mètres à peine. Elle replia le plan, se releva et s'engagea dans la direction indiquée.

Elle ne s'était pas trompée. Quelques minutes plus tard, elle découvrait un ruisseau souterrain qui la conduisit à un collecteur d'un mètre de diamètre longeant la paroi rocheuse. Elle s'agenouilla, heureuse de soulager sa cheville blessée, et s'engagea dans l'ouverture du tuyau.

Ses vêtements épais s'accrochaient constamment aux points de rouille de la conduite, mais à condition d'oublier l'obscurité et l'étroitesse du collecteur, la progression de Corrie se révélait relativement aisée. À mesure que les minutes s'écoulaient, l'air en provenance du dehors se rafraîchissait et elle crut sentir monter jusqu'à elle une légère odeur de neige. Après de nouveaux efforts, elle distingua une lueur et arriva bientôt dans une salle contenant de nombreuses conduites rouillées. Il régnait un froid intense dans la pièce que seule traversait la lueur grise filtrant à travers les trous et les fissures du plafond en bois. Corrie devina qu'elle se trouvait dans l'un des bâtiments miniers du cirque des Contrebandiers.

Étouffant un sanglot de soulagement, elle regarda autour d'elle et distingua un escalier usé menant à l'étage. Elle s'en approchait en boitant lorsqu'une ombre se jeta sur elle.

Je ne sais pas comment il s'y est pris, mais il a réussi à échapper aux serpents et m'a devancée ici...

Un bras se referma autour de sa taille, un autre lui enserra le cou et une main lui couvrit la bouche pour l'empêcher de crier tout en lui tirant la tête en arrière. Un visage apparut dans la pénombre, qu'elle hésita à reconnaître.

Ted...

— C'est toi? s'écria le jeune bibliothécaire en lui dégageant la bouche sans relâcher son emprise. *Toi?* Mais qu'est-ce que tu fiches ici...?

— Mon Dieu, Ted! hoqueta-t-elle. Un type a essayé de me tuer... là-bas...

Elle ne put achever sa phrase, à moitié étouffée par le bras du jeune homme.

— Mais tu saignes !

Elle fondit en sanglots.

— Si tu savais comme je suis contente de te voir ! Il est armé et…

Ted resserra son étreinte.

— Il est foutu s'il vient ici, déclara-t-il d'un air sombre.

Elle hoqueta, à demi étranglée.

— Je suis tellement heureuse que tu sois là… Une de ses balles m'a arraché le petit doigt… Il faut que j'aille à l'hôpital…

Curieusement, Ted ne faisait toujours pas mine de la libérer.

— Je vais m'occuper de toi, Corrie.

58

Il était 14 h 30 lorsqu'un homme emmitouflé dans un énorme manteau, portant des gants épais, une écharpe en soie et un chapeau de feutre, actionna la sonnette de la vaste demeure de style italien du 16 Mountain Trail Road, une bouteille de champagne à la main. Une femme de chambre, en uniforme noir, coiffe et tablier blancs, lui ouvrit la porte.

— En quoi puis-je… ?

L'homme la fit taire d'un « Joyeux Noël » péremptoire et s'engouffra à l'intérieur de la maison. Il lui tendit le chapeau, l'écharpe et le manteau qui dissimulaient un costume noir austère.

— La tempête semble enfin décidée à se calmer ! s'exclama-t-il d'une voix sonore dont l'écho se répercuta sur le marbre de l'entrée. Seigneur ! Quel froid !

— Toute la famille est réunie pour le réveillon de Noël…, tenta de l'arrêter la domestique.

Sans même l'entendre, l'homme en noir passa devant le majestueux escalier et se dirigea à grandes enjambées vers la salle à manger, suivi par la soubrette embarrassée par ses affaires.

— Puis-je vous demander votre nom, monsieur ?

Le visiteur fit la sourde oreille.

— Je suis censée vous annoncer…

Elle peinait à le suivre, essoufflée. Il atteignit la double porte de la salle à manger qu'il tira à lui. Il y avait là une tablée familiale d'une douzaine de personnes, face aux reliefs d'un cochon de lait dans un plat géant, au milieu de l'argenterie et des verres en cristal. Il ne restait de l'animal que la carcasse et quelques reliquats nageant dans la graisse. Seule la tête était intacte, ses oreilles recroquevillées par la cuisson, le groin fourré de la pomme au four traditionnelle.

Tous les convives tournèrent vers l'intrus un regard surpris.

— J'ai essayé..., voulut se justifier la femme de chambre que l'homme fit taire en brandissant sa bouteille de champagne.

— Permettez-moi de vous offrir ce perrier-jouët fleur de champagne, accompagné de mes vœux de joyeux Noël !

Un silence choqué lui répondit. Le premier à reprendre ses esprits, Henry Montebello, qui présidait l'assemblée, se leva de table.

— À quoi rime cette intrusion ? dit-il en plissant les yeux. N'êtes-vous pas cet inspecteur du FBI ?

— En personne. Aloysius Pendergast, à votre service ! Je fais la tournée de tous mes amis en ce jour de bons vœux et de cadeaux !

Il réquisitionna nonchalamment l'unique chaise libre de la tablée.

— Excusez-moi, l'arrêta Montebello sur un ton glacial. Ce siège est celui de Mme Kermode, qui ne devrait pas tarder à nous rejoindre.

— En attendant, je suis là et pas elle, rétorqua l'intrus en posant bruyamment la bouteille de champagne sur la table. Souhaitez-vous que je l'ouvre ?

Les traits aristocratiques de Montebello se durcirent.

— Je ne sais pas à quoi rime cette mascarade, monsieur. Vous interrompez un repas de famille et je vous prie de quitter cette maison sur-le-champ.

L'inspecteur se figea sur sa chaise, visiblement chagriné.

— Que vous ne souhaitiez pas déboucher ce champagne, soit. Mais vous n'allez tout de même pas me renvoyer sans m'offrir un petit verre !

Il saisit la bouteille entamée la plus proche dont il déchiffra l'étiquette.

— Voyons... Un leap cabernet 2000.

— Que faites-vous ? s'étrangla Montebello. Reposez immédiatement cette bouteille et allez-vous-en tout de suite, sinon j'appelle la police !

Feignant de ne pas l'entendre, l'intrus s'empara d'un verre à vin, se versa une rasade du leap cabernet qu'il remua, huma, goûta bruyamment en gonflant ses joues avant d'y tremper à nouveau les lèvres. Il reposa le verre.

— Quelques jolies notes de fruits rouges, mais aucun corps. Un vin court en bouche sans grand caractère. Comment peut-on servir un vin pareil à un repas de Noël ? Vous n'êtes donc que des barbares, sieur Montebello ? De vulgaires philistins ?

— Lottie, appelez la police. Dites-leur que nous sommes victimes d'une violation de domicile.

— Pas du tout, se défendit Pendergast en se tournant vers la domestique. C'est bien vous qui m'avez ouvert la porte, ma chère ?

— Oui, mais vous avez...

— C'est homme est *ivre* ! s'exclama Montebello qui étouffait de rage, sous le regard consterné des siens.

Au même instant, la cuisinière poussa la porte de la salle à manger. Flanquée de ses aides, elle portait fièrement un soufflé glacé flambé au cognac sur un immense plateau d'argent.

— Un *cherries jubilee* ! s'écria Pendergast en jaillissant de sa chaise. Il est magnifique ! Ce plat est bien trop lourd pour vous, chère madame. Laissez-moi vous aider. On ne plaisante pas avec le feu, surtout à Roaring Fork !

La cuisinière, surprise de la réaction de l'inconnu, recula trop tard. Il saisit le plat qui tangua entre ses mains et se retourna, envoyant voler cerises, glace et cognac flambé sur les restes du cochon de lait.

— Au feu, au feu ! beugla Pendergast, affolé, en voyant le cognac enflammer la nappe. Quelle catastrophe ! Vite ! Tout le monde dehors !

Un tonnerre de cris et de hurlements s'éleva autour de la table alors que les convives reculaient précipitamment en renversant verres et chaises.

— Dehors ! s'écria Pendergast. Vite ! L'alarme ! La maison brûle ! Nous allons tous brûler vifs ! *Comme les autres !*

Galvanisés par ses cris de terreur contagieux, les convives se débandèrent dans la plus grande confusion. En se déclenchant, la sonnerie de l'alarme à incendie ajouta au chaos en poussant à la panique famille et personnel. Tous se ruèrent pêle-mêle vers le grand vestibule avant de se précipiter dehors. Bientôt, il ne resta plus dans la maison que l'homme en noir. Retrouvant son calme, il prit une saucière sur la table et acheva d'éteindre le cognac enflammé, en partie noyé par la glace fondue et le jus du cochon de lait. Quelques centilitres du mauvais cabernet vinrent compléter l'opération. Avec l'assurance qui le caractérisait, Pendergast quitta la salle à manger, traversa le salon et se dirigea vers le bureau de Montebello. Il s'approcha des meubles classeurs identifiés par des étiquettes, ouvrit d'une main sûre celui qui l'intéressait, feuilleta rapidement les documents qu'il contenait, préleva un épais dossier en accordéon, repoussa le tiroir et revint dans le vestibule avec son trophée, non sans récupérer au passage sa bouteille de champagne. Là, il enfila manteau, gants et chapeau que la femme de chambre avait abandonnés dans sa fuite, fourra le dossier dans les profondeurs de ses vêtements, et sortit dans le froid.

— Mesdames et messieurs, lança-t-il à la cantonade. Vous pouvez rentrer, l'incendie est éteint.

L'instant d'après, il montait dans sa voiture et démarrait.

59

Ted avait beau ne pas relâcher son étreinte, Corrie se sentait rassurée par la puissance de ses bras. Le soulagement qu'elle éprouvait lui faisait presque oublier sa cheville cassée.

— Je vais m'occuper de toi, répéta-t-il d'une voix plus assurée.

— Je n'arrive pas à croire que tu sois là, hoqueta-t-elle. Le type de la mine est un tueur à la solde de Kermode. C'est lui qui a tiré sur ma voiture et décapité mon chien… avant d'essayer de me tuer aujourd'hui.

— Kermode, prononça sèchement Ted. Tout s'explique. Quelle salope ! J'ai aussi l'intention de m'occuper d'elle.

La véhémence avec laquelle il s'était exprimé surprit Corrie.

— C'est bon, le tempéra-t-elle. En attendant, Ted, j'ai le vertige. J'ai besoin de m'allonger.

Le jeune homme ne semblait pas l'entendre. Il resserra même son étreinte.

— Ted, aide-moi à m'asseoir…, l'implora-t-elle en cherchant à se dégager, tant les bras du bibliothécaire l'enfermaient dans un étau.

— Putain de salope, gronda-t-il.

— Oublie Kermode… Je t'en prie, Ted. Tu me fais mal.

— Ce n'est pas de Kermode que je parle. C'est de toi.

Corrie crut que ses oreilles lui jouaient des tours, à cause de son vertige. Elle peinait à respirer.

— Ted… Tu me fais mal ! Je t'en prie…

— C'est tout ce que tu trouves à dire pour ta défense, petite salope ?

Il s'exprimait d'une voix rauque et dure.

— Quoi, Ted ?

— *Quoi, Ted ?* répéta-t-il en se moquant de sa voix aiguë. Tu es un drôle de numéro.

— De quoi tu parles ?

Il lui serra si fort le cou qu'elle laissa échapper un cri.

— Et ça ? Tu aimes ça ? Tu sais très bien de quoi je parle. Inutile de jouer les innocentes.

Corrie voulut se débattre, mais elle n'en avait plus la force. Elle était en plein cauchemar. Et s'il s'agissait *réellement* d'un cauchemar ?

— Je ne comprends rien à ce que tu racontes.

— *Je ne comprends rien à ce que tu racontes*, l'imita-t-il.

Voyant qu'elle tentait de se libérer, il la fit pivoter sur elle-même et approcha tout près son visage du sien. Tout rouge, ruisselant de transpiration, un rictus méchant aux lèvres, il faisait peur à voir. Ses yeux chassieux étaient injectés de sang.

— Regarde-toi, grinça-t-il. Tu passes des heures à m'exciter, et puis tu finis par me rembarrer en me faisant passer pour un imbécile.

Il la serra si brutalement entre ses bras qu'elle sentit une côte céder. Elle poussa un cri, le souffle coupé.

— Ton cinéma d'aguicheuse s'arrête ici, et *tout de suite.*

Il lui postillonnait sa haine au visage. Ses lèvres couvertes d'écume effleurèrent celles de Corrie. Son haleine, répugnante, sentait la charogne.

Elle ne parvenait plus à respirer. La douleur conjuguée de sa cheville cassée, de son doigt arraché, et à présent de ses côtes tuméfiées, l'empêchait de penser. Sa peur, largement alimentée par la course-poursuite dans les galeries de la mine, atteignit son paroxysme. Elle n'avait jamais vu un visage aussi congestionné par la haine. Ted était fou. Complètement fou.

La folie... Elle refusait de penser aux implications de ce mot. Elle ne voulait pas, elle ne *pouvait* pas poursuivre sa réflexion jusqu'à sa conclusion naturelle.

— Je t'en prie..., parvint-elle à glisser dans un souffle.

— J'ai du mal à y croire ! ricana-t-il. Quand je pense que tu m'es tombée toute cuite dans les bras. Il faudra que je pense à remercier mon karma, tu m'évites bien des complications. Le cosmos a décidé de te donner une leçon, et c'est à moi qu'il a confié cette tâche.

Il la jeta brutalement à terre. Elle s'étala sur le sol en lâchant un hurlement de douleur. Il la fit taire d'un coup de pied dans les côtes. Submergée par la douleur, à bout de souffle, elle ouvrit la bouche en un cri muet. La pièce bascula autour d'elle, elle avait l'impression de flotter dans l'éther, paralysée par la souffrance, la peur et l'incrédulité. Un voile passa devant ses yeux et elle perdit connaissance.

Elle traversa un long tunnel obscur avant d'être ramenée à la réalité par la douleur. Elle se trouvait toujours dans la même pièce miteuse. Son évanouissement n'avait donc duré que quelques minutes. Ted se tenait penché au-dessus d'elle, le visage grimaçant de haine, les yeux couverts par un voile humide, un sourire écumant aux lèvres. Il la saisit par la jambe et la traîna sur le plancher rugueux. Elle aurait voulu crier, mais elle en était incapable. Sa tête heurta brutalement une latte de bois et elle faillit sombrer à nouveau dans l'inconscience.

Ted, son fardeau humain dans son sillage, s'engagea dans la partie principale du bâtiment. Corrie vit au-dessus de sa tête un mastodonte de tuyaux et de pistons monstrueux : la pompe Ireland. La vieille bâtisse criait sous les assauts du vent. Le jeune homme abandonna sa proie le long d'une conduite. Il retira sans ménagement les gants de la jeune fille et découvrit avec un sourire mauvais la plaie qu'elle avait à la main gauche. Il lui saisit le bras droit qu'il menotta au tuyau.

Corrie attendit la suite dans un état second.

— Tu as l'air fine, maintenant, railla-t-il avant de lui cracher dessus.

Tout en essayant de se mettre en position assise, malgré les éclairs de douleur qui lui vrillaient les tempes, elle sentit une partie de son esprit s'envoler. Comme détachée de son corps, elle considérait de loin le cauchemar d'une étrangère. Les dernières lueurs rationnelles de sa conscience s'évertuaient dans le même temps à lui affirmer le contraire : l'enfer qu'elle traversait était bien réel, Ted allait la tuer.

Le bibliothécaire recula d'un pas et croisa les bras afin d'admirer son œuvre. L'épais brouillard dans lequel évoluait Corrie se dissipa légèrement, assez pour qu'elle remarque certains détails de la pièce. Des poutres de bois usées jonchaient le sol. Une lampe au kérosène, suspendue à l'écart, jetait une lumière jaunâtre sur un lit de camp. Elle aperçut un sac de couchage, plusieurs paires de menottes, des cagoules et des bidons d'accélérant. Des couteaux de chasse, un rouleau de corde, du gros scotch, une carafe à bouchon de cristal remplie d'un liquide transparent, plusieurs paires de chaussettes de laine et de gros pulls, tous de couleur noire, reposaient sur une table. Corrie crut également voir ce qui ressemblait à un pistolet Beretta 9 mm. Pourquoi Ted avait-il besoin d'une arme ? Un masque de clown inquiétant et un long manteau de cuir noir étaient accrochés à une patère.

Le repaire de Ted. Pour quelle raison possédait-il un repaire ? À quoi lui servait tout ce bazar ? Des éclats incandescents s'échappaient du vieux poêle à bois, relégué dans un coin, qui chauffait la pièce. Une odeur nauséabonde flotta jusqu'aux narines de Corrie.

Ted s'installa à califourchon sur une chaise, les avant-bras en appui sur le dossier.

— Nous y sommes, laissa-t-il tomber.

Sans crier gare, le Ted haineux de tout à l'heure avait cédé la place à un Ted calme et moqueur. Corrie avala sa salive. Peut-être pouvait-elle le ramener à la raison, à condition de parler avec lui, de comprendre les raisons de sa folie. Elle ouvrit la bouche et seul un borborygme grotesque s'échappa de ses lèvres.

— Quand tu as débarqué dans cette ville, j'ai pensé que tu étais peut-être différente des autres, dit-il.

Le son même de sa voix avait changé, comme si sa rage se trouvait enfouie à présent dans un cercueil de glace. Il s'exprimait de façon lointaine, froide, détachée. On aurait pu croire qu'il se parlait à lui-même. Ou bien qu'il dialoguait avec une morte.

— Roaring Fork était une ville normale quand j'étais gamin. Aujourd'hui, elle est phagocytée par ces salauds de milliardaires, tous ces connards avec leurs bimbos siliconées. Les stars de cinéma, les PDG et autres Grands Maîtres de l'univers. Ils n'ont rien à foutre de rien. Ils violent la montagne et déforestent à tout va. Bien sûr, ils y vont de leur petite larme pour l'environnement ! Ils bouffent bio, se vantent de réduire leur empreinte carbone en se faisant construire des baraques de mille mètres carrés prétendument « vertes », en rachetant des crédits carbone chaque fois qu'ils prennent leur jet privé. Bandes d'enfoirés. C'est dégueulasse. Tous des parasites. Ils se retrouvent à Roaring Fork pour se passer mutuellement de la pommade et s'épouiller les uns les autres comme des putains de chimpanzés. Pendant ce temps-là, ils nous traitent comme de la merde, nous autres résidents à l'année. C'est tout juste s'ils nous accordent le droit de balayer leurs palais et de flatter leur ego. Seul le feu peut les guérir. Il faut brûler cette ville. C'est un *devoir*. Et le grand nettoyage par le feu a commencé.

Un sourire démoniaque tordit les traits de Ted qui retrouva brusquement le visage monstrueux arboré quelques minutes plus tôt.

Du kérosène. Des menottes. De la corde. *Il faut brûler cette ville*. Un éclair traversa le brouillard dans lequel se débattait Corrie. L'incendiaire, c'était lui ! Un frisson de peur lui parcourut l'échine. Elle tira sur ses menottes en réveillant son corps endolori.

Elle comprit aussitôt l'inutilité de la manœuvre. Elle ne lui était pas indifférente, elle le savait. Le tout était de parvenir à toucher la corde sensible.

— Ted, articula-t-elle péniblement. Ted, tu sais bien que je ne suis pas comme eux.

— Bien sûr que si ! hurla-t-il en lui postillonnant de l'écume au visage.

Le vernis glacial acheva de se fissurer, remplacé par une fureur maladive et bestiale.

— Tu as fait illusion un moment, mais plus maintenant ! Tu es exactement comme eux ! Tu es venue ici pour la même raison : le *fric.*

Ses yeux s'injectaient de sang sous l'effet d'une rage incontrôlable. Ses mains tremblaient. Son corps tout entier frémissait. Corrie avait le sentiment, en le regardant, de s'aventurer dans la gueule de l'enfer. Elle baissa les yeux, effrayée par son expression inhumaine.

— Mais je n'ai pas d'argent, le contredit-elle.

— Je ne te le fais pas dire ! C'est bien pour ça que tu es venue ici ! Pour te dégoter un connard bourré de fric. Je n'étais pas assez riche pour toi, alors tu t'es foutue de moi.

— Mais tu te trompes complètement…

— Ta gueule ! hurla-t-il à se rendre aphone, au point que Corrie en eut mal aux tympans.

Et puis, il retrouva son sang-froid aussi brutalement qu'il l'avait perdu.

Les fluctuations de son humeur, sa façon de passer de la folie mal contrôlée au détachement le plus froid, étaient insoutenables.

— Tu devrais être heureuse, reprit-il en retrouvant, l'espace d'un instant fugace, l'humanité du Ted qu'elle avait connu. Je t'ai initiée à la vérité. Tu comprends, maintenant. Les autres, ceux que j'ai tenté d'initier, n'ont rien compris du tout.

Le masque grimaçant revint brusquement.

— Tu as déjà lu Robert Frost ?

Corrie, la gorge nouée, ne répondit pas.

Il récita :

Certains disent que le monde périra par le feu ;
D'autres par la glace.
Ce que j'ai goûté du désir
Me fait pencher pour le feu.

Il ramassa l'une des planches de bois qui jonchaient le sol et s'en servit pour soulever le loquet qui fermait la porte du poêle. L'éclat des flammes alluma des reflets dansants à travers la pièce. Il enfourna l'extrémité de la planche et attendit.

— Ted, je t'en supplie, l'implora Corrie. Tu n'as pas besoin de m'initier, c'est inutile.

Il sifflota une mélodie sans air.

— Nous sommes amis. Jamais je ne t'ai rejeté.

Elle se tut, secouée de sanglots, puis elle se reprit :

— Je ne voulais pas aller trop vite avec toi, c'est tout…

— Génial. C'est génial. Moi non plus, je ne te rejette pas, et je n'irai pas trop vite. On laissera la nature suivre son cours.

Il retira le tison dont l'extrémité crépitait en projetant des étincelles. Son regard, rouge à la lueur de la flamme, se posa sur elle. Corrie considéra successivement le tison et ses yeux abîmés par la folie. Elle comprit le sort qui l'attendait.

— Mon Dieu ! s'écria-t-elle d'une voix aiguë. Non, je t'en prie ! Ted !

Il avança en agitant l'extrémité incandescente de la planche sous le nez de la jeune fille. Corrie sentait déjà la chaleur du tison.

— Non…, balbutia-t-elle.

Il la regarda longuement, la tige enflammée à la main. Lorsqu'il reprit la parole, sa voix était si calme et posée qu'elle crut devenir folle.

— Il est temps de mettre le feu, déclara-t-il simplement.

60

Pendergast ouvrit la porte de son petit bureau en sous-sol et posa le dossier en accordéon sur sa table. Il savait qu'il y trouverait les documents qu'il avait cherchés en vain dans les registres de la ville, et dont l'archiviste lui avait avoué qu'ils avaient mystérieusement disparu quelques années auparavant. Il se doutait que leur détenteur actuel n'était autre que Montebello, puisqu'il les avait établis lui-même en sa qualité d'architecte.

Pendergast ouvrit la pochette en accordéon. Tout était là : plans, études, permis de construire, relevés cadastraux et autres documents d'urbanisme, tous censés se trouver dans les registres municipaux selon les termes de la loi. Il les aligna soigneusement devant lui. Les premiers éléments concernaient le plan d'arpentage, établi au milieu des années 1970, accompagné des photos correspondantes. Le relevé topographique des terrains et les clichés montraient le paysage avant la construction des premiers chalets.

L'ensemble était édifiant.

Au fond de la vallée originelle se trouvait un étroit ravin. Sur un escarpement surplombant les eaux du Silver Queen Creek se dressaient les ruines de la fonderie, érigée par les Stafford dans les années 1870. Le tout premier bâtiment servait à tester les échantillons de minerai à leur sortie de la mine. Le deuxième, nettement plus imposant, abritait les trois concasseurs à vapeur permettant de broyer la roche. Venait ensuite la fonderie proprement dite.

À chacune de ces trois usines était adossé une sorte de terril, constitué de poussière de roche, que l'on distinguait clairement sur le plan. Les deux premiers terrils contenaient des matériaux et des composés toxiques qui s'infiltraient dans les nappes phréatiques. C'était néanmoins le troisième qui présentait le danger le plus mortel.

La fonderie Stafford de Roaring Fork utilisait le procédé d'amalgamation Washoe. Au cœur de l'usine, le minerai concassé était broyé jusqu'à l'obtention d'une pâte visqueuse à laquelle on ajoutait divers composés chimiques. Y compris du mercure, à raison de trente kilos par tonne de minerai concentré. Ce mercure, en s'amalgamant à l'argent, formait un produit extrêmement lourd qui retombait au fond de la cuve, permettant l'élimination des scories restées en surface. En chauffant cet amalgame, on récupérait le mercure par condensation, et il ne restait plus alors que l'argent pur. Un procédé peu efficace, puisque deux pour cent du mercure utilisé se perdait lors de l'opération, avant de disparaître dans les bassins de résidus de la vallée. Pendergast procéda à un rapide calcul mental : une perte de deux pour cent par tonne représentait approximativement cinq cents grammes de mercure. Sachant que la fonderie traitait cent tonnes de minerai concentré par jour, cinquante kilos de mercure étaient venus polluer l'environnement quotidiennement au cours des deux décennies de vie de la fonderie. On savait le mercure toxique au plus haut point, capable de provoquer à terme des lésions cérébrales irréversibles chez tous ceux qui y étaient exposés, à commencer par les enfants et, pire encore, les fœtus.

En clair, cela signifiait que la section des Heights construite sur ce ravin se trouvait au-dessus d'une nappe phréatique hautement toxique. Pendergast reposa le document qu'il venait d'examiner.

Tout lui semblait clair à présent. Tout.

Il procéda à un examen rapide des documents relatifs à la première phase de construction du site. Les résidus avaient notamment servi à combler l'étroit ravin de façon à redessiner la vallée telle qu'elle existait à présent. Le clubhouse avait été érigé juste en aval de l'ancienne fonderie, et une douzaine de grands chalets se dressaient à l'intérieur de cette vallée. Henry Montebello, en qualité d'architecte, avait supervisé l'ensemble des opérations : la démolition des ruines de la fonderie, les modifications de terrain, l'étalement des résidus. Sa belle-sœur, Mme Kermode, avait joué un rôle de tout premier plan, elle aussi. Il n'était pas anodin, dans l'esprit de Pendergast, que la propriété de Montebello se trouve aussi loin des terrains contaminés et que la maison de Kermode soit perchée sur une crête : Montebello, Kermode et les autres membres de la famille Stafford impliqués dans le projet des Heights étaient évidemment au courant de la pollution au mercure.

Leur volonté de construire un nouveau clubhouse sur le site de l'ancien cimetière de Boot Hill ne relevait pas du simple caprice : il s'agissait de l'éloigner de la zone de contamination.

Pendergast passa en revue les dossiers suivants en feuilletant successivement les documents relatifs au morcellement des parcelles, dont aucune n'était inférieure à huit mille mètres carrés. Du fait de leur importance et de leur dispersion, aucune ne bénéficiait d'un système général d'adduction d'eau. Chaque propriété disposait d'un puits. Les maisons situées dans la vallée, au même titre que le clubhouse actuel, dépendaient donc de nappes phréatiques polluées au mercure.

Pendergast fut confirmé dans cette hypothèse en découvrant un dossier consacré à l'autorisation de construction des puits. L'attribution de chacun des permis avait été conditionnée à une analyse de la qualité de l'eau. Tous les puits sans exception avaient été soumis à des tests, et aucune contamination au mercure n'avait été détectée.

De toute évidence, les résultats des analyses avaient été falsifiés.

Venaient ensuite les contrats de vente des premiers chalets construits sur le site des Heights. Pendergast se pencha tout particulièrement sur la douzaine de propriétés érigées dans la zone contaminée. L'examen des titres de propriété lui indiqua que les acheteurs étaient essentiellement de riches retraités. Les maisons avaient changé de main à plusieurs reprises, notamment lors de la bulle immobilière des années 1990.

Il tiqua en reconnaissant le nom d'un couple de propriétaires : « les époux Sarah et Arthur Roman », ainsi que les nommait le document.

Les futurs parents de Ted Roman avaient acheté en 1982 une maison située sur le site même de la fonderie, dans le secteur le plus contaminé. Pendergast pensa aux confidences de Corrie au sujet de Ted. En estimant qu'il avait approximativement l'âge de la jeune fille, voire quelques années de plus, Ted Roman avait été exposé à une pollution au mercure dans le ventre de sa mère avant d'être élevé dans une zone très dangereuse en buvant de l'eau toxique, en prenant des douches toxiques…

Pendergast reposa le document d'un air songeur. Il saisit son téléphone et composa le numéro du portable de Corrie. Messagerie.

Il appela ensuite l'hôtel Sebastian. En quelques questions, il apprit que la jeune fille avait quitté l'établissement vers 11 heures, peu après son travail. À défaut de préciser où elle comptait se rendre, elle avait demandé au concierge une carte des pistes de scooter des neiges de la région.

Inquiet, Pendergast téléphona à la bibliothèque municipale. Pas de réponse. Trouvant dans l'annuaire les coordonnées privées de la bibliothécaire en chef, il s'enquit auprès d'elle des horaires de son établissement. Après lui avoir précisé que la bibliothèque était fermée toute la journée du 24 décembre à cause de la tempête, elle lui précisa que Ted lui avait annoncé son intention de profiter de cette journée pour sacrifier à l'un de ses sports préférés : le scooter des neiges.

Pendergast composa ensuite le numéro de Stacy Bowdree. Messagerie.

Un pli barra son front pâle. Il venait de raccrocher lorsqu'il remarqua un détail qui aurait dû lui sauter aux yeux s'il n'avait pas été aussi préoccupé : une main anonyme avait touché aux papiers posés sur son bureau.

Il les examina longuement, usant de sa mémoire presque photographique pour reconstituer la disposition initiale des documents. Une feuille, celle sur laquelle il avait recopié le message du Comité des sept, dépassait légèrement :

Rendévou à l'Ideal à 11 heur Pile ce Soir y son Coincé dans la vieye Mine Noël sur le mon des contrebendié y son 4 aporte…

Pendergast quitta son bureau en trombe et remonta au rez-de-chaussée où Iris se trouvait à son poste.

— Savez-vous si quelqu'un est entré dans mon bureau ? s'enquit-il d'une voix aimable.

— Bien sûr, répondit la secrétaire. Corrie est passée en tout début d'après-midi. Elle croyait y avoir oublié son téléphone portable.

61

L'odeur de pourriture qui flottait dans l'air s'intensifiait à mesure que Ted agitait le tison. Les flammes qui dansaient à son extrémité commençaient à s'éteindre et il l'enfourna de nouveau dans le poêle.

— « L'amour est le feu de la vie ; il consume ou purifie », récita-t-il en tournant et retournant la planche au milieu des flammes, comme s'il faisait fondre un marshmallow. Son détachement et la résolution dont il faisait preuve à chacun de ses mouvements offraient un contraste effrayant avec ses divagations précédentes.

— Préparons-nous à la purification.

Il sortit le tison du poêle et le passa devant le visage de Corrie avec une délicatesse surprenante, presque précieuse. Elle recula vivement, mais le tison était si proche qu'il lui roussit les cheveux.

Elle tenta de maîtriser la panique qui menaçait de l'envahir. Son seul espoir de salut était de l'amadouer, de le convaincre de changer d'avis. Elle avait la bouche sèche et peinait à articuler au milieu du brouillard de douleur et de peur qui l'enveloppait.

— Tu sais, Ted. Je t'aimais bien. Je t'aime bien, je veux dire. C'est vrai.

Elle avala sa salive.

— Laisse-moi partir et oublions cette histoire. Pourquoi ne pas aller boire une bière ensemble ? Comme avant ?

— Et puis quoi encore ? Tu es prête à tout, maintenant.

Il éclata d'un rire silencieux, démentiel.

Corrie tira sur ses menottes, mais elles étaient trop serrées autour de son poignet.

— Je te promets de ne rien dire à personne. Il ne t'arrivera rien.

Ted ne répondit pas. Il éloigna le tison, l'examina attentivement, à la façon d'un ouvrier inspectant l'outil dont il s'apprête à se servir.

— On a passé de bons moments ensemble, Ted. Rien ne nous empêche de continuer. Tu n'as aucune raison de t'en prendre à moi. Je ne suis pas comme les autres. Je suis une étudiante fauchée, obligée de faire la plonge à l'hôtel Sebastian pour payer ma chambre.

Elle laissa échapper un sanglot.

— Je t'en prie, ne me fais pas de mal.

— Calme-toi, Corrie. Tu ferais mieux de te résigner à ton destin. Le feu va te purifier. Il te lavera de tous tes péchés. Tu devrais me remercier, je t'offre un espoir de rédemption. J'ai bien conscience que tu souffriras, mais je n'y peux rien. C'est pour ton bien.

Elle se tut, anéantie par l'horreur du sort qui l'attendait, par la certitude que Ted ne mentait pas.

Il balaya la pièce du regard.

— Je jouais dans ces tunnels quand j'étais gamin.

Il s'exprimait d'une voix différente. On y sentait les regrets de quelqu'un que l'existence contraint à une mission désagréable, mais indispensable.

— Je connaissais chaque centimètre carré de ces bâtiments. Je connais cet endroit comme le fond de ma poche. Ce lieu, c'est toute mon enfance. C'est là que tout a commencé, et c'est là que ça se terminera. La conduite par laquelle tu es arrivée ? Eh bien c'était l'entrée de mon domaine. Toutes ces galeries de mine… quel terrain de jeu merveilleux !

La nostalgie qui teintait son discours fit renaître une lueur d'espoir chez Corrie. Et puis le comportement de Ted changea du tout au tout, avec une rapidité stupéfiante.

— Regarde ce qu'ils en ont fait ! hurla-t-il. Regarde ! C'était une ville géniale, avant. Les gens étaient gentils, tout le monde se mélangeait. Aujourd'hui, c'est devenu un piège à touristes réservé aux milliardaires, à leurs laquais, à tous ceux qui leur cirent les pompes. Comme toi ! Oui, *toi* !

L'écho de sa voix, répercuté par les parois de la pièce, couvrit brièvement le grondement de la tempête, la rumeur du vent, le grincement des poutres en bois.

Corrie commençait à comprendre que rien ne pourrait l'ébranler.

La crise passa une fois de plus, aussi vite qu'elle était venue. Ted se mura dans le silence. Une larme solitaire coula lentement le long de sa joue. Il prit le pistolet sur la table et le glissa dans sa ceinture. Puis, sans un regard à sa prisonnière, il lui tourna le dos et se dirigea vers un coin sombre de la salle, derrière l'énorme pompe. L'extrémité rougeoyante du tison dansa un instant dans l'obscurité avant de disparaître.

Corrie attendit dans un silence angoissant. Était-il parti ? Elle ne parvenait pas encore à y croire, mais l'espoir revenait au galop. Où était-il passé ? Elle tenta de percer la pénombre. Rien.

Mais non, c'était trop beau pour être vrai. Il ne devait pas se trouver loin.

Au même instant, une légère odeur de fumée monta jusqu'à elle. Le poêle, peut-être ?

Non. Elle tendit le cou, à l'affût du moindre signe dans la pénombre, oubliant brusquement sa côte fêlée, sa cheville cassée, son petit doigt arraché. Un nuage de fumée apparut, puis une lueur orangée de l'autre côté de la pompe.

— Ted !

Une flamme déchira brusquement l'obscurité, puis une autre. Le feu venait de franchir le mur le plus éloigné de la pièce, il se répandait à une vitesse terrifiante.

Ted avait décidé d'incendier le vieux bâtiment.

Corrie poussa un cri et se débattit de plus belle avec les menottes. Les flammes grossissaient à vue d'œil en provoquant d'épais nuages d'une fumée âcre. Le brasier rugissait avec une force inouïe en faisant vibrer l'air. Une onde de chaleur lui caressa le visage. Tout était allé très vite.

— Non! *Non!* hurla-t-elle.

La silhouette de Ted apparut à la porte de la petite pièce voisine. On apercevait derrière lui la conduite d'évacuation des eaux de la mine Sally Goodin. Le jeune bibliothécaire regardait l'incendie, parfaitement immobile, une expression de pur ravissement sur son visage à mesure que les flammes prenaient de l'ampleur.

Corrie serra les paupières et, pour la première fois de sa vie, elle pria, implorant Dieu de lui accorder une mort rapide, sans souffrance.

Alors que le bâtiment s'embrasait tout entier et que les flammes s'approchaient d'elle au milieu d'une chaleur insoutenable, Ted fit volte-face et disparut.

L'incendie rugissait avec une telle fureur tout autour de Corrie qu'elle n'entendait même plus ses propres cris.

62

Il était 15 heures lorsque Mike Kloster sortit du hangar le lourd VMC 1500 à chenilles au volant duquel il allait passer la nuit. Il était tombé soixante centimètres de neige au cours des dernières quarante-huit heures, on en attendait vingt-cinq de plus dans les heures à venir. La veillée de Noël s'annonçait longue.

Il monta le chauffage dans l'habitacle et laissa tourner le moteur tandis qu'il fixait la dameuse à l'arrière. Tout en s'activant, il sentit une présence dans son dos. Il se retourna et vit approcher un curieux individu emmitouflé dans un manteau noir, un chapeau de feutre sur le crâne, de grosses bottes aux pieds. L'inconnu avait une dégaine de clown.

Kloster était sur le point de sortir une vanne quand son regard se posa sur le visage de l'homme. Un visage aussi froid et blême que le paysage environnant, avec des yeux couleur de glace. Les mots se bloquèrent dans sa gorge.

— Euh… vous êtes dans un périmètre interdit, marmonna-t-il.

Sans l'écouter, l'homme sortit de la poche de son manteau un portefeuille patiné en peau d'alligator et lui montra un badge.

— Inspecteur Pendergast, du FBI.

Kloster ouvrit de grands yeux. Un fédéral? Pour de vrai? L'autre poursuivait déjà:

— Votre nom, je vous prie.

— Kloster. Mike Kloster.

— Monsieur Kloster, je vous prie de détacher cette dameuse au plus vite et de vous installer au volant. Vous allez devoir me conduire en montagne.

— Ben… c'est-à-dire que je dois d'abord demander l'autorisation avant de pouvoir…

— Je vous conseille d'obéir à mes ordres si vous ne souhaitez pas être inculpé pour entrave à l'action d'un agent fédéral.

L'homme s'exprimait de façon si péremptoire que Mike Kloster jugea préférable d'obtempérer.

— Bien, monsieur.

Il détela la dameuse et grimpa dans la cabine tandis que l'homme l'imitait, avec une agilité surprenante, vu son accoutrement.

— Euh… où va-t-on?

— À la mine de Noël.

— C'est où, ça?

— Au-dessus du cirque des Contrebandiers, là où se trouve le bâtiment abritant la pompe Ireland.

— Ah, d'accord. Je connais.

— Dans ce cas, allons-y. Il y a urgence.

Kloster enclencha une vitesse et s'engagea sur la pente. Il hésita un instant à contacter son chef par radio pour l'avertir, avant de changer d'avis. Le chef était un emmerdeur de première, il était capable de lui chercher des histoires. Autant lui expliquer après coup. Avec un type du FBI comme passager, il ne craignait rien.

Tout en roulant, Kloster ne put retenir sa curiosité.

— Alors, de quoi il s'agit? demanda-t-il sur un ton convivial.

Le visage pâle ne répondit pas. On aurait pu croire qu'il n'avait pas entendu.

Le VMC était équipé de haut-parleurs géniaux, et l'iPod de Kloster était déjà branché sur le dock. Il tendait le bras lorsque son passager l'arrêta d'un «Non» autoritaire.

Kloster retira précipitamment sa main, comme s'il avait été mordu.

— Veuillez aller plus vite.

— En fait, on n'est pas censés dépasser les trois mille tours/minute quand...

— Vous serez gentil de m'obéir.

— Bien, monsieur.

Il enfonça la pédale d'accélérateur et l'engin se traîna un peu moins lentement sur la piste. Il recommençait à neiger et le vent soufflait de plus belle. Kloster, fort de son expérience, connaissait toutes les sortes de flocons. Ceux qui tombaient du ciel ce jour-là ressemblaient à de petits plombs de carabine. Ils rebondissaient bruyamment sur le pare-brise. Il enclencha l'essuie-glace et mit les pleins phares. La neige dessinait un épais rideau dans les faisceaux brillants qui dansaient au milieu de la grisaille ambiante. Il n'était pas encore 15 h 30 et la nuit commençait à tomber.

— Combien de temps? s'enquit l'homme.

— Un quart d'heure, peut-être vingt minutes pour arriver au complexe minier. Je ne pense pas qu'on puisse monter plus haut avec cet engin. La pente est trop escarpée au-dessus du cirque des Contrebandiers. Sans parler des risques d'avalanche. Avec toute cette neige, je ne serais pas étonné qu'ils décident de déclencher artificiellement des avalanches le jour de Noël.

Il s'arrêta en s'apercevant qu'il bavassait. Putain, ce type avait le don de le foutre mal à l'aise.

Parvenu tout en haut du domaine skiable, Kloster emprunta le chemin de service conduisant à la crête et s'étonna de voir des traces de scooters des neiges récentes. Il fallait être mordu pour sortir par un temps pareil. Il poursuivit sa route en se demandant ce que son passager comptait trouver dans...

Une lueur vive entre les sapins attira son attention. Il ralentit machinalement en plissant les yeux.

— De quoi s'agit-il? demanda sèchement l'inspecteur à qui l'étrange lumière n'avait pas échappé.

— Je sais pas, avoua Kloster, perplexe.

Au-delà des arbres, les montagnes surplombant le cirque des Contrebandiers baignaient dans une lueur jaune dansante.

— On dirait un incendie.

Le visage pâle s'agrippa à la planche de bord en regardant la scène avec une telle intensité que Kloster en fut presque effrayé.

— Où précisément? demanda l'homme.

— Je dirais, du côté du vieux complexe minier.

La lueur se faisait plus intense de seconde en seconde et une épaisse fumée noire tournoyait au milieu des flocons.

— Vite. *Plus vite.*

— Pas de problème, réagit Kloster en poussant au maximum le moteur du VMC qui atteignit péniblement les trente à l'heure.

— Encore plus vite.

— Désolé, je suis au taquet.

En franchissant le dernier virage avant de sortir de la forêt, Kloster comprit qu'il ne s'agissait pas d'un incendie mineur. C'était même un feu énorme. Les flammes montaient à plus de trente mètres en projetant dans l'atmosphère des colonnes d'étincelles et de fumée noire, à la façon d'un volcan en éruption. Le feu avait dû prendre dans le bâtiment abritant la pompe, car aucune des autres bâtisses n'était assez grande pour provoquer un tel cataclysme. Et c'était forcément un incendie criminel, le feu ne se serait jamais propagé naturellement à une telle vitesse. Kloster opéra spontanément un rapprochement avec l'incendiaire et fut pris de peur. Le comportement de son étrange compagnon n'était pas pour le rassurer. Il poursuivit néanmoins sa route, pied au plancher.

L'engin à chenilles dépassa les silhouettes rabougries des derniers arbres et franchit une crête. La neige, en partie évacuée par les rafales de vent, était moins épaisse, ce qui permit à Kloster de gagner un peu de vitesse. L'incendie était à son paroxysme, les nuages de fumée et les flammes bourgeonnaient en direction du ciel. Le brasier ronflait si fort que Kloster crut l'entendre gronder malgré le rugissement de son moteur diesel.

Le VMC franchit la barrière rocheuse marquant l'entrée du cirque où il trouva de nouveau une neige abondante qui ralentit sa course. Kloster immobilisa instinctivement la machine en découvrant le désastre. Il ne s'était pas trompé. Le bâtiment abritant la pompe Ireland n'était plus qu'une carcasse incandescente qui s'effondra dans un bruit de tonnerre en projetant vers le ciel un feu d'artifice orangé. La silhouette fumante de l'énorme pompe, sa carapace de peinture s'écaillant par plaques, apparut à la vue.

L'incendie s'éteignit aussi rapidement qu'il avait éclaté. En s'effondrant, le toit du bâtiment avait entraîné dans sa chute d'épais blocs de glace qui noyèrent les flammes dans un déferlement de vapeur.

Kloster resta sans voix, hypnotisé par la violence du spectacle et la soudaineté du drame.

— Approchez-vous, lui ordonna son passager.

Il obéit lentement. Les murs de bois s'étaient consumés à la vitesse de l'éclair et la neige glacée du toit, alliée au blizzard, achevait d'étouffer les dernières flammes. Aucune des autres bâtisses n'avait brûlé, la neige qui recouvrait les toits s'étant chargée de les protéger du torrent de flammèches projeté par l'incendie.

Kloster glissa prudemment sa machine entre les reliques du complexe minier.

— Je ne peux pas aller plus loin, expliqua-t-il en s'arrêtant.

Loin de protester, comme il aurait pu le penser, le visage pâle ouvrit sa portière et sauta à terre. Sous le regard inquiet de Kloster, il s'approcha dangereusement des ruines incandescentes du baraquement dont il fit le tour de sa démarche de panthère.

Pendergast se perdit dans le spectacle de désolation qui avait succédé au drame. L'air autour de lui vibrait des escarbilles qui se mêlaient aux flocons et se posaient sur son chapeau et son manteau avant de s'éteindre en sifflant, tuées par l'humidité. La pompe et son royaume de conduites en fonte avaient résisté, mais il ne restait rien du bâtiment. Des volutes de fumée et de vapeur s'échappaient de centaines de poches de chaleur. Des poutres calcinées gisaient pêle-mêle dans tous les coins, pour certaines encore rongées par les flammes. Une odeur âcre flottait dans l'air, accompagnée de relents de chair brûlée et de cheveux roussis. Le sifflement sourd des jets de vapeur, les derniers craquements de l'incendie et le grondement du vent avaient pris possession des ruines fumantes. Pendergast fit le tour du brasier quasiment éteint à la lueur des dernières flammes.

Il s'immobilisa soudain, comme pétrifié.

Puis, avec une lenteur infinie, il avança en se protégeant de la fumée acide avec son écharpe. Il zigzagua entre les tuyaux et les pistons, faisant crisser sous ses semelles des clous et des éclats de verre, et se dirigea vers l'objet de son attention : une longue bûche toute noire, qui fumait encore en sifflant. Il eut la confirmation, en s'approchant, qu'il s'agissait bien des restes d'un corps humain menotté à un tuyau. Le bras avait entièrement brûlé, mais une main carbonisée restait prisonnière des mâchoires d'une menotte, ses doigts recroquevillés comme les pattes d'une araignée géante, des ossements noircis s'échappant du poignet calciné.

Pendergast tomba à genoux d'un mouvement incontrôlé, comme si toute force l'abandonnait. La tête prostrée en avant, les mains jointes, il laissa échapper un gémissement sourd, à peine audible, qui exprimait son chagrin mieux que n'auraient pu s'en charger les mots.

63

Pendergast ne resta pas longtemps près du corps calciné. Il se releva, dominant de sa haute silhouette les ruines fumantes, et contempla d'un regard froid les débris du bâtiment. Il explora longuement la scène de ses yeux clairs, aussi immobile qu'une statue. Parfois, ses yeux se fixaient sur un détail quelconque que sa mémoire enregistrait.

Une minute s'écoula, puis ses yeux se posèrent à nouveau sur le corps. Il sortit de son manteau son Les Baer 1911 Custom. Il en expulsa le chargeur afin de s'assurer qu'il était plein, le remit en place et glissa une balle dans la chambre. L'arme à la main, une minitorche dans l'autre, il s'avança. Le brasier avait fait fondre la neige tout autour du bâtiment en laissant derrière lui des flaques, parfois même des plaques d'une herbe jaune que la neige recouvrait déjà. Il arpenta longuement les ruines au milieu du blizzard, enjambant les restes calcinés et fumants. La nuit tombante et la couche de neige qui s'accumulait sur son chapeau et ses épaules lui donnaient l'apparence d'un fantôme errant.

Du côté opposé au lieu du drame, à l'endroit où s'élevaient les premiers contreforts du mont des Contrebandiers, Pendergast découvrit une petite porte de bois calcinée derrière laquelle se dissimulait l'entrée d'un tunnel. Il s'agenouilla devant, examina d'abord la poignée avec attention, puis le sol et, enfin, la porte elle-même. Elle était fermée de l'intérieur, apparemment par un cadenas. Il se redressa et fit voler le bois en éclats d'un coup de pied d'une violence inattendue.

Il arracha à mains nues les dernières planches qu'il jeta de côté. L'accès de fureur passa aussi vite qu'il était venu. Un genou à terre, il fit courir le rayon de sa lampe à l'intérieur du boyau et découvrit une imposante conduite d'évacuation des eaux qui s'enfonçait dans les entrailles de la montagne.

Le temps d'une hésitation, il s'élança le long du tuyau d'une démarche féline, les pans de son grand manteau flottant dans son sillage, le canon du Les Baer luisant faiblement dans la pénombre.

La conduite prenait sa source à hauteur d'un ruisseau souterrain. Pendergast poursuivit son exploration jusqu'à un premier embranchement. Il continua tout droit, découvrit une autre galerie perpendiculaire dans laquelle il s'engouffra, en tentant de se mettre dans la peau de sa proie.

Le tunnel grimpait en pente raide sur quatre cents mètres avant de s'arrêter à la hauteur d'un enchevêtrement minéral, large de plusieurs mètres, à partir duquel il se divisait en un labyrinthe de puits, d'alcôves et de filons taris.

Pendergast prit le temps de réfléchir. Se doutant qu'il serait poursuivi, l'incendiaire avait volontairement entraîné ses poursuivants éventuels jusqu'à ce dédale qu'il avait le redoutable privilège de connaître parfaitement. L'inspecteur devina que l'autre avait probablement détecté sa présence. La prudence lui commandait de rebrousser chemin et de revenir avec des renforts.

La prudence, mais pas le bon sens. S'il accordait la moindre avance à sa proie, cette dernière en profiterait pour s'échapper, privant Pendergast d'une envie qui le démangeait si fortement que des relents de bile lui emplissaient la bouche. Il éteignit sa lampe et tendit l'oreille. Son ouïe d'une finesse presque surnaturelle percevait une large palette de sons : le battement régulier d'une goutte d'eau, le souffle léger d'un courant d'air, les craquements épisodiques des poutres en bois soutenant la voûte.

Aucune lumière, aucun son inhabituel, aucune odeur. Pourtant, il sentait, il *savait* que Ted Roman se trouvait tout près et épiait ses mouvements.

Il ralluma sa torche afin d'examiner les alentours. La roche, dans cette partie de la mine, était fissurée, au point qu'il avait fallu consolider l'étayage. Il s'approcha d'une poutre verticale, sortit de sa poche un couteau qu'il planta dans le bois. La lame s'y enfonça comme dans du beurre. Il retira le couteau et entreprit de dépouiller le bois qui partait en poussière.

La poutre était rongée par la pourriture sèche. Il aurait été aisé de l'abattre, sans qu'il fût possible, en revanche, de prévoir les conséquences d'un tel acte. Pendergast se figea, l'oreille tendue, alerté par la chute d'un caillou. L'écho empêchait de déterminer d'où ce bruit provenait. Pendergast soupçonnait un acte délibéré, destiné à provoquer chez lui une réaction. Il attendit. Un autre claquement sec se fit entendre. Le doute n'était plus permis, Roman s'amusait avec lui.

Erreur fatale.

À la lueur de sa petite lampe, feignant naïvement de n'avoir rien remarqué, Pendergast choisit un tunnel au hasard et s'y enfonça. Quelques mètres plus loin, il se débarrassa de son encombrant manteau, de ses gants et de son chapeau qu'il posa dans une alcôve écartée. L'atmosphère au fond de la mine était presque tiède et son harnachement risquait de le gêner dans la mission qu'il s'était fixée.

La galerie serpentait en tous sens, montait et descendait en fonction des embranchements qu'elle traversait. Les tunnels adjacents, les excavations et les puits qu'il rencontrait partaient dans toutes les directions. De vieux outils, des poulies, des câbles, des seaux, des chariots et des cordes abandonnés gisaient çà et là. Des puits verticaux s'enfonçaient dans l'obscurité, que Pendergast examinait attentivement en faisant courir le faisceau de sa lampe sur les parois, évaluant leur profondeur avec des cailloux.

Il s'attarda près de l'un d'eux en constatant que le caillou qu'il avait laissé tomber avait atteint le fond en moins de deux secondes. Un rapide calcul mental lui démontra que le puits était profond d'une vingtaine de mètres. Il observa les parois et constata qu'elles offraient suffisamment de points d'appui. Exactement ce qu'il cherchait.

En voulant contourner l'ouverture du puits, Pendergast trébucha et tomba brutalement par terre. La lampe s'écrasa sur le sol et s'éteignit. Il jura entre ses dents, craqua une allumette qui finit par s'éteindre en lui brûlant les doigts. Il s'en débarrassa en poussant un nouveau juron. L'allumette suivante lui permit de reprendre sa progression, mais il marchait trop vite et elle s'éteignit à son tour alors qu'il se trouvait au bord du trou. Il glissa, arracha une pierre dans sa chute et bascula dans le puits en laissant échapper un long cri. Ses doigts puissants s'agrippèrent à une fissure et ses jambes pendirent dans le vide. Au moment où la pierre atteignait le fond du trou, il s'arrêta brutalement de crier.

Pendu à la force de ses seuls doigts dans un silence de mort, il chercha un appui du bout des pieds et plia les genoux de façon à pouvoir jaillir du puits le moment venu. Puis il attendit dans sa cachette, les sens aux aguets.

Il ne tarda pas à entendre Roman s'approcher prudemment. Le faisceau d'une lampe caressa le rebord du trou et le bruit de pas cessa. Roman s'avança lentement. Pendergast banda ses muscles en suivant la progression minutieuse de son adversaire. Le visage du jeune homme apparut soudain. Le regard troublé par la folie, il tenait une lampe d'une main et un pistolet de l'autre.

D'une détente, Pendergast jaillit hors du trou et saisit le poignet de Roman en l'entraînant vers le vide. Le jeune homme recula en poussant un cri de surprise, contraint de laisser tomber son arme et sa torche pour se défendre et contrer son agresseur. D'une rapidité et d'une force peu communes, il parvint à retrouver l'équilibre et frappa l'avant-bras de Pendergast en laissant échapper un rugissement de rage. L'inspecteur franchit la gueule du puits d'un bond tandis que Roman reculait. Pendergast leva son arme et fit feu dans l'obscurité. Roman, anticipant la manœuvre, se jeta sur le côté. La balle ricocha sur le sol, mais l'éclair de la détonation avait suffi à trahir la position du jeune bibliothécaire. Pendergast tira à nouveau, mais l'éclair révéla une galerie vide : Roman avait disparu.

Pendergast chercha dans sa poche la lampe LED qu'il gardait toujours en secours. Roman s'était éclipsé en empruntant un boyau bas de plafond donnant dans la galerie principale. Pendergast se lança à sa poursuite, à genoux. Roman, paniqué, s'efforçait de lui échapper en rampant dans l'étroit passage. Lui aussi avait une seconde lampe, dont Pendergast apercevait la lueur devant lui.

L'inspecteur était décidé à ne pas laisser échapper sa proie, mais il avait beau multiplier les efforts, Roman conservait son avance. Le jeune homme, en parfaite condition physique, avait l'avantage de connaître le labyrinthe de ces galeries alors que Pendergast devait se contenter de le suivre à l'aveuglette, guidé par le bruit, la lumière, parfois des traces de son passage.

Pendergast arriva brusquement à un carrefour d'où partaient plusieurs galeries et divers boyaux, ainsi que des cheminées verticales. Il n'avait aucunement l'intention de renoncer. Il savait Roman désarmé et paniqué, alors que lui-même conservait son pistolet et son sang-froid. Il s'attachait d'ailleurs à entretenir la peur de son adversaire en tirant dans sa direction de temps à autre. Il avait peu de chances de l'atteindre, mais telle n'était pas son intention : l'écho assourdissant des détonations comme les ricochets infernaux des projectiles suffisaient à produire l'effet psychologique recherché.

Ted Roman avait forcément un but. Pendergast comprit que son adversaire cherchait à atteindre la sortie en constatant que l'air circulant dans les galeries était de plus en plus frais. Dehors, en pleine tempête, sans gants ni manteau, Pendergast serait à son désavantage. Roman avait beau céder à la panique, il n'avait pas perdu toute capacité de réflexion.

Les soupçons de Pendergast se trouvèrent confirmés quelques minutes plus tard. Au détour d'une galerie, il aperçut une cloison métallique percée d'une porte qui battait au vent sous l'effet de la tempête. Il se précipita et fouilla les alentours à l'aide de sa petite lampe. Il faisait nuit et le paysage de montagne était plongé dans le noir. Le faible faisceau de la LED dévoila l'entrée d'une mine, des chevalets de bois et le cirque des Contrebandiers en contrebas. On distinguait dans la neige fraîche les empreintes de Roman. Pendergast aperçut dans le lointain, à travers le blizzard, quelques lueurs rougeoyantes signalant les ruines du bâtiment incendié, ainsi que les phares de l'engin à chenilles dont le moteur tournait toujours au ralenti.

En éteignant sa lampe, il aperçut le point lumineux de la torche de son adversaire qui descendait le long de la pente, à une centaine de mètres de là. Le jeune homme avançait lentement. Pendergast leva le canon de son arme, sachant d'avance qu'il avait peu de chances de le toucher à cause de la force du vent, sans même parler de l'altitude. Il n'en visa pas moins la petite lumière en essayant de tenir compte de ces handicaps. Très lentement, il pressa la détente. Le Les Baer tressauta entre ses doigts tandis que l'écho de la détonation se répercutait longuement entre les montagnes.

Raté.

La silhouette continuait de fuir en direction de la vallée, plus vite, plus loin. Sans vêtements chauds, Pendergast ne pouvait espérer le rattraper.

Ignorant la neige qui lui fouettait le visage et la morsure du vent à travers son costume, il tira et rata de nouveau sa cible. Ses chances d'abattre son adversaire s'épuisaient d'instant en instant. Il tentait sa chance une dernière fois lorsqu'un craquement sourd se fit entendre au-dessus de lui, suivi d'un grondement caverneux.

Il leva la tête et constata que l'épaisse couche de neige se fracturait en plaques gigantesques qui se détachaient et glissaient vers l'abîme. Lentement tout d'abord, puis de plus en plus vite : une avalanche, très certainement déclenchée par les détonations. Une cataracte neigeuse passa en grondant devant l'entrée de la mine, dont le souffle projeta Pendergast en arrière.

En l'espace de trente secondes, le mugissement s'était tu, signalant une avalanche relativement mineure. De petites coulées continuaient de ruisseler le long de la pente de neige fraîche. Un profond silence était retombé sur les montagnes, souligné par la plainte du vent.

Pendergast tourna son regard vers le point où s'agitait la lumière de Ted Roman quelques instants plus tôt. L'endroit était entièrement recouvert d'une épaisse couche de neige. Pas un appel à l'aide, pas l'ombre d'un mouvement. Rien.

Il scruta longuement l'obscurité. L'espace d'un instant fugace, emporté par le sentiment de rage qui bouillait dans ses veines, il s'interrogea amèrement sur la justice immanente. Puis sa fureur s'apaisa. L'avalanche avait comme purifié sa pensée. Il s'obligea à réfléchir à la conclusion qui s'était formée dans son esprit, jusqu'à ce que la vue du corps calciné de Corrie vînt brouiller toute logique dans sa tête : Ted Roman était une victime, lui aussi. Le véritable mal venait d'ailleurs.

Il s'élança dans la neige en étouffant un cri et descendit péniblement la pente, sans manteau, en direction de l'accumulation neigeuse provoquée par l'avalanche à l'entrée du cirque. Il était frigorifié lorsqu'il atteignit enfin son but.

— Roman ! s'écria-t-il. Ted Roman !

Seul le vent lui répondit.

Pendergast s'agenouilla et plaqua son oreille contre la neige. Un son étouffé, aussi étrange qu'effrayant, lui parvint. Un meuglement bovin : *mouuuuuuuuu mouuuuu, mouuuu mouuuu.*

L'appel semblait provenir de l'extrémité de l'amas neigeux. Il s'en approcha, insensible à la morsure du froid, et se mit à creuser avec frénésie. Mais la neige, rendue compacte par la puissance de l'avalanche, résistait à ses mains nues. Sans chapeau ni manteau ni gants, affaibli par le froid qui le pénétrait jusqu'aux os, il sentit ses mains s'engourdir.

Où se trouvait Roman ? Il écouta à nouveau, l'oreille collée à la neige dure, tout en s'efforçant de réchauffer ses mains.

Mouuu... mouuu...

L'appel faiblissait, le jeune homme suffoquait.

Il creusa à nouveau avec acharnement, s'arrêta pour écouter. Rien. À cet instant, il aperçut du coin de l'œil une petite lumière qui grimpait dans sa direction. Il poursuivait ses fouilles, sans s'en inquiéter, lorsque deux mains fermes le saisirent et l'obligèrent à se relever avec douceur. C'était Kloster, le conducteur de l'engin à chenilles, armé d'une pelle et d'un long bâton.

— Doucement, lui dit-il. Vous allez vous tuer.

— Il y a un homme enterré là-dessous, haleta Pendergast.

— Je sais. Maintenant, allez vous mettre au chaud dans la cabine du VMC. Vous ne pouvez plus rien pour lui. Je m'en occupe.

Sans attendre, Kloster entreprit de sonder la neige avec son bâton d'une main experte. Ce n'était pas la première fois qu'il participait à ce genre d'opération.

Pendergast, refusant de regagner le véhicule, le regardait en grelottant. Kloster s'arrêta soudain et donna des coups de sonde beaucoup plus délicats en un point précis avant de se mettre à creuser. Il donnait des coups de pelle énergiques, avec beaucoup d'efficacité. En quelques minutes, il avait dégagé une partie du corps de Roman. Quelques minutes supplémentaires d'efforts acharnés, et le visage du jeune homme apparaissait.

Pendergast s'approcha en voyant la lampe de son compagnon s'arrêter sur les yeux affolés de Roman. La neige était rouge de sang autour du crâne partiellement défoncé. La bouche béait en un cri que la neige avait rendu muet.

— Il est mort, constata Kloster.

Il passa un bras autour des épaules de Pendergast.

— Je vous ramène tout de suite au VMC, sinon vous n'allez pas tarder à le rejoindre.

Pendergast acquiesça sans une parole et se laissa conduire à travers la neige épaisse jusqu'à l'engin à chenilles dont le moteur ronronnait doucement.

64

À un kilomètre de là, sur la face opposée du cirque des Contrebandiers, la porte en fer d'une galerie de mine s'ouvrit brusquement. Une silhouette apparut en traînant la jambe, appuyée sur un bâton. Secouée par une violente quinte de toux, la silhouette chancela sur le seuil de la mine au point de devoir s'appuyer contre une poutre. Prise d'une quinte plus violente encore, pliée en deux, elle glissa lentement dans la neige et s'adossa à la poutre.

C'était bien elle. Il ne s'était donc pas trompé. Il savait bien qu'elle finirait par ressortir. Elle formait une cible idéale, il avait tout le temps de viser.

Le tueur, recroquevillé à l'entrée de l'ancienne mine, prit la Winchester 94 qu'il portait en bandoulière, glissa une balle dans la chambre à l'aide du levier de sous-garde, cala l'arme contre son épaule et colla son œil à la lunette. Malgré la nuit, la lumière qui tombait du ciel était suffisante pour lui permettre de poser le réticule sur la silhouette prostrée de la fille. Elle n'était visiblement pas au mieux de sa forme, les cheveux roussis, le visage et les vêtements noirs de fumée. Elle était d'ailleurs blessée, le tireur était convaincu d'avoir fait mouche plus tôt dans la journée. C'était la seule explication possible aux nombreuses traces de sang aperçues sur le sol lorsqu'il l'avait poursuivie dans le dédale des tunnels. Sans savoir où il l'avait touchée, il connaissait le pouvoir dévastateur des balles de .30-30 à fragmentation.

Le tueur ne comprenait pas ce qu'elle était venue chercher dans ces mines, pourquoi le bâtiment qui abritait la pompe avait brûlé, encore moins la raison pour laquelle il avait vu un engin à chenilles arriver à toute allure. À vrai dire, il s'en fichait. Le pétrin dans lequel s'était mise la fille ne le regardait pas. Montebello l'avait payé, c'est tout. Très bien payé, d'ailleurs. La mission était simple : foutre la trouille à une certaine Corrie Swanson de façon à la chasser de la ville, quitte à l'abattre si elle s'entêtait à vouloir rester. L'architecte ne lui avait fourni aucun détail supplémentaire, et c'était aussi bien comme ça.

La balle dans le pare-brise n'avait pas suffi, pas plus que n'avait fonctionné le truc du chien décapité. Il en conservait un souvenir jouissif : le joli petit tableau composé sur la commode, la note d'avertissement dans la gueule du clebs. Il avait été à la fois déçu et surpris que la fille ne prenne pas ses jambes à son cou. C'était bien sa chance de tomber sur une conne aussi combative. Cela dit, elle paraissait nettement moins vaillante à présent, à moitié morte contre sa poutre.

L'heure de la curée était venue. Pas trop tôt. Il la suivait quasiment sans discontinuer depuis trente-six heures, dans l'attente du bon moment. À l'instar de tous les vrais chasseurs, il connaissait les vertus de la patience. Jamais il ne l'avait vraiment tenue dans sa ligne de mire en ville, ou à l'hôtel. Quand il l'avait vue voler un scooter des neiges dans le hangar des Heights et s'aventurer en montagne pour une mission obscure, il avait remercié le destin de lui offrir sa proie sur un plateau. C'est vrai, elle lui avait donné du fil à retordre. L'épisode des serpents à sonnette lui laissait un goût amer dans la bouche. Ça ne l'avait pas empêché de ressortir de la mine par ses propres moyens et de décider de la guetter lorsqu'il avait constaté que le scooter des neiges de la fille n'avait pas bougé de place. Il avait jeté son dévolu sur une cabane de mineur légèrement en contrebas, un affût disposant d'une vue dégagée sur la plupart des entrées de mine voisines du cirque. Il avait fait le calcul qu'elle finirait bien par ressortir de ce côté-là. Même si elle choisissait d'emprunter l'entrée de la mine de Noël où se trouvait son scooter, elle devrait passer devant lui en redescendant.

Finalement, elle avait eu la bonne idée de choisir cette galerie, loin du complexe minier incendié où stationnait toujours l'engin à chenilles. Il avait entendu des coups de feu, lesquels avaient apparemment provoqué une avalanche. De sa cachette, grâce à la lunette de sa Winchester, il avait observé le manège des deux types qui creusaient la neige à l'endroit où était enfoui un corps. Une histoire louche, sans doute des trafiquants de dope. Mais il n'en avait rien à secouer, plus tôt il déquillerait sa cible, plus vite il pourrait se casser.

Il se vida les poumons, le doigt posé sur la détente, en visant soigneusement la fille prostrée contre la poutre. Le réticule s'immobilisa, il donna une légère pression de l'index. Enfin, le moment tant attendu. Il n'avait plus qu'à la buter, remonter sur le scooter garé derrière la cabane, et aller chercher son chèque. Une seule balle suffirait…

Au moment où il s'y attendait le moins, on lui arracha la carabine des mains. Le coup partit et la balle se perdit dans la neige.

— C'est quoi ce… ?

Le tueur se rua sur l'arme. Il se relevait lorsqu'il sentit un objet dur et froid se poser sur sa tempe. Le canon d'un pistolet.

— Si jamais tu t'avises de bouger un cil, espèce d'empaffé, je dessine un test de Rorschach sur la neige avec ta cervelle.

La femme à qui appartenait la voix ne plaisantait pas.

Elle tendit la main et attrapa le canon de la carabine.

— Lâche ton arme.

Il obéit et elle jeta la carabine qui s'enfonça dans la neige.

— Maintenant, déleste-toi de toutes tes armes. Et que ça saute !

Il hésita, sachant qu'il avait encore une arme de poing et un couteau. En l'obligeant à le fouiller, il pouvait peut-être…

Le coup qu'elle lui envoya en pleine tête le projeta au sol. Il resta un long moment à se demander ce qu'il fichait là et qui était cette femme. La mémoire lui revint progressivement tandis qu'elle se penchait sur lui le temps d'une fouille brutale. Elle trouva le pistolet et le couteau dont elle se débarrassa en les jetant au loin.

— Qui… qui êtes-vous? balbutia-t-il.

Elle lui assena un coup de crosse en pleine figure en guise de réponse. La bouche en sang, il sentit rouler sur sa langue des fragments de dents.

— Capitaine Stacy Bowdree de l'US Air Force pour te servir, répondit-elle sèchement. Accessoirement, je suis ton pire cauchemar.

65

Corrie Swanson vit la fine silhouette de Stacy Bowdree émerger du blizzard. Elle traînait derrière elle un homme aux mains menottées, la tête baissée. Elle se demanda un instant si elle rêvait. Bien sûr que oui. Qu'aurait bien pu fabriquer Stacy dans ce coin paumé ?

— Salut, rêve, parvint-elle à marmonner en voyant la jeune femme s'immobiliser devant elle.

La capitaine ouvrit de grands yeux.

— Seigneur ! Que t'est-il arrivé ?

Corrie voulut rassembler ses pensées, sans y parvenir tout à fait. Plus la mémoire des événements récents lui revenait, moins elle comprenait à quoi rimait toute cette histoire.

— C'est vraiment toi ?

— Et plutôt deux fois qu'une !

Stacy se pencha en avant et posa sur Corrie deux yeux bleus inquiets.

— Qu'est-ce que tu fiches avec cette menotte au poignet ? Tes cheveux sont tout brûlés. Seigneur ! Ne me dis pas que tu te trouvais au milieu de cet incendie ?

C'est tout juste si Corrie parvint à articuler quelques mots d'une voix pâteuse.

— Un type… a voulu me tuer dans la mine… mais les serpents à sonnette…

— Ouais, cet enfoiré, approuva Stacy en poussant son prisonnier dans la neige avant de l'immobiliser en posant un pied botté sur sa nuque.

Corrie remarqua que son amie tenait à la main un calibre .45. Elle chercha à se concentrer sur le visage de l'homme allongé dans la neige, mais tout lui apparaissait flou.

— C'est le type qu'ils ont engagé pour te tuer, poursuivit Stacy. Je l'ai chopé à l'instant où il appuyait sur la détente. Comme il refuse de me dire son nom, je l'ai baptisé Sac-à-Merde.

— Mais comment…

Corrie n'y comprenait plus rien.

— Pour l'instant, il faut te conduire à l'hôpital et remettre notre copain Sac-à-Merde à la police. J'ai aperçu un engin à chenilles à moins d'un kilomètre, près des ruines du baraquement incendié.

Un baraquement incendié…

— L'incendie… il voulait me brûler vive.

— Qui ça? Sac-à-Merde?

— Non… Ted. J'avais ma clé de percussion… j'ai crocheté les menottes… à la dernière minute.

— Je ne comprends rien à ce que tu racontes, répondit Stacy. Laisse-moi t'aider à te relever. Tu peux marcher?

— Cheville cassée. J'ai perdu… le petit doigt.

— Oh, putain! Laisse-moi regarder.

Corrie sentit Stacy l'examiner d'une main douce, la palper à la recherche d'autres blessures éventuelles. Un vrai réconfort. Le visage de la jeune femme s'afficha bientôt devant elle, tout près.

— C'est bon, tu souffres de quelques brûlures au deuxième degré. Sinon, tu as raison: tu as une cheville cassée et tu as perdu le petit doigt de la main gauche. C'est pas génial, mais la casse se limite heureusement à ça. Tu as eu de la chance d'avoir des vêtements aussi épais, ça t'a protégée des flammes.

Corrie hocha la tête sans réellement comprendre ce qu'elle lui disait. D'ailleurs, s'agissait-il bien de Stacy?

— Tu avais disparu…

— Je suis désolée. Une fois calmée, j'ai compris que ces salopards avaient dû engager un truand quelconque pour te pousser à quitter la ville. Je t'ai suivie et j'ai constaté que je ne m'étais pas trompée en voyant notre copain Sac-à-Merde renifler ta piste comme une chienne en chaleur. Je me suis contentée de le suivre. J'ai volé un scooter des neiges dans le hangar, comme vous, et j'ai suivi vos traces jusqu'ici. Je suis arrivée juste à temps pour voir Sac-à-Merde s'introduire dans la vieille mine. Je vous ai rapidement perdus dans les galeries, alors j'ai préféré rebrousser chemin avant de ne plus savoir comment ressortir.

Corrie acquiesça machinalement. Elle ne comprenait rien du tout. Elle se souvenait simplement qu'on avait voulu la tuer. Et que Stacy l'avait sauvée. Elle n'en demandait pas davantage. Elle avait le tournis, elle n'avait même plus la force de maintenir la tête droite. Un brouillard noir s'abattit devant ses yeux.

— Attends-moi ici, reprit Stacy. J'emmène Sac-à-Merde jusqu'à l'engin à chenilles et on revient te chercher.

Corrie sentit la main de Stacy se poser affectueusement sur son épaule.

— Je te demande de tenir bon encore quelques minutes, ma belle. Tu n'es pas en grande forme, mais tu vas t'en tirer. Fais-moi confiance, je sais de quoi je parle. J'ai vu…

Elle fut prise d'une hésitation.

— J'ai vu bien pire, termina-t-elle enfin en détournant le regard.

Corrie essaya de la retenir.

— Non, ne t'en va pas, dit-elle dans un sanglot.

— Il le faut, répondit Stacy en détachant avec beaucoup de douceur la main de la jeune fille. Je ne peux pas surveiller Sac-à-Merde et m'occuper de toi en même temps. En plus, je ne crois pas que tu puisses marcher. Je te demande dix petites minutes, pas une de plus.

Au milieu de son brouillard, Corrie ne sentit même pas passer le temps. Stacy venait à peine de s'éloigner que lui parvenait le ronronnement d'un moteur diesel. Des phares trouèrent la nuit, qui approchaient rapidement. Un engin à chenilles s'arrêta devant l'entrée de la mine dans un nuage de neige. Une silhouette fantomatique qui ressemblait à celle de Pendergast en descendit. Elle sentit deux bras la soulever et l'emporter comme une enfant et, comme une enfant, elle posa sa tête sur la poitrine de l'homme dont les épaules s'agitèrent très légèrement, en rythme, comme s'il pleurait.

Ce qui était impossible, bien sûr. Jamais Pendergast n'aurait pleuré.

Épilogue

Le fier soleil d'hiver qui traversait la vitre dessinait des rayures sur le lit de Corrie à l'hôpital de Roaring Fork. Elle bénéficiait de la plus belle chambre de l'établissement. Une grande pièce en coin, à un étage élevé, dont l'immense fenêtre dominait la ville derrière laquelle s'élevait le paysage magique des montagnes dans leur décor immaculé. Cette même vue rassurante que Corrie avait découverte en se réveillant de son opération de la main. Trois jours s'étaient écoulés depuis, et sa sortie était programmée dans les quarante-huit heures. Sa fracture à la cheville était bénigne, mais rien ne pourrait lui rendre son petit doigt. Elle garderait peut-être de légères cicatrices de ses brûlures au menton, rien de plus. Pendergast et Stacy avaient pris place des deux côtés du lit au pied duquel étaient posés des cadeaux. Stanley Morris, le chef de la police, venu lui rendre visite à plusieurs reprises depuis l'opération, avait même ajouté le sien à la pile (une compilation des plus grands succès de John Denver) après lui avoir demandé comment elle se sentait tout en remerciant abondamment Pendergast de l'aide apportée à l'enquête.

— Alors? suggéra Stacy. On les ouvre, ces cadeaux, oui ou non?

— Commençons par celui-ci, décida Pendergast en tendant une enveloppe à Corrie. De quoi compléter vos recherches.

Elle déchira l'enveloppe, intriguée. Elle découvrit un listing d'imprimante couvert de chiffres, de graphiques et de

Imprimé en France
N° d'impression : 86833
Dépôt légal : mai 2014